Un hombre con pasado

JAYNE ANN KRENTZ

Lazos de unión

Editado por Harlequin Ibérica.
Una división de HarperCollins Ibérica, S.A.
Núñez de Balboa, 56
28001 Madrid

© 2017 Harlequin Ibérica, una división de HarperCollins Ibérica, S.A.
Nº. 11 - 3.1.17

© 1985 Jayne Ann Krentz
Un hombre con pasado
Título original: Man with a Past

© 1986 Jayne Ann Krentz
Lazos de unión
Título original: The Ties That Bind
Publicadas originalmente por Harlequin Enterprises, Ltd.
Estos títulos fueron publicados originalmente en español en 2001 y 2003

Todos los derechos están reservados incluidos los de reproducción, total o parcial. Esta edición ha sido publicada con autorización de Harlequin Books S.A.
Esta es una obra de ficción. Nombres, caracteres, lugares, y situaciones son producto de la imaginación del autor o son utilizados ficticiamente, y cualquier parecido con personas, vivas o muertas, establecimientos de negocios (comerciales), hechos o situaciones son pura coincidencia.
® Harlequin, HQN y logotipo Harlequin son marcas registradas por Harlequin Enterprises Limited.
® y ™ son marcas registradas por Harlequin Enterprises Limited y sus filiales, utilizadas con licencia. Las marcas que lleven ® están registradas en la Oficina Española de Patentes y Marcas y en otros países.
Imagen de cubierta utilizada con permiso de Dreamstime.com.

I.S.B.N.: 978-84-687-9079-4
Depósito legal: M-36176-2016

ÍNDICE

Un hombre con pasado 7

Lazos de unión 199

UN HOMBRE CON PASADO

JAYNE ANN KRENTZ

Capítulo 1

Aquella noche le diría que no pensaba verlo más.

Kelsey Murdock contemplaba la noche a través del frente de ventanales de la casa que su madre tenía en la playa. Estaba lloviendo otra vez, una circunstancia habitual durante el invierno en la península de Monterrey, en California. El tiempo entonaba con su estado de ánimo: estaba callada, reflexiva y un tanto melancólica por lo que podría haber sido.

Pero estaba convencida de que la decisión que había tomado era la correcta. Ya llevaba demasiado tiempo jugando con fuego y, si no se apartaba, se quemaría.

Cole Stockton, el hombre al que, mentalmente, calificaba de «fuego», se acercó por detrás, moviéndose con el andar sigiloso que a ella, a veces, le resultaba intrigante y otras, irritante. No le parecía normal que un hombre se moviera sin hacer el menor ruido.

—Cuando tu madre y tu padrastro regresen de su viaje a Nueva Zelanda, tendremos que buscar otra excusa para tus visitas de fin de semana —comentó Cole, con la voz apagada y sombría que armonizaba con su manera de andar—. No podrás decir que solo vienes a Carmel a regar las plantas y a recoger el correo de tus padres durante su ausencia.

—No —corroboró Kelsey, y aceptó la copa de armañac que Cole le había servido.

Kelsey tomó un sorbo y decidió esperar un poco más antes de explicarle que no necesitaría más excusas para ir en coche desde San José hasta Carmel. A partir de aquella noche, el único motivo de aquel viaje sería hacer una visita a su madre y a su padrastro y, a pesar de lo mucho que quería a su madre, Amanda, y le agradaba el hombre con quien se había casado, no tenía intención de pasarse todos los fines de semana allí, en Carmel, con ellos.

–Estás muy callada –comentó Cole, cuando ella se volvió para mirarlo, y no le sonrió cuando se llevó la enorme copa a los labios. Cole Stockton raras veces sonreía, pero sus ojos de color gris brillaban con cálida promesa.

–He trabajado mucho esta semana –Kelsey justificó su estado de ánimo con ligereza, pero sintió un pequeño estremecimiento de inquietud. Un repentino fogonazo de intuición femenina le reveló lo que Cole estaba pensando. Aquella noche, pretendía poner fin al cauteloso e intrincado juego de atracción y sensualidad en el que habían participado durante un mes. Aquella noche, Cole pensaba llevarla a la cama.

Qué ironía, pensó Kelsey, que pensara dar el paso la misma noche en que ella había resuelto cortar por lo sano aquella peligrosa relación. A Cole no le haría gracia, pero a su edad ya habría aprendido a tolerar el rechazo. Después de todo, debía de rondar los cuarenta.

Claro que precisar la edad de Cole Stockton era casi tan difícil como concretar cualquier otro aspecto sobre él. De hecho, era la incapacidad de obtener de Cole algo más que datos superficiales sobre su persona lo que había impulsado a Kelsey a romper la relación antes de que fuera más lejos.

Un hombre que, ni aun siendo interpelado de la forma más velada, revelaba nada sobre su pasado, que no mostraba interés alguno por el futuro, que no daba explicaciones sobre su aparente desahogo económico, que solo hablaba del presente, como si se hubiera materializado de la nada hacía apenas un año, un hombre así no podía creer en la clase de relación sincera y abierta en la que Kelsey creía. Lo más sensato sería poner fin a aquella amistad antes de que alcanzara las proporciones de un amorío en toda regla.

Kelsey repasó mentalmente lo poco que sabía de Cole. Era amigo de su padrastro, pero Roger Evans no daba la impresión de saber más sobre él que cualquier otra persona. Sin embargo, sentía un sincero afecto por Cole. Igual que la madre de Kelsey. Se lo habían presentado hacía un mes, poco antes de partir hacia Nueva Zelanda.

Además de saber que a sus padres les agradaba su vecino, Kelsey también sabía que Cole tenía dinero. Al menos, lo bastante para poseer una de las lujosas casas de primera línea de playa próximas a Carmel. Kelsey la había visto por fuera, con el muro de piedra que Cole había encargado levantar alrededor, pero no había sentido deseo alguno de entrar. En las dos ocasiones en las que él la había invitado a cenar allí, Kelsey había dado la vuelta al ofrecimiento y lo había animado a cenar con ella en la casa de sus padres. La perspectiva de franquear la gigantesca verja de hierro forjado que resguardaba la fortaleza que Cole tenía por hogar, la incomodaba. Era como si, en el fondo de su ser más primitivo, temiera quedarse atrapada en ella.

Posiblemente, el aspecto más llamativo de Cole Stockton era su actitud de alerta constante y silenciosa, incluso cuando disfrutaba de una copa, como aquella noche. Su rostro, aunque falto de atractivo, exhibía una fuerza y una aspereza que resultaban más cautivadoras que la belleza convencional. También proclamaba un pasado, aunque Cole se negara en redondo a hablar de él. Los ojos grises eran tan inescrutables como el resto de sus facciones, y la única emoción que Kelsey percibía en las profundidades de aquellos iris de color niebla era deseo carnal, aunque, también aquella noche, sabía controlarlo. Su pelo castaño como el cordobán lucía un corte elegante y conservador.

Aquella noche, Cole llevaba un jersey negro de lana fina y unos pantalones de pinzas también negros. Ambas prendas realzaban su figura esbelta y musculosa. Kelsey sonrió con ironía al reparar en otro detalle intrigante sobre él.

–¿Por qué sonríes? –preguntó Cole con educación.

—Acabo de darme cuenta de que siempre te pones ropa oscura de noche. Si sales fuera con esta lluvia, te fundirás con la negrura.

—No pensaba salir fuera con esta lluvia.

—¿Guardas alguna camisa blanca en tu armario, por lo menos? ¿O una roja? De día siempre vistes en tonos caqui, marrones y verdes, y de noche, de negro.

—Tengo un vestuario muy limitado. ¿Quieres que me suscriba a una revista de moda masculina? —inquirió en leve tono burlón. Pero Kelsey advirtió que lo sorprendía su irritación femenina.

Criticar los colores neutros de las prendas de Cole era ridículo, y ella lo sabía, pero era otro aspecto ínfimo e incomprensible de la vida de Cole que jamás podría cuestionar. En cierto sentido, era la gota que colmaba el vaso. Después de cuatro fines de semana, estaba cansada de intentar ahondar en la superficie que ofrecía Cole Stockton. Si quería vestirse con colores que le permitieran pasar inadvertido en su entorno, noche y día, allá él.

—Lo siento —murmuró con frialdad—. Ha sido una descortesía por mi parte.

—Estás bastante tensa esta noche, ¿verdad? ¿Tan ardua ha sido la semana?

—Tengo muchos asuntos pendientes que debo ultimar antes de poder irme de vacaciones. Solo queda una semana —fue la evasiva de Kelsey, que miró de nuevo por la ventana.

La presencia callada pero amenazadora de Cole la turbaba más de lo que quería reconocer. Tal vez, porque había decidido no volver a verlo. Su lado más perverso siempre se preguntaría cómo habría sido entregarse, aunque solo fuese un fugaz amorío, a Cole Stockton.

Al menos, se consolaría sabiendo que no podría haber sido nada más duradero. Un hombre como aquel jamás daría pie a la intimidad del matrimonio, pensó con amargura. Solo estaba renunciando a la perspectiva de un romance apasionado de corta duración, no a una relación amorosa y duradera.

–He estado pensando en ese crucero por el Caribe que has reservado –dijo Cole con voz pausada, mientras movía en pequeños círculos la copa de armañac y contemplaba cómo se arremolinaba el líquido ambarino.

–¿Y qué has pensado? –Kelsey lo escuchaba a medias, absorta como estaba en decidir cómo y cuándo le diría que aquella era su última noche juntos.

–No veo por qué no podría acompañarte –musitó.

Kelsey se quedó sin aliento al considerar aquella posibilidad.

–El crucero estaba casi completo hace meses. Yo misma tuve suerte de conseguir la reserva.

–Siempre podría compartir tu camarote –replicó Cole, y sus ojos grises centellearon con patente promesa masculina.

Kelsey forzó una sonrisa distante, mientras sofocaba con vehemencia el pequeño brote de pánico suscitado por las palabras de Cole.

–Quizá cambies de idea antes de partir –sugirió él.

No se había movido, pero Kelsey tuvo la impresión de que estaba más cerca. Resistió el impulso de retroceder.

–¿Te han dicho alguna vez que, en ocasiones, resultas muy arrogante?

Cole no respondió. Pero claro, siempre hacía oídos sordos a las preguntas que no deseaba contestar. La observó en silencio durante un momento, mientras saboreaba el armañac.

–¿Crees que no estarás dispuesta a compartir una habitación conmigo para entonces? –inquirió por fin, con demasiada fluidez.

Era el momento de decirle que jamás estaría dispuesta a compartir con él una habitación. Pero vaciló, deseando tontamente poder prolongar un poco más el ánimo festivo de la velada. Ya no habría más fines de semana encantadores, intrigantes y frustrantes, y se sentía reacia a ponerles fin.

–¿Qué tal si hablamos de otro tema? –sugirió con una desenvoltura que no sentía.

–Muy bien. ¿Quieres contarme los detalles de tu ajetreada semana?

Kelsey encogió los hombros con gesto airoso, bajo la tela de color rojo sangre de su vestido. La prenda, con sus mangas largas y los diminutos botones dorados del frente, se ceñía a su figura y perfilaba suavemente las pequeñas curvas de sus senos, una esbelta cintura y unos muslos de mujer. Medía uno sesenta de estatura, pero ni siquiera con los tacones altos que llevaba podía mirarlo sin alzar la vista. Cole sobrepasaba el metro ochenta, y además de la altura, Kelsey sabía que jamás podría rivalizar con él en fuerza y coordinación. Se le ocurrió preguntarse si debería temer aquella fuerza. No, Cole no perdería el control solo porque ella le dijera que no pensaba verlo más. Dudaba muy seriamente que hubiese algo en el mundo que sacara a Cole de sus casillas.

Claro que, una vez más, lo conocía tan poco...

–No ha sido una semana tan terrible –empezó a decir en tono decidido–, aunque es cierto que he estado atareada. Mi jefe se ha propuesto ultimar unos documentos importantes antes de mi marcha para que pueda entregarlos en mano a ese genio excéntrico del que te hablé.

–¿El que vive como un recluso en una isla del Caribe?

–El mismo. Tendré que bajar del barco en una de las escalas, ir en avioneta a la isla privada de ese chiflado y entregar los papeles personalmente. El piloto me llevará de regreso al puerto donde haya atracado el barco. No será difícil, y promete ser una excursión interesante. Walt dijo que mis vacaciones eran una coincidencia maravillosa. De no ser por el crucero, tendría que haber pagado a un mensajero. Siempre que tiene un envío para ese hombre, debe asegurarse de que se lo entregan en mano.

–Así, Gladwin solo tiene que pagar la factura de un vuelo corto entre islas –gruñó Cole–. Yo diría que, entre las grandes cualidades de Walt Gladwin, se cuenta la de tacaño.

A pesar de la tensión creciente, Kelsey se permitió sonreír, y sus ojos casi verdes destellaron con fugaz picardía.

–¿Cómo te puede caer mal Walt, si ni siquiera lo conoces lo suficiente?

—Quizá no me agrade que su nombre surja con tanta frecuencia en nuestras conversaciones.

El humor desapareció de los ojos de Kelsey.

—No volveré a mencionarlo.

—No hagas promesas irreflexivas —le aconsejó Cole con ironía—. Es tu jefe, y como hablamos mucho sobre tu trabajo, sin duda, su nombre saldrá más veces a relucir.

—Si hablo demasiado de mi trabajo en FlexGlad, es porque tú nunca quieres hablar del tuyo —replicó con aspereza.

Cole enarcó una ceja con vaga sorpresa.

—Me encantaría hablar de mis inversiones contigo, pero mis estrategias financieras siempre me parecen un poco aburridas comparadas con tu trabajo en el campo de la alta tecnología. En FlexGlad estáis en la vanguardia de la informática.

—No soy más que una secretaria de lujo —dijo Kelsey con ironía—. Cierto que mi cargo parece un poco más prestigioso, pero te aseguro que las auxiliares administrativas pasamos mucho tiempo haciendo recados, salvando pequeños obstáculos y convenciendo a genios informáticos un tanto temperamentales de que deben cooperar con la dirección para crear un producto que responda a las necesidades del mercado. En realidad, no participo en la parte técnica del proceso, me limito a coordinar a los que la dominan y a los que intentan comercializarla.

—Sí que tienes conocimientos técnicos. Mira cómo ayudaste a tu padrastro a instalar un ordenador en su casa.

Kelsey se encogió de hombros.

—Algo se me tiene que pegar, si trabajo todo el día entre ordenadores. Sinceramente, preferiría saber más cosas sobre tus inversiones. ¿De verdad es eso lo que haces entre semana? ¿Estudiar el *Wall Street Journal*?

—Ese periódico y otras publicaciones sobre cuestiones económicas. Aunque todavía me queda mucho que aprender. De hecho, quería que me ayudaras a instalar en mi casa un ordenador como el de Roger.

Kelsey se negó a dejarse distraer.

—¿Desde cuándo dedicas todo tu tiempo a dirigir tus inversiones? –quiso saber Kelsey, con la esperanza de poder atisbar su pasado.

–Desde hace casi un año.

–¿Y antes? ¿A qué te dedicabas antes de mudarte a la península de Monterrey?

Cole entornó los ojos, y Kelsey dedujo que estaba sopesando cada palabra, escogiendo el momento en el que cortaría el flujo de información sobre sí mismo. Siempre sucedía igual.

–Antes, me dedicaba a reunir el dinero que ahora tengo para invertir –contestó con calma.

–¿Cómo?

–Aquí y allá.

Otra vez aquel muro. Kelsey ya estaba acostumbrada a darse de bruces contra él. Siempre que intentaba sonsacarle información más allá del año que llevaba en Carmel, chocaba contra la misma barricada. Bueno, se tranquilizó con ánimo renovado, después de aquella noche, ya no tendría que preocuparse por ello.

–¿Heredaste el dinero, Cole? –preguntó, incapaz de resistirse.

–No –Cole se acercó a ella y acarició la melena leonada que caía, lustrosa y elegante, sobre los hombros de Kelsey–. Hablemos de otra cosa, Kelsey. El pasado no me interesa, solo el presente. Ya te lo he dicho.

–Varias veces –corroboró Kelsey, que tuvo que ahogar un pequeño suspiro. No tenía sentido seguir indagando, Cole eludiría todas las preguntas. Como aquella iba a ser la última velada en su compañía, lo mejor sería procurar que fuera agradable. Con una brillante sonrisa, propuso un brindis–. Por el futuro.

Cole paseó la mirada por su esbelta figura.

–Por el presente –corrigió, y también él elevó su copa–. Sobre todo, por esta noche. He aprendido que el aquí y el ahora es lo único que cuenta de verdad en esta vida –Cole acercó el borde de su copa a los labios de Kelsey y la inclinó con suavidad para que ella tomara un pequeño sorbo. Después, sin desviar la mirada de Kelsey, tomó un sorbo de armañac por el mismo lugar de la copa por el que ella había bebido.

Kelsey sintió el calor del propósito implícito en aquel gesto. Sujetó su copa con fuerza y se percató de que estaba temblando un poco.

–Hablando de esta noche –empezó a decir en voz baja.

–Un tema mucho más interesante que el año pasado o el próximo.

–Sí, bueno, se está haciendo tarde, ¿no crees? –dijo Kelsey con forzada brusquedad.

–Has llegado bastante tarde.

–Había muchos atascos en las afueras de San José. Ya sabes lo que pasa los viernes por la tarde, las autopistas se quedan colapsadas.

–Por fortuna, ese es uno de los aspectos de la vida moderna que no tengo que padecer. Vivir aquí, en la península, tiene sin duda grandes ventajas –murmuró Cole. Hizo una pausa deliberada antes de continuar–. Pero, en cierta forma, yo también sufro los efectos de esos atascos.

–¿Cómo?

–Me paso los viernes por la tarde esperándote, sin saber cuánto vas a tardar. Y me preocupa que viajes por carretera.

–¡Pero si conduzco de maravilla! –exclamó Kelsey, sorprendida. No se le había pasado por la cabeza que Cole pudiera preocuparse. No parecía capaz de albergar una emoción tan inútil como la preocupación.

–Lo siento, pero saber que te consideras una buena conductora no impide que me preocupe –le dijo con ironía.

Kelsey no sabía cómo interpretar aquella confesión. A fin de cuentas, aquel sería el último fin de semana que su conducción constituiría un problema para él.

–¿Alguna sugerencia? ¿Que venga patinando sobre ruedas, por ejemplo?

–La verdad es que tengo algunas ideas que comentarte al respecto –repuso Cole, impertérrito.

–Te escucho –con la mirada puesta en la oscuridad del otro

lado de los ventanales, Kelsey se percató de que Cole estaba escogiendo las palabras antes de hablar, como si quisiera abordar aquel asunto con mucha cautela.

—¿Cómo de importante es tu trabajo para ti?

Perpleja por la pregunta, Kelsey volvió la cabeza con curiosidad para mirarlo.

—Me da para comer y echar gasolina en el coche. Me permite pagar el alquiler y los impuestos. Yo diría que es muy importante.

—Yo podría pagarte todo eso —le dijo Cole con suavidad.

Kelsey se quedó helada.

—¿Que podrías qué?

—Ya me has oído, Kelsey, quiero que medites en la posibilidad de venir a vivir conmigo —la determinación que impregnaba aquellas palabras bastaba para saber que hablaba en serio.

—¿Qué es esto, una broma de mal gusto? —susurró Kelsey con voz trémula—. Nos conocemos desde hace un mes nada más, y solo nos hemos visto los fines de semana.

—No voy a presionarte —la tranquilizó Cole—. Solo quiero que empieces a plantearte esa posibilidad. Una relación a distancia nos crearía, a la larga, bastante tensión.

—Sí —corroboró Kelsey con amargura—. Así es.

—Kelsey, ¿te he molestado?

—Si estoy enojada, la culpa es solo mía.

Cole deslizó la mano bajo la curva de la melena de Kelsey y apoyó la palma en la nuca para obligarla, suavemente, a volverse hacia él.

—Esta noche, estás tensa como la cuerda tirante de un arco —le dijo, y le acarició aquella zona sensible.

—Lo siento, quizá tenga algo que ver con la ausencia de romanticismo de tu pequeña propuesta —con furia, se apartó de la mano de Cole—. Hoy día, pedirle a una mujer que renuncie a su trabajo y vaya a vivir con un hombre como su amante a tiempo completo se considera de mal gusto, Cole. Creo que siempre se ha considerado así. ¿De verdad esperabas que diera botes de alegría al oír tu idea?

—Tranquilízate —dijo Cole, con un ápice de autoridad en la voz. Porque se trataba de una orden, concluyó Kelsey fugazmente, no solo de una advertencia.

—No me estoy poniendo histérica, solo estoy irritada.

—Ya te he dicho que no pienso presionarte.

—Tienes razón, no me presionarás. Más bien, esperarás indefinidamente. Cole, lo último que haría en la vida sería dejar mi trabajo.

—Estás yéndote por las ramas —la acusó en tono sombrío—. No te pido que renuncies a tu independencia económica.

—¿Ah, no? Eso era lo que parecía.

—Aunque dejaras mañana mismo de trabajar, siempre te quedaría tu herencia, ¿no es así? ¿O te la has gastado toda?

Kelsey lo miró de hito en hito.

—¿Mi «herencia»? ¿Se puede saber de qué estás hablando?

—Tu madre mencionó una vez —contestó Cole con el ceño fruncido— que cuando ella heredó los bienes de su hermano, había cierta cantidad asignada a ti.

Kelsey no sabía si enfurecerse o echarse a reír.

—¿Te dijo cuánto dinero recibí exactamente del tío Curtis? Diez mil dólares. Cole, ni siquiera es mi sueldo de todo un año. ¿Cuánto tiempo crees que podría mantenerme con eso? Si estabas pensando en adueñarte de mi «fortuna», será mejor que revises tus planes. No soy una heredera.

Los dedos de Cole se cerraron con fuerza en torno a la copa, y la mirada gris se transformó en un remolino de agujas de hielo.

—Sabes perfectamente que jamás he albergado tal propósito.

—Apenas te conozco —replicó Kelsey en tono lúgubre—. ¿Cómo voy a saber cuáles son tus propósitos?

—Por el amor de Dios, Kelsey, al menos, dime que no me consideras capaz de querer adueñarme de tu dinero —masculló Cole.

A pesar de la tensión y del resentimiento, Kelsey tuvo la delicadeza de retractarse de aquella acusación. Si de algo estaba instintivamente segura, era de que Cole tenía demasiado orgullo para vivir a costa de una mujer.

—Por supuesto que no te considero capaz —declaró, menos severa—. Tienes razón. Esta noche estoy un poco tensa.

—Estaba convencido de que habías recibido de tu tío una cantidad que garantizaba tu independencia económica. Tu madre había insinuado que solo trabajas para no aburrirte.

El humor relampagueó en los ojos de Kelsey.

—Mi madre ha estado viviendo en un mundo de fantasía desde que heredó esta casa y los beneficios de los bienes de mi tío. Cuando murió mi padre, tuvo que deslomarse a trabajar. De vez en cuando, el tío Curtis se dignaba a enviarnos un pequeño cheque por Navidad, pero esa era toda la ayuda que recibía de él. Nunca le agradó que mi madre se casara con un artista, así que creía que tenía lo que se merecía.

—¿Tu padre era artista?

—Un artista fracasado, más bien —Kelsey sonrió—. Un soñador. Te divertías mucho con él, pero no era ni un buen padre ni un buen marido. Vivía esperando a que lo descubrieran, pero la fama nunca llegó. Murió cuando yo tenía doce años. Mi madre tuvo que hacer equilibrios con el dinero y cuando murió mi tío, hará cosa de cinco años, de repente, era rica. Y ha sabido disfrutar de su fortuna: viajes a Europa, esta preciosa casa y un distinguido y encantador segundo marido. Se lo está pasando en grande y yo me alegro mucho por ella, pero la verdad es que apenas tiene control sobre la herencia. Son bienes gestionados por el banco de mi tío, y según las estipulaciones del testamento, mi madre solo puede vivir de los beneficios. Cuando ella muera, la herencia se repartirá entre las organizaciones benéficas predilectas de mi tío. Como verás, el tío Curtis no quería destruir mi ambición dejándome demasiado dinero en mi juventud —concluyó en tono cómico.

Cole pareció reflexionar sobre la situación durante unos momentos. Luego, asintió.

—Está bien, así que sugerir que renuncies a tu trabajo es pedir demasiado. Lo entiendo. Pero estoy dispuesto a compensar la pérdida financiera. Cuidaré muy bien de ti, Kelsey. Créeme, puedo permitírmelo. Incluso podría pagarte el equivalente a tu sueldo actual si así te sientes más independiente económicamente.

Kelsey cerró los ojos con mudo desagrado.

–Hablas en serio, ¿verdad?

–Totalmente. He meditado mucho sobre este asunto.

Kelsey movió la cabeza con admiración.

–¿Dónde has estado metido en estos últimos diez años, Cole? El mundo ya no funciona de esa manera.

–¡Y tanto que sí! –replicó con suavidad–. Te deseo, y creo que tú a mí también. Tu trabajo es un obstáculo porque nos separa geográficamente. Tengo dinero de sobra para los dos. Todo ello apunta a una solución muy clara.

–¿Que deje mi trabajo y viva aquí contigo?

–¿Por qué no? –inquirió Cole con ardor–. Si de verdad quieres trabajar para no aburrirte, puedes ayudarme con mis inversiones. O puedes buscar alguna ocupación en Carmel.

–¿Por ejemplo? ¿Abrir otra boutique refinada, como las muchas que ya hay?

–Kelsey –la previno Cole en tono de advertencia. Pero la ira hacía bullir la sangre de Kelsey. La controló con un esfuerzo sobrehumano.

–Hay otra opción.

–¿Cuál? –preguntó Cole, con cierto recelo.

–Podrías mudarte a San José.

Fue el turno de Cole de dirigirle una mirada penetrante.

–¿Hablas en serio?

–¿Por qué no? –repuso Kelsey con osadía–. Tu puedes trabajar en cualquier sitio.

–¿Prefieres vivir en San José pudiendo estar aquí, en la playa? –la provocó Cole–. ¿Prefieres el tráfico, los humos, la delincuencia y todo lo demás? Vamos, Kelsey, sabes tan bien como yo que te encanta esta zona.

–A todo el mundo le encanta Carmel y la península de Monterrey –replicó Kelsey con voz gélida–. Pero no todos pueden permitirse vivir aquí. Tú sí, lo mismo que Roger y mi madre. Pero yo no pertenezco al mismo círculo financiero que vosotros. Seguramente, tardaría meses en encontrar otro trabajo en esta zona, y no me pagarían tanto, ni sería tan interesante como el que tengo ahora.

—Ya te he dicho que puedo cuidar de ti.

—¡Y yo te estoy explicando que no pienso convertirme en una concubina profesional!

Cole contempló el rostro agitado de Kelsey y pareció llegar a una rápida conclusión.

—Estoy presionándote demasiado, y demasiado pronto —dijo en tono tranquilizador—. Lo siento, Kelsey. No es preciso que discutamos esta noche sobre esta cuestión. Y no quiero echar a perder lo que nos queda de fin de semana. Dame tu copa, te serviré un poco más de armañac. Reconozco que Roger tiene un paladar exquisito. Tendré que comprarle otra botella para sustituir la que hemos estado mermando tú y yo durante este mes.

Antes de que Kelsey pudiera pensar en una protesta lógica, Cole ya se había apropiado hábilmente de su copa. Contempló con nerviosismo cómo atravesaba en silencio el suelo de madera y la elegante alfombra oriental para tomar la botella de armañac, que descansaba sobre una mesa de teca. Aquello iba de mal en peor, pensó con contrariedad.

La había desconcertado con su descabellada sugerencia de que abandonara todo y se convirtiera en su concubina. Resultaba alarmante descubrir que Cole ya había ideado planes de futuro para los dos. Para Kelsey, se hallaban al comienzo de una relación que, con el tiempo y las circunstancias adecuadas, podría florecer en algo valioso. Pero Cole ya daba por hecho el aspecto íntimo de su amistad, y se concentraba en planear los detalles.

—Yo diría que estás confusa y muy enojada conmigo —comentó Cole, que volvió la cabeza para mirarla—. No hay necesidad de que te sientas así. Esta noche, no. No voy a presionarte, Kelsey. Sé que estás acostumbrada a ser independiente. Después de todo, ¿cuántos años tienes? ¿Veintiocho? —Kelsey asintió, al tiempo que se preguntaba adónde querría ir a parar—. Y vives sola desde hace tiempo.

—Desde que terminé el instituto —corroboró con cautela—. Trabajé para pagarme la carrera.

—Y nunca te has casado —prosiguió Cole, mientras regresaba con la copa de armañac—. Así que nunca has tenido que adaptar tu estilo de vida al de otra persona, ¿no?

—Nunca he sido una mantenida, si te refieres a eso —le espetó.

—No, no me refiero a eso —gruñó Cole—, y lo sabes. ¿Nunca te has comprometido con ningún hombre, Kelsey? Te habrás enamorado de alguien a lo largo de los últimos veintiocho años, ¿no?

—Por supuesto —contestó Kelsey, con fingida despreocupación.

—¿Y bien? —la desafió—. Dime, ¿qué aprendiste de la experiencia?

—Solo que quizá tengas razón sobre las relaciones a larga distancia —dijo con frialdad, y le dio la espalda antes de tomar un sorbo de armañac.

—¿Qué quieres decir con eso?

¿Para qué contárselo?, se preguntó Kelsey con irritación. Cole no tenía derecho a indagar en su pasado cuando se negaba a contestar hasta las preguntas más superficiales sobre el de él. No tenía por qué desenterrar el desengaño con Aaron Blake. Hacía tiempo que lo había superado, y lo único que debía recordar de todo ello era la lección aprendida.

—Hace un par de años, me enamoré locamente de un hombre que viajaba mucho —se oyó decir en tono glacial—. Era un ejecutivo de una empresa del Medio Oeste, y hacía negocios con la empresa en la que yo trabajaba. Solo podíamos vernos cuando venía a San José, pero procuraba visitarme con la mayor frecuencia posible. Estaba encantado de que adaptara mi horario al de él, y yo encantada de hacerlo —Kelsey inclinó la cabeza, como si se riera de sí misma.

—Deduzco que no salió bien —dijo Cole con aspereza.

—No.

—¿Porque el factor de la distancia imposibilitaba que la relación fuera más allá? Kelsey, precisamente es eso lo que intento decirte...

—¡No! —lo interrumpió con fiereza—. No se debía solamente a la separación geográfica, aunque estoy segura de que al final habría sido un problema, sino a las muchas mentiras que se interponían entre nosotros. La distancia favoreció que él pudiera ocultar esas mentiras.

Kelsey percibió cómo Cole se quedaba inmóvil detrás de ella.

—¿Qué clase de mentiras?

—Estaba casado —contestó sin rodeos—. Pasaron meses antes de que lo averiguara. Un compañero de trabajo fue quien me abrió los ojos. ¡Dios mío, qué estúpida me sentí!

—¿Qué hiciste?

Kelsey desechó los recuerdos amargos y humillantes y trató de concentrarse en la finalidad de aquella historia.

—Dejé mi trabajo porque no soportaba verlo ni siquiera por cuestiones profesionales. También tuve el placer de decirle lo que pensaba de él. Pero lo único que saqué en claro de todo aquel embrollo fue una lección muy dura sobre la importancia de la confianza y la sinceridad en una relación. Y no me digas que no sé lo que supone adaptar mi estilo de vida al de otra persona. Aaron Blake me obligó a realizar cambios muy importantes, ¡incluyendo buscar un nuevo trabajo!

—Kelsey, todo lo que me has dicho refuerza lo que desde hace rato intento explicarte. Mantener una relación a larga distancia resultará muy duro para los dos. Además de que ya te echo de menos durante la semana, me preocupa que vengas en coche desde San José todos los viernes por la tarde. Tampoco me agrada tener que preguntarme dónde diablos estás cuando te llamo y no contestas al teléfono —añadió con un repentino énfasis que hablaba por sí solo.

Kelsey ladeó la cabeza.

—No sabía que me hubieses llamado esta semana.

Cole torció los labios con sarcasmo.

—El martes, el miércoles y el jueves por la noche, para ser exactos. En las tres ocasiones, habías salido.

Kelsey meditó en ello durante unos momentos, enormemente complacida porque le hubiese telefoneado. En seguida, sofocó aquella reacción. Después de todo, estaba a punto de poner fin a la relación, no a establecer un vínculo más íntimo.

–El martes por la noche, cené con un compañero de trabajo, el miércoles, fui a una fiesta de una amiga que va a tener un bebé y el jueves... –arrugó la nariz unos segundos, esforzándose por recordar–. El jueves trabajé hasta tarde.

–Ya. ¿Con el bueno de Walt Gladwin?

–Ya te dije que estaba sudando tinta para ultimar esos documentos antes de mis vacaciones –le recordó en voz baja.

–Lo único que sabía era que no estabas en casa.

Kelsey se dio la vuelta y lo sorprendió mirándola con demasiada intensidad. En aquel momento, se le ocurrió pensar que, de haber iniciado una relación amorosa con Cole Stockton, habría descubierto que era un hombre muy posesivo. Él debió de leerle el pensamiento, porque siguió mirándola durante un largo momento antes de asentir.

–Tienes razón –le dijo–. No me hizo gracia. Y cada vez me la hará menos. Quiero saber dónde estás y qué haces en cada momento, y no tener que preguntarme tres días seguidos si no estarás con otro hombre.

Kelsey se sorprendió reaccionando a la amenaza que encerraban aquellas palabras casi sin pensar.

–No te preocupes, no tendrás que volver a preocuparte por eso.

Un brillo especulativo iluminó los ojos grises de Cole.

–¿Se trata de una promesa?

–Me temo que sí –dijo Kelsey con cautela. Rehuyó la mirada penetrante de Cole y atravesó la estancia, impulsada por la acuciante necesidad de alejarse de aquel hombre. Se detuvo delante del fuego que ardía en la chimenea de granito negro. Cole lo había encendido antes de que se sentaran a saborear la cena de cangrejo y ensalada que habían preparado juntos.

–Kelsey, ¿qué intentas decirme, cariño? –preguntó con suavidad.

—No has entendido el sentido de la pequeña historia que te he contado hace unos minutos, Cole –dijo, con la mirada puesta en las llamas–. La lección que aprendí con ese desengaño no fue que las relaciones a larga distancia son difíciles, sino que una buena relación debe basarse en la confianza y la sinceridad. Necesito saber que el hombre que exige de mí un compromiso es completamente franco y honesto. No quiero barreras ocultas, ni secretos, ni sorpresas desagradables.

—Diablos, yo no escondo una esposa y seis hijos en ninguna parte –le dijo con una insólita exhibición de humor–. Palabra de honor –alzó una mano, con la palma hacia fuera.

Kelsey alzó la vista, pero se negó a dejarse influir por la broma.

—Pero eso yo no lo sé. No puedo estar segura de nada sobre ti o sobre tu vida antes de que vinieras a Carmel. Eres un libro cerrado, Cole. Te niegas a hablar de tu pasado, y solo accedes a contarme los datos más básicos sobre ti. No te importa el futuro, solo piensas en el presente. Es imposible que pueda llegar a conocerte.

—Kelsey –empezó a decir con aspereza–, ya basta. Comprendo que estés un poco tensa esta noche y que hayas tenido mucho trabajo esta semana, pero...

—Cole, escúchame. No estoy tensa por exceso de trabajo, sino porque intento hallar una manera delicada de decirte que no pienso verte más. Un mes de intentos infructuosos por derribar ese muro que has construido en torno a ti me basta para saber que nuestra relación, con separación geográfica o sin ella, no va a ninguna parte, y pretendo ponerle fin antes de que nos destruya a los dos.

Un estallido, similar al de una granada, de fuerza bruta y gélida furia masculina se produjo en la hermosa habitación. Kelsey empezaba a comprender que no había abordado bien el asunto, cuando el ruido del cristal al hacerse añicos se propagó por el aire.

Contempló, estupefacta, cómo la copa que Cole sostenía se desintegraba entre sus dedos. Durante un instante cargado de tensión, los dos se quedaron mirando los cristales que caían al suelo. La delicada copa de la madre de Kelsey había sucumbido a la presión aplastante de la mano de Cole.

El silencio glacial y tenso que reinaba en la estancia se quebró con la amenaza de Cole.

–No intentes huir. Ni siquiera llegarías a la puerta.

Capítulo 2

–¡Cole, espera! No lo entiendes.
–Lo entiendo –respondió.
Cole sintió la furia y el deseo ardiente corriendo por sus venas, una combinación poderosa como ninguna.
–Lo entiendo todo –repitió–. ¿Pensabas que podrías jugar conmigo durante un mes y, luego, irte?
–No estaba jugando contigo.
Cole contempló cómo retrocedía con la mano levantada, como si con aquel gesto pudiera aplacarlo. Avanzó hacia ella con paso sereno, deseando que comprendiera lo inevitable que sería el desenlace de aquella confrontación para los dos.
–Llevamos un mes haciendo las cosas a tu manera –dijo con aspereza–. Me he repetido hasta la saciedad que no debía presionarte, que te daría todo el tiempo que necesitaras. Quería que te sintieras a gusto conmigo.
–¡A gusto! ¿Cómo voy a sentirme a gusto con un hombre que se niega a compartir conmigo ningún detalle relevante de su vida? –le espetó. Sin dejar de mantener la distancia, Kelsey sorteaba los muebles en dirección a las puertas correderas de cristal del otro extremo del salón.
–He contestado tus malditas preguntas –masculló Cole–. Hemos charlado durante horas sobre todo tipo de cuestiones. Te agradaba tanto que me he pasado todos los fines de semana conversando contigo hasta las dos de la mañana.
–Pero nunca me cuentas nada –gimió.

—¿Cómo que no? Te he contado todo lo que necesitabas saber. Todo lo que afecta a nuestras vidas. Sabes dónde vivo, en qué trabajo y lo que opino sobre el estado de la economía, la política, la comida china y la defensa de las ballenas.

—Pero siempre que te pregunto sobre tu pasado, te niegas a contestar.

—Porque mi pasado carece de importancia para nuestra relación —la informó con arrogancia—. ¿Quién te crees que eres para exigir explicaciones y respuestas con las que satisfacer tu curiosidad de mujer? Nunca te he mentido y nunca te mentiré, eso es lo único que necesitas saber. Si hay cuestiones de las que prefiero no hablar, es que no son importantes.

Cole vio las chispas de ira que saltaban en los ojos casi verdes de Kelsey y contempló cómo se debatía entre la furia y el miedo femenino que él mismo había inspirado. Quería ver la cautela y la incertidumbre en su mirada porque eso significaría que, por fin, lo estaba tomando en serio. Pero, en parte, también respetaba la ira y el desafío. Desde que la vio, supo que deseaba a Kelsey Murdock, y su orgullo era un ingrediente más de su persona. Cole se había prometido doblegar aquel sentimiento de orgullo e independencia con cuidado, y creía haber hecho un buen trabajo hasta aquella noche.

—¿Cómo puedes decir que tu pasado carece de importancia? —lo retó Kelsey, mientras daba otro paso hacia atrás—. Podrías ser un... un criminal o un ladrón de joyas internacional. Incluso puede que estés viviendo aquí, en Carmel, con un nombre falso. O quién sabe si no eres un asesino a sueldo que solo tiene que hacer un par de trabajos al año y pasar el resto del tiempo rodeado de lujos. ¡Si es que vivir entre rejas de hierro y muros altos de piedra es llevar una vida lujosa, claro!

—Desde luego, has dado rienda suelta a tu imaginación. No sospechaba que estuvieras forjando esa clase de fantasías.

—¿Qué fantasías quieres que imagine si no sé nada sobre tu pasado?

—Quiero que te olvides de mi pasado, no que inventes cuentos de hadas sobre mí.

—Tú te muestras bastante interesado en lo que he estado haciendo durante los últimos veintiocho años —replicó Kelsey con ánimo vengativo.

—Solo porque tú estás dispuesta a hablar de tu vida. De lo contrario, habría respetado tu silencio.

—¡Estoy dispuesta a hablar de mi vida porque no tengo nada que ocultar!

—¿Insinúas que yo sí? Olvídalo, Kelsey, no voy a responder a tu provocación haciéndote ninguna confesión. Si pensara que debías saber algo, te lo habría dicho.

Kelsey alcanzó las puertas correderas de cristal y se vio obligada a detenerse. Alzó la cabeza con desafío y las luces empotradas del techo iluminaron sus rasgos tensos.

Kelsey no era una mujer hermosa, pero el brillo alegre de sus ojos y la promesa de ternura y pasión de su cálida sonrisa habían cautivado a Cole desde el momento en que la vio. Objetivamente, solo podía ser calificada de razonablemente atractiva, pero a él lo atraía gracias a una turbadora combinación de factores: podía ser encantadora e ingeniosa o tierna y reflexiva; podía ser amable y perspicaz o agresiva y burlona. La sensualidad inherente a ella parecía creada especialmente para seducir a Cole. En resumen, ejercía un poder sobre él que no acertaba a comprender por entero, pero que reconocía sin tapujos.

Lo que Kelsey no comprendía, al parecer, se dijo con crueldad, era que también él ejercía un poder sobre ella. O, al menos, pensaba establecerlo. Era hora de que lo entendiera.

—No voy a seguir adelante con una relación regida al cien por cien por tus normas, Cole. Tomaré mis propias decisiones sobre lo que considero importante o digno de saber.

—Bruja arrogante —susurró Cole, no sin un ápice de admiración—. ¿Crees que puedes poner fin a nuestro romance solo porque me niego a satisfacer por completo tu curiosidad?

—Sí —declaró Kelsey con vehemencia—, lo creo. Puedo poner fin a esta relación por la razón que me plazca. De hecho, para ser precisos, no creo que pueda llamarse relación y, mucho menos, romance.

—¿Porque solo te he dado besos de buenas noches? ¿Porque he dejado que me mandaras a casa, a una cama vacía, todas las noches que hemos pasado juntos? Mujer, si crees que lo nuestro no es una relación amorosa, te estás engañando. Solo quería darte tiempo, ¡maldita sea!

—¿Por qué? ¿Para que llegara a conocerte mejor? —preguntó con sarcasmo—. ¡Será una broma!

—He estado perdiendo el tiempo, ¿verdad? —dijo Cole con voz lenta, y se detuvo a pocos pasos de distancia para observarla con atención. Kelsey tenía intención de salir disparada por las puertas correderas. Estaba a punto de cerrar los dedos en torno al pomo.

—Creo que soy yo la que ha estado perdiendo el tiempo —replicó Kelsey en tono pausado—. Aunque puede que tengas razón. Puede que los dos hayamos cometido el mismo error. Es evidente que no estamos hechos el uno para el otro, Cole. Creo que, cuando hayas tenido ocasión de meditar sobre ello, lo comprenderás. Necesitas una mujer felpudo que no desee una relación fuera del dormitorio.

—¿Y qué es lo que tú deseas, Kelsey? —preguntó Cole, mientras observaba, de forma inadvertida, la mano puesta sobre el pomo. Kelsey estaba cerrando los dedos muy despacio y, en cualquier momento, abriría la puerta y saldría corriendo. Se preguntó vagamente adónde pensaba huir para que él no pudiera encontrarla. Tal vez, la dejaría correr unos metros en la noche húmeda para que aprendiera la lección. Una mujer empapada intentando escapar por una playa arenosa con unos ridículos tacones no tardaría en reparar en su propia vulnerabilidad.

—Deseo un hombre que pueda compartirlo todo conmigo: su pasado, su presente y su futuro. Un hombre que crea en las relaciones sinceras. También deseo a un hombre afín a mí y al mundo moderno, al menos, lo bastante para saber que lo último que debería ofrecerme es ser su amante mantenida.

Acto seguido, llevó a cabo su intento de huida. Cole contempló casi con perezosa indulgencia cómo abría de golpe la puerta corredera y salía corriendo a la amplia terraza con vistas a la playa. Volvió la cabeza con nerviosismo para mirarlo por última vez.

–¿Adónde piensas ir, Kelsey? –preguntó Cole con suavidad–. Mi casa es el refugio más cercano, y hay un largo paseo hasta Carmel. ¿No crees que es una noche demasiado fría y lluviosa para huir?

Contempló el efecto de sus palabras mientras ella permanecía inmóvil, a la luz de la terraza. La furia y el miedo seguían entablando una lucha encarnizada en su mirada.

–¿Por qué intentas asustarme, Cole? ¿Como venganza por no dejarme seducir por ti?

–No pretendo asustarte, voy a hacerte el amor. Llevo esperándolo toda la noche y no pienso cambiar ahora de idea.

Cole dio un paso deliberado hacia la puerta corredera, y Kelsey perdió su arrojo. Se volvió y bajó corriendo los peldaños que descendían a la arena, para adentrarse en la húmeda oscuridad. Suspirando por la perspectiva de tener que mojarse, Cole fue tras ella. No tenía prisa. Kelsey no podría ir muy lejos con aquellos tacones. Pronto comprendería lo absurda e imposible que era su fuga, y el impacto psicológico de aquel descubrimiento sería de gran utilidad.

Además, se dijo con ánimo lúgubre, no era la primera vez que tendía una emboscada bajo la lluvia.

No resultaba difícil seguirla con la vista. El vestido de punto de color carmesí era una mancha vistosa y cambiante en la oscuridad, y la piel pálida de sus piernas proporcionaba un blanco igualmente visible.

Cole sabía, sin necesidad de pararse a analizarlo, que su jersey y sus pantalones negros lo hacían invisible. Observó cómo se desviaba a la izquierda al llegar a la playa y la vio tropezar un poco con la arena húmeda y compacta. Kelsey volvió la cabeza para ver si él la seguía. De pie, junto a un tronco torcido de un ciprés de Monterrey, Cole desplegó una sombría sonrisa. No podía verlo, era evidente. Contempló cómo vacilaba e intentaba escudriñar la oscuridad, pero Cole tenía la habilidad innata de confundirse con el entorno y sabía que Kelsey era incapaz de detectar su presencia.

Una vez en la playa, Kelsey, desesperada, trató de analizar la situación. Había sido una idiotez permitir que la asustara y la forzara a salir huyendo de la casa. Ni siquiera podía correr con tacones. Al volver la mirada hacia la vivienda, no vio ni rastro de él, pero la llovizna fría e incesante le estaba calando el vestido rojo de punto y empapándole el pelo. Se sentía ridícula.

Y, por si fuera poco, había permitido que la espantara de su propia casa, pensó con furia. Bueno, de la casa de sus padres. Daba lo mismo. Cole debía estar en su fortaleza amurallada, no en la hermosa y luminosa casa de Amanda. Kelsey se preguntó con desolación cuánto tiempo esperaría Cole a que ella regresara. Permaneció de pie bajo la lluvia, sintiéndose desgraciada, con los tacones hundidos en la arena, mientras contemplaba con anhelo la morada cálida e iluminada. Dentro, la esperaba un salón templado por el fuego, una ducha caliente y una copa de coñac.

También la esperaba Cole.

La había dejado estupefacta con su violenta reacción a la decisión de poner fin a la relación. Era evidente que se había presentado con la intención de acostarse con ella aquella noche, y no le había hecho gracia que ella frustrara sus planes. Kelsey ya imaginaba que el rechazo no le agradaría, pero la furia que había desatado la ruptura la había tomado por sorpresa.

No percibía movimiento alguno en la terraza y tampoco en las sombras que filtraba la suave lluvia. A su espalda, las olas rompían con estrépito en la playa, ahogando cualquier otro ruido. Claro que Cole se movía con absoluto sigilo, pensó Kelsey con nerviosismo. Un ciprés de tronco sinuoso apareció ante ella al dar un paso vacilante hacia la casa.

No debía seguir allí de pie, bajo la lluvia, como un terrier empapado. Además, se estaba quedando helada. No tenía nada que temer de Cole, en realidad, no, se dijo con optimismo. Después de todo, era amigo y vecino de sus padres. No se arriesgaría a desatar la ira de Roger y Amanda violándola, se tranquilizó. Había sido una tontería dejar que la intimidara de aquella manera.

Pero sabía tan poco sobre Cole Stockton... En realidad, no podía estar segura de nada, ni siquiera de que no recurriría a la violencia.

Dio otro paso hacia la casa, deseando resguardarse de la persistente lluvia. Su propia furia y la sensación de haberse comportado de forma absurda alimentó su visión positiva de la situación. ¿Y qué si Cole seguía esperándola en la casa? Sabría manejarlo. Acabaría con su fanfarronada y lo pondría de patitas en la calle.

Kelsey estaba extrayendo fuerza de aquel pensamiento, cuando la mano de Cole se cerró con fuerza en torno a su muñeca. Kelsey abrió la boca instintivamente para gritar, pero la otra mano de Cole la silenció un momento antes de que él mismo surgiera de entre las sombras del ciprés.

—No es que tema que alguien pueda oírte y acuda en tu auxilio —dijo con voz ronca—. Es que no quiero lastimarme los oídos.

A Kelsey le entró el pánico al comprender que le resultaría imposible desembarazarse de él. Todas sus esperanzas de saber manejarlo se desvanecieron. Forcejeó con frenesí, golpeando a Cole con la mano que tenía libre hasta que él consiguió inmovilizarla con la presión de su cuerpo. Tenía una fuerza abrumadora, y la administraba con una desenvoltura que indicaba la futilidad de los esfuerzos de Kelsey por soltarse.

Cuando logró asestarle un puntapié en la espinilla, Cole se impacientó de repente. Inmovilizándola contra su sólido pecho, tomó su rostro y acercó los labios de Kelsey a los de él.

—¿Creías que podrías escapar de mí esta noche? —preguntó junto a su boca, bajo la suave lluvia—. Hace un mes que te espero. Sé que me deseas tanto como yo a ti, así que guarda tus garras, Kelsey. Esta noche descubrirás lo que de verdad importa entre nosotros.

Kelsey hizo acopio de valor.

—Suéltame, hijo de perra. Ya estoy harta de que dirijas esta «relación» a tu manera. Apuesto a que tienes algo que ocultar, ¿verdad? A un hombre honrado y sensible jamás se le ocurriría comportarse así.

No pudo decir nada más, porque Cole le hacía tragarse sus insultos con la fuerza de su beso. Kelsey saboreó la lluvia en la boca de Cole, antes de sucumbir a la posesión salvaje de su beso, que ella solo podría satisfacer con una rendición completa. Kelsey percibía aquella exigencia en todas las células de su cuerpo.

Durante un mes, había estado torturándose imaginando cómo sería hacer el amor con Cole. Los pocos besos recibidos habían sido comedidos, calculados para avivar las llamas de atracción que se encendían entre ellos, pero sin dejar que ardieran sin control. Cole solo había estado esperando el momento oportuno, comprendió Kelsey vagamente. Había ocultado la intensidad de su pasión con un autocontrol apenas creíble.

Kelsey había intuido que hallaría excitación y fuego en sus brazos, pero no imaginaba la profundidad del deseo que ardería entre ellos cuando Cole traspasara las barreras que él mismo había levantado. La intensidad del beso le hizo olvidar el frío y la lluvia, aunque sabía que no podía escapar a la fuerza de su abrazo. Cole acarició con la lengua todos los rincones de su boca, atormentándola, retándola, conquistándola, hasta que Kelsey se quedó débil de deseo.

–¿Qué te hizo pensar que podrías poner fin a lo nuestro solo porque no obtenías respuestas a tus estúpidas preguntas? –masculló cuando arrancó sus labios húmedos de los de Kelsey.

Kelsey se limitó a mirarlo fijamente, perpleja al advertir lo impotente que se sentía. Por un lado, ansiaba rendirse a la pasión que Cole desataba, pero, por otro, se rebelaba contra la manera en que estaba sucediendo. Había tomado su decisión antes de salir de San José, y había sido la correcta... estaba segura. Al menos, lo había estado a la luz clara del día. Pero aquella noche...

–No tienes derecho a obligarme a que me acueste contigo –dijo con desesperación.

—¿Que no tengo derecho, cuando te hago temblar de esta manera solo con un beso? Tú eres la fanática de la verdad y la sinceridad, Kelsey, ¿por qué no reconoces que me deseas? Lo he visto en tus ojos, lo he sentido en tus caricias. Solo te resistes ahora por lo obstinada e independiente que eres. Ya te he dicho que tendrías que aprender a comprometerte, y empezaré a enseñarte lo que significa esa palabra esta misma noche.

—¡Cole, no! ¡Suéltame! —protestó Kelsey, cuando él la levantó en brazos y echó a andar hacia la casa.

—Te haré el amor bajo la lluvia en alguna otra ocasión, Kelsey, pero esta noche hace demasiado frío a la intemperie. Necesitamos una ducha caliente y una cama tibia.

—Yo no necesito eso —Kelsey hundió las uñas en la tela mojada del jersey de Cole.

—Por supuesto que sí, solo que no está ocurriendo exactamente como tú querías. Habría hecho las cosas a tu manera, Kelsey, si no me hubieras arrojado el guante esta noche —estaba subiendo los peldaños de la terraza—. Te habría dado todo el tiempo que necesitaras, siempre que fuera razonable. Pero tenías que apretar demasiado las tuercas, ¿verdad? Tienes mucho que aprender.

—Me niego a iniciar una relación amorosa con un hombre en quien no puedo confiar —le espetó.

—Dime que te niegas y que no confías en mí después de que pasemos la noche juntos —la desafió con voz tensa—. Mañana verás el mundo de otra forma, Kelsey, ya lo verás.

—Una noche en la cama contigo no va a cambiar nada —protestó con fiereza, mientras la conducía al interior de la casa.

—Dímelo mañana —la provocó Cole. La sostuvo fácilmente mientras cerraba la puerta corredera sin mucha suavidad. Luego, echó a andar por el pasillo hacia el dormitorio que Kelsey ocupaba cuando dormía en la casa de su madre.

Dividida entre el pánico y el deseo, Kelsey contuvo el aliento y empezó a forcejear de nuevo cuando Cole entró en el dormitorio de tonos crema y amarillo.

—No puedes hacerme esto, y lo sabes. No me importa cuál

sea tu postura hacia los derechos de los demás, ¡no puedes tratarme así!

La mirada serena y gris de Cole la recorrió de arriba abajo cuando la dejó de pie en el suelo.

–Soy un viejo amigo de la familia, recuerda. Lo único que voy a hacer será cuidar de ti, encargarme de que entres en calor después de tu estúpida incursión bajo la lluvia.

–Cole, escúchame –le suplicó Kelsey, con voz vacilante al sufrir el impacto de su severidad–. Tenemos que hablar. Es lo que ha ido mal en esta... en esta relación desde el principio. Tú no haces más que poner límites y levantar muros. No me dejas que te conozca.

Cole se dispuso a desabrocharle el primer botón dorado del vestido rojo.

–Conocerás lo que necesitas conocer sobre mí esta noche.

–Maldita sea, ¡no permitiré que me hagas esto!

Lágrimas de frustración y de rabia ardían en los ojos de Kelsey cuando le apartó las manos de un manotazo. Estaba helada, mojada, y se sentía desgraciada. También estaba bastante asustada. Sabía que estaba tratando con un hombre y una situación que, en cuestión de minutos, se le había escapado de las manos. Y lo más chocante de todo era que ella tampoco tenía pleno control de sí misma.

–Deja de resistirte, Kelsey –la apremió Cole con voz ronca, después de asirla por las muñecas y sujetárselas a la espalda–. Estoy haciendo esto por tu bien, no solo por el mío.

–Al menos, ahórrate el sermón sobre tu bondad.

–Mírame, Kelsey –le ordenó con suavidad, y utilizó la mano que tenía libre para levantarle la barbilla–. Mírame y dime que no me deseas.

–No te dese... –empezó a decir con ardor, pero Cole la interrumpió con un beso de advertencia. La mente y el cuerpo de Kelsey absorbieron la amenaza junto con la pasión candente que encerraba. Cada centímetro de su piel vibraba de anhelo. Era tan capaz de controlar su reacción a aquel hombre como de detener la lluvia de aquella noche.

–La verdad, Kelsey. Dame eso, por lo menos.

–¿Por qué? –susurró, angustiada–. Tú no me dices la verdad.

–Siempre te he dicho la verdad y siempre te la diré –le prometió–. Quizá no te cuente todo lo que desearías saber, pero lo que decido revelarte es cierto.

–¡Eso no me basta! –exclamó.

–Tendrá que bastarte –una vez más, la besó, apretándola contra él hasta que Kelsey sintió los contornos y ángulos firmes de su cuerpo a través de las prendas húmedas. Cuando Cole alzó la cabeza en aquella ocasión, había exigencia pura y persistente en sus rasgos esculpidos con tosquedad–. Reconoce que me has deseado durante todo este mes. Dime que supiste desde el principio que, tarde o temprano, acabaríamos juntos en la cama.

–No tenía nada de inevitable –dijo con voz trémula, y comprendió entonces que estaba mintiendo. Sus sentidos percibían con asombrosa claridad que aquel momento estaba predestinado a suceder desde que conociera a Cole Stockton. Lo que no comprendía era por qué intentaba negarse a sí misma aquella pasión.

–Kelsey, Kelsey –murmuró Cole con voz ronca–. Siento cómo tiemblas en mis brazos. No me mientas, cariño –deslizó una mano por su vulnerable garganta y, una vez más, halló los botones dorados del vestido rojo. En aquella ocasión, los desabrochó metódicamente, como si cada movimiento fuera una caricia. Cuando terminó, Kelsey se recostaba con impotencia en sus brazos, sintiendo pequeños estremecimientos de deseo por todo el cuerpo que le robaban la voluntad. Cuando Cole deslizó por fin la mano dentro del vestido y encontró sus senos, tuvo que reprimir el instintivo grito de anhelo.

–Cole...

–Sé lo que intentas decirme, cariño. Relájate y deja que todo ocurra como debe ocurrir –Cole dejó que enterrara el rostro en la tela de su jersey, consciente de que a ella le resultaría más fácil así.

–Cole, esto no va a cambiar nada –acertó a decir Kelsey, con la voz gruesa por la emoción–. Mañana...

—Lo único que me interesa es el presente. Ahora solo nos preocuparemos por esta noche. El futuro puede cuidarse solo —acarició la punta sonrosada de su pequeño seno con la yema del pulgar—. Tus pezones están duros como minúsculas cerezas, Kelsey. Hace un rato vi cómo se perfilaban por debajo de tu vestido y supe que no llevabas sujetador. Querías que lo supiera, ¿verdad? Era una invitación. Una pequeña muestra de intimidad. Y sentí que la cabeza me daba vueltas solo de pensar en lo que significaba.

—Cole —dijo Kelsey, con un suspiro—. No lo entiendes.

Pero, en cierto sentido, sabía que él lo entendía. Desde luego, comprendía la intensidad de la atracción física que existía entre ellos, y la plenitud con la que podía dominar los sentidos de Kelsey.

—Calla, Kelsey —la tranquilizó, y bajó la cabeza para besar la piel sensible por debajo del oído. Con los dedos, jugó con los mechones húmedos de pelo—. No voy a seguir esperándote —hizo una pausa y dejó que el pulgar volviera a rozar el pezón floreciente—. ¿Me deseas, Kelsey?

Kelsey se estremeció y abandonó aquella lucha sin sentido.

—Te deseo, Cole. Pero mañana todo seguirá igual.

—Para lo que vamos a hacer esta noche, el futuro es tan inexistente como el pasado —replicó, y cubrió la boca de Kelsey con la de él, manteniéndola cautiva mientras la despojaba del vestido rojo.

En un momento estremecedor, Kelsey se halló desnuda delante de él, temblando del frío de la lluvia y del calor del deseo. Cole le soltó las manos y ella gimió con suavidad antes de rodearle el cuello con los brazos.

—Kelsey, hace tanto tiempo que deseaba verte así... —Cole deslizó las palmas por sus costados, siguiendo los contornos de la cintura y el muslo con una caricia ávida. Ella oyó su gemido gutural—. Vamos, cielo, necesitamos esa ducha caliente. Los dos estamos helados y empapados.

La condujo al interior del baño, y se desembarazó del jersey, los zapatos y los pantalones con impaciente eficacia. Kelsey era incapaz de desviar la mirada del cuerpo fuerte y esbelto de Cole, que iba quedando al descubierto a medida que se desnudaba. Cuando alargó el brazo para descorrer la cortina de la ducha y abrir el grifo, los músculos de sus anchos hombros se movieron con fluida coordinación.

Cole se volvió hacia ella cuando empezó a salir el agua, y Kelsey experimentó un estremecimiento de nerviosismo y expectación al ver la magnitud de su erección. Cole le brindó una de sus insólitas sonrisas al reparar en su mirada.

—Ven, Kelsey. Sabes tan bien como yo que ya no hay marcha atrás —le tendió una mano.

Después de una fugaz vacilación, Kelsey apoyó los dedos en los de él y dejó que la arrastrara hacia el chorro de agua caliente. La ducha disipó los escalofríos producidos por la lluvia, pero no los temblores de creciente pasión que, en cambio, se intensificaban.

—Eres tan suave, Kelsey... —susurró Cole junto a sus cabellos mojados, al apretarla contra él—. Siente lo que me haces.

—Ya he visto lo que te hago —barbotó ella sin pensar, y se sonrojó al ver el regocijo apasionado en los ojos de Cole—. Quiero decir...

—No podría ocultar mi reacción hacia ti aunque quisiera. ¿Y por qué iba a hacerlo? —aceptaba su rotunda erección con complacencia y arrogancia—. Pero quiero que la sientas, no solo que la veas.

Atrapó las muñecas de Kelsey y atrajo sus manos hacia su sólido pecho. Kelsey contempló con fascinación cómo sus uñas pintadas de color burdeos se enredaban en el vello rizado que descendía en forma de punta de flecha hacia un estómago plano. Se sorprendió flexionando los dedos para sentir la firmeza de sus músculos.

—Gata salvaje —murmuró Cole, y dirigió las manos de Kelsey hacia abajo.

—¿De verdad me deseas tanto? —se oyó preguntar con voz trémula, y una extraña sensación de poder femenino cobró vida en su interior.

—Creo que me volvería loco si esta noche no te tuviera —le soltó las muñecas y se llenó las manos con sus senos, antes de inclinarse para mordisquear las puntas sensibles con avidez torturadora.

Kelsey se estremeció con delicadeza cuando Cole la sujetó por las caderas, y sintió cómo la conducía hacia su virilidad.

—Dios mío, mujer. ¿Qué te hizo pensar que te dejaría marchar esta noche? —Cole empezó a explorar la suavidad de su entrepierna, mientras buscaba con los dedos la parte de su cuerpo que se humedecía por sí misma, no por la ducha—. ¿Y qué —añadió con elocuencia, al acariciar la prueba resbaladiza del anhelo de Kelsey— te hizo pensar que podrías negarnos esto?

Kelsey no contestó. No tenía sentido intentar comprender las complejas emociones que la dominaban, al menos, con el intelecto. En aquel momento, solo podía sentir y responder. Todo lo que ocurría aquella noche superaba con creces cualquiera de sus experiencias. Durante un mes, se había estado atormentando con fantasías y sueños, que, según había decidido, no debían hacerse realidad. Pero, de haber podido anticipar una millonésima parte de cómo sería hacer el amor con Cole de verdad, habría comprendido que la decisión no dependía de ella.

Despacio, con una intensidad que la dejó temblorosa, Cole exploró su cuerpo y, con susurros ásperos y candentes, la apremió a devolver aquel íntimo favor. A merced de una pasión y una necesidad desconocidas, Kelsey obedeció. Lo acarició con todo un abanico de emociones, desde el deleite y la timidez hasta la ternura y la agresividad.

Cole acogió con agrado las múltiples respuestas, deleitándose con las reacciones incontrolables de Kelsey. Con cada caricia, ella se dejaba arrastrar cada vez más por el remolino de deseo que él generaba, y apenas advirtió que Cole cerraba el grifo de la ducha. Kelsey fue plenamente consciente de su propia impaciencia cuando él insistió en secarle el pelo y el cuerpo con la toalla. Cuando terminó, estaba sonrojada y vibraba de necesidad.

—Por favor, Cole —le suplicó, y se aferró a él mientras se secaba con rapidez.

—Te lo dije —le recordó con voz gruesa—. Te dije que al final me suplicarías.

Después, Kelsey recordaría tanto las palabras como la satisfacción de su voz, pero en aquellos momentos carecían de importancia.

—Te deseo —reconoció casi con violencia.

—Y yo a ti. Créeme, te deseo más que a nada sobre la faz de la tierra —la levantó de nuevo en brazos y regresó a la habitación en sombras. La dejó sobre la cama y se tumbó a su lado con un gruñido de deseo.

Cole estrechó a Kelsey con fuerza, y encendió su cuerpo de mujer con palabras imperecederas y caricias primitivas. Kelsey se estremecía, exigía, y cuando Cole por fin se cernió sobre ella, era una criatura femenina totalmente desinhibida.

—Ahora, cariño. Tiene que ser ahora. No puedo esperar por ti ni un momento más. Ábrete, Kelsey. Voy a hacerte mía.

Algún matiz de las palabras de Cole traspasó el velo de su comprensión, tal vez la sombría promesa que encerraban, cuando Kelsey sabía, instintivamente, que debería estar oyendo un ruego apasionado. Fuese lo que fuese, combinado con la manera osada y agresiva en la que le separó las piernas y descendió sobre ella, le hizo recobrar la cordura unos momentos. Una sensación de auténtico peligro y una vaga comprensión del increíble riesgo emocional que estaba corriendo la hicieron ponerse rígida con tardía resistencia.

—No, Kelsey, perdiste la batalla hace semanas —dijo Cole con voz rasposa al sentir la repentina rigidez de su cuerpo. Deliberadamente, bajó las manos a los muslos de Kelsey para acariciarle el brote palpitante y sensible a la pasión que se ocultaba allí.

Kelsey gritó y hundió las uñas en los hombros de Cole. Inclinó la cabeza hacia atrás a modo de invitación, al tiempo que arqueaba el cuerpo hacia su mano.

—¿Lo ves, cariño? —gimió Cole—. Es demasiado tarde —se acopló dentro de su abertura cálida y suave y, antes de que ella pudiera formular otra protesta, la penetró con fuerza–. Ah, Kelsey, Kelsey...

El cuerpo de Kelsey aceptó la invasión y se entregó a la vibrante excitación del peso del hombre que la abrazaba con fuerza. Él marcó el ritmo de la pasión, como si quisiera marcar el cuerpo de Kelsey con el de él. Cada pequeño gemido gutural, cada elevación suplicante de caderas, cada ademán acuciante, lo aceptó con pasión y satisfacción.

Kelsey se sintió colmada, con el cuerpo deliciosamente tensado hasta el límite, amenazando con estallar. Cole siguió penetrándola una y otra vez, llevándola cada vez más alto por la escalera de caracol de la pasión. Nunca había escalado tan alto, nunca había visto los últimos peldaños con ningún hombre. Aquella noche, la rapidez con la que alcanzó la cima la deslumbró.

–Cole, Dios mío, Cole...

–Agárrate a mí, Kelsey, agárrate a mí. Yo cuidaré de ti...

Y los dos gritaron sus nombres respectivos, una y otra vez, mientras la palpitante consumación les arrebataba los últimos vestigios de realidad.

Cole se recuperó despacio, atrapado en una sensación de infinita fusión con su entorno. Tardó en advertir que los leves jadeos de la mujer que tenía debajo se habían convertido en respiraciones largas y relajadas. Kelsey parpadeó repetidas veces antes de abrir los ojos. Cole se sorprendió contemplando las profundidades insondables de aquellos iris casi verdes. A la luz tenue del dormitorio, ni siquiera podía empezar a reconocer la mezcla de emociones que daban vueltas en su interior.

–¿Kelsey? –susurró, mientras separaba sus cuerpos con desgana–. ¿Te encuentras bien? –se acomodó junto a ella y la rodeó con el brazo.

–Sí.

–Por un momento, me habías asustado –sonrió–. Parecía que hubieras sufrido una conmoción.

–Sí.

La leve sonrisa de Cole desapareció al ver que volvía a cerrar los ojos. Maldición, ¿qué estaba pensando?, se preguntó, y por primera vez en toda la noche, experimentó un atisbo de incertidumbre. Había sentido la entrega total del cuerpo de Kelsey, había oído las palabras de deseo de sus labios, y sabía sin asomo de duda que le había dado una completa satisfacción. Entonces, ¿por qué cerraba los ojos, como si quisiera borrarlo de su mente?

Porque tenía la impresión de que eso era exactamente lo que estaba haciendo. Inquieto, enredó sus piernas con las de ella. Kelsey no se opuso a aquel pequeño gesto de intimidad, pero tampoco abrió los ojos.

–Kelsey, ¿dónde diablos crees que vas? –inquirió, al percatarse de que se alejaba de él, de que intentaba aislarse.

–¿No te importa si duermo un poco, Cole? –preguntó con sospechosa docilidad.

–Kelsey, quiero hablar contigo.

–Dijiste que hablaríamos mañana.

Cole ahogó un suspiro de impaciencia y le retiró los mechones de pelo leonado de la mejilla. Sabía que se estaba enfadando y que era una reacción absurda por su parte.

Había logrado su objetivo. Después de aquella noche, Kelsey nunca podría negar la pasión que cobraba vida entre los dos. Y, se dijo con rotundidad, ya no podría fingir que era libre. Sabía, por la forma en que ella había reaccionado, que podría repetir la experiencia siempre que quisiera. Era suya en un nivel básico. Por mucho que intentara convencerse de lo contrario con razonamientos, solo tendría que tocarla pare recordarle el vínculo que él había creado.

Pero ni siquiera toda la convicción del mundo servía para aplacar el creciente nerviosismo que Cole sentía en el vientre. La había presionado demasiado aquella noche, reconoció, mientras fijaba la vista en el techo. Había perdido el control cuando ella lo había sorprendido diciendo que pensaba poner fin a la relación. De todas las palabras que esperaba oírle decir aquella noche, esas habían sido las últimas.

Lo había enfurecido que se le hubiese pasado por la cabeza abandonarlo. Y, a decir verdad, había sentido el filo cortante de algo parecido al pánico.

El pánico era una reacción desconocida para Cole Stockton. La necesidad de sobrevivir en condiciones mortales lo había enseñado hacía tiempo a controlar sus emociones, pero Kelsey Murdock había despertado en él la temeridad y el pánico que solo podían nacer de la desesperación.

No había tenido elección aquella noche, decidió Cole con ánimo lúgubre. O forzaba el desenlace o corría el riesgo de que Kelsey saliera de su vida.

Pero la había forzado, se dijo, y Kelsey tendría que adaptarse a la nueva situación por la mañana. Debía concederle algún tiempo para que se reconciliara consigo misma y con él.

Volvió la cabeza sobre la almohada y vio que Kelsey se había quedado dormida. Al principio, había planeado pasar toda la noche con ella, pero en aquel momento se preguntó ni no debería darle un pequeño respiro. Le agradaría estar a su lado por la mañana. Sería muy grato hacerle el amor lenta y lánguidamente al amanecer. Luego, podrían preparar juntos el desayuno y dedicar el resto del día a hablar de su relación.

Pero tal vez, aquel programa, por mucho que lo satisficiera a él, no le daría a Kelsey la soledad que necesitaría para asumir lo ocurrido. En aquel momento, se percató de que no estaba del todo seguro sobre lo que debía hacer.

La inseguridad era casi tan ajena a él como el pánico, pensó Cole con gravedad. Kelsey le estaba enseñando muchas cosas aquella noche, y no le agradaban del todo las lecciones. Por otro lado, se tranquilizó, mientras se levantaba con cuidado de la cama, él también le había enseñado una lección crucial.

Permaneció en pie durante un largo momento, contemplando su cuerpo acurrucado bajo la sábana, y alargó el brazo para cubrirle los hombros con la colcha. Se sintió tentado a deslizarse de nuevo bajo las sábanas, con ella, pero al final se resistió.

Llevaba acosando a su presa durante un mes, y aquella noche había cerrado el lazo con más brusquedad de la planeada.

El cazador que había en él presentía que debía retirarse un poco y dar tiempo a Kelsey para que aceptara lo ocurrido.

Al menos, Cole pensaba que era su instinto de cazador el que le ofrecía el consejo. Un hormigueo frío de recelo le advirtió que aquel nuevo y extraño elemento de inseguridad podía ser el que guiara sus acciones. O el pánico. Ya no podía estar seguro.

Recogió sus prendas todavía húmedas, se vistió y se dispuso a salir del dormitorio. Vaciló un momento en el umbral al sentir la atracción invisible de la mujer dormida. En sus brazos, había sido todo lo que él había soñado e imaginado: apasionada, excitante, suave y cautivadora. Tuvo que esforzarse por aplicar la autodisciplina que necesitaba para salir del dormitorio. Claro que Cole tenía mucha experiencia en eso.

Recorrió el pasillo y salió a la noche, para desaparecer en las sombras y la débil lluvia como si fuera un elemento más de la oscuridad que lo envolvía.

Capítulo 3

Kelsey se despertó temprano, y se incorporó en la cama con una angustiosa sensación de fatalidad. Los recuerdos de la noche anterior anegaron su mente. Todo había salido al revés de como ella lo había planeado. Las pequeñas punzadas que sintió en los muslos al apartar las sábanas y levantarse reforzaron la certeza de que había metido la pata hasta el fondo. Había sido una tonta al creer que podría abordar a Cole Stockton con franqueza, civismo y sin rodeos.

Había intuido que podía ser peligroso, se recordó Kelsey con ánimo cansino, mientras entraba descalza en el baño. Pero no imaginaba que se rigiera única y exclusivamente por sus propias normas. Y, si era sincera consigo misma, debía reconocer lo primitivas que podían ser sus propias respuestas en tales circunstancias.

La noche anterior... Todavía no podía creer lo que había ocurrido la noche anterior.

Debía de haber perdido el juicio, pensó Kelsey, mientras buscaba refugio en la ducha. Debería haber combatido a Cole, amenazado con llamar a la policía, gritado que la estaban violando. En cambio, se había dejado arrastrar por una marea de pasión desconocida para ella. Le había parecido tan ineludible, tan irresistible... Cole la había perseguido, capturado y poseído, y ella había aceptado su derecho a hacerlo. En el fondo, lo había aceptado a él.

Kelsey cerró los ojos por la angustia del recuerdo. Nunca

había estado tan a la merced de su propio deseo, ni de un hombre. Le parecía casi imposible comprender sus acciones.

¿En qué se había equivocado?, se preguntó una y otra vez, mientras seguía el ritual de ducharse y vestirse. Sabía que cada fin de semana que pasaba en Carmel era más arriesgado que el anterior. Comprendía que la atracción entre Cole y ella era un fuego candente que podría quemarle los dedos si no tenía cuidado, pues la noche anterior no lo había tenido, y no solo se había quemado los dedos... se sentía como si todo su cuerpo hubiese ardido en llamas.

Cole se había enfurecido tanto cuando ella le había anunciado que no pensaba seguir viéndolo... Acostumbrada a las respuestas medidas y calladas de Cole en casi todas las situaciones, no había imaginado el repentino estallido de poder que se había desatado en él. Pasaría mucho tiempo antes de que pudiera olvidar la copa de cristal hecha añicos.

Kelsey hizo una mueca de dolor al ponerse unos pantalones a rayas grises y un jersey de color mostaza. También pasaría mucho tiempo antes de que su cuerpo olvidara la noche anterior. Cole había demostrado ser un amante exigente y abrumador. Había arrancado respuestas de ella con una pasión osada y agresiva que resultaba embrujadora.

Kelsey se calzó con furia unas botas cortas de ante y salió a grandes zancadas al salón. La pasión, la atracción física, el sexo: de eso se trataba, nada más, teniendo en cuenta que la relación entre Cole Stockton y ella carecía de fundamento real.

Cole se había negado en redondo a abrirse a ella en nada que fuera realmente importante. No estaba dispuesto a confiar en ella, ni a revelarle ningún detalle sobre las fuerzas que habían conformado su vida. No quería responder a ninguna pregunta sobre su pasado, y le aseguraba con arrogancia que ella no necesitaba conocer las respuestas. Y, para colmo de sus pecados, decidió con enojo, no se había molestado en pasar la noche con ella. Se había ido nada más seducirla.

No tenía motivo alguno para quedarse, se dijo Kelsey con amargura, mientras vertía cereales en un cuenco y buscaba un cartón de leche. Había conseguido lo que quería, ¿no? Había consumado su venganza. Se había burlado de la decisión de Kelsey de poner fin a la relación. Después, se había ido, sin más.

Kelsey se sentó con la espalda rígida en la banqueta, a un lado de la barra de mármol, con los pies apoyados en el reposapiés del asiento. Masticaba cereales mientras esperaba a que el café se hiciera en la cafetera, y reflexionó largo y tendido sobre su propia estupidez.

Hicieron falta dos tazas de café solo para que su ánimo empezara a revivir. Todas las mujeres cometían errores en su vida al tratar con la especie masculina.

–Entonces, ¿por qué calificar lo ocurrido anoche de un error de juicio no me tranquiliza? –dijo en voz alta.

No sería tan fácil. Con la taza de café en la mano, Kelsey se adentró en el salón, y advirtió con ánimo funesto que había dejado de llover.

Había sido una locura salir bajo la lluvia en plena noche. No, no había sido una locura, sino la única salida. Un hombre la había atemorizado, a su edad. Y con razón, por lo que se vio, pensó con un suspiro.

Por desgracia, aquel sentimiento de temor no se había desvanecido por completo. No podía eludir la sensación de que algo elemental había cambiado en su vida y de que no podría escapar a las consecuencias.

Una cosa estaba clara: no podía pasar allí el fin de semana. No, cuando Cole Stockton vivía, prácticamente, en la puerta de al lado. La idea de tropezar con él en Carmel o durante un paseo por la playa le producía escalofríos. Su instinto le decía aquella mañana que se escondiera.

Absorta en sus pensamientos, se dispuso a regar las plantas de su madre. Después de todo, aquella pequeña tarea era la principal excusa de sus viajes a Carmel aquel mes. La llevaría a cabo como cada mañana y, luego, huiría.

La promesa de la huida no suavizó la tensión de Kelsey. Era como si, en el fondo de su alma, supiera que salir corriendo aquella mañana iba a servirle tanto como salir corriendo la noche anterior. Pero trató de concentrarse en alejarse de Cole Stockton mientras vagaba por la casa con la regadera de latón.

En el estudio de su padrastro, se detuvo para contemplar el moderno ordenador personal que lo había ayudado a elegir hacía unos meses. Roger Evans se mostró encantado con su nuevo juguete, como lo habría hecho un niño. Sentía pasión por el orden y la precisión, y el ordenador era el mecanismo perfecto para guardar debidamente sus archivos financieros personales. Con los conocimientos que había aprendido en FlexGlad, Kelsey había aconsejado y enseñado a su padrastro. Incluso le había procurado una copia del último y sofisticado programa de contabilidad que FlexGlad había perfeccionado.

La colaboración en aquel proyecto había consolidado la amistad entre Roger y ella. A Kelsey le agradó mucho saber que su madre pensaba casarse otra vez, y Roger le pareció encantador desde el principio. Pero, hasta que no lo ayudó a escoger su ordenador y lo enseñó a manejar el programa de contabilidad, no había tenido ocasión de conocer a Roger Evans.

Impulsivamente, se sentó delante del aparato. Sentía curiosidad por saber hasta qué punto había explotado su padrastro el potencial contable del nuevo programa. Una vez encendido el ordenador, insertó el disquete correcto en la disquetera y consultó la lista de archivos que Roger y ella habían creado.

IRS
REGISTRO
CUENTAS
INV AE

En el último archivo, Roger hacía un seguimiento de las inversiones de su madre, Amanda Evans. Apenas podían influir en las decisiones relativas a la administración del dinero, que estaba en manos del banco, pero a Roger le encantaba estar al tanto de las estrategias bancarias, de todas formas. Lo apasionaba desvelar las complejidades de los procedimientos de contabilidad. Era mucho más que una afición.

—Deberías haber sido contable —le dijo Kelsey en una ocasión.

—Sí, debería —contestó Roger con una carcajada—. Provengo de una familia de abogados, así que me resultó imposible elegir otra profesión. Era el derecho o la deshonra más absoluta.

—Ah, esos son los riesgos de haber sido un niño rico —bromeó Kelsey con afecto. Roger corroboró su afirmación con un sorprendente grado de seriedad.

—Los antecedentes de una persona pueden suponer graves limitaciones. Hay ocasiones en las que lo más grato sería cerrar la puerta del pasado y empezar de cero. Pero hace falta valor. Mucho valor.

Al recordar la conversación, Kelsey se preguntó si no sería eso exactamente lo que Cole Stockton había hecho. Tal vez hubiese cerrado la puerta de su pasado para empezar de nuevo.

«Con la fortuna que había amasado en su otra vida», se recordó Kelsey. No debía olvidar ese detalle. ¿Qué clase de vida podía proporcionarle tanto dinero que lo único que tenía que hacer era gestionar sus inversiones? O tal vez, como había especulado la noche anterior, su otra vida lo llamaba, en ocasiones. Realmente, podía ser un asesino a sueldo muy cotizado.

—No más preguntas sobre Cole Stockton —se aconsejó en voz alta, mientras contemplaba distraídamente la lista de archivos de Roger—. ¿Es que anoche no aprendiste la lección?

¿Por qué, después del trauma de la noche anterior, sentía más curiosidad que nunca por Cole?, se preguntó con desconsuelo. Por lo que veía, Roger se había vuelto muy creativo. Además de los archivos financieros iniciales que lo había ayudado a crear, había algunos nuevos.

INDEC
5UA
CS

El primero, posiblemente, se refería a los «indicadores económicos»; el segundo, a las tendencias de los «cinco últimos años», un archivo que Roger había planeado crear para seguir los movimientos caprichosos del mercado de valores. Y el último debía de referirse a las «cotizaciones» de la Bolsa. Picada la curiosidad, abrió el archivo para ver su contenido.

Segundos después, se sorprendió mirando fijamente, primero con perplejidad, luego con estupefacción, las anotaciones que Roger Evans había introducido en el archivo titulado *CS*. Lo primero que comprendió fue que «CS» no era la abreviatura de «cotizaciones», sino las iniciales de Cole Stockton.

La sensación de inminente fatalidad con la que se había despertado se intensificó por momentos. Debía cerrar el archivo en seguida y apagar el ordenador. No tenía derecho a husmear en aquellos registros. Aunque hasta entonces, Roger la había animado a examinar sus progresos en el ordenador para que lo aconsejara, supo instintivamente que jamás habría tenido intención de enseñarle aquel archivo en particular.

No había duda sobre la clase de transacción que estaba presenciando. Roger estaba realizando pagos regulares a Cole por valor de mil dólares al mes.

–Dios mío –susurró Kelsey, con la vista fija en la prueba que se hallaba ante sus ojos. No tenía sentido. ¡Mil dólares al mes! Varias posibilidades terribles bailaron en su cabeza: Chantaje. Préstamo. Soborno. Ni siquiera imaginaba qué otras alternativas podían incluirse en aquella lista.

Kelsey dio rienda suelta a su imaginación al tratar de hallar una explicación lógica a los pagos que Roger hacía a Cole Stockton. En seguida, salió del archivo y apagó el ordenador. Entonces, permaneció con la mirada fija en la oscura pantalla durante un largo rato.

Más preguntas sobre Cole Stockton. Los interrogantes se multiplicaban, las respuestas no llegaban. Recordó la sensación de peligro que había experimentado, en más de una ocasión, en su presencia. Su intuición no la había engañado.

De repente, le sobrevino la furia, que la impulsó a ponerse en pie y a salir del estudio echando humo. La regadera de latón quedó olvidada junto al tiesto de una pequeña hiedra.

Ya era bastante censurable que Cole hubiese irrumpido en su vida, exigiendo que lo aceptara como amante sin dar ninguna explicación sobre su pasado. Resultaba humillante que se hubiera ofrecido a pagarle sus servicios de concubina, y muy doloroso saber que había sido capaz de seducirla tan fácilmente, pero Kelsey no permitiría que, además, intimidara a su padrastro.

Sacó su talonario de funda de cuero y salió de la casa dando un portazo. La furia y el dolor de la noche anterior alimentaban su temeridad, y cubrió los cien metros escasos que separaban la casa de su madre de la fortaleza de Cole casi corriendo.

Por primera vez desde que lo había conocido, Kelsey se acercó a la pesada verja de hierro forjado y pulsó con fiereza la tecla del interfono empotrado en el muro, junto al mecanismo de apertura y cierre codificados. No oyó ninguna respuesta verbal a través del altavoz instalado sobre la tecla; pero, un momento después, la puerta principal de la sobria mansión de estuco blanco se abrió.

Cole apareció en el umbral, y la observó con intensidad a través del cuidado césped que circundaba la casa dentro de los muros. Kelsey no esperaba advertir ni un rastro de emoción en su cara. Cole era un experto en ocultar sus reacciones. Salvo, cómo no, al perder el control la noche anterior, recordó de improviso.

Experimentó una fracción de segundo de pánico al acordarse de la rapidez con que se había vuelto peligroso, pero lo extinguió con las llamas de la ira. Cerró la mano derecha en torno a uno de los barrotes de hierro forjado de la verja y lo miró a los ojos.

—He venido a hablar del archivo que tiene sobre ti mi padrastro —le dijo sin rodeos.

Era evidente que era lo último que esperaba oír de ella. Entornó sus fríos ojos grises y echó a andar hacia la verja. Aquella mañana, llevaba los acostumbrados pantalones de pinzas y camisa de color caqui, y su pelo castaño como el cordobán brillaba débilmente a la luz fría del sol. Kelsey contuvo el aliento al recordar la intimidad compartida con él.

Cuando Cole se detuvo al otro lado de la gigantesca verja, Kelsey estaba haciendo acopio de todo el valor que poseía.

–¿Se puede saber de qué estás hablando, Kelsey? –preguntó en voz baja, y cerró una mano en torno a los dedos con los que Kelsey se aferraba al barrote de la verja. Cuando intentó soltarse, Cole la sujetó con más fuerza, hasta que Kelsey sintió cómo el metal se clavaba en sus dedos.

–El archivo que guarda sobre ti mi padrastro –repitió con serenidad–. Está en el nuevo ordenador de Roger, y en él consta que te está pagando mil dólares al mes.

Cole la observó con atención durante un largo momento antes de decir con mucha suavidad:

–Ya veo que has estado muy ocupada esta mañana. ¿Qué diablos sabes de esos mil al mes?

–Todavía, nada –le espetó–. Pero quiero saberlo todo. ¿Por qué te paga tanto dinero mi padrastro, Cole?

La soltó para descorrer el pesado cerrojo de la verja, mientras mascullaba una elocuente maldición. Pero sus siguientes palabras fueron extrañamente educadas.

–¿Has desayunado?

Kelsey desechó la pregunta con impaciencia.

–Cole, no he venido a charlar ni a tomar café. Quiero saber lo que hay entre tú y Roger.

–Entra en la casa, Kelsey –le indicó–. Puede que a ti no te apetezca un café, pero a mí sí –sin molestarse en comprobar si lo seguía, se dio la vuelta y encabezó la marcha hacia la casa.

A regañadientes, y a falta de otra opción, Kelsey lo siguió. Paseó la mirada con recelo por el jardín amurallado.

–¿Te preparas para una revolución? –preguntó en tono cáustico. El lugar parecía un recinto militar.

–No sería la primera –replicó Cole, al tiempo que empujaba la pesada puerta con cuarterones. Kelsey clavó la mirada en su espalda, atónita.

–¿Qué quieres decir?

–Olvídalo. El comedor está por aquí.

La condujo por un pasillo de azulejos y a través de un salón amueblado en mimbre, madera y bambú. El ambiente sereno, casi tropical, sorprendió a Kelsey, y recordó entonces que, en realidad, no sabía qué esperar. No lo conocía lo bastante para arriesgarse a adivinar qué clase de entorno crearía en su hogar. Aquel descubrimiento acentuó su recelo.

La magnífica vista de la playa y el océano no había sido sacrificada con otro elevado muro de piedra, pero sí enturbiada con la reja de hierro forjado que se interponía entre la casa y la playa.

–Tienes que utilizar una llave para ir y venir de la playa –murmuró.

–El anterior propietario hizo construir el muro –le dijo Cole, restando importancia a su comentario.

–Vi la casa por fuera hace un par de años, cuando los Henderson vivían aquí. El muro era la mitad de alto y no había ninguna reja de hierro forjado entre la casa y la playa.

Cole se encogió de hombros y le indicó que ocupara una silla de mimbre del luminoso comedor.

–¿Y qué si he hecho algunas modificaciones?

–Te tomas muy en serio eso de que la casa de un hombre es su castillo, ¿verdad? –se burló. Se sentó a la mesa de cristal y contempló cómo Cole se acercaba al mostrador de la cocina y encendía la cafetera.

–Kelsey, no has venido a hacer comentarios desagradables sobre mi casa. Ya has dejado muy claro que no te agrada. Pasemos a otra cuestión.

–¿Los ingresos mensuales que te hace Roger? –sugirió con atrevimiento. No le había gustado el tono autoritario de su voz.

–¿Y por qué no hablamos de anoche, mejor? –Cole se recostó en el mostrador y la sometió a un intenso escrutinio.

A pesar de su resolución de mantener la calma y el control, Kelsey sintió el rubor que teñía sus mejillas.

–No entra en mi lista de temas abiertos a debate –le espetó con voz tensa.

–A mí, es el único que me interesa tratar.

Tal exhibición de determinación estuvo a punto de sacarla de sus casillas.

–No esperarás que me crea eso. Tú eres el que tiene por norma no remover el pasado, ¿recuerdas?

–Esa norma es aplicable a mi pasado lejano, no al reciente, y lo sabes.

–¿Eres consciente de lo increíblemente arrogante que eres?

La expresión de Cole se endureció.

–He establecido algunas normas en mi vida y procuro cumplirlas. Puedes llamarlo arrogancia, si lo deseas...

–Lo deseo.

–Yo prefiero llamarlo prudencia y lógica. También es mi prerrogativa.

Kelsey arrancó la mirada de él. Se concentró en la vista del océano a través de la hilera de barrotes de hierro y dijo:

–Olvídate de anoche. Cualquier hombre que de verdad quisiera hablar de ello, se habría quedado, al menos, hasta la mañana siguiente –«Cielos, no debería haber sacado eso a relucir», se dijo Kelsey con furia.

Se produjo el silencio a su espalda, y luego Cole se acercó a la mesa a la que ella estaba sentada casi sin hacer ruido. Kelsey sintió los dedos de Cole en la barbilla, y alzó el rostro.

–¿Se trata de eso? –inquirió con suavidad–. ¿Has desenterrado el hacha de guerra esta mañana porque no pasé toda la noche contigo?

–¡No, maldita sea, esa no es la razón de mi visita! –protestó con violencia.

Cole se dejó caer en la silla contigua a la de Kelsey, todavía con la mano junto al rostro de ella.

–Créeme, Kelsey, no fue mi intención herir tus sentimientos. Pensé que querrías estar sola esta mañana. No quería forzarte...

–¡Será una broma! ¿Que no querías forzarme, después de haberme obligado a meterme en la cama contigo?

Las arrugas que enmarcaban los labios de Cole se acentuaron, y la emoción asomó fugazmente a los ojos grises como carámbanos.

–Tú lo deseabas tanto como yo.

Kelsey se acobardó, pero era orgullosa para bajar la vista.

—Reconozco que anoche aprendí una cosa, Cole. Soy igual de vulnerable al poder de la atracción sexual que cualquier otra persona.

—¿Vas a decirme que eso es todo lo que fue para ti? —deslizó el pulgar por la mandíbula de Kelsey con leve amenaza—. ¿Una pequeña aventura sexual?

—¿Qué podría haber sido, si no? —le dijo con osadía—. ¿Violación?

—Kelsey, no me aprietes mucho las tuercas, ¿quieres? Cuando estoy contigo, mi autocontrol no es tan fuerte como debería —le advirtió con suavidad.

—Eso ya lo descubrí anoche.

Cole movió la cabeza y la soltó. En silencio, se puso en pie y se dispuso a servir dos tazas de café.

—Al mismo tiempo que yo —anunció con ironía—. Aunque también hice otros descubrimientos interesantes.

Kelsey se aferró a su determinación.

—Ya te he dicho que no he venido a hablar sobre anoche.

—Ah, sí. Quieres saber de qué son esos mil dólares al mes —Cole regresó a la mesa con las dos tazas de café y volvió a sentarse. Parecía concentrar toda su atención en no derramar la bebida, como si un hombre capaz de moverse con tanta fluidez necesitara preocuparse por un acto tan pequeño de coordinación—. ¿Cómo lo has averiguado, Kelsey?

Kelsey tomó una de las tazas. Más que beber café, necesitaba hacer algo con las manos, repentinamente inquietas.

—Las transferencias están claramente archivadas en el ordenador de Roger —murmuró. Cole torció los labios.

—Debí imaginarlo. Roger y su pasión por la precisión. Cómo no, ha guardado la información en su nuevo ordenador —Cole probó el café. Miraba por la ventana con ánimo pensativo, sin reparar en Kelsey—. Así que, esta mañana, has estado husmeando, ¿eh?

Kelsey se puso rígida, consciente de su persistente sentimiento de culpa.

—No estaba husmeando. Ayudé a Roger a crear esos archivos y he entrado en ellos docenas de veces.

—Pero no en ese archivo.

—No existía la última vez que abrí el listado —masculló.

—Y, al ver mi nombre en él, no pudiste resistir la tentación de abrirlo, ¿verdad? —Cole aparentaba estar medio regocijado, medio resignado—. Pobre Kelsey. Tú y tus interminables preguntas. Eres curiosa como una gata, y no es ese tu único atributo felino, ¿no es así?

—Cole, quiero respuestas.

—Lo sé. Pero, como de costumbre, no vas a conseguirlas.

Kelsey tragó saliva. No le agradaba la rotundidad de su vaticinio.

—Hablo en serio, Cole, quiero saber lo que está pasando. ¿Por qué te paga Roger tanto dinero?

—Eso es algo entre Roger y yo.

—¿Y qué me dices de mi madre?

—Amanda tampoco lo sabe. No le atañe. Más aún, si se lo mencionas, me voy a enfadar mucho —dijo con suavidad.

—¿De verdad esperas que lo olvide? ¿Que finja que no pasa nada?

La miró a los ojos.

—Y no pasa nada. Al menos, nada que te incumba. Ya te he dicho que es algo entre Roger y yo.

—¿Le has prestado dinero? —presionó Kelsey, pero Cole no dijo nada—. ¿Estás chantajeando a mi padrastro? —inquirió con agitación.

Cole tomó otro sorbo de café, sin duda, para meditar su respuesta.

—Esa es una acusación muy grave, Kelsey.

—No te estoy acusando, te estoy preguntando. Pero tú tienes por norma no contestar a mis preguntas, ¿verdad? —le recordó con enojo—. Una norma de comunicar solo lo que se te antoja. ¿Cómo te atreves a quedarte ahí sentado, bebiendo tranquilamente café, y a decirme que no es asunto mío? Si pensaras que estoy chantajeando a un pariente tuyo, ¿te mantendrías al margen? Maldita sea, ¡ni siquiera sé si tienes parientes! –concluyó con una mezcla de furia y frustración.

–¿De verdad crees que estoy chantajeando a Roger?

–No sé qué creer. Casi no sé nada sobre ti, ¡gracias a tu incapacidad total para comunicarte! –cielos, prácticamente, le estaba gritando. Los dedos de Kelsey temblaron en torno al asa de la taza. Era exasperante perder los estribos con un hombre que sabía mantener el control.

–Anoche nos comunicamos, Kelsey.

–¿Eso entiendes tú por comunicación? –exclamó, y se puso en pie con un respingo, a punto casi de dejarse arrastrar por sus emociones–. Estás como una cabra. ¿Cómo se me ocurrió pensar que podríamos mantener una relación duradera? Olvida lo de anoche, Cole. Es historia, y no hablamos del pasado, ¿recuerdas? Solo quiero saber lo que le estás haciendo a Roger.

–No le estoy haciendo nada.

–¿Lo estás chantajeando? –inquirió. La mirada gris era tan fría como el océano un día de invierno.

–¿Tú qué crees?

–¡Eso no es una respuesta!

Cole se puso en pie con lenta agilidad y dio un paso hacia ella, que obligó a Kelsey a apretarse contra la pared de la cocina.

–¿Crees que estoy chantajeando a tu padre? –Cole levantó las manos y las apoyó en la pared, una a cada lado de la cabeza de Kelsey. La estaba intimidando con cada centímetro de su sólido cuerpo.

–Cole...

–Contéstame –le ordenó.

–Ya te lo he dicho, no sé qué creer.

–Contéstame.

–¡No quiero creerlo! –exclamó.

–¿Pero lo crees?

Percibió la amenaza en él y comprendió que estaba furibundo.

–No –Kelsey bajó la mirada y la fijó en el primer botón de la camisa de color caqui–. No, no creo que seas un chantajista.

Cole se enderezó y dejó caer las manos a los costados. Con expresión lúgubre, retomó su asiento junto a la mesa.

—Bueno, al menos, gracias por eso.

Kelsey le taladró la espalda con la mirada.

—Lo dices como si fuera una menudencia. Teniendo en cuenta tu pose altiva, fuerte y silenciosa, no puedo creer que quiera darte el beneficio de la duda.

Cole le dirigió una mirada burlona.

—Lo tomaré como un pequeño paso hacia la confianza.

—Un paso muy pequeño —le espetó Kelsey, rabiosa.

—Siéntate, Kelsey. Tenemos que hablar.

—¿Vas a decirme lo que hay entre Roger y tú?

—No —sonrió levemente—. Aparte de decirte que se trata de un asunto personal entre Roger y yo, no pienso hablar del tema contigo, y ya deberías saberlo.

Kelsey se quedó inmóvil durante un largo momento, con la mirada fija en el rostro implacable de Cole.

—Entonces, no tenemos nada más que hablar.

—De anoche.

—¿En serio? —regresó con paso decidido a la mesa y tomó su talonario de piel.

—Kelsey, ¿qué haces?

—Voy a extenderte un cheque por valor de tres mil dólares. Eso debería cubrir la deuda de mi padrastro contigo durante los próximos tres meses. Durante ese tiempo, pienso averiguar lo que ocurre y, luego, decidiré lo que hacer al respecto.

—No seas tonta.

—He sido una tonta durante todo un mes. Intento recuperar la dignidad perdida —se inclinó sobre el talón, rellenó los espacios en blanco con esmero y firmó con ademán enérgico.

—Olvídate del cheque, maldita sea, y mírame —alargó el brazo para cubrir los dedos de Kelsey con la mano justo cuando terminaba de firmar. Ella lo miró, y sus ojos reflejaron recelo y resentimiento—. Lamento haber herido tus sentimientos dejándote sola anoche. La verdad es que no sabía qué hacer. Pensaba ir a verte esta mañana y dar un paseo contigo por la playa, para comentar la situación. Pero pensé que querrías estar sola cuando despertaras. Después de todo, anoche no querías hablar, ¿recuerdas?

La noche anterior, Kelsey no había querido afrontar el trauma emocional que acababa de sufrir. Se había debatido entre el deseo de sumirse en la satisfacción posterior al placer físico y la certeza de que se hallaba ante un peligroso dilema. Al final, escogió entregarse a la languidez.

Al sostener la mirada de Cole, Kelsey comprendió, sin embargo, que no tenía sentido explicárselo. No tenía sentido explicar nada a un hombre que no creía en el diálogo abierto y sincero.

–Lo recuerdo –susurró. La expresión de Cole se suavizó, lo mismo que su voz.

–Lo de anoche estuvo bien, ¿verdad, Kelsey?

–Eso depende de cómo se mire –contestó con sorprendente serenidad.

Cole se negó a reaccionar a la deliberada provocación y movió la cabeza con una caprichosa sonrisa.

–Lo miro por la forma en que me envolvías, por tus pequeños jadeos y exigencias, por cómo gritaste mi nombre y por cómo te encendías con mis caricias. ¿Vas a negarlo?

–No –dijo Kelsey, con sinceridad–. Mirándolo así, estuvo bien. ¿Quieres saber la verdad? Superó todas mis expectativas. Fue fantástico –se puso en pie con brusquedad, con el talonario en la mano, consciente de que, al menos, lo había tomado por sorpresa–. Descuida que te llamaré la próxima vez que me apetezca pasar una noche de amor desenfrenado. Aquí están los tres mil. Puedes cobrar el cheque este mismo lunes. Tiene fondos.

–¿Adónde crees que vas? –gruñó Cole, cuando ella echó a andar hacia la salida.

–A mi casa.

–¿Qué te hace pensar que puedes irte así? –Cole estaba justo detrás de ella.

–El sentido común –ya casi estaba en la puerta.

—¡Sabes tan bien como yo que no puedes escapar de lo que hay entre nosotros!

—¿Y qué vas a hacer? ¿Atarme y encerrarme aquí, en tu fortaleza? —puso la mano en el pomo, consciente de que le temblaba. No estaba tan segura de que Cole no cometiera una locura de esa índole. Tenía que huir de aquella prisión.

—Kelsey, escúchame... —empezó a decir.

—Cuando te apetezca dialogar, dialogar de verdad, quizá decida escucharte. Hasta entonces, será mejor... —no pudo seguir hablando, porque Cole le puso la mano en el hombro y le hizo darse la vuelta.

—¿Tú quieres que nuestra relación se base en una comunicación total? Pues yo quiero que se base en la confianza total.

—La una depende de la otra —exclamó Kelsey.

Cole parecía esforzarse por mantener el control.

—Kelsey, los dos nos estamos poniendo un poco extremistas, y eso no está bien. Tenemos que calmarnos y empezar de nuevo.

—Una idea excelente —corroboró con exquisita educación.

Cole estudió su rostro con recelo.

—Tenemos que empezar de nuevo —repitió con cautela—, pero eso no significa que podamos olvidar lo que pasó anoche.

—No te preocupes —le dijo Kelsey con gran sentimiento—. Nunca olvidaré lo que pasó anoche.

—No tergiverses mis palabras, Kelsey —le advirtió—. Anoche, te hice mía, y ya no podrás dejar de serlo. Ese hecho ha quedado escrito con tinta indeleble, ¿me oyes?

—Oigo todas y cada una de tus arrogantes palabras.

Algo muy parecido a la congoja se reflejó en los ojos grises habitualmente inescrutables, y Kelsey se sorprendió. Fuese cual fuese la emoción, desapareció casi al instante, y ella logró convencerse de que la había imaginado. Los dedos de Cole se hundieron en el jersey de color mostaza.

—Kelsey, créeme, mis normas tienen un sentido. Será mejor para los dos que confíes en mí.

—¿Cuándo fue la última vez que confiaste en alguien, Cole?

–preguntó con tristeza. Antes de que él pudiera responder, se liberó de su sujeción y salió por la puerta.

Cole permaneció en el umbral, con los puños cerrados a los costados, contemplando cómo abría la pesada verja de hierro. El pelo de color leonado se meció en torno a sus gráciles hombros al salir del jardín. Recordó la fuerza y la suavidad femeninas que habían sido suyas la noche anterior, y maldijo entre dientes.

Estaba molesta aquella mañana porque había encontrado, por casualidad, ese archivo financiero de Roger. ¿Por qué diablos lo había pasado a ordenador?, se preguntó Cole con contrariedad. Quizá, si Kelsey no lo hubiese leído, habría exhibido un estado de ánimo muy distinto aquella mañana.

O tal vez no, reconoció Cole. Dio un portazo y regresó al comedor para terminarse el café. Kelsey era una mujer cautelosa, inquisitiva y cuidadosa.

Pero la noche anterior, Cole había demostrado que era capaz de abandonarse en sus brazos. Era un comienzo. En la cama, al menos, era capaz de vencer su actitud recelosa y prudente hacia él. Con el tiempo, se ganaría su confianza.

La mirada de Cole se posó en el talón de tres mil dólares que descansaba sobre la mesa. Irritado, lo tomó y lo rasgó en varios pedazos. El lunes, telefonearía a la agencia de viajes y reservaría un pasaje en el crucero de Kelsey. Una semana de vacaciones en el mar sería la manera perfecta de consolidar la relación que pretendía mantener con Kelsey Murdock.

Al menos, a bordo de un barco, no podría huir muy lejos.

Capítulo 4

–Quiero que sepas lo mucho que te agradezco que lleves estas pruebas a la isla de Valentine –le dijo Walt Gladwin a Kelsey por enésima vez–. Le estás ahorrando a la compañía un par de los grandes en gastos de mensajería. Y, además, dormiré tranquilo sabiendo que los documentos están en buenas manos.

–No es nada, Walt. A decir verdad, siento un poco de curiosidad por el señor Valentine y su isla. Será una excursión interesante.

–Ese tipo es un excéntrico de primera clase, pero también es un auténtico genio –Walt sonrió y embutió las hojas imprimidas a ordenador en un pesado maletín de cuero negro que descansaba sobre su escritorio–. Estos papeles lo demuestran. Es un análisis de sus últimas teorías. Nos envió los datos teóricos sobre inteligencia artificial que quería introducir en nuestro ordenador y le estamos enviando los resultados. Tienen un potencial inmenso. Está haciendo unos avances increíbles en tecnología informática. Tiene su propio sistema en la isla, pero no es más que un pequeño ordenador personal. Puede desarrollar algunas de sus teorías e idear la lógica necesaria para analizarlas, pero precisa que nuestro ordenador central realice el análisis definitivo. Por cierto, no te preocupes si pierdes la llave del maletín, Valentine tiene su propio juego. Algo menos de qué preocuparse.

Para sus adentros, Kelsey pensó que el maletín, con sus brillantes cierres cromados, parecía extraído de una sofisticada revista de moda para espías. Iba a sentirse un poco nerviosa al subir a bordo del barco con aquello en la mano al día siguiente.

Claro que era propio de Walt Gladwin aportar un maletín de tan exótico diseño. En lo referente a objetos personales, Gladwin siempre se procuraba lo mejor. Como uno de los jóvenes ejecutivos más prósperos del volátil mundo de la tecnología informática, Gladwin había amasado una gran fortuna en muy poco tiempo y, como se afanaba por contar a quien pudiera interesarle, pretendía disfrutar de ella en la flor de la vida.

Gladwin vestía las creaciones de los diseñadores italianos y franceses de moda, usaba zapatos cosidos a mano de piel de cabritilla y tenía tres coches de tres países europeos diferentes. Aquella noche, iba a llevar a Kelsey a su casa en el que a ella más le agradaba, el Ferrari. El Mercedes también era magnífico, por supuesto, y Kelsey no podía decir que no le agradara el Lotus. Pero no sabía qué tenía el Ferrari de color rojo sangre que le hacía gracia.

Y necesitaba sonreír un poco aquella noche, decidió Kelsey, y ahogó un suspiro mientras Walt cerraba con llave la oficina y bajaba con ella al aparcamiento. Había sido un día largo y no muy ameno, dedicado a ultimar las pruebas que debía entregar al hombre llamado Valentine.

Al hecho de haber trabajado largo y tendido aquella semana, se sumaba el que no había recibido noticias de Cole. Kelsey reconocía que había estado esperando su llamada.

Se había repetido una y otra vez que lo último que deseaba era saber de él, pero una vocecita la tranquilizaba diciendo que Cole no era de los que dejaban marchar. Se pondría en contacto con ella. Kelsey había ensayado varias frases contundentes para emplearlas si recibía noticias de Cole, pero hasta la fecha, no había tenido ocasión de usarlas.

Tanto mejor, se dijo, mientras Walt le abría la puerta del Ferrari. La relación que había esperado entablar con Cole Stockton había estado condenada al fracaso desde el principio.

–¿Ya has hecho el equipaje? –preguntó Walt con desenvoltura, mientras maniobraba para sacar el potente deportivo del aparcamiento.

—Sí. Solo me queda guardar unas cuantas cosas —dirigió una mirada al maletín—. ¿Debo llevarlo encadenado a la muñeca?

Walt sonrió, y sus atractivos rasgos se ajustaron al instante a la expresión. Walt Gladwin era un hombre apuesto y franco, de unos treinta y cinco años, que sonreía con frecuencia. Claro que tenía muchos motivos para sonreír, reflexionó Kelsey. Adinerado, próspero y atractivo... Era como si tuviera la vida en la palma de su mano. También contaba con cierto número de mujeres. Kelsey, por razones que nunca se había detenido a analizar, había rechazado educadamente el par de insinuaciones que Walt le había hecho para que se uniera a esas mujeres. Su falta de interés no había afectado a Gladwin. Había volado alegremente a otra flor, y la relación de Kelsey con él había recuperado el tono estrictamente profesional.

—No sería mala idea —musitó con placer, mientras conducía en dirección a la urbanización de Kelsey.

—¡Será una broma! —exclamó Kelsey, entre risas—. ¿Tan valiosas son esas pruebas?

—Ya lo creo. Para quienes sepan interpretarlas, claro. La mayoría no les daría ningún valor, aunque lograran verlas. La inteligencia artificial es la vanguardia de la tecnología actual. Solo un puñado de personas en todo el mundo saben de qué se trata.

—Dicen que cuando podamos enseñar a los ordenadores a pensar como los humanos y a emitir juicios basados en la lógica humana, aparecerá una generación de máquinas completamente nuevas —comentó Kelsey.

—Se llamará la quinta generación. En eso se centra el trabajo de Valentine —asintió Walt—. Pero todavía queda mucho. De momento, no son más que teorías.

—¿Y Valentine es capaz de comprender estas pruebas?

—Valentine creó la teoría básica en la que se basan esos análisis. No tiene acceso al equipo informático necesario para poner a prueba sus ideas y teorías, así que FlexGlad y Valentine han hecho un trato provechoso para ambos. Nosotros le pagamos para que piense y él deja que nosotros experimentemos con sus sueños. Cuando dé en la diana, si lo logra, recibirá un porcentaje de los beneficios.

–Si necesita acceso a equipos sofisticados para verificar su trabajo, ¿por qué vive en esa isla?

–Es un pirado –dijo Walt, y se encogió de hombros–. Un excéntrico redomado. ¿Quién sabe cómo piensa? Si pensara como los demás, no nos sería de ninguna utilidad.

–Supongo que tienes razón. Sabe que voy, ¿verdad?

–Sí, no te preocupes. Te estará esperando en la pequeña pista de aterrizaje de la isla.

–¿Vive alguien más en esa isla?

–Unas cuantas personas. En su mayoría, pescadores y sus familias. Según tengo entendido, Valentine no les presta la más mínima atención, y ellos le devuelven el favor. Es una de las islas del Caribe menos explotadas, por decir algo. Desde luego, no destaca por su riqueza.

–¿Simplemente, le entrego los papeles, o tengo que pedirle que firme un recibo, o algo así? ¿Cómo sabré que es él? –preguntó Kelsey con curiosidad.

Gladwin rio entre dientes.

–Solo hay un Valentine. Lo conocí hace un año. Es grande como un oso, tiene el pelo largo y una barba que le cae por el pecho. Lleva un par de gafas de montura metálica y, con su actitud, siempre te hace pensar que le estás robando un tiempo valioso. No te animará a quedarte más de lo necesario. Lo único que quiere es que lo dejen solo con su cerebro y el pequeño ordenador que ha conseguido instalar en la isla. Por suerte para nosotros, no puede utilizar un equipo más sofisticado, de lo contrario, no necesitaría a FlexGlad. Claro que tampoco podría permitírselo.

–¿Todavía no ha amasado una fortuna con sus teorías?

–Entre tú y yo, no es un gran hombre de negocios –le reveló Walt–. ¿Es ahí donde se gira?

–Sí, en la próxima bocacalle. Puedes dejarme en el aparcamiento.

Walt la miró con cómica estupefacción.

–¿Cómo? ¿No vamos a brindar por tu viaje?

Kelsey parpadeó.

–Ah. Bueno, si te apetece tomar una copa conmigo...

–Claro. Después de todo, te envío con una porción del futuro de FlexGlad. Creo que eso merece un brindis.

Gladwin aparcó el Ferrari y se adelantó a abrir la puerta de Kelsey. Juntos, recorrieron la senda de piedra que conducía a su adosado.

–Bonito lugar –dijo Walt, mientras contemplaba el pequeño jardín. Kelsey sacó la llave.

–Gracias. A mí me gusta.

–Aunque apuesto a que no es tan bonito como el bungaló que tiene tu madre en Carmel. Yo también estoy pensando en comprarme una casa en la playa.

Y, seguramente, lo haría, pensó Kelsey, mientras giraba la llave. Walt se concedía toda clase de caprichos. Quizá ahorrara dinero para la empresa, pero, desde luego, no escatimaba en su vida privada.

Pero Carmel no era un lugar en el que deseara pensar. Los recuerdos de su última noche allí la acosaban en sueños, y el dolor de la última escena con Cole era profundo.

–Te llaman por teléfono –anunció Walt en tono servicial cuando ella abrió la puerta–. Mientras contestas, yo rebuscaré en la cocina para ver con qué podemos hacer un brindis de despedida.

Kelsey contempló cómo se alejaba alegremente a la luminosa cocina de tonos verdes y tostados, mientras ella contestaba el teléfono. Walt no tardaba en ponerse cómodo. Era la primera vez que entraba en su casa y ya estaba abriendo las puertas de los armarios. Cole tenía una actitud más comedida en ese aspecto, pensó.

Claro que Cole era mucho más comedido y cauto en todos los sentidos. Menos durante la última noche, claro.

–¿Sí?

Se produjo una pausa, y antes incluso de que Kelsey oyera

la voz suave y sombría, su instinto adivinó la identidad de su interlocutor.

—Ya era hora de que llegaras a casa. Son casi las diez.

—Cole.

Sintiéndose inexplicablemente afectada por la llamada, Kelsey se dejó caer en la silla de cromo y cuero que había junto al teléfono. Después de una semana de silencio, había decidido llamar. No estaba muy segura de querer saber por qué. Sintió resbaladiza la mano con la que sujetaba el auricular blanco.

—¿Qué quieres, Cole? —dijo Kelsey en voz baja y tensa. Rezó para que Walt se entretuviera en la cocina durante algunos minutos, y se estrujó el cerebro para idear cómo afrontar mejor la situación. Las frases agudas que había estado practicando se habían borrado de su mente.

—Para empezar, podrías decirme dónde has estado toda la tarde —sugirió, con demasiada afabilidad.

—Trabajando.

«Muy bien. He ahí una respuesta concisa y contundente».

—Mira, Cole, no entiendo por qué te molestas en llamar esta noche, a no ser... —se interrumpió cuando una idea en exceso optimista se le pasó por la cabeza—. A no ser que hayas decidido explicarme a qué se debe ese archivo de Roger —sintió el nudo de incertidumbre que se enroscaba en su estómago.

—Eres de ideas fijas, ¿verdad, cariño? —dijo Cole, y suspiró—. Pues yo también. ¿Estás sola?

—No —le dijo con un ápice de desafío—. Mi jefe ha venido a desearme un buen viaje. No puedo hablar mucho, Cole. Por favor, di lo que tengas que decir y déjame en paz.

—Querrás decir que te deje con Gladwin —gruñó Cole—. Deshazte de él, Kelsey.

Kelsey guardó un silencio deliberado. No estaba dispuesta a consentir que aquel hombre le diera órdenes.

—¿Kelsey? Hablo en serio. No juegues conmigo.

—Yo no juego, Cole, eso es cosa tuya —lo acusó con voz tensa.

—Nada de lo que he hecho contigo ha sido un juego —le aseguró con suavidad–. Y ahora tampoco estoy jugando. Kelsey, hace un mes que salimos juntos. ¿No me conoces lo bastante para saber que no pienso compartirte con otro hombre, ahora que eres mía?

Kelsey tragó saliva, consciente del derecho que Cole insistía en tener sobre ella. La triste verdad era que lo conocía lo bastante para creer que hablaba en serio. Y no tenía derecho alguno a implicar a Walt en aquella refriega.

–¿Has llamado para acosarme? –inquirió con voz serena, justo cuando Walt entraba en el salón con una botella de coñac y dos copas. Sonrió alegremente y se sentó frente a ella en el sofá blanco.

–A decir verdad –contestó Cole con calma–, no. Te llamo para saber si ya le has pedido a alguien que se ocupe de las plantas de tus padres durante tu viaje. ¿Te vas mañana, verdad?

Kelsey inspiró hondo.

–Sí –con una pequeña sonrisa, aceptó el coñac que Walt le entregaba–. Y no te preocupes por las plantas. Le pedí a la asistenta de mi madre que cuidara de ellas. Gracias por acordarte, de todas formas –prosiguió en un tono deliberadamente coloquial–. Creo que lo tengo todo controlado. Ya te contaré qué tal me ha ido el viaje cuando vuelva. Gracias por llamar.

Antes de que Cole pudiera contestar, colgó el teléfono con suavidad.

–Un vecino, que llamaba para despedirse –le explicó a Walt con despreocupación.

–Bueno, brindemos para que sea un viaje ameno para ti y provechoso para FlexGlad –declaró Walt en tono complacido, y elevó su copa–. Y no te olvides de enviarnos una postal.

–¿De Valentine? –bromeó Kelsey. Gladwin rio.

–Al cuerno con Valentine. Escoge una postal de una playa nudista. Será mucho más interesante.

Tendría que deshacerse de él en seguida, pensó Kelsey. Pobre Walt. No imaginaba que estaba atrapado entre dos fuegos. Pero era un hombre agradable y no debía implicarlo más en su vida sentimental.

Sí, Cole había llamado desde Carmel y no podía hacer gran cosa para evitar que estuviera con Walt aquella noche, pero Kelsey sabía que ese hecho no le serviría de protección a su jefe en el futuro. Ella misma había experimentado el potencial violento de Cole y sabía lo implacable que podía llegar a ser. Le había dicho que se deshiciera de Walt y, presa del nerviosismo, Kelsey decidió hacer exactamente eso. Sería mucho menos arriesgado para todos, incluida ella misma.

Cielos, estaba cediendo a las amenazas de Cole. Una semana devanándose los sesos por culpa de él debía de haber atrofiado una parte de su cerebro.

Pero todavía no había aclarado ciertos asuntos con Cole Stockton, y hasta que no lo hiciera, tenía la obligación de mantener a los demás alejados del peligro.

Quince minutos después, Kelsey tenía a su jefe en la puerta.

—No pierdas de vista ese maletín, Kelsey —le advirtió Walt en tono inesperadamente serio, justo cuando ella estaba a punto de cerrar la puerta.

—No te preocupes, está en buenas manos —le prometió.

—Eso no lo dudo —repuso Gladwin con una sonrisa, y alzó la mano a modo de despedida—. Eres una de las mejores ayudantes que he tenido nunca. Cuídate y disfruta del viaje.

El teléfono volvió a sonar justo cuando Kelsey cerraba la puerta con llave. Con una profunda sensación de mal presagio, descolgó.

—¿Se ha ido? —preguntó Cole en tono afable.

—¿Tú qué crees?

—Que sí.

Parecía tan repulsivamente seguro de sí mismo que Kelsey sintió deseos de gritar. Tuvo que hacer un esfuerzo sobrehumano para controlar el mal genio.

—Entonces, ¿por qué te molestas en llamar otra vez? —preguntó con educación.

—Para asegurarme, imagino.

—No me pareces la clase de hombre que necesite asegurarse de nada —le espetó—. Siempre estás muy seguro de ti mismo.

Hubo una pequeña vacilación antes de que Cole preguntara en voz baja:

−¿Me creerías si te dijera que, a veces, haces que me sienta un tanto inseguro?

−No −replicó con rotundidad−. Un hombre capaz de levantar un muro alrededor de sí mismo y de su casa no tiene cabida para una emoción tan deslavazada como la inseguridad. Buenas noches otra vez, Cole.

Kelsey colgó con firmeza y desconectó el teléfono. Sonriendo con pesar por aquel acto insignificante de desafío, entró en su dormitorio para terminar de hacer la maleta.

Al día siguiente por la noche, Cole echó otra ojeada a la esfera del reloj de acero inoxidable que llevaba en la muñeca. Eran casi las nueve en punto y Kelsey todavía no había dado señales de vida. No se había presentado en el segundo turno de la cena, que estaba a punto de concluir, y tampoco la había visto antes en ninguno de los tres bares.

Había terminado por cenar en compañía de la otra pareja asignada a su mesa. June y George Camden eran un matrimonio agradable, aunque uno podía cansarse de oír hablar de las proezas de George en un campo de golf. Pero la alegre pareja de mediana edad no se había cuestionado el asiento vacío opuesto al de Cole.

Cole había dado una buena propina para que asignaran a Kelsey a su mesa, pero, al parecer, ella tenía mejores cosas que hacer aquella noche que reunirse con el resto de los pasajeros en el comedor principal.

De haber tenido menos control de sí mismo, Cole habría tamborileado con los dedos sobre el mantel blanco, o habría participado con crispación en el monólogo de George Camden sobre los campos de golf que conocía y amaba.

Pero Cole no dejaba entrever su nerviosismo e impaciencia. Sabía que estaba en el barco, la había visto subir a bordo a última hora de la tarde en Puerto Rico. Kelsey había viajado a San

Juan para embarcar en el trasatlántico una hora después que él. No la había visto desde que un mozo la había conducido a su camarote. Cole se había mantenido fuera de la vista, pensando en hacer su aparición en un momento más oportuno.

–¿Vendrás al salón de baile con nosotros después de cenar, Cole? –preguntó June Camden en tono cortés–. Creo que el espectáculo empieza dentro de poco.

–Siempre hay jovencitas buscando diversión en estos trasatlánticos –le aconsejó George con un guiño–. Yo en tu lugar, aprovecharía la oportunidad. El truco es entrar en acción antes de que los oficiales del barco hayan escogido a las mejores.

–¡George! –exclamó su esposa con sumo enojo–. ¡Qué cosas dices! ¡Ni que hablaras por experiencia!

–Recuerda que soy un golfista, querida –señaló George con complacencia–. Estoy acostumbrado a observar en qué consiste el juego.

June se puso en pie con actitud decidida. Su figura de curvas generosas estaba embutida en un vestido de seda de motivos verdes y turquesa que realzaban el azul intenso de sus expresivos ojos.

–Creo que tendrás que disculparnos, Cole. Es hora de que lleve a George al bar más cercano y le pida una copa. Unos cuantos whiskys con soda, y pensará que no estoy tan mal como para no bailar conmigo.

Cole le brindó una sonrisa solemne.

–Créeme, June, no estás nada mal, y no he tomado ningún whisky con soda.

June rio, encantada, y George enarcó unas pobladas cejas grises a modo de burlona advertencia, antes de levantarse.

–Atrás, hijo. Tendrás que buscarte a otra mujer para esta noche, esta ya está comprometida.

–¡George! –exclamó June, y rio entre dientes, claramente complacida.

–Que os divirtáis –se despidió Cole con cortesía–. Quizá os vea dentro de un rato. Cuando haya encontrado a mi pareja para esta noche.

—Buena suerte —le deseó George con una sonrisa.

La suerte, reflexionó Cole mientras contemplaba cómo se alejaban, no tendría nada que ver. Todo había sido cuidadosamente orquestado por su parte. Si de algo no le gustaba depender era de la suerte. Pero algo había salido mal aquella noche. Kelsey debería haber cenado con él. ¿Qué había pasado?

Quizá George estaba en lo cierto. Tal vez, alguno de los oficiales del barco o algún otro pasajero se le había adelantado. Se puso en pie con una expresión fría y severa que hizo temer al camarero que atendía las mesas por su propina.

Si no tenía hambre, quizá se hubiera entretenido las dos últimas horas recorriendo el enorme y lujoso navío, pensó Cole. Empezaría en la cubierta superior y recorrería todos los salones y estancias públicas. Debía de estar en alguna parte.

Con espíritu metódico, pasó de una cubierta a la siguiente, abriéndose paso entre los pasajeros que bailaban en una discoteca y sorteando las mesas del pequeño casino que acababa de abrir para la velada. Después, salió al exterior, hacia la piscina iluminada.

Tardó un tiempo en convencerse de que había registrado todos los espacios públicos del barco, pero, al final, Cole tuvo que reconocer que Kelsey no estaba por ninguna parte.

No podía haberse quedado la primera noche en su camarote, se dijo, al comprender que era el único sitio que le faltaba por mirar. Una mujer como Kelsey no reservaba pasaje en un lujoso crucero por el Caribe y se quedaba sentada en su cuarto la primera noche.

Aun así, no perdía nada buscándola allí. Tomó el ascensor para bajar a la cuarta cubierta y recorrió el pasillo alfombrado. Ya había sobornado a un mozo para que le dijera el número del camarote. No había sido difícil. Cole sabía cómo obtener información cuando la necesitaba.

El camarote número 4063 era uno más de una larga fila de alojamientos exteriores. Cole se detuvo delante de la puerta naranja y se sorprendió vacilando una fracción de segundo antes de llamar.

La punzada de inseguridad que retuvo su mano era irritante, pero no inesperada. Estaba aprendiendo el efecto que tenía Kelsey Murdock en él. Lo que quedaba por saber era cómo reaccionaría ella cuando lo viera a bordo del barco. Llamó a la puerta con los nudillos.

Oyó un ligero movimiento de pies y, luego, una voz suplicó en voz baja:

–Por favor, váyase. Ya le dije que no quería cenar nada.

Cole frunció el ceño al oír la voz débil y balbuciente de Kelsey y volvió a llamar.

–¿Kelsey, te encuentras bien?

Oyó otro movimiento y, acto seguido, la puerta se entreabrió. Un ojo castaño verdoso lo miró con brillo funesto.

–Dios mío –susurró Kelsey, estupefacta–. Estoy alucinando –dio un portazo.

Adelantándose a aquella eventualidad, Cole había metido el pie entre la puerta y el marco.

–Kelsey, ¿qué ocurre? Temía que te hubiera pasado algo.

Dentro del pequeño camarote, Kelsey se recostó en la puerta, plenamente consciente de que estaba demasiado débil para contrarrestar la presión de Cole. «Justo lo que necesitaba», pensó con malhumor. Para colmo, Cole Stockton estaba en el barco, con ella.

–Kelsey, déjame entrar.

La puerta cedió bajo la presión de la mano de Cole, y Kelsey fue impulsada hacia delante. Consiguió mantener el equilibro aferrándose al canto de la puerta del baño, que estaba abierta porque ya lo había visitado repetidas veces.

Se volvió para dirigirle una mirada furibunda y se sorprendió distrayéndose con la imagen oscura y poderosa que ofrecía vestido con traje de etiqueta negro y camisa gris de vestir. Llevaba el pelo castaño oscuro peinado con el estilo severo habitual.

En contraste, Kelsey estaba hecha una facha. Tenía el pelo enmarañado, el albornoz de color melocotón mal cerrado y la cara macilenta, pero trató de recobrar la compostura.

—Estamos en un crucero tropical —comentó con ironía—. ¿No podrías haber escogido algo más alegre que un traje negro de etiqueta? Unos calcetines blancos le habrían dado un bonito toque.

—Ya me conoces, tengo un vestuario limitado —comentó, mientras la miraba con atención—. Pero, ahora mismo, me atrevería a decir que estoy mejor vestido para la vida en un trasatlántico que tú. ¿Qué ocurre, Kelsey?

Estaba demasiado exhausta para hacer siquiera una protesta simbólica por su presencia.

—Es la primera vez que viajo por mar —cerró los ojos fugazmente—. Al parecer, no tengo madera de marinera. Perdona, Cole. Tengo una cita con el baño —se abalanzó hacia la puerta abierta al sentir otra oleada de náuseas.

Cole se acercó a ella al instante.

—Calma, cielo, te pondrás bien —la tranquilizó con suavidad, y la sostuvo entre sus brazos mientras los espasmos sacudían el cuerpo de Kelsey.

—Vete —le suplicó—. Déjame morir en paz.

—No vas a morir.

—Eso no lo puedes saber. Dios mío, me siento fatal.

—En cuanto te meta otra vez en la cama, iré a buscar al médico del barco. Te dará algo para el mareo. Ven, déjame que te lave la cara.

Kelsey permaneció en pie, como una niña enferma, dejando que le lavara el rostro y las manos. Luego, Cole le preparó el cepillo de dientes con una pizca de dentífrico con sabor a menta y se lo puso en la mano.

—Te sentirás mejor si te lavas los dientes —le aconsejó.

—¿Cómo lo sabes? —murmuró Kelsey con ánimo beligerante. Pero obedeció y se inclinó sobre el lavabo—. Si al menos el barco dejara de moverse... ¿Por qué no me advirtió nadie lo que pasaría?

—Porque la mayoría de la gente no se marea en aguas tan tranquilas —murmuró Cole, y le entregó un vaso de agua—. Cuando te aclares la boca, quiero que bebas un poco.

—Imposible —gimió Kelsey, y contempló el vaso como si fuera una serpiente.

—Solo unos sorbos. ¿Desde cuándo estás así?

—Empecé a sentirme mal una hora después de embarcar.

—Entonces, debes de estar un poco deshidratada. Toma un par de sorbos de agua, Kelsey.

—Saldrá por donde ha entrado —le previno con voz afligida.

—Prueba —la apremió, y acercó el vaso a sus pálidos labios.

Kelsey vio la consternación en sus ojos ahumados, mientras tomaba dos pequeños sorbos de agua, y se quedó fascinada durante un momento.

—¿Qué haces aquí, Cole? Deberías estar a salvo, tras los muros de piedra de tu mansión de Carmel.

—Contigo me sorprendo deseando correr algunos riesgos —gruñó—. Ya has bebido bastante. Ahora, vuelve a la cama y yo sacaré al médico del salón de baile.

—¿Cómo sabes que está ahí? —Kelsey dejó que la condujera a la estrecha cama. No la sorprendía la fuerza de los brazos de Cole, pero sí la tranquilidad que ofrecían.

—¿Dónde estarías tú la primera noche de un crucero, si fueras el médico del barco? ¿En la enfermería?

—Bueno, no, supongo que no. Cole, no me había sentido tan mal en la vida. Solo quiero salir de este barco y volver a casa. Quizá me tire por la borda.

—Mañana te sentirás mucho mejor. Confía en mí.

—No puedo. Apenas te conozco, ¿recuerdas? —Kelsey no sabía de dónde sacaba las fuerzas para aquel pequeño arrebato de resentimiento. Teniendo en cuenta cómo se sentía, la asombraba poder realizar aquel minúsculo acto de rebeldía.

—Eres de ideas fijas —dijo Cole con un suspiro, mientras la arropaba—. Quédate aquí hasta que venga con el médico, ¿de acuerdo?

—Créeme, en este estado, no pienso ir a ninguna parte.

Una pequeña sonrisa asomó a los labios de Cole mientras la miraba, de pie junto a la cama.

—Si siempre colboraras así, no tendríamos ningún problema.

—Eso no tiene gracia –intentó decir Kelsey en tono solemne.

—En seguida vuelvo –Cole se volvió hacia la puerta, y rozó con el pie el maletín que estaba en el suelo, junto a la cama–. Ah, déjame adivinarlo. Apuesto a que este es el pequeño envío de Gladwin, ¿verdad? ¿El que debes entregar al genio excéntrico?

—Me ha pedido que no lo pierda de vista. ¡Dios mío, Cole, si no me siento mejor pasado mañana, quizá no esté viva para entregar los papeles!

—No hago más que decirte que confíes en mí –murmuró, antes de salir por la puerta.

Kelsey permaneció tumbada con los ojos cerrados, temiendo cada leve balanceo del barco, y se preguntó con ánimo lúgubre en qué momento de su misterioso pasado había aprendido Cole a ser tan buen enfermero.

Desde luego, no era escrupuloso. Pero Kelsey no podía evitar preguntarse qué clase de hombre podía seguir interesado en una mujer que parecía un cadáver andante. Un enamorado podría cuidar de su amada enferma, ¿pero un hombre que solo buscaba una concubina? El estómago le dio un vuelco en aquel instante, con lo que logró alterar el rumbo de sus pensamientos.

Cole apareció con el médico, que era joven, atractivo y encantador con los pacientes.

—Créame, mañana se sentirá como nueva –le prometió alegremente, mientras llenaba una aguja hipodérmica–. Esto le quitará las molestias. No querrá pasarse todo el crucero en el camarote, ¿verdad? Vuélvase.

—¿Adónde? ¿A tierra firme? –masculló Kelsey, víctima de otra oleada de náuseas.

—Vuélvase sobre la cama –dijo el médico, riendo entre dientes. Ya tenía la inyección preparada.

—¿No podría pincharme en el brazo? –preguntó Kelsey con incertidumbre, consciente de la presencia de Cole.

—Vamos, cariño, acabemos de una vez –Cole avanzó hacia ella, se sentó a su lado y la atrajo con suavidad a su regazo. Después, retiró el albornoz.

Kelsey maldijo en voz baja mientras enterraba el rostro en la chaqueta de vestir de Cole y el médico administraba la medicina. Se sentía abusada, irritada y avergonzada.

En su estado de contrariedad, resultaba muy fácil culpar a Cole por la situación. De haber percibido la más mínima sensualidad en el roce de sus dedos sobre el muslo, lo habría mordido. Pero la presión solo revelaba firmeza.

–Yo creo que con esto será suficiente, señorita Murdock. Estoy seguro de que la dejo en buenas manos. Venga a verme mañana si siente alguna otra molestia, podré darle algunas tabletas, si las necesita. Pero tengo la intuición de que se pondrá bien. Buenas noches.

–Para él es fácil estar tan endiabladamente alegre. Apuesto a que va derecho al salón de baile –gimió Kelsey. Se cerró la bata con rapidez y se escurrió del regazo de Cole–. Y estoy segura de que a ti también te gustaría ir allí. Gracias por tu ayuda, Cole. Por favor, no te preocupes por mí, me pondré bien. Ya has hecho más de lo necesario.

Pero Cole ya se estaba poniendo en pie y quitándose la chaqueta.

–Esperaré a que te quedes dormida. El médico ha dicho que la inyección te daría sueño.

–En serio, Cole, no hace falta...

–Cariño, no estás en condiciones de echarme de tu camarote, así que será mejor que aceptes lo inevitable con deportividad –colgó la chaqueta en el armario de Kelsey y regresó junto a la cama.

Kelsey permaneció tumbada, contemplándolo a través de sus párpados entreabiertos, absorbiendo el impacto de su presencia sólida y oscura en aquel minúsculo camarote. En el torbellino de sensaciones, tanto físicas como mentales, que había experimentado durante las últimas horas, comprendió de repente que su relación con Cole Stockton siempre adquiría un cariz de predestinación.

Al recordar, le pareció inevitable que se hubieran conocido y, después, que la hubiera seducido. También era inevitable que, tras la seducción, Cole afirmara su derecho sobre ella. Por lo tanto, concluyó su confuso cerebro, seguramente era igual de inevitable que estuviera allí, en su camarote.

—Creo que esa inyección me está nublando el cerebro —le dijo a Cole con voz somnolienta.

—¿De verdad te sorprendió verme, cariño? —preguntó Cole en voz baja, como si le hubiera leído el pensamiento—. Debiste imaginar que vendría en tu busca.

—No mostraste mucho interés esta semana —intentó decir con osadía—. Solo llamaste una vez.

—Y te sorprendí tomando una copa con Gladwin.

Oyó cómo endurecía la voz y se refugió en su enfermedad.

—Cole, mi estómago...

En seguida, se puso en cuclillas junto a la cama.

—¿Quieres que te lleve al baño?

—No, no... Creo que esta vez, sobreviviré. Tengo mucho sueño —cerró los ojos, aliviada por haber hallado la manera de eludir la amenaza de sus palabras. Era mucho más agradable ver a Cole preocupado y servicial—. Se te da muy bien cuidar a enfermos. Debes de haberlo hecho en algún momento de tu pasado, ¿mm? —incluso a punto de quedarse dormida, con el cuerpo devastado por el mareo, Kelsey luchaba por sonsacar información a aquel hombre. Se sentía atraída a él como una polilla a una llama.

—No, Kelsey, nunca he sido enfermero.

Creyó detectar una nota de humor en su voz, pero no podía estar segura. De hecho, ya no estaba segura de nada. La nebulosa que envolvía su mente estaba bloqueando sus procesos lógicos. El sueño la llamaba como una huida a las horas de náuseas, y se entregó a él con una enorme sensación de alivio.

Se despertó solo una vez durante la noche, y se tumbó de costado, somnolienta, a la luz tenue de la habitación. Cole había apagado todas las luces, salvo la pequeña lámpara que había sobre la cómoda. Seguía allí, pensó, y experimentó una profunda sensación de consuelo.

Cole estaba de pie ante la cómoda, leyendo con atención.

Quizá hubiera encontrado una revista. Empezó a cerrar los ojos y estaba casi dormida, cuando un pensamiento afloró en su confuso cerebro.

El maletín negro estaba abierto en el suelo, junto a él. Los papeles que estaba estudiando debían de ser los análisis informáticos.

El maletín estaba cerrado con llave, pensó Kelsey, incapaz de combatir el sueño inducido por la inyección. Tenía dos cerraduras cromadas grandes y brillantes que Walt Gladwin había cerrado. No le había dado las llaves porque Valentine tenía una copia.

Cole no tenía derecho a husmear en aquel maletín, intentó decirse Kelsey, pero era inútil luchar contra el placentero olvido que la reclamaba. Y se sumió de nuevo en las profundidades del sueño.

Capítulo 5

Kelsey fue consciente de dos hechos nada más despertarse: el primero, que Cole no estaba en su camarote, y el segundo, que su estómago se había apaciguado. Pasó algún tiempo antes de que advirtiera que el maletín negro había desaparecido. Se dirigía a la ducha, deleitándose con la victoria sobre la enfermedad, cuando recordó la visión nocturna de Cole estudiando las pruebas informáticas.

Medio convencida de que el recuerdo era un sueño, buscó automáticamente el maletín con la mirada. No estaba en el camarote.

Con la frente arrugada en un gesto de concentración, miró en el pequeño armario, en torno a la litera y dentro de la cómoda. Nada. Cole no podía habérselo llevado.

No podía albergar ningún interés en un puñado de hojas impresas a ordenador. Y debía de haber imaginado aquella escena nocturna de Cole leyendo los papeles.

Aquella mañana, lo que de verdad quería recordar era cómo había cuidado de ella. Se había despertado con una sensación de pérdida al comprender que Cole no estaba a su lado. Durante la noche, Cole le había ofrecido consuelo y ayuda útil. La había acariciado con suavidad y ternura.

Y Kelsey distaba de parecer una amante incitante la noche anterior, se dijo mientras abandonaba la búsqueda del maletín y entraba en el baño. Era innegable que la preocupación de Cole había sido un gran consuelo, e incluso había suavizado gran parte del enojo y el resentimiento que la habían atormentado durante la semana.

Debería haberlo imaginado. Después de todo, pensó Kelsey con rabia, su relación no había cambiado. Seguía sin saber nada sobre él.

Salvo que era un enfermero competente.

¿Y qué había hecho con su maletín?, se preguntó con nerviosismo. Más aún, ¿dónde estaba Cole? Una cosa estaba clara, pensó con humor lúgubre, no podía haber salido del barco. No harían escala hasta el día siguiente por la mañana.

Una vez más, pensó en el comportamiento de Cole durante la noche anterior. El malestar le había impedido sorprenderse demasiado al verlo. Más bien, decidió que su presencia era inevitable. Al menos, esa era la conclusión que había sacado su cansado cerebro la noche anterior.

En aquellos momentos, no podía evitar preguntarse por qué Cole la habría seguido y por qué había cuidado de ella. Y, sobre todo, por qué había forzado las cerraduras del maletín.

Las conclusiones a las que llegó en la ducha eran descorazonadoras. Walt había dicho que la información que contenía el maletín era de un valor incalculable, pero que solo sería inteligible para un puñado de personas. Desde luego, no había insinuado que alguien pudiera estar interesado en robarla.

Cole nunca había mostrado un interés especial por los ordenadores en general, pero habían dedicado mucho tiempo a hablar de su trabajo, recordó Kelsey con agitación.

¡Pero lo había conocido por pura casualidad! No había habido ninguna coincidencia sospechosa. O, al menos, eso creía Kelsey. Cole era un hombre solitario que había terminado por trabar amistad con sus vecinos y, finalmente, con la hija de estos.

Ni siquiera sabía que ella trabajaba para FlexGlad hasta después de conocerla. A no ser que su padrastro lo hubiese mencionado, añadió con silenciosa angustia.

Dios, se estaba volviendo loca aquella mañana, tratando de esclarecer aquel asunto. Tenía que recobrar el control de sí misma y de la situación. En primer lugar, debía recuperar el maletín. Walt se lo había confiado, y Kelsey no soportaba la idea de confesar que se había dejado seducir por un espía industrial, que había robado la información que ella debía entregar a Valentine.

Tampoco soportaba la idea de que Cole pudiera haber hecho algo así. Kelsey se estremeció mientras se ponía una camisa blanca sin cuello y unos pantalones a juego de hilo. Se calzó unas sandalias de color rojo brillante, y se entretuvo el tiempo justo para cepillar los mechones leonados y recogérselos detrás de las orejas.

No podía perder la perspectiva. Con aquella advertencia resonando en su cabeza, Kelsey salió del camarote y se dirigió al comedor. Por primera vez desde que estaba a bordo del trasatlántico, se sorprendía pensando en comer.

Quizá, después de tomar una taza de café, podría ver con más claridad la situación. Entonces, se enfrentaría a Cole y le exigiría una explicación. En aquella ocasión, no se libraría de ella negándose a tratar ciertos asuntos, se prometió Kelsey.

La brisa marina era fresca y tonificante. Aquella mañana, las interminables aguas azules eran un regalo para la vista. La luz del sol jugaba con las olas, y el leve balanceo del barco ya no la indisponía. Empezaba a hacer calor. Kelsey dio un paseo por cubierta a paso decidido antes de buscar el comedor. Era temprano, y solo un puñado de personas estaban desayunando. Vio a Cole casi de inmediato.

Kelsey vaciló al pensar que tendría que encararse con él antes del café y las reflexiones que se había prometido, pero su espíritu brioso salió a la superficie. Elevó la barbilla y caminó en línea recta hacia la mesa que ocupaba, solo. Cole contempló cómo se acercaba a él con una expresión inescrutable en sus severas facciones.

–Buenos días, Kelsey. Tenemos la mesa entera para nosotros. Parece que a los Camden no les gusta madrugar. ¿Cómo te encuentras? –se puso en pie para ofrecerle la silla.

–Mucho mejor, gracias –contestó con una despreocupación

que distaba de sentir, mientras ocupaba su asiento–. ¿Dónde está el maletín?

Cole parpadeó perezosamente bajo la mirada firme e inquisitiva de Kelsey, pero contestó sin rodeos.

–A salvo, de momento.

Kelsey inspiró hondo.

–Quiero recuperarlo, Cole. El maletín, y todos los papeles que había dentro.

Cole le entregó la carta de desayunos y dijo con naturalidad:

–Hablas como si pensaras que podría haber robado algo, Kelsey. Ten cuidado con lo que dices.

–¿Has robado algo, Cole? –preguntó en tono inexpresivo–. Te vi estudiando las hojas que había en el maletín.

Los ojos grises cobraron un brillo glacial.

–¿Me crees capaz de arrebatártelos?

–Te lo pregunto porque, como me suele pasar contigo, no sé qué creer.

Cole tomó la cafetera de plata que habían colocado en la mesa.

–¿Alguna vez vas a confiar en mí, Kelsey?

–Ya te dije que no se podía confiar sin un diálogo sincero –masculló con voz tensa, y se inclinó hacia delante–. Quiero el maletín, tengo la responsabilidad de entregarlo. No quiero tener que confesar a Walt Gladwin que dejé que un hombre que me había seducido se hiciera con los documentos. Si sientes un mínimo de respeto o de... afecto por mí, Cole, dejarás de jugar y me devolverás el maletín.

Cole la miró con intensidad durante un largo momento, observando sus rasgos tensos.

–Y si tú confiaras mínimamente en mí, no me estarías acusando de espionaje industrial.

Kelsey palideció, pero su voz se mantuvo firme.

–Entonces, los dos sabemos a qué atenernos, ¿verdad? Todo apunta a que te has aprovechado de mí.

–¿De verdad lo crees posible? La semana pasada me acusaste de chantajear a tu padrastro. Ahora, dices que soy un ladrón. Anoche, no me tenías en tan mal concepto. Pero, si estás dispuesta a acusarme de algo esta mañana, ¿por qué no llamas a un oficial del barco y lo haces como es debido?

Kelsey se mordió el labio y se movió con nerviosismo en su asiento.

—No creo que haga falta ir tan lejos. Devuélveme el maletín y nos olvidaremos del incidente.

—No, no lo olvidaremos. Si de verdad crees que he robado esos documentos, entonces, actúa. Llama a un oficial y denuncia el robo. Registrarán mi camarote y encontrarán el maletín. Tú lo identificarás y, seguramente, podrás presentar cargos contra mí cuando volvamos a casa —Cole desplegó una de sus escasas sonrisas, pero su mirada era más fría que nunca—. Adelante, Kelsey, sé fiel a tus creencias. Haz una acusación formal.

—Para ya —le dijo, furiosa por su manera de presionarla. Era incapaz de denunciarlo, y él lo sabía—. No quiero escenas dramáticas, solo el maletín. Si está en tu camarote, iremos por él después de desayunar. No te preguntaré por qué te lo llevaste...

—Qué magnánima —se burló Cole.

—Maldita sea, ¿cómo te sentirías esta mañana si estuvieras en mi pellejo? ¿Si me hubieras visto estudiando el contenido de ese maletín en mitad de la noche y, al despertarte, no lo encontraras por ninguna parte?

—Esto me recuerda la conversación que mantuvimos la semana pasada —musitó, mientras un camarero le ponía delante un plato con uvas frescas—. Entonces, me preguntaste cómo reaccionaría si alguien estuviera chantajeando a uno de mis familiares.

—Intento hacerte comprender lo absurdo que es que me pidas que confíe en todo lo que dices o dejas de decir.

—¿Qué vas a desayunar? —la interrumpió con suavidad cuando el camarero se acercó de nuevo.

—¡Lo último que me apetece ahora mismo es desayunar! —le espetó con rigidez. Cole alzó la vista al camarero.

—Tráigale unos huevos escalfados y unas tostadas. Anoche se mareó un poco, así que será mejor que tome algo sencillo.

—Sí, señor —fue la respuesta respetuosa del camarero.

—Cole —empezó a decir Kelsey cuando el hombre desapareció—. Deja de acosarme. No te entiendo, ¿qué quieres de mí?

—Eso ya lo sabes —empezó a comer con calma las uvas garnachas.

—¿Las pruebas? —lo desafió.

Con sumo cuidado, Cole dejó la cuchara sobre el plato.

—No, Kelsey, no quiero las pruebas, te quiero a ti.

—¿En serio? —replicó con sarcasmo—. Entonces, ¿por qué te las llevas?

La miró con ojos de acero.

—Ya te he dicho que, si piensas que te he robado, actúes en consecuencia. ¿Vas a llamar a un oficial o no?

—No te atrevas a presionarme, Cole —le espetó.

—Claro que te presiono, mujer. O haces una acusación formal, o dejas de amenazarme. No me dejas disfrutar del desayuno.

—Ni tú del mío —gimió con furia.

—Es gracias a mí el que puedas comer otra vez esta mañana, ¿recuerdas? Si no hubiera llamado a tu puerta, todavía estarías tumbada en tu litera, o entrando y saliendo del baño.

—Cole, es absurdo que esperes que acepte lo que haces sin pedirte explicaciones.

—Hay una explicación. Siempre hay una explicación. Si no eres capaz de verla, cúlpate a ti misma.

—¡Te estoy culpando a ti! —le espetó, indignada.

—Eso parece. Así que, haz algo o cierra la boca. Llama a un oficial o déjame desayunar en paz.

—No eres nada razonable.

—¿No te parece razonable esperar un poquito de confianza de la mujer a la que le he pedido que viva conmigo?

—Esto es mucho más que un «poquito» de confianza, y estás loco si crees que tu oferta era no solo aceptable, sino irresistible.

—Estás subiendo demasiado la voz, Kelsey —señaló.

—Haz algo entonces. Llama a un oficial del barco y protesta –sugirió, recurriendo a la misma provocación que había usado él.

–Sabes, creo que resultabas más agradable cuando estabas indispuesta –Cole dejó la cuchara de las uvas en el plato y cruzó los brazos sobre el mantel blanco, antes de adoptar su habitual expresión altiva y vigilante–. Bueno, ¿qué piensas hacer?

Kelsey jamás había experimentado una combinación igual de furia y exasperación en toda su vida. Debía responder a su provocación denunciándolo a las autoridades del barco. Después de todo, lo había visto examinando el contenido del maletín y él había reconocido tenerlo. No entendía por qué seguía dudando.

Pero sabía, incluso dominada por la furia, que no iba a denunciarlo por robo. Lo que de verdad la encolerizaba era que Cole, posiblemente, también lo sabía.

–¿Kelsey? –la apremió con suavidad.

–Disfruta del desayuno, Cole. Sabes perfectamente que no voy a acusarte de haber robado ese maletín.

Emocionalmente exhausta, Kelsey plantó la servilleta sobre la mesa e hizo ademán de levantarse. Cole alargó el brazo con un movimiento fluido y apresó una de las muñecas de Kelsey con la presión suficiente para mantenerla anclada en la silla. La fuerza de Cole podía resultar terrible, pensó Kelsey vagamente, sin desviar la mirada de sus dedos de acero.

–¿Por qué no vas a pedir ayuda, Kelsey? –inquirió con voz ronca.

–Seguramente, porque soy idiota –se negaba a mirarlo a los ojos, así que mantuvo la vista en su propia muñeca aprisionada.

–No eres idiota y los dos lo sabemos. Entonces, ¿por qué no llamas a gritos al capitán?

La pregunta le hizo alzar la cabeza con orgullo.

–¿Por qué no me lo dices tú?

–Está bien, lo haré –accedió, para sorpresa de Kelsey–. Creo que lo que te frena hoy es lo mismo que te frenó la semana pasada de denunciarme a la policía por chantaje, la misma razón por la que te deshiciste de Gladwin tan deprisa la otra noche, cuando te llamé. Ahora, eres mía, Kelsey, y en el fondo creo que lo sabes. Nuestras batallas son demasiado privadas, demasiado íntimas, para arrastrar a ellas a otras personas. Más aún, creo que confías en mí más de lo que crees.

–No sé qué te hace pensar eso –le espetó Kelsey, que hizo oídos sordos al resto de sus palabras.

–Anoche tuve esa impresión –su expresión se suavizó un poco–. Dejaste que cuidara de ti, cielo. Vi cómo me mirabas antes de quedarte dormida. No tenías miedo de mí, ¿verdad?

–Estaba demasiado enferma para malgastar mis energías sintiendo miedo –replicó Kelsey. Pero era cierto. La presencia de Cole le había proporcionado un enorme consuelo. Incluso al despertarse en mitad de la noche y sorprenderlo leyendo los papeles del maletín, no había experimentado preocupación alguna. Había sido aquella mañana, al advertir que tanto él como el maletín habían desaparecido, cuando había empezado a cuestionarse sus acciones.

–Kelsey, en el fondo de tu corazón, ¿de verdad crees que he robado tu preciado maletín?

–Cole, no es un buen momento para presionarme –masculló, porque se resistía a contestar.

–Nunca es un buen momento para ti, así que tendrá que ser ahora. Dime la verdad, cariño.

Kelsey contuvo el aliento, consciente de que estaba acorralada.

–Espero que tengas una buena justificación para tus actos.

Cole torció los labios con sarcasmo.

–Tu generosidad me abruma.

–Por lo menos, dime eso, Cole –le dijo con voz tensa–. Dime por qué te llevaste el maletín.

La impaciencia destelló en los ojos de Cole, y su voz se endureció.

–Porque no me agrada la idea de que Gladwin te obligue a cuidar de un maletín cerrado con llave, por eso. Por el amor de Dios, Kelsey, todo lo que se guarda bajo doble llave debe de ser valioso. Es la situación lo que me inquieta, y me ha inquietado desde que me hablaste de ella. Decidí llevarme el maletín a mi habitación para que no tuvieras que ser responsable de él. ¿Eres incapaz de adivinarlo por ti misma?

–Te vi estudiando los papeles del maletín –susurró.

–Por mera curiosidad. Quería saber si llevabas algo que pudiera meterte en algún lío. Es la única razón por la que abrí el maletín. Si te sirve de consuelo, me he quedado igual que antes. Esos papeles son auténticos galimatías.

Kelsey meditó en sus palabras, consciente de que, por alguna razón totalmente ilógica, lo creía. Sin embargo, Cole se comportaba con tanta calma y arrogancia, que sentía deseos de seguir interrogándolo, presionándolo y exigiendo, aunque el sentido común le decía que ya había ido bastante lejos. A aquellas alturas, ya debería saber que lo mejor que podía hacer era respetar las restricciones de Cole, pensó.

–¿La mera curiosidad te permitió abrir dos cierres sofisticados sin utilizar ninguna llave? –comentó Kelsey con burlona cortesía.

–La curiosidad es una motivación poderosa –murmuró Cole con idéntica educación.

–Eres un hombre irrazonable, incomprensible e increíblemente frustrante –dijo Kelsey con un suspiro, consciente de que la había vencido.

–Un hombre que te desea mucho –añadió Cole.

Kelsey se sonrojó al oír aquel comentario sensual.

–Pero no tanto como para arriesgarte a entablar un diálogo abierto y sincero.

Cole movió la cabeza con ironía, al tiempo que el camarero dejaba el plato de huevos escalfados con tostadas para ella y la tortilla de champiñones para él.

–Kelsey, cielo, eres una víctima de toda esa psicología barata que divulgan los medios de comunicación. No entiendo de dónde han sacado esa idea de que un diálogo abierto es la maravilla de las maravillas.

–¿Estás diciendo que no crees en la sinceridad? –masculló

Kelsey, que daba gracias porque los huevos estuvieran sabrosos y porque su estómago los estuviera aceptando sin reparos.

–Lo que digo es que creo más en el derecho a la intimidad –replicó con fluidez.

–¡Pues no respetabas el derecho a la intimidad de mi jefe cuando abriste el maletín!

–Eso es diferente.

–¿Por qué? –inquirió Kelsey con energía.

–Porque te afecta a ti. Tus derechos son mucho más importantes para mí que los de Walt Gladwin. No quiero que te utilice.

–No me está utilizando. Estoy llevando a cabo una pequeña tarea para mi jefe, y no tenías derecho a husmear en el maletín sin permiso. Más aún –declaró con temeridad–, ¡si hay alguien culpable de haberme utilizado recientemente, eres tú, no Walt!

Un brillo de advertencia iluminó los ojos de Cole, pero habló con voz sedosa.

–¿Prefieres que te utilice tu jefe antes que tu amante?

–Al menos, mi jefe me paga –le espetó Kelsey, sin pensar. Lamentó sus últimas palabras nada más pronunciarlas, pero ya era demasiado tarde.

–Ya te dije la semana pasada que estoy dispuesto a pagar –le recordó con aplastante frialdad.

Kelsey sintió cómo la sangre abandonaba su rostro, y su estómago, que estaba aceptando los huevos con tostadas sin rebelarse, se cerró con fiereza.

–Sí, eso dijiste, ¿verdad? –murmuró, mientras doblaba con cuidado la servilleta y la dejaba junto al plato–. ¿Cómo he podido olvidar tu generosa oferta de cama y comida? Si me disculpas, Cole... Creo que he perdido el apetito.

Cole no dijo nada cuando Kelsey se puso en pie y salió del comedor, pero en silencio se aplicó todos los calificativos equivalentes a perfecto idiota.

Por otro lado, se preguntó con rabia, ¿qué elección tenía? No iba a abrir todas las puertas que había cerrado, ni siquiera por Kelsey Murdock. De todas formas, a ella no le agradaría averiguar lo que ocultaban. Maldición, ¿acaso aquella mujer no podía dejar las cosas como estaban? ¿Por qué no dejaba de presionarlo y provocarlo hasta forzarlo a desquitarse verbalmente, como hacía apenas unos momentos?

Recordarle su ofrecimiento de compensarla por el sueldo que perdería cuando viviese con él no había sido su idea más brillante últimamente. Ya sabía que a Kelsey no le agradaba mucho la propuesta.

Cole entornó los ojos mientras miraba, sin ver, por la ventana del comedor. La situación era complicada, pero disponía del resto de la semana para restablecer las bases de su relación.

Todavía había esperanza, se dijo. Tenía pruebas recientes de que, a la hora de la verdad, Kelsey sabía a qué hombre pertenecía: su entrega en la noche en que le había hecho el amor, su obediencia al telefonearle y descubrir que estaba con Gladwin, y la confianza que había depositado en él la noche anterior al recibir sus cuidados. Todas las razones que Cole había enumerado eran válidas.

Pero estaba obsesionada con esa historia del diálogo. Cole siguió disfrutando de su tortilla mientras analizaba aquella barricada mental. O hallaba la manera de sortearla, o tendría que derribarla.

Porque una cosa estaba clara: nadie franquearía la verja que resguardaba su pasado. Era un hombre diferente, un hombre al que Kelsey podría respetar y al que podría entregarse sin reservas una vez que aceptara la situación. Había enterrado el pasado por propia voluntad, y no pretendía desenterrarlo jamás.

Le daría un poco de tiempo, pero, en ningún caso, le daría elección. Cole no se engañaba. La deseaba, más aún, la necesitaba. Kelsey era el elemento que completaría su nueva vida, un elemento que siempre le había faltado pero que no había sabido definir hasta que no la había encontrado.

Sería un estúpido si la dejaba escapar. Lo habían tachado de muchas cosas en el pasado, pero nadie lo había tomado por estúpido. La estupidez y la supervivencia eran incompatibles, y Cole era un superviviente.

***

Kelsey encontró una tumbona vacía en la cubierta superior y se abalanzó sobre ella. Llevaba consigo una revista para hojearla, pero le resultó imposible concentrarse. Bajo el toldo de lona que arrojaba sombra sobre aquella zona de la cubierta, contempló distraídamente los luminosos biquinis y trajes de baño que se habían congregado en torno a la piscina. Camareros con chaqueta blanca ofrecían refrescos de té helado y ponche de ron, mientras los cuerpos impregnados de aceite bronceador brillaban al sol.

Todavía se sentía un poco débil por la indisposición del día anterior, Kelsey había decidido no bañarse aquella mañana. El suave oleaje era un hermoso paisaje, en absoluto nauseabundo, pensó con ironía. Al día siguiente, atracarían en Saint Thomas, una de las Islas Vírgenes estadounidenses. Desde allí, realizaría el corto viaje en avioneta a la pequeña isla de Valentine.

Siempre que Cole le devolviera el maldito maletín, añadió con contrariedad. Debería haber luchado con más ardor para recuperarlo, en lugar de permitir que la espantara del comedor.

Bueno, quizá no hubiese salido espantada, se consoló. Simplemente, había optado por retirarse ante su ofensa. El problema era que Cole no parecía entender que su propuesta resultaba ofensiva. Tal vez nunca le hubiese pedido a una mujer que renunciara a todo y viviera con él. No podía saber qué experiencias tenía con las mujeres porque era imposible sonsacarle nada sobre sus experiencias pasadas, punto.

Como siempre, fue presa de una total frustración, así que abrió la revista. Intentó concentrarse en el artículo de moda que tenía delante, pero en lo único que podía pensar era en el conflicto que se desarrollaba en su interior.

Kelsey había esperado que el crucero le proporcionara el tiempo que necesitaba para romper sus lazos mentales con Cole. Contaba con que el cambio de ambiente y de ritmo de vida le permitiera recuperar la perspectiva.

Pero Cole estaba allí, frustrando sus planes. Sería mejor que aceptara que aquella semana iba a ser una de las más difíciles de su vida. Debía hacerlo porque no podía eludir la situación. Cole ya se había encargado de eso.

—Te he traído un poco de té con hielo —Cole se materializó detrás de ella y ocupó la tumbona que estaba a su izquierda. Dejó el vaso de té en el suelo, al alcance de Kelsey—. ¿No vas a nadar?

—¿Cómo consigues andar con tanto sigilo, Cole? —inquirió. Había dado voz al primer pensamiento que afloró en su mente al mirarlo a los ojos. Como siempre, no lo había oído acercarse.

Cole la observó con cierto recelo, claramente sorprendido por sus palabras.

—¿Con zapatos de suela de goma? —sugirió en tono esperanzado. Su insolencia la irritó.

—¿Ni siquiera puedes contestar a una pregunta tan sencilla como esa?

—Eh —le suplicó, y levantó una mano con ánimo tranquilizador—. Lo siento, no pretendía rehuir la pregunta.

—Siempre rehuyes mis preguntas.

—Eso no es cierto —señaló en tono de reproche—. Nunca rehuyo tus preguntas. A veces, simplemente, me niego a contestarlas. No es lo mismo. En cualquier caso, en esta ocasión, yo he sido el primero en formular una pregunta.

—Cuya respuesta es evidente —murmuró Kelsey—. No, no voy a nadar esta mañana. Y yo diría que tú tampoco —añadió, al contemplar la camisa remangada de color caqui—. Ya veo que no renuncias a tu vestimenta de día acostumbrada. Una camisa de un color caqui deliciosamente neutro. ¿No tendrás un bañador de color caqui? —preguntó con inocencia.

—De no haberte visto anoche tan indispuesta, me sentiría tentado a darte unos azotes. Toma un poco de té, cariño, y deja de pincharme. Puede ser perjudicial para tu salud.

—¿El té o pincharte?

—Adivina —sugirió Cole con ironía.

—¿Amenazas, Cole? —lo retó, impulsada por un deseo inexplicable de provocarlo. Con él, siempre era así. Sentía la necesidad de hostigarlo hasta hacerlo estallar. Claro que era una estupidez. Ninguna mujer en su sano juicio jugaba con bombas de relojería hasta hacerlas estallar.

—Si lo son, creo que me conoces lo bastante bien para saber que van en serio.

Kelsey le lanzó una mirada furibunda y, con total parsimonia, retomó su lectura como si Cole no existiera.

—¿Lo ves, Kelsey? —prosiguió Cole en un tono casi alegre—. Me conoces mejor de lo que crees. Sabes cuándo rendirte.

Fue el regocijo que detectó en su voz lo que la irritó.

—Encima, no te rías de mí.

Kelsey percibió que se ponía rígido sobre la tumbona. Consciente de la repentina tensión en él, sintió una punzada de remordimiento. Los brotes de humor de Cole ya eran bastante escasos de por sí. Por una absurda razón, lamentaba haber malogrado aquel último intento.

—No me estoy riendo de ti, Kelsey —le dijo con suavidad.

—Entonces, ¿qué hacías? —Kelsey bajó la revista y lo miró directamente a los ojos.

—Intentar suavizar la situación, supongo —se recostó en la tumbona con una mueca irónica.

—¿Para qué te molestas?

—Quería que este crucero fuera un nuevo comienzo para nosotros —Cole contemplaba a los bañistas, no a ella.

Kelsey experimentó otra oleada de pesar. Durante todo un mes, había deseado con todas sus fuerzas que su relación con Cole saliera adelante. Después de los acontecimientos traumáticos del último fin de semana, se había dicho que nada podría salvarla. Y, sin embargo, allí estaba él, deseando creer que todavía había esperanza. Saber que Cole seguía deseándola minaba todas las razones lógicas con las que se convencía de no poder intimar con él.

—¿De verdad crees eso posible, Cole? ¿Con todo lo que se interpone entre nosotros? —susurró.

Cole volvió la cabeza y sus ojos grises se clavaron en ella con intensidad.

–Lo único que se interpone entre nosotros es tu obstinada curiosidad femenina y tu arrogancia.

Kelsey se echó hacia atrás como si la hubiera abofeteado.

–¡Gracias, señor Stockton, por su análisis de la situación!

Cole dijo algo explícito y obsceno. Luego, pareció recuperar las riendas de su genio.

–Por favor, Kelsey, danos otra oportunidad, ¿quieres? Danos esta semana juntos. Es lo único que te pido.

Que Cole Stockton le pidiera, no, le suplicara, un favor así resultaba turbador, según Kelsey pudo descubrir. Se quedó sin aliento durante un instante eterno. Era una estúpida por estar tan cerca de él, una idiota por escucharlo, pero no podía negar su respuesta emocional. Una semana antes, no habría creído a Cole capaz de suplicar nada, y menos la paciencia de una mujer. Kelsey se humedeció el labio inferior, consciente del anhelo que le aceleraba el pulso.

–Cole, si me dijeras al menos a qué se deben esas transferencias de Roger... –empezó a decir con incertidumbre, con la esperanza de que transigiera en algo, en cualquier cosa.

Cole cerró los párpados de oscuras pestañas, pero mantuvo una expresión implacable.

–No te incumbe, Kelsey, es algo entre Roger y yo. Así lo quiere tu padrastro, y confía en que yo guarde mi palabra. No puedo tratar ese tema contigo.

–Tendré que confiar en ti, ¿es eso? –suspiró. Cole abrió los ojos.

–¿Es mucho pedir?

–A decir verdad, creo que sí –contestó en voz baja–. Pero eso no te detendrá, ¿verdad? Me lo pedirás de todas formas.

Cole se incorporó sobre la tumbona y alargó el brazo para atrapar la mano de Kelsey con fuerza. Kelsey se estremeció al percibir su tensión. La hechizaba la magnitud del poder que tenía sobre ella.

–Sí, voy a pedir que confíes en mí. Creo que ya lo haces,

pero voy a pedirte que lo reconozcas para que podamos partir de ahí.

El recelo llameó en las profundidades de los ojos de Kelsey al quedarse inmóvil sobre la tumbona.

—¿Y qué piensas darme a cambio, Cole?

—Todo lo que pueda —fue la sencilla respuesta.

—Salvo la verdad sobre ti y sobre tu pasado —concluyó Kelsey. «Y salvo tu amor», añadió en doloroso silencio. Si Cole no comprendía por qué necesitaba saberlo todo sobre él, si no entendía por qué lo hostigaba a dialogar, entonces, no sabía nada del amor. No había futuro para ella con Cole Stockton.

—Te he dado mi palabra de que nunca te mentiré —replicó con crudeza.

—Cole... —susurró Kelsey con impotencia.

—Danos una oportunidad, cariño, es lo único que te pido. Te doy mi palabra de que no te obligaré a hacer el amor esta semana. Solo quiero estar contigo.

—Eso no cambiará nada —intentó protestar Kelsey, pero oyó la incertidumbre de su propia voz y se maldijo por ello—. Hay muchos malentendidos entre nosotros...

—Eso ya pertenece al pasado, Kelsey —le dijo Cole—. Y he aprendido cómo se da la espalda al pasado.

—¿Cerrando una puerta, sin más? —preguntó Kelsey con tristeza.

—Lo que haga falta —repuso Cole, encogiéndose de hombros.

—Y dices que yo soy arrogante —murmuró, y movió la cabeza con admiración.

—¿Kelsey?

Kelsey buscó una salida racional y honrosa al dilema.

—El barco no es tan grande —empezó a decir con crispación—. No podré pasarme la semana corriendo de una punta a otra solo para rehuirte, ¿no crees?

Cole hizo una mueca, y el alivio se reflejó claramente en su mirada.

—¿Es una forma enrevesada de decirme que no fingirás que no existo durante los próximos días?

Kelsey lo miró con gravedad.

–Cole, puede que intente huir de ti, no prestarte atención o estrangularte, pero creo que nunca podré fingir que no existes.

Kelsey oyó la capitulación en sus propias palabras, y el destello de satisfacción en los ojos gélidos de Cole indicó que él también la había oído.

–Te enseñaré cómo se hace, cielo.

–¿El qué?

–Cerrar una puerta y empezar de cero.

–¿Eres un experto?

Cole dejó pasar la pregunta, y alzó una mano con ademán negligente para llamar a un camarero.

–Otro vaso de té con hielo, por favor –le pidió con educación–. El hielo de este se ha derretido.

–Sí, señor –el camarero se alejó hacia el bar de la piscina en busca de la bebida.

–Y hablando de hielo derretido –empezó Cole con voz firme, mirando a Kelsey.

–¿Hablábamos de eso?

–Ya lo creo que sí –le aseguró Cole con suavidad.

A Kelsey no se le pasó por alto la insinuación. Entendía perfectamente que se estaba refiriendo a ella. Pero, para sus adentros, pensó que estaba equivocado. Sí, quizá se hubiera suavizado un poco aquella mañana por su ardor masculino, pero Kelsey tenía la impresión de que la verdadera fusión se había producido en los ojos de color hielo de Cole.

La aceptación recelosa y cautelosa de Kelsey de pasar la semana con él había elevado la temperatura de su mirada. No podía evitar preguntarse cómo lo afectaría su total rendición.

Era una lástima que el riesgo fuera tan alto, porque el impulso de amar a Cole Stockton palpitaba cada vez con más fuerza en sus venas.

Capítulo 6

–Ahí está Cibola –dijo el piloto con voz sonora, para que el zumbido del motor de la avioneta Cessna no impidiera oír sus indicaciones a los pasajeros, y señaló una mancha gris verdosa que se elevaba sobre la superficie del océano–. Y ese puñado de chabolas próximo al puerto es lo más parecido a un poblado. El resto de la isla está prácticamente deshabitada.

–Menos mal que ya casi hemos llegado –instalada en uno de los asientos de atrás de la avioneta de cuatro plazas, Kelsey observó cómo ni el piloto, más bien taciturno, ni Cole, que estaba sentado en el asiento delantero de la derecha, advertían su ferviente comentario.

Habían despegado del aeropuerto de Saint Thomas media hora antes, y en cuanto la Cessna alzó el vuelo, Kelsey empezó a poner en duda su decisión de alquilar una avioneta para el corto trayecto a Cibola. De hecho, había puesto en duda el plan mucho antes. Nada más ver al grueso piloto con gafas de sol de espejo y la camisa manchada de sudor, se había preguntado en voz alta si no sería una locura ir en avioneta a Cibola.

–¿Prefieres ir a nado? –había sido la respuesta lacónica de Cole.

–No me gusta la gente que lleva lentes de espejo –gruñó Kelsey.

–No hace falta que te agrade el piloto, lo único que debe preocuparnos es si está capacitado para conducirnos a la isla donde vive tu genio.

Ray, el piloto, no se molestó en darles su apellido. Los estaba esperando en el aeropuerto cuando Kelsey y Cole se presentaron.

—Me habían dicho que solo había un viajero —había señalado Ray con escepticismo, después de mirar a Cole, que llevaba el maletín.

—Ha habido un ligero cambio de planes —repuso Cole con calma—. ¿Podemos irnos ya?

—Sí, creo que sí.

Kelsey se había dicho que no podía criticar a Ray por las manchas de sudor en la ropa. Ella misma sentía la camisa amarilla de estilo safari adherida a la piel. La intensa humedad combinada con las altas temperaturas hacían imposible mantenerse fresco y sereno. Deseó haberse puesto una falda corta, en lugar de los vaqueros blancos. Habría sido más cómoda.

A Cole no parecía afectarle el bochornoso calor. Ataviado con sus habituales prendas de color caqui y un par de botas de cuero, se mostraba a gusto en aquel entorno tropical. De hecho, se dijo Kelsey, mientras contemplaba cómo acortaban la distancia con Cíbola, incluso podría decirse que estaba en su salsa.

Había tenido tiempo de sobra para especular sobre el comportamiento de Cole durante las últimas veinticuatro horas. El ruido de los motores imposibilitaba la conversación, así que Kelsey guardó silencio en su asiento posterior y reflexionó sobre la peligrosa relación que estaba consolidando.

Claro que no había tenido muchas opciones, concluyó con ironía. O claudicaba con Cole o intentaba huir del barco. No hacía falta ser un genio para sacar aquella conclusión. Cole estaba a bordo con un solo propósito en mente, y era obligarla a retomar una relación basada en sus reglas. Kelsey estaba aprendiendo por la vía más difícil que, cuando Cole se proponía un objetivo, no dejaba que nada se interpusiera en su camino.

Kelsey se había rendido en parte, pero creyó que la frágil situación se derrumbaría por sí sola bajo el peso de la primera confrontación de verdad. Y había creído que esa confrontación tendría lugar ante la puerta de su camarote, la noche anterior.

Cole no había ocultado su deseo durante la velada, pero se había comportado como el acompañante educado y contenido de los primeros fines de semana. Después de cenar juntos, de asistir al espectáculo de cabaré y de bailar con él sobre la cubierta, bajo las estrellas, Kelsey empezó a relajarse.

No, se dijo Kelsey con rigurosa sinceridad, había hecho algo más que relajarse. Había empezado a dejarse hechizar otra vez por aquel hombre. No había servido de nada rememorar lo ocurrido la última vez que había intentado liberarse de aquella brujería emocional. Todavía se sorprendía yendo de buena gana a sus brazos, con la melena leonada apoyada en el hombro de Cole, y deleitándose al sentir las manos de él en la cintura.

Cuando llegó el momento, como Kelsey sabía que llegaría, y se quedaron en el pasillo, delante de la puerta del camarote, solo la cautela conquistada a duras penas le había impedido rendirse por completo a la magia de aquel hombre.

—¿Kelsey? —Cole pronunció su nombre con avidez y expectación, y plantó un suave beso en la curva de su esbelto cuello. La pregunta también encerraba exigencia.

—No —logró decir Kelsey con resolución, con la mirada fija en el primer botón de la camisa oscura y formal de Cole. Pero clavó las uñas automáticamente en la gruesa manga de la chaqueta negra que él llevaba. Era consciente de la tensión que Cole irradiaba, y durante un instante de peligro se preguntó si estallaría, como lo había hecho aquella fatídica noche en la casa de su madre.

—Kelsey, cariño, lo arreglaré. Te haré olvidar el miedo, la cautela y todas las preguntas.

Kelsey se estremeció al oír la miel áspera de sus palabras y sentir el roce sensual de sus dedos en la nuca. Cole percibió el elocuente temblor. Kelsey lo sabía porque sintió la satisfacción que lo embargaba. Tal vez fuese aquella certeza lo que le había dado fuerzas para mantenerse en sus trece.

—No —repitió, en voz baja pero firme.

Cole vaciló entonces, y sintió la presión de sus manos fuertes al cerrarlas levemente sobre los hombros de Kelsey. Pero

Cole asintió, casi para sí, y retrocedió con ojos grises tan inescrutables como la niebla.

—Buenas noches, Kelsey. Pasaré a recogerte para el desayuno.

Kelsey se quedó en el pasillo, contemplando cómo se alejaba. Cole no volvió la cabeza.

En aquellos momentos, sentada en la avioneta, viendo cómo la isla de Valentine se aproximaba en el horizonte, Kelsey se dijo por enésima vez que la noche anterior había tomado la decisión correcta. Desde el principio había intuido que Cole Stockton era fuego y que corría el peligro de que las llamas la consumieran. Debía guardar las distancias por su propio bien. El intrincado baile al borde de la hoguera resultaría peligroso.

Ray realizó un eficiente aterrizaje en la pequeña pista de tierra creada a golpe de machete en la vertiente de sotavento de la pequeña isla. Rodó hasta el extremo opuesto y apagó los motores. La pista formaba una franja paralela a la rocosa orilla. Por lo que Kelsey alcanzaba a ver, la única playa de arena respetable era la de una pequeña bahía no muy lejana. Estaba resguardada por un acantilado escarpado salpicado de rocas.

—No veo a nadie esperándonos —dijo Kelsey, al mirar por la ventanilla hacia la densa espesura que arrancaba del borde de la pista de tierra y ascendía hacia las colinas, que constituían la espina dorsal de la estrecha y alargada isla.

—Eso no es problema mío —comentó Ray—. ¿Cuánto tiempo quieren que espere?

—Le daremos media hora para que se presente —dijo Cole en tono tajante, y abrió su puerta para dejar entrar algo de brisa en la cabina de la avioneta. Kelsey frunció el ceño.

—No puedo irme hasta que no haya entregado ese maletín.

—El tiempo en tierra cuesta lo mismo que en el aire —les recordó Ray con aspereza.

—Media hora —repitió Cole. Bajó sin esfuerzo de la Cessna y se volvió para ayudar a Kelsey.

—Cole, tengo una misión que cumplir. No puedo irme hasta no haber entregado el maletín a Valentine.

—¿Valentine? —la interrumpió Ray—. ¿Ese bicho raro que se entretiene con los ordenadores?

—El mismo —contestó Kelsey en seguida, y se volvió de nuevo hacia la avioneta para mirar a Ray—. ¿Lo conoce?

—Le he traído algún que otro envío —asintió Ray—. Tiene una chabola en esas colinas. No está muy lejos. Suele bajar a pie a esperar la avioneta.

—Quizá olvidara que debía venir hoy —dijo Kelsey en tono pensativo.

—Cariño —repuso Cole—, en una isla tan pequeña, es imposible que no haya oído aproximarse el avión. Aunque olvidara la fecha, la recordaría en cuanto oyera el ruido de los motores. Bajará en seguida, si es que viene.

Kelsey empezaba a comprender hasta qué punto Cole estaba asumiendo el control. Cada hora que pasaba, el número de pequeñas decisiones que tomaba por ella se hacía mayor. La noche anterior, la mayoría de ellas habían sido sugerencias camufladas, pero, al final, Kelsey había acabado pidiendo el Cabernet y las vieiras en salsa de albahaca que Cole había mencionado para cenar. Después, empezó a pedir copas sin consultarla. Aquella mañana había organizado el viaje desde el barco hasta Charlotte Amalie, la ciudad portuaria. Fue Cole quien pidió el taxi que los había llevado al aeropuerto, y quien localizó el servicio de avioneta unipersonal de Ray.

No había duda de que su ayuda había sido muy útil, pensó Kelsey, pero empezaba a convertirse en algo más asfixiante. En aquellos momentos, estaba decidiendo cómo debía llevar ella sus asuntos en Cibola. Era hora de recordarle que seguía estando al mando de su vida y de su trabajo.

—Le daremos quince minutos —declaró con calma—. Y luego iremos a buscarlo a su casa.

Cole la miró de soslayo con extrañeza, como si estuviera decidiendo cómo reaccionar a la deliberada firmeza de Kelsey. Ella creyó que estaba a punto de dar una orden tajante, cuando pareció pensárselo dos veces.

—Kelsey, créeme, si está en algún lugar de los alrededores,

seguro que ha oído llegar el avión. Si no baja es porque no está interesado en las pruebas. No creo que debamos ir en su busca. Tú misma has dicho que es un poco raro.

—Quince minutos y, luego, iremos a buscarlo a su casa —repitió Kelsey con firmeza, y fingió no haber advertido la expresión de irritación que asomó a las facciones de Cole. Fuese cual fuese su labor en el pasado, concluyó Kelsey, estaba acostumbrado a estar al mando.

Una pequeña pista más sobre su vida. Como si tuviera algún sentido coleccionar aquellos retazos de información, se dijo con tristeza. Cole jamás uniría las piezas del rompecabezas.

—Ya veremos —fue la respuesta poco comprometida de Cole.

Pero, quince minutos después, Kelsey decidió actuar. El pegajoso calor le hacía añorar el aire acondicionado del trasatlántico. Se levantó de su asiento, sobre el maletín, a la sombra del ala de la avioneta, y anunció el siguiente paso.

—Vamos, Cole. Iremos a buscarlo a su casa.

Cole, que estaba en cuclillas a su lado, se puso en pie muy despacio, con el ceño fruncido.

—Kelsey, sinceramente, no creo que esté.

—Tengo que asegurarme. Walt se enfadará mucho si no entrego el maletín.

—¿Y te importa mucho que Walt se enfade? —inquirió Cole con ironía.

—Por supuesto, ¡es mi jefe!

—La carretera que va a la chabola de Valentine arranca de ahí —sugirió Ray. Estaba sentado en la Cessna, claramente aburrido con el dilema de sus pasajeros—. ¿Cuánto tiempo quieren que espere?

—¿Cuánto se tarda en llegar? —preguntó Kelsey.

—No más de diez minutos.

Cole tomó la iniciativa, y dijo con voz glacial:

—Esperará hasta que regresemos, tardemos lo que tardemos. No se preocupe, le pagaremos. Muy bien, Kelsey, si te empeñas, pongámonos en marcha —tomó el maletín y echó a andar hacia la senda que Ray había señalado.

Kelsey lo siguió a paso rápido. Salió de la sombra de la avioneta al calor abrasador del sol.

—Este clima es tan húmedo... Creo que no me gustaría vivir en los trópicos.

—Te acostumbrarás —dijo Cole con aire distraído.

—A ti no te molesta —comentó Kelsey, incapaz de resistir la tentación de indagar.

—Deja de intentar sonsacarme información, cariño —replicó Cole con ironía—. Conserva tus fuerzas para la caminata hasta la casa de Valentine. Las necesitarás.

«Ya debería saberlo», pensó Kelsey con tristeza, y decidió seguir el consejo de Cole. Caminar a través de la espesura requería cierto esfuerzo. Para empezar, la senda que seguían no podía calificarse de «carretera». Estaba invadida por plantas de todas clases y no había sido usada por ningún vehículo superior a una motocicleta. La pendiente crecía a medida que ascendían por las colinas y, a cada paso, la espesura era más ardua de atravesar.

—Esto empieza a convertirse en una jungla —comentó Kelsey.

—No me gusta —dijo Cole en voz baja, y se detuvo en medio del camino—. La chabola de Valentine no aparece por ninguna parte, y este lugar no me agrada lo más mínimo.

—Bueno, yo tampoco me lo estoy pasando en grande con este paseo de media tarde —replicó Kelsey con irritación—. Si prefieres esperar con Ray, adelante, vuelve con él.

—No seas idiota —gruñó Cole—. ¿De verdad crees que volvería a la avioneta y te dejaría sola en esta absurda incursión?

Kelsey lo miró con los párpados entrecerrados.

—Bueno, no.

¿Cole abandonándola en aquella encrucijada? Imposible. Era tan probable que la dejara sola en aquel denso follaje como que pudiera volar. Kelsey lo sabía con tal certeza que le parecía absurdo siquiera cuestionárselo. Cole tenía razón, pensó con inquietud. En cierto sentido, lo conocía y confiaba en él. Era ilógico, pero no podía negarlo.

—No me gusta nada tu trabajo –prosiguió Cole con ánimo sombrío, y se dio la vuelta para seguir avanzando por el camino–. Pero lo que menos me gusta es que Gladwin te hiciera este estúpido encargo solo para ahorrarse unos cuantos dólares en concepto de mensajería.

—¡Yo me ofrecí a hacerlo! Walt no me obligó –Kelsey defendió con ardor a su jefe.

—Pero fue idea suya.

—¿Y qué? Me pareció muy razonable.

—¿Te parece razonable enviar a una mujer sola a esta selva? –inquirió Cole casi con fiereza.

—Walt nunca ha estado en Cibola. No podía saber que era un lugar tan primitivo. Desde una oficina de San José, Cibola parece un lugar exótico. Un pintoresco paraíso tropical –lo informó Kelsey con frialdad.

Una vez más, Cole se detuvo, y giró en redondo con una brusquedad que tomó a Kelsey por sorpresa. Tenía una expresión implacable.

—Ya hemos andado demasiado, Kelsey. Estamos haciendo el tonto. Date la vuelta y volvamos a la pista.

Kelsey estuvo a punto de obedecer sin más. Cole no estaba haciendo una sugerencia, sino dando una orden, y de una forma que incitaba a complacerlo instintivamente. De no haber estado luchando contra él en un sentido o en otro durante la última semana, Kelsey habría obedecido sin más. De hecho, tuvo que recurrir a toda su fuerza de voluntad para plantarle cara.

—Cole, he venido aquí con un encargo. No pienso volver hasta que no haya hecho lo posible para...

El repentino zumbido de los motores de una avioneta quebró el silencio.

—Maldición –murmuró Cole, en tono resignado, más que indignado.

—¿Qué ocurre? –Kelsey se volvió hacia la pista, pero no podía ver nada a través del follaje–. ¿Es la Cessna?

—Me temo que sí –Cole estaba mirando al cielo en aquellos momentos, y Kelsey siguió su mirada. La avioneta estaba ya a cien metros del suelo, y se alejaba en la misma dirección por la que había llegado.

—¡Se va! ¡Ray va a dejarnos aquí! —exclamó Kelsey—. No puede hacer eso. ¿Cómo vamos a volver al barco?

—Una pregunta excelente —dijo Cole con ironía.

—Pero ¿por qué iba a dejarnos tirados? —Kelsey lo miró con absoluta perplejidad.

—Creo que nuestro amigo Ray dirige su negocio según el principio del libre mercado —murmuró Cole con aire pensativo—. En otras palabras, trabaja para el mejor postor. Mi intuición me dice que alguien le ha pagado más por dejarnos aquí que lo que le pagaron por llevarnos de vuelta al barco.

—¿Pero por qué iba alguien a...? Dios mío —Kelsey abrió los ojos de par en par hacia el maletín negro que Cole sostenía—. No pensarás que alguien llegaría a tales extremos para adueñarse de eso, ¿verdad? —preguntó con voz débil.

—Kelsey, cuanto más cosas averiguo sobre tu jefe y sobre tu trabajo, menos me gustan los dos.

—No sé por qué metes a Walt en todo esto —le espetó, irritada—. No es culpa suya.

—Bueno, si te sirve de consuelo, tampoco puedo decir ninguna maravilla sobre mí en estos momentos. Fue una locura dejar que siguieras adelante con tus planes de entregar estos papeles. Debí escuchar a mi cabeza, y no a mis... hormonas. Vamos, no perdamos más tiempo —echó a andar de nuevo camino arriba con paso largo y rápido.

—¡Pero Cole...! —Kelsey se sorprendió teniendo que apretar el paso para seguirlo. La elegante camisa amarilla de estilo safari se adhería irremediablemente a su piel húmeda al hacer esfuerzos para no quedarse atrás—. ¿Por qué seguir por aquí? ¿No deberíamos regresar a la pista? Quizá venga alguien más. Y también está el pequeño pueblo de pescadores al otro lado de la isla. El que Ray mencionó. ¿Por qué no vamos allí?

—Eso es lo que esperarían que hiciéramos, así que nos abstendremos de ir tanto a la pista como al poblado —le dijo Cole, sin apenas volver la cabeza.

Kelsey fijó la mirada en la espalda de Cole mientras este seguía avanzando con facilidad entre la espesura.

–¿Qué quieres decir con eso?, Cole, ¿de verdad crees que alguien podría estar esperándonos en esa pista? –le estaba costando un poco aceptar la realidad de la situación, comprendió Kelsey, un tanto aturdida. Todavía no podía dar crédito a todas las temibles implicaciones del abandono de Ray.

Cole, por otro lado, parecía haber aceptado las peores posibilidades sin pestañear. Como si hubiera estado barruntando aquel extraño giro que había tomado la situación.

–Creo que es muy probable que alguien esté esperando que volvamos corriendo a la pista. Es lo que haría cualquier persona instintivamente si acabara de quedarse sin su medio de transporte. Y, una vez en la llanura, seríamos un blanco perfecto.

–Hay que decir que te estás adaptando a la situación de maravilla –masculló Kelsey con sarcasmo–. No pareces en absoluto afectado por lo ocurrido.

–No malgastes las fuerzas, Kelsey –fue el consejo lacónico de Cole–. Las necesitarás. La cuesta es cada vez más empinada.

Kelsey reprimió una réplica mordaz, consciente de que Cole tenía razón. La pendiente se hacía más escarpada, y con el ritmo que marcaba Cole, combinado con el sofocante calor, Kelsey estaba quedándose sin resuello.

Así que dejó de lanzar preguntas y comentarios a la espalda impenetrable de Cole y empezó a pensar. Y lo primero que se le ocurrió fue que la conclusión que se podía extraer de todo aquel asunto era muy sencilla. Sencilla y alarmante. Cole tenía el maletín y ella estaba a solas con Cole.

Kelsey contuvo el aliento al enlazar todos los hechos. Cole conocía los detalles de aquella excursión. Sabía que iba a entregar el maletín con las pruebas al misterioso Valentine. Había examinado el contenido del maletín y se lo había llevado tranquilamente a su camarote. Y había sido Cole quien había localizado a Ray en Saint Thomas. También era Cole quien, en aquellos momentos, la apremiaba a adentrarse con él en la jungla.

Kelsey se paró en seco en mitad de la senda.

Unos pasos más allá, Cole advirtió en seguida que se había detenido. Se dio la vuelta, irritado ante la perspectiva de tener que someterse a un nuevo interrogatorio cuando estaba intentando esclarecer aquel lío.

–¿Kelsey? –gruñó. Quizá ya estuviera agotada. Aquel calor asfixiante podía derrotar a cualquiera que no estuviera acostumbrado. A él también empezaba a afectarlo, aunque había pasado años enteros en diversos agujeros infernales. Unos pocos meses de vida civilizada en Carmel habían bastado para deshabituarlo del calor, concluyó con ironía–. Kelsey, sé que hace calor y que estás cansada, pero tenemos que seguir andando.

–¿Ah, sí? –preguntó en un tono distante y educado que le reveló cuál era el verdadero problema–. ¿Quién dice que tenemos que seguir, Cole?

Experimentó una sacudida de fría angustia al comprender lo que estaba pasando por la cabeza de Kelsey. Entonces, al mirarla con atención, reparó en la forma en que la camisa amarilla perfilaba la curva de sus senos, mientras ella inspiraba hondo para recobrar el aliento. La melena leonada ya no era un marco ordenado y sofisticado para su rostro, que estaba húmedo por la transpiración, ya que el roce inevitable con la maleza lo había enredado. Los vaqueros blancos y ceñidos estaban cada vez más sucios, y cuando Kelsey se secó el sudor de la frente con el dorso de la mano, dejó una pequeña mancha en la piel. Lo miraba con ojos recelosos y desafiantes, y el cuerpo esbelto, inmóvil y en tensión.

–Sabes –dijo Cole con total sinceridad–, no acierto a comprender por qué, pero estás endiabladamente sexy.

Aquel inesperado comentario la sobresaltó, como esperaba Cole. Aunque era la pura verdad, porque Kelsey siempre estaba sexy para él, había pronunciado las palabras en voz alta para deshacer el miedo que veía en sus ojos.

–Esto no tiene gracia, maldita sea. ¡Dime qué es lo que pasa!

Prefería verla enfadada a asustada, decidió.

—¿Cómo voy a saberlo? Fuiste tú la que insistió en venir a esta isla.

—Y tú el que insistió en acompañarme —bajó la mirada al maletín negro—. Y el que tiene las pruebas.

Cole se puso rígido al detectar la incertidumbre y la acusación en la mirada de Kelsey.

—No tienes elección, Kelsey —le dijo con crudeza—. Tendrás que confiar en mí.

—Eso has dicho una y otra vez desde que nos conocimos. Y, como una idiota, me dejo convencer una y otra vez para darte otra oportunidad. Ahora me encuentro incomunicada en una solitaria isla del Caribe, contigo y con ese maletín.

—El problema es que no sé si de verdad estamos tan solos —le explicó con frialdad—. Tendrás que regirte por el dicho de «más vale lo malo conocido que lo bueno por conocer». Tu Valentine anda vagando por aquí, y solo Dios sabe quién más. Alguien quiere esas pruebas, y no parará hasta conseguirlas.

—¿Y cómo sé yo que no eres tú ese alguien? —le espetó.

—Confía en mí —masculló, y reanudó la marcha.

—¡Maldita sea, Cole Stockton! ¡Me has pedido que confíe en ti demasiadas veces! Quizá se te dé muy bien dar órdenes, pero a mí no me resulta tan fácil obedecerlas a ciegas. En cualquier caso, la confianza no es algo que se pueda forzar. ¡Quiero respuestas, Cole, y las quiero ahora!

Cole sopesó las opciones. No había muchas. Tendría que resolver el problema con la mayor eficiencia y rigor posibles. La vida de Kelsey dependía de que lo obedeciera sin reservas, así que haría lo que fuera preciso para someterla.

Tomada la decisión, actuó sin vacilar, como siempre hacía. Era una de las viejas costumbres que, posiblemente, jamás abandonaría. La supervivencia nunca había favorecido a los dubitativos.

Vio cómo la estupefacción reemplazaba a la furia y a la incertidumbre en los ojos castaños de Kelsey, cuando avanzó hacia ella a la velocidad del rayo. Ni siquiera tuvo tiempo de intentar huir. Cole cerró los dedos sobre su hombro, para que sintiera el peso de su fuerza, y la estrechó con fuerza. Luego, clavó una mirada penetrante en aquellos ojos asombrados.

–No tengo ninguna respuesta para ti, Kelsey –con deliberación, insufló toda la intimidación posible a sus palabras. Tenía que vencer la obstinada rebeldía de Kelsey, y deprisa–. Pero sí algunas observaciones. Te lo diré sin pelos en la lengua. Estamos en una situación muy desagradable y posiblemente peligrosa. Tú no estás capacitada para sacarnos de este lío, así que tendrás que apoyarte en mí, tanto si confías en mí como si no. No tienes elección, Kelsey. ¿Lo entiendes? Ninguna elección. Harás lo que te diga, sin hacer preguntas, y cuando yo te lo diga. Cumplirás mis órdenes lo más deprisa que puedas, porque, de lo contrario, no vacilaré en hacer lo que sea preciso para obligarte a obedecer. Y te lo advierto, Kelsey, no resulto muy atento ni encantador en situaciones como ésta. De hecho, soy un perfecto capullo. Si no te fías de mí en nada más, al menos, cree lo que te digo. Ahora, sigue subiendo la cuesta o te llevaré a rastras.

Cole retrocedió para que ella comprobara la total confianza que tenía en su propia autoridad. Era consciente de que la táctica intimidatoria no funcionaría a no ser que Kelsey lo temiera o confiara en él de verdad.

Cuando Kelsey le lanzó una mirada furibunda y echó a andar delante de él pendiente arriba, a Cole no le quedó más remedio que meditar en la pregunta que él mismo se había hecho. No podía saber a ciencia cierta si era el miedo o la confianza lo que la impulsaba a obedecer. Esperaba, rezaba, para que fuera la confianza, pero no podía estar seguro.

No importaba, pensó Cole, mientras se disponía a seguirla. Siempre que lo obedeciera en los momentos difíciles, no importaba el porqué. Pero sabía que se estaba engañando.

Unos pasos más allá, Kelsey, furiosa, intentaba analizar su propio comportamiento y el del hombre que la seguía. No podía explicarse por qué se había doblegado tan fácilmente a las amenazas de Cole.

Le daba un poco de miedo, reconoció con nerviosismo. Cuando aseguraba que podía ser un perfecto capullo en determinadas circunstancias, en circunstancias de peligro, Kelsey lo creía.

Cole Stockton era un hombre implacable. Kelsey lo sabía desde la traumática noche en que la sedujo. También irradiaba autoridad y confianza en sí mismo en todo momento. Estaba acostumbrado a imponerse, tanto a sí mismo como a los demás.

Sí, y tanto que lo creía cuando decía que podía ser un capullo... Pero eso era lo único que podía creer de verdad, pensó con recelo. Como siempre, Cole suscitaba más preguntas que respuestas. De momento, lo obedecería, pero no sabía decir por qué.

Tal vez, porque no tenía elección.

Como iba a la cabeza, fue Kelsey la primera que vio la extraña casa octogonal en el centro de un claro. Se detuvo, y Cole, que estaba justo detrás de ella, la agarró del brazo.

—No sigas —murmuró, y barrió el paraje abierto con la mirada.

—¿Crees que es la casa de Valentine?

Kelsey estudió la casa de madera de tosca construcción. Le gustaba el extraño diseño octogonal. Las habitaciones serían triangulares, pensó fugazmente. Había ventanas en los ocho lados, y un generador en la parte de atrás. No había rastro alguno de un hombre de barba larga y gafas de montura metálica.

—Tiene que serlo —dijo Cole en voz baja—. Espérame aquí, iré a echar un vistazo.

—Te acompaño —empezó a decir Kelsey, que prefería la casa y las comodidades que ofrecía a la densa jungla.

—Tú te quedas aquí. Con esto —le plantó el maletín en las manos—. Dame diez minutos.

—Pero Cole... —Kelsey se interrumpió en cuanto Cole le lanzó una mirada implacable—. Está bien —murmuró—. Te espero aquí.

—Estás aprendiendo —gruñó. Empezó a adentrarse en el follaje, pero se detuvo al sentir los dedos de Kelsey en la manga.

—Cole, ten cuidado —se oyó susurrar Kelsey.

Cole pareció sorprendido, pero le tocó los dedos que se aferraban a la camisa de color caqui.

—Sí —corroboró. Kelsey creyó que iba a decir algo más, pero debió de cambiar de idea.

Se alejó y, en cuestión de varios segundos, desapareció en la espesura. Kelsey permaneció inmóvil, con el maletín en los brazos, pensando en lo fácil que le resultaba a Cole camuflarse en la jungla.

Cuando reapareció momentos después, emergió del denso follaje del lado opuesto del claro. Kelsey contempló con nerviosismo cómo salía del refugio natural de la espesura y entraba con calma en la casa por una puerta que estaba abierta, y contuvo el aliento hasta que volvió a materializarse otra vez en el umbral.

Entonces, Cole volvió a atravesar el claro con rapidez y a adentrarse en la maleza. Poco tiempo después, Kelsey giró en redondo, sorprendida al verlo aparecer a su lado, de repente.

—Te mueves como un fantasma —lo acusó con suavidad.

—Y tú tienes cara de haber visto uno. No te preocupes, cariño. La casa está vacía.

—¿No hay rastro de Valentine?

Cole lo negó con la cabeza.

—No, pero alguien ha registrado la casa de arriba abajo, está destrozada. Buscaban algo —bajó la vista al maletín—. Y yo creo que no lo han encontrado.

—¿Qué me dices de Valentine? Él no habría destrozado su propia casa.

—Eso pienso yo. Pero no vamos a quedarnos a esperar si aparece. Dentro de una hora, empezará a oscurecer, y tendremos que buscar algún lugar donde pasar la noche.

—¿No podríamos quedarnos en la casa de Valentine? —preguntó Kelsey con melancolía. Pero intuía la respuesta. Cole ya había decidido que no harían uso del refugio más obvio y, aunque se estaba oponiendo débilmente, sabía que aceptaría su decisión.

—Quienquiera que sepa que nos hemos quedado tirados en

esta parte de la isla, también sabrá que esta casa es una clara invitación.

—¿Y tú no aceptas las invitaciones claras? —se arriesgó Kelsey a preguntar.

—Solo de ti —repuso Cole sin la menor vacilación—. Aunque no recibo muchas, ¿verdad?

Kelsey no habría imaginado que en su estado sudoroso, nervioso y desaliñado, sería capaz de ponerse colorada como un tomate.

—¡No sueles esperar a que te las dé!

Cole recogió el maletín.

—Estamos perdiendo tiempo. Vamos.

Kelsey se tragó sus protestas y siguió a Cole con paso obediente. Cole se apartó del camino y se adentró en la espesura. Andar era trabajoso, y Kelsey tenía que esforzarse por no quedarse atrás, pero no se molestó en quejarse. No tenía sentido, decidió con ánimo realista. Cole no la estaba castigando a propósito, solamente hacía lo necesario para encontrar cobijo antes de la puesta de sol.

Se le ocurrió cuestionarse su creciente confianza en Cole, pero estaba demasiado cansada para profundizar en aquel pensamiento. Se desorientó nada más salir del camino, y apenas era consciente de que bajaban la colina. Seguía a Cole a ciegas, y se concentraba únicamente en no quedarse rezagada.

Cuando salieron a campo abierto, estaban a cierta distancia de la pista de aterrizaje. Al otro lado de la playa amplia y rocosa, el agua espumosa acariciaba la orilla de forma sugerente.

—Lo que daría por darme un baño ahora mismo —murmuró Kelsey, mientras contemplaba las suaves olas con anhelo. Dio un paso hacia delante con decisión, pensando que al menos podría mojarse los pies.

—Después —le ordenó Cole con suavidad. La agarró del brazo y tiró de ella sin ceremonias.

—¿Siempre eres tan brusco? —le espetó Kelsey, y se masajeó el hombro, mientras lo miraba con enojo. Cole, sin embargo, no la miraba. Parecía estar escuchando.

—En momentos como este, sí —contestó de manera casi ausente—. Suelo ponerme brusco cuando surgen complicaciones. Y, ahora mismo, tenemos otra.

—¿Otra complicación? —Kelsey lo miró de hito en hito, perpleja.

—Así es.

—¿Qué pasa ahora?

—Alguien nos ha seguido colina abajo, Kelsey.

—¿Que alguien nos ha seguido? ¡Dios mío! —se dio la vuelta e intentó escudriñar la jungla que quedaba a su espalda, pero era imposible distinguir nada entre la espesura—. ¿Dónde está?

—Varios metros más atrás. Se detuvo a la vez que nosotros. Seguramente, está esperando a ver lo que hacemos.

—¿Y qué vamos a hacer? —preguntó Kelsey con serenidad.

—Dar la bienvenida a nuestro visitante, por supuesto —la asió por la muñeca y la condujo a lo largo del borde de la playa.

En ningún momento salió al descubierto. Cole se deslizaba entre la maleza con una destreza que se debía a años de práctica. Sin soltarla de la mano, logró que ella también se mantuviera a cubierto.

La rocosa playa terminaba en una pendiente escarpada que se elevaba a corta distancia sobre el agua, ante la que ofrecía una pared casi vertical de riscos. El terreno estaba salpicado de rocas desde el borde de la jungla hasta la orilla del mar. Cole trazó una senda entre las rocas hasta que encontró lo que buscaba.

—Esto servirá. Túmbate, Kelsey, y quédate aquí hasta que yo te diga que te levantes, ¿entendido? —la condujo a una aglomeración de piedras rocosas y utilizó su propio peso para ponerla en cuclillas. Cuando Kelsey lo miró, se estremeció al ver la expresión letal de su rostro.

—¿Cole?

—No te muevas de aquí, Kelsey —le entregó de nuevo el maletín y, luego, se fundió en el paisaje, perdiéndose entre las voluminosas formas rocosas que lo rodeaban.

Kelsey contempló cómo se alejaba y fue presa del pánico.

Pero no era a Cole a quien temía, reconoció en silencio, sino lo que pudiera pasarle a él.

Fue entonces cuando Kelsey comprendió lo unida que empezaba a sentirse a Cole Stockton. A pesar de que no sabía nada de él, a pesar de las sospechas sobre su pasado poco civilizado, su propio destino estaba unido de forma inexplicable al de él. Esperó sola al amparo de las piedras, e intuyó cómo debían de haberse sentido sus antepasadas cuando esperaban en las cuevas a que sus hombres regresaran de la caza.

Capítulo 7

Era un gigante, pero no era su tamaño lo que lo hacía peligroso, pensó Cole, sino la manera en que se movía como un felino por la selva.

Un felino que había perdido práctica, añadió, mientras perseguía a su presa. El grandullón no era tan silencioso ni cuidadoso como debería, pero Cole estaba dispuesto a apostar a que, tiempo atrás, Valentine había sido muy hábil.

Tenía que ser Valentine. Por lo que había visto mientras lo rodeaba y se acercaba por detrás, Cole concluyó que ningún otro hombre podía encajar en la descripción que le habían dado a Kelsey. Corpulento, barbudo y con gafas de montura dorada.

Al parecer, nadie se había molestado en decirle a Kelsey que el hombre llamado «Valentine» se había dedicado antes a algo más letal que los programas informáticos. Quizá nadie se hubiera percatado.

Pero en cuanto advirtió que los seguían, Cole adivinó un par de datos cruciales sobre su perseguidor. El primero era que se trataba de un cazador profesional y, el segundo, que la cacería para la que lo habían adiestrado era de animales de dos patas.

«Otro que tal baila», pensó Cole con ánimo lúgubre, mientras se acercaba por detrás al mastodóntico Valentine. Solo podía esperar que la destreza del grandullón estuviera un poco más oxidada que la suya.

En silencio, avanzó hasta un punto a varios pasos a su espalda. Se enderezó, separó un poco las piernas, se preparó físicamente y lo llamó en voz baja.

—Este año, el día de San Valentín cae un poco más tarde.

El hombretón giró sobre sus talones, y Cole fue sometido a un rápido escrutinio por un par de ojos azules muy sagaces. Durante un momento, los dos hombres permanecieron inmóviles, enfrentados a corta distancia.

—No sé si el día de San Valentín cae un poco más tarde este año o no, lo que sí sé es que hoy no ha sido mi día. No he tenido más que problemas. Y ahora, tú —la voz de Valentine era un gruñido grave de oso. Le iba como anillo al dedo.

—Y ahora, yo —corroboró Cole con sobriedad—. Si te sirve de consuelo, hoy tampoco ha sido mi día.

—Estás con la mujer —era una afirmación, no una pregunta.

—Sí, estoy con ella.

—¿Te importa decirme en calidad de qué? —Valentine flexionó un poco sus manazas, como si estuvieran rígidas. Cole advirtió el pequeño movimiento y esbozó una pequeña sonrisa. Instintivamente, comprobó su guardia y decidió que no podía hacer nada para mejorarla. Había pasado mucho tiempo, y nada se mantenía a tono si no se practicaba con frecuencia.

—Podría decirse que cuido de ella —le explicó con educación a Valentine.

—Protección, ¿eh? ¿Pagada o voluntaria?

—Cuido de ella porque es mía —dijo Cole con absoluta simplicidad.

En seguida, Valentine pareció relajarse.

—Eso —rugió con suavidad— explica unas cuantas cosas. No todo, pero algunas cosas. Creo que estamos en el mismo bando.

—¿Y qué bando es ese? —Cole sintió que su tensión disminuía, pero no bajó la guardia.

—El bando contrario al de esos dos tipos que me destrozaron la casa —Valentine se atusó distraídamente la barba, pero sus penetrantes ojos azules seguían observando a Cole con sagacidad—. Como ya he dicho, hoy no ha sido San Valentín por aquí.

—¿Son dos?

Valentine asintió.

—Y van armados.

—No como nosotros —dijo Cole con voz cansina.

—No como nosotros —afirmó Valentine.

—Va a ser un día muy largo. Será mejor que te presente a la mujer que ha venido hasta aquí solo para verte.

—Tu mujer —clarificó Valentine.

—Mía. Aunque no sé si ella lo sabe, todavía —hizo una pequeña indicación con la mano—. Tú primero.

Valentine enarcó una ceja poblada, con ligero regocijo en la mirada.

—No te falta precaución, ¿verdad? —giró en redondo y echó a andar hacia la playa rocosa.

—Últimamente, prefiero considerarme educado, no precavido —Cole seguía a Valentine a corta distancia.

—¿Logras engañarte?

—A veces —dijo Cole—. ¿Y tú?

—A veces, tengo suerte y también me engaño —contestó Valentine en voz muy baja.

—Supongo que somos unos auténticos timadores, dispuestos a engañar al público más exigente: nosotros mismos.

—Creo —dijo Valentine, que volvió la cabeza para mirar a Cole— que ser timadores es mejor que lo que éramos antes.

Los dos hombres intercambiaron una elocuente mirada de masculino entendimiento. Luego, Cole se encogió de hombros.

—Eso mismo me digo yo.

—¿Dónde has ocultado a tu protegida? —preguntó Valentine con curiosidad al salir de la maleza y escudriñar el paraje de rocas desperdigadas.

—¡Valentine! —Kelsey, que había estado observando el borde de la jungla a la espera del regreso de Cole, se puso en pie en seguida y corrió hacia los dos hombres—. Usted debe de ser Valentine —sonrió, pues el hombretón le cayó bien a primera vista—. Me alegro de que fuera usted quien nos seguía. Estaba angustiada porque no sabía a quién se enfrentaba Cole entre esas zarzas. ¿Se encuentra bien? Cole dijo que habían saqueado su casa. ¿Qué está pasando aquí?

Los dientes blancos de Valentine asomaron por entre los pelos de la barba, y Kelsey concluyó que cualquier parecido con Papá Noel terminaba con aquella sonrisa. La gruesa barba no podía ocultar el destello de lobo cazador de aquel gesto. En aquel instante, Kelsey comprendió que la expresión le recordaba las escasas sonrisas de Cole.

«Tal para cual». El pensamiento emergió en su mente como una intuición que ella desechó de inmediato. Qué idea tan absurda. Valentine y Cole eran tan distintos como la noche y el día. Valentine era enorme, barbudo, un excéntrico genio de la informática. Cole era solitario, poco comunicativo, un hombre de negocios arrogante. Pero su intuición femenina la contradecía.

—Estoy bien. Usted debe de ser la señorita Murdock. Lamento que hubiera cambio de planes, le aseguro que no fue idea mía. Me alegro de que se trajera a su amigo.

Kelsey arrugó la nariz en dirección a Cole.

—No tuve elección. Cole insistió en acompañarme.

—¿Cole? —preguntó Valentine en tono afable.

—¿No os habéis presentado? Valentine, este es Cole Stockton —Kelsey miró con reproche a los dos hombres.

—Sí, claro que nos hemos presentado —replicó Cole—. Pero no llegamos a decirnos los nombres —saludó a Valentine con una inclinación de cabeza.

—Encantado —murmuró Valentine.

Kelsey percibía el tono enigmático de la conversación, pero no podía descifrarlo. Era como si Valentine y Cole se conocieran mejor de lo que querían hacer ver, pero Kelsey tenía la certeza de que, hasta hacía unos minutos, no se habían visto en la vida.

—Estos son los pequeños placeres de la vida —dijo Cole con fluidez—. Aunque sugiero que nos ocupemos de algunas de sus necesidades. Por si nadie se ha dado cuenta, empieza a oscurecer. Este es tu territorio, Valentine. ¿Alguna sugerencia de dónde podemos ocultar a Kelsey durante la noche?

—¿Ocultarme a mí? —repitió Kelsey, contrariada—. ¿Y vosotros dos?

—Tu hombre y yo tenemos que ocuparnos de un pequeño asunto, Kelsey —dijo Valentine con suavidad—. Hay un par de tipos en la isla, y me temo que no han venido a hacer turismo.

—¿Los que destrozaron tu casa? ¿Quiénes son, Valentine? ¿Van detrás de estas pruebas? —Kelsey señaló el maletín con la punta de la sandalia.

—Esa es la teoría en la que me baso. Vamos, Kelsey, os enseñaré a ti y a tu hombre un lugar seguro y bonito.

Kelsey se sonrojó y lanzó una rápida mirada a Cole, que ya se había acercado para agarrarla del brazo y seguir a Valentine.

—No es «mi hombre» —se sintió obligada a balbucir—. Se llama Cole.

Tanto Valentine como Cole hicieron caso omiso del comentario. Cole mantenía una expresión grave mientras la ayudaba a seguir al hombretón. Kelsey se sentía un poco torpe en su presencia, concluyó con rencor. Los dos se movían con el paso sigiloso y ágil que le resultaba tan irritante.

—¿No habréis sido bailarines de ballet, por casualidad? —murmuró en un momento, cuando Cole evitó que tropezara con una raíz. El sol se estaba poniendo al otro lado de las colinas que dividían la isla, y la noche caía con rapidez. Cada vez resultaba más difícil ver.

Valentine rio entre dientes en las crecientes sombras.

—No le hagas caso —le aconsejó Cole—. Es adicta al juego de las veinte preguntas.

—Y a ti no te gusta ese juego, ¿verdad? —preguntó Valentine con plena comprensión.

—No, cuando las preguntas giran siempre en torno a la historia antigua —murmuró Cole.

—¿Quieres preguntas sobre el presente? —masculló Kelsey, furiosa por la forma en que los dos hombres hablaban de ella—. Te haré un par de ellas: ¿Qué pensáis hacer esta noche? ¿Dónde están esos dos tipos que registraron tu casa, Valentine? ¿Qué ha pasado hoy aquí exactamente?

—En realidad —la interrumpió Cole con suavidad—. Yo también siento curiosidad por saberlo, Valentine.

—Os contaré todo lo que sé, aunque temo que no sea mucho, en cuanto lleguemos a la cueva.

—¿A la cueva? —Kelsey consideró aquella perspectiva—. Odio las cuevas. Me ponen los pelos de punta.

—Si puedes pasar allí la noche oculta y a salvo, aprenderás a controlar el miedo —la informó Cole sin rodeos.

—Un día de estos —replicó Kelsey, echando humo—, hablaremos largo y tendido sobre tu irritante arrogancia.

—Pero esta noche, no —dijo Cole.

Kelsey guardó silencio durante el resto de la apresurada caminata a la cueva que Valentine había escogido. En cuanto la vio, enterrada en las sombras de los riscos, supo que aborrecería cada segundo que pasara en sus oscuras entrañas. Pero no había duda sobre el grado de protección que ofrecía. El espeso follaje impedía ver la entrada si uno no estaba justo delante, y aunque daba al océano, nadie que estuviera de pie en la rocosa playa repararía en ella si no sabía exactamente dónde mirar. Kelsey no podía negar que era un escondite ideal. Con un esfuerzo sobrehumano, logró reprimir un escalofrío cuando Valentine los condujo al interior.

—¿No habrá murciélagos? —preguntó Kelsey de repente.

—No —la tranquilizó Valentine.

—¿Y ratas?

—Las únicas ratas que deben preocuparnos esta noche solo tienen dos patas —le dijo Cole, mientras los tres permanecían en pie cerca de la boca de la cueva y la inspeccionaban a la luz menguante del atardecer.

—¿Serpientes?

—Algunos lagartos —confesó Valentine en tono tranquilizador—. Nada más. Incluso hay un manantial de agua fresca cerca de la entrada. Tomad asiento —señaló un par de rocas que había a un costado—. Os doy la bienvenida a mi residencia de verano.

—¿Conque lagartos, eh? —Kelsey miró a su alrededor con escepticismo–. ¿Y se supone que debo esperar aquí mientras vosotros investigáis lo que ocurre?

Cole y Valentine se miraron.

–Algo así –corroboró Cole con ironía–. Oigamos tu versión, Valentine. ¿Qué ha pasado hoy?

Valentine se dejó caer sobre una roca y movió su peluda cabeza.

–A saber... He intentado sumar dos más dos y la única conclusión a la que he llegado es que alguien quiere esas pruebas. Hay muchas incógnitas. Lo único que sé con seguridad es que salí de mi casa al amanecer para correr un poco por la playa, como cada mañana, y divisé una lancha que avanzaba muy despacio hacia la pequeña bahía próxima a la pista de aterrizaje. Dos indeseables desembarcaron y el tercero se fue en la lancha. Es de suponer que volverá en otro momento ya acordado.

–¿Qué hiciste? –preguntó Kelsey. Valentine elevó un voluminoso hombro.

–Mi naturaleza inquisitiva me impulsó a seguirlos. No tardé mucho en advertir que se dirigían a mi casa. Llegué allí cuando estaban a punto de entrar. Pensé en tomar alguna medida drástica, pero al final decidí esperar un poco más. Sabía que venías más tarde, Kelsey, y pensé que a FlexGlad no le agradaría que una de sus administrativas se viera envuelta en una situación conflictiva, sobre todo, cuando tenías a tu cargo papeles importantes –Valentine se interrumpió para sonreír–. Claro que no sabía que traerías tu propia protección.

–¿Esas pruebas son lo único que nuestros dos visitantes podrían estar buscando? –preguntó Cole en voz baja–. ¿No andarán detrás de algo más... personal?

–¡Cole, qué pregunta más absurda! –exclamó Kelsey–. ¿Cómo va a ser personal? ¿Quién querría perjudicar a Valentine? Vive solo, sin molestar a nadie.

Valentine sonrió.

–El típico excéntrico isleño y encantador que lo único que le pide a la vida es que lo dejen solo con su ordenador.

–Y que también es un timador –replicó Cole con fluidez.

—Mira quién fue a hablar —repuso Valentine.

—¿Se puede saber de qué estáis hablando? —estalló Kelsey, terriblemente enojada. Lanzó miradas acusadoras a uno y a otro.

La sonrisa burlona de Valentine desapareció.

—De nada, Kelsey. Es una broma entre Stockton y yo.

—¡Si apenas os conocéis! ¿Cómo es posible que tengáis bromas particulares?

—Tienes toda la razón del mundo —dijo Cole con firmeza—, así que volvamos al asunto que nos ocupa. ¿Estás seguro de que las pruebas son la clave?

Valentine asintió, completamente serio.

—Estoy seguro, Stockton. El análisis sobre los datos teóricos en los que he estado trabajando podría suponer un gran salto hacia delante en el campo de la inteligencia artificial. He estado abordando unos problemas básicos desde un ángulo completamente nuevo. Perdonad la falta de modestia, pero la verdad es que el contenido de ese maletín es un hallazgo jugoso. Además, no hay indicios de que se trate de un ajuste de cuentas, no había visto nunca a esos dos tipos. Y cuando terminaron de demoler mi casa por dentro y se marcharon tan campantes, eché un vistazo para ver si podía adivinar lo que buscaban. Habían roto todo lo que había cerca del ordenador, incluyendo mis archivos del disco duro. Decidí llevarme cierto objeto personal que tengo en gran estima y desalojar el lugar temporalmente. Me pareció interesante esperar a ver lo que ocurría. Los dos indeseables de la lancha vagaron por los alrededores tratando de encontrarme. Creo que a estas alturas habrán pensado que debo de estar en el pueblo. Observé cómo bajaban la colina y esperaban la avioneta.

—¿Cómo podrán reconocer lo que buscan, si andan detrás de estas pruebas sobre inteligencia artificial? —preguntó Kelsey.

—Buena pregunta —dijo Cole, en tono un tanto sorprendido—. Eché un vistazo a los papeles del maletín, Valentine, y de no saber que eran lo bastante valiosos para estar guardados bajo doble llave, no habría podido reconocerlos. Haría falta un experto para reconocer su valor.

–No si les han dado instrucciones de buscar el código alfanumérico de cada página. Gladwin y yo ideamos el código hace tiempo para impedir que esos datos se mezclaran con otra clase de material.

–¿Y sabían que yo iba a traer las pruebas hoy? –preguntó Kelsey.

–Yo diría que eso es obvio –sugirió Cole–. Alguien debió de sobornar al bueno de Ray para que pudiera despegar sin nosotros.

–Oí cómo se iba la avioneta –dijo Valentine–. Me temo que Ray hace cualquier cosa por un par de pavos.

–¿Por qué nos seguiste, Valentine? ¿Por qué no te dejaste ver cuando fuimos a tu casa? –Kelsey le clavó una mirada curiosa.

–Porque no sabía cómo encajaba yo en todo este asunto –explicó Cole en su lugar.

–Pero ahora lo sé –murmuró Valentine.

–Desde luego, es evidente que os habéis compenetrado mucho durante vuestra breve presentación en la espesura –protestó Kelsey, desconcertada.

–Los ex bailarines de ballet nos reconocemos a golpe de vista –le dijo Cole con sarcasmo.

Kelsey volvió la cabeza con brusquedad, indignada.

–Maldita sea, no voy a quedarme de brazos cruzados viendo cómo bromeáis entre vosotros. ¡Decidme por qué esos hombres no nos atacaron!

–Seguramente, porque no entendían lo que Cole hacía contigo. Es el bicho raro en todo esto –explicó Valentine.

–Ya que tanto sabéis, decidme lo que va a pasar ahora. La verdad es que todo el mundo tiene idea de lo que pasa menos yo. ¡Y creo que sé por qué!

–¿Por qué, Kelsey? –preguntó Valentine, con curiosidad.

–La primera posibilidad, cómo no, es que vosotros dos seáis mucho más inteligentes que yo –comentó con mordacidad.

–¿Y la segunda? –inquirió Cole, en voz demasiado baja.

–La segunda es que todo el mundo sabe lo que va a pasar

porque todo esto fue planeado desde el principio, y yo no soy más que una marioneta.

Aquel comentario fue acogido con un silencio absoluto. Kelsey se estremeció, y no fue por el respeto que le daba la cueva, sino porque acababa de comprender la verdad que encerraban sus palabras. Estaba sentada dócilmente entre dos hombres que se tomaban aquella situación de peligro con una calma espeluznante. Y esa calma podía deberse al hecho de que los dos sabían perfectamente lo que estaba pasando.

Fue Cole quien quebró el tenso silencio. Miró a Valentine y torció los labios con ironía.

—Ya te dije que Kelsey no acaba de entender que ya no es independiente.

—¿Cómo que ya no soy independiente? —inquirió ella con fiereza.

—Solo quiere decir que eres suya, Kelsey —dijo Valentine en tono tranquilizador—. No pasa nada. Has tenido un día muy duro y todo esto es muy confuso. Quédate aquí sentada en la cueva mientras Stockton y yo echamos un vistazo por ahí. No tardaremos.

—Pero ¿cómo sabréis dónde mirar? Cíbola no es una isla muy grande, pero hay mucho terreno donde esconderse, sobre todo, de noche.

—Bueno, he estado estudiando la situación desde el amanecer —Valentine sonrió con suavidad—. Tengo una idea bastante aproximada de por dónde andan nuestros dos visitantes. Estaban vigilando la pista de aterrizaje cuando Ray os dejó en la isla, y empezaron a seguiros hasta mi casa para ver lo que hacíais. Stockton los despistó cuando te arrastró colina abajo por la ruta panorámica. Nuestros dos amigos se ciñen a los pocos senderos de la isla; al parecer, no se encuentran muy cómodos en la espesura. Apostaría cualquier cosa a que son unos matones de ciudad.

—Entonces, ¿dónde estarán ahora? —preguntó Kelsey.

—¿Dónde pasarías tú la noche si pudieras elegir? —preguntó Valentine en tono afable.

–¿Si pudiera elegir? ¡En tu bonita y confortable casa, que tiene luz, comida y agua! –contestó Kelsey sin vacilación.

–Y eso será precisamente lo que hagan nuestros amigos –Cole se puso en pie y se asomó a la entrada de la cueva–. Será noche cerrada dentro de media hora. No querrán quedarse a la intemperie. También pensarán que no intentaremos cruzar las colinas para ir a la ciudad. Al menos, de noche.

–Tendrán a alguien vigilando el poblado, de todas formas, por si acaso nos hemos arriesgado a ir. Quizá sea el tipo que pilotaba la lancha esta mañana –añadió Valentine en tono reflexivo–. El pueblo es muy pequeño, sería muy fácil vigilar el puerto para cerciorarse de que nadie se aleja en barca.

–Así que partimos de la base de que pasarán la noche en tu casa, haciendo guardia, con la intención de reanudar la búsqueda del maletín al amanecer. Entonces, tenemos casi toda la noche. Es probable que la lancha vuelva por la mañana.

–Antes, no –corroboró Valentine, y se puso en pie cuan largo era–. Esta parte de la isla está protegida por acantilados bastante escarpados. Esa pequeña bahía que visteis es uno de los pocos lugares de la costa en los que un barco puede acercarse a la orilla, y sería demasiado arriesgado hacerlo de noche. Hay que estar pendiente de por dónde se va.

–¿Y por qué esos dos matones no acordaron que la lancha regresara por ellos antes del atardecer? –preguntó Kelsey.

–Imagino que los han pagado muy bien para adueñarse de esas pruebas, Kelsey –dijo Valentine–. Si abandonan la isla, corren el riesgo de perdernos la pista por completo.

–Lo que no entiendo todavía –prosiguió Kelsey con cautela– es lo que pensáis hacer vosotros. ¿Qué esperáis conseguir corriendo de un lado a otro en la oscuridad? Si creéis saber dónde van a pasar la noche esos tipos, ¿por qué queréis ir a observarlos? Quedémonos todos escondidos aquí hasta el amanecer y vayamos al pueblo a pedir ayuda.

Tanto Cole como Valentine la miraron como si acabara de decir un disparate, y no una idea sensata.

–Cariño, no lo entiendes –dijo Cole por fin–. No podemos

desaprovechar esta oportunidad. Esos dos tipos están solos en la casa de Valentine y, si actuamos esta noche, podremos sacarlos de allí.

–¿Sacarlos? ¿Adónde? –preguntó Kelsey, sin comprender. Pero no tardó en adivinar sus intenciones–. ¡Vais a atraparlos! ¿Queréis subir allá arriba y capturarlos? –horrorizada, se puso en pie–. ¡Os lo prohíbo! ¡Como la representante de mayor autoridad de FlexGlad Corporation, me niego a aprobar esa medida!

–Kelsey –empezó a decir Cole con prudencia, mientras Valentine se volvía educadamente para estudiar el paisaje–. Quizá seas la empleada de mayor autoridad de FlexGlad presente porque eres la única empleada aquí, pero...

–No te olvides de Valentine –le espetó.

–No es exactamente un empleado, ¿verdad?

–Más bien, un contratista independiente –intervino Valentine–. No recibo órdenes de nadie. Ya no.

Kelsey estaba fuera de sí.

–No pretendo hilar fino. En nombre de FlexGlad, no consentiré que llevéis a cabo un plan tan peligroso –declaró, en jarras, y sus ojos castaños casi verdes lanzaban chispas de furia y frustración.

Cole dio un paso hacia ella y tomó el rostro de Kelsey entre sus ásperas manos. La taladró con la mirada.

–Kelsey, cariño, no hay otra solución.

–¡Eso lo dirás tú!

Cole asintió.

–Lo digo yo. Sé lo que hago. Tendrás que confiar en mí.

–Eso es lo único que sabes decir –gimió Kelsey con impotencia, consciente de que no tenía la más mínima esperanza de disuadirlo.

–Porque es lo único que te pido que hagas.

Kelsey restó importancia al tema.

–No es el momento de confiar, sino de comportarse de forma lógica en circunstancias difíciles. ¡Y tú y Valentine no os comportáis de forma lógica y sensata!

Una extraña y pequeña sonrisa asomó a los labios de Cole durante un instante.

—No esperes lógica de un ex bailarín de ballet. Prefiero el estilo.

—Maldita sea, Cole, ¡esto no tiene gracia! —sentía el escozor de las lágrimas en los ojos y solo su fuerza de voluntad le impidió derramarlas—. Dios mío, ¿por qué intento siquiera razonar contigo? No tengo la más mínima influencia sobre ti, ¿verdad?

—¿Cómo que no? —masculló Cole—. ¡Si estoy aquí es por ti!

Kelsey lo miró fijamente.

—Entonces, escúchame. No te vayas a la jungla de cacería. Quédate aquí y, al amanecer, iremos al poblado a pedir ayuda.

Valentine interrumpió con un ronco gruñido.

—Kelsey, en el pueblo, no podrán ayudarnos. Solo son familias de pescadores, y no querrán saber nada de esta complicada historia. Para cuando consiga pedir ayuda a una de las islas principales, esos dos tipos ya se habrán ido.

—¡Pues déjalos que se vayan!

Cole bajó las manos del rostro de Kelsey, con expresión severa y remota.

—No, Kelsey, no podemos hacer eso.

Cole pareció perder interés en hacérselo comprender, y Kelsey estaba aturdida por un torbellino de emociones que abarcaba todo el espectro desde la furia hasta la desesperación. Enmudecida, volvió a sentarse en la roca y cruzó los brazos en torno a su cuerpo, antes de fijar la vista en la oscuridad.

Pasó el tiempo. Kelsey oyó cómo Cole y Valentine decidían esperar a que saliera la luna para que iluminara su camino hacia la vivienda octogonal. Oyó cómo Valentine hablaba en voz baja sobre algo que había sacado de la casa aquella mañana y había ocultado no muy lejos de allí, y advirtió que Cole intentaba descifrar su expresión en más de una ocasión, pero las sombras ocultaban bien los rasgos de Kelsey. Pasó el tiempo, y ella siguió callada, inmóvil, en la oscuridad. No prestó atención a la conversación queda que mantenían Valentine y Cole. Por alguna extraña razón, todo le parecía remoto e irreal.

Por fin, Cole se acercó y le puso una mano en el hombro.

–Nos vamos, Kelsey.

Ella no se movió.

–Que os divirtáis –dijo con amargura.

La gigantesca figura de Valentine osciló en la oscuridad.

–Kelsey, si ocurriera algo...

Kelsey se puso rígida bajo la mano de Cole, pero se negó a aceptar las implicaciones de las palabras de Valentine. Cole terminó la frase.

–Kelsey, si no regresamos dentro de unas horas, debes quedarte en la cueva hasta que oigas o veas que llega la lancha y que nuestros dos visitantes se van de la isla, ¿entendido? Podrás ver la bahía sin que te vean, si te asomas a gatas al exterior. Cuando se hayan ido, echa a andar y no pares hasta que no llegues al otro lado de la isla. Tardarás algunas horas. Una vez allí, ve al pueblo y paga a uno de los pescadores para que te lleve de regreso a Saint Thomas.

Kelsey hizo oídos sordos a sus instrucciones y optó por suplicar por última vez:

–Cole, por favor, no te vayas.

–Regresaré lo antes posible, Kelsey –los dedos de Cole se hundieron durante un instante en su hombro y, luego, Valentine y él desaparecieron. Fue como si la oscuridad los hubiera tragado en cuanto salieron de la cueva.

Kelsey apoyó la cabeza en los brazos cruzados y dio rienda suelta a las lágrimas.

Múltiples pensamientos cruzaron su mente durante la interminable espera. La lógica le decía que ni siquiera tenía pruebas de la existencia de los misteriosos matones de la lancha. Solo había visto a Cole y a Valentine. Todo aquel lío podía ser una estratagema para que los dos hombres se llevaran las pruebas sin parecer culpables. Pero, aunque no olvidaba aquella posibilidad, no lograba creerla de verdad. Tal vez, se dijo con crudeza, no quisiera creerla. Podía aceptar cualquier cosa de Cole, menos esa. La idea de que le hubiera mentido desde el principio le resultaba intolerable.

No, Cole no le había mentido. Simplemente, no le daba todas las respuestas que ella quería.

De algo no había duda: Valentine no se había limitado a jugar con los ordenadores toda su vida, lo mismo que Cole había hecho algo más que jugar con sus inversiones.

«Tal para cual». Hombres que se movían como grandes felinos por la selva. Hombres familiarizados con la perspectiva de la violencia. Siempre había sabido que Cole tenía una faceta oscura, pero no había dado crédito a sus descabelladas sospechas de que se tratara de un asesino a sueldo o de un prestamista implacable.

Kelsey tembló en la oscuridad al considerar la clase de antecedentes que proporcionarían a Cole una sombría seguridad en su capacidad para resolver la peligrosa situación en la isla. Fue después de considerar todas las posibilidades cuando Kelsey, por fin, recordó algo más sobre Cole Stockton.

Hasta aquella noche, había emprendido una exitosa campaña para mantener su pasado cerrado bajo llave. Era por culpa de Kelsey por lo que abría de nuevo esa puerta. Si no la hubiera acompañado a la isla, no se habría visto obligado a emplear las peligrosas habilidades aprendidas en su otra vida.

El dolor que se apoderó de ella al pensar que había forzado a Cole a rescatar un pasado del que deseaba escapar reveló a Kelsey todo lo que necesitaba saber. Se había enamorado de él.

El teclado de control remoto estaba en el mismo lugar y posición en el que Valentine lo había dejado. Retiró unas hojas de palmera y lo recogió.

Cole sonrió con fiereza a la luz de la luna, al avistar el teclado y la expresión satisfecha de Valentine. Estaban a varios metros de distancia de la casa, que tenía las luces encendidas. No había duda de que los dudosos turistas estaban dentro.

–El ordenador controla casi todo lo que hay en la casa, incluidos un par de toques que he instalado en estos años –murmuró Valentine.

—Y tú controlas el ordenador desde ese teclado –asintió Cole–. Kelsey me ha hablado de los controles remotos de algunos ordenadores personales de última generación. Los teclados no tienen que estar conectados mediante un cable a las máquinas. ¿Cómo funciona?

—Por señales infrarrojas. Pero he reforzado un poco a esta criatura. Opera en un radio de treinta metros –Valentine dio unas palmaditas al objeto con orgullo paternal.

—Así que lo usamos para apagar las luces. Eso debería dar un buen susto a nuestros amigos –comentó Cole.

—Luego, daré la orden de que se cierren a cal y canto todas las ventanas. Nadie comprende por qué instalé contraventanas de metal con cierre automático –dijo con ironía.

—Nadie comprende por qué doblé la altura de los muros de mi propiedad de Carmel. Creo que Kelsey tenía miedo de entrar y quedarse atrapada dentro. La llama la fortaleza.

—No es fácil explicarle a una mujer de dónde saca uno esa manía por la seguridad –señaló Valentine con ironía.

—Sí. Algo me dice que no se tragó el cuento del ballet –murmuró con sarcasmo.

—¿Qué le has dicho hasta ahora?

Cole suspiró.

—Nada. Nada en absoluto.

—¿Y esperas que funcione?

—No ha sido un éxito rotundo, la verdad. Tiene una curiosidad insaciable.

—Y tú te has parapetado.

—Pensé que detestaría la verdad mucho más que el silencio –dijo Cole, y se encogió de hombros.

—Eso nunca se sabe. Las mujeres son un enigma –Valentine guardó silencio durante un momento, mientras acariciaba el teclado distraídamente con el pulgar. Observó el rostro de Cole a la luz de la luna–. ¿Empezaste en el ejército? –preguntó por fin.

Cole asintió.

—¿Y tú?

—En el Sudeste Asiático. Era muy joven. Por aquel entonces,

todo me parecía una aventura. Y cuando la sensación de aventura desapareció, simplemente, me parecía irreal.

–Lo sé. Y un día te despiertas y te das cuenta de que se ha convertido en un negocio. Al menos, eso me pasó a mí. Te preguntas en qué diablos te has convertido –Cole miró hacia la casa.

–¿Trabajabas por libre?

–Cuando salí del ejército, no tenía motivos para regresar a los Estados Unidos. Me quedé en el Sudeste Asiático. Había misiones de sobra para hombres conocedores de aquella parte del planeta que no tuvieran muchos escrúpulos sobre cómo se ganaban el sueldo. Algunos de los encargos más lucrativos eran del tío Sam –añadió Cole.

–Contratos breves y bien remunerados. No podías hacer preguntas ni recibías ayuda del gobierno si metías la pata.

–Pero depositaban grandes sumas de dinero en tu cuenta corriente de Suiza. Acepté los encargos. No tenía razones para no hacerlo.

–Eso pensaba yo también –Valentine permaneció en silencio durante un momento, mientras los dos recordaban la cruda verdad–. Creo que el truco en la vida es buscar tus propios motivos para hacer las cosas. Fui mercenario durante varios años. En África y en Sudamérica, principalmente, luchando en guerras que no eran mías. Luego descubrí que tengo esta... empatía con los ordenadores. Es una larga historia.

–Con un final feliz aquí en Cíbola, ¿no?

Valentine asintió con seriedad, como si se estuviera desembarazando del pasado.

–Ésta es mi casa. Y, ahora mismo, tengo dentro a dos intrusos.

–Sé cómo me sentiría si alguien hubiese saltado los muros de mi jardín sin previa invitación –dijo Cole en tono inexpresivo–. ¿Qué más puede hacer ese chisme aparte de bloquear las ventanas y apagar las luces?

–Puede abrir la válvula de un recipiente de gas que guardo escondido en el techo. Es un gas muy desagradable. En cuanto se propague, veremos a dos pobres hombres saliendo por la puerta medio asfixiados.

—Entonces, será mejor que saquemos el felpudo de bienvenida —Cole tomó las hojas de palmera que habían camuflado el teclado y empezó a entrelazarlas hasta tejer una larga y gruesa cuerda de vegetación. Cuando terminó, miró a Valentine.

—Cuando quieras, maestro.

Avanzaron por el borde del claro. Había luz en todas las habitaciones de la casa, pero quienquiera que estuviese dentro se mantenía alejado de las ventanas.

—Seguramente, saben que estamos desarmados —musitó Valentine—. Ray les habrá dicho que no llevabas ningún objeto letal y, cuando registraron mi casa al amanecer, verían que no guardo munición de ninguna clase. Estoy seguro de que se sienten muy seguros ahí dentro. Hijos de perra.

Cole comprendía cómo se sentía.

—Apaga las luces —ordenó con suavidad.

Valentine pulsó tres teclas del teclado y, al instante, la casa se sumió en la oscuridad. Cole no esperó a ver la reacción en el interior. Salió de la espesura y atravesó el claro lo más deprisa posible. Pasaría algún tiempo antes de que los dos de dentro entendieran lo que ocurría, y tenía que aprovechar aquellos segundos de confusión. Pensarían que había fallado el generador.

Se tumbó boca abajo delante de la puerta y ató un extremo de la tosca cuerda alrededor del poste del porche. La dejó con suavidad en el suelo y esperó a que Valentine diera el siguiente paso.

Se oían ruidos dentro de la casa. Órdenes susurradas con aspereza y furibundas maldiciones. Un segundo después, se oyeron los chirridos metálicos que indicaban que Valentine había dado la orden de cerrar las contraventanas. Solo había una salida: la puerta principal.

Dentro de la casa, alguien sucumbió al pánico. Un disparo resonó en la noche, y la bala atravesó la puerta por encima de la cabeza de Cole. Se apretó contra el suelo y esperó a que Valentine pusiera en marcha el siguiente dispositivo.

Cole no llegó a oír el silbido del gas al salir de la válvula, pero las reacciones de los hombres dentro de la casa eran inconfundibles: los gritos de pánico dieron paso a toses y gemidos. Dos tiros más atravesaron la puerta y, a continuación, se abrió de par en par. Disparando a diestro y siniestro, los dos hombres traspasaron el umbral tambaleándose.

Cole utilizó la cuerda de palma para hacer tropezar al primer hombre, que cayó al suelo con un golpe seco. Después, se puso en pie con un movimiento fluido y enérgico y hundió el puño en el cuello del segundo hombre. Se desplomó como si lo hubiese desnucado.

Cole no pudo evitar inhalar los efluvios del gas que salían por la puerta, así que retrocedió deprisa, luchando por respirar aire fresco. El primer hombre se estaba incorporando a duras penas cuando Cole giró en redondo. Fue casi una reacción mecánica dejarlo inconsciente golpeándolo con el dorso de la mano.

Cole dejó a los dos hombres en el suelo y se puso fuera del alcance del pernicioso gas.

—Diablos, Valentine, ¡esa cosa es asquerosa!

—Me alegro de que te guste —dijo Valentine, mientras Cole se acercaba—. Es un pequeño *souvenir* de los días en que trabajé para un jeque aficionado a la tecnología. Guardo una máscara antigás en un cajón, al lado de mi cama. Siempre pensé que yo estaría también en la casa, si alguna vez tenía que usarlo.

—Bueno, está claro que nadie podrá pasar la noche ahí dentro —gruñó Cole, mientras ayudaba a Valentine a maniatar a los dos hombres que yacían en el suelo.

—Sugiero que me dejes a mí a estos dos. No creo que me causen ningún problema, y he pasado muchas noches a la intemperie. Les haremos unas cuantas preguntas antes de que te vayas, y luego podrás pasar la noche en la cueva. Tengo algo de comida para darte. Tu mujer estará esperando.

Cole alzó la vista al terminar de atar los pies del segundo intruso inconsciente.

—¿Esperando? —se preguntó en voz alta—. ¿Para qué? ¿Para

chillarme? ¿Para acusarme de tramar todo este lío? ¿Para exigirme que no me acerque a ella nunca más?

Valentine ladeó la cabeza a la luz de la luna, y su sonrisa lobuna destelló a través de la barba.

–No sabrás qué clase de bienvenida te espera hasta que no vayas a la cueva y lo averigües por ti mismo, ¿no crees?

Capítulo 8

Había sobrevivido a otras noches como aquella. Y cuando terminaban, siempre sentía el mismo nudo extraño de emociones que prefería enterrar a examinar.

Cole estaba bajando la senda hacia el mar y, al llegar a la playa, se desvió en dirección a la cueva. No necesitaba la linterna que Valentine le había proporcionado. La enorme luna tropical bañaba el paisaje con un pálido resplandor que, para cualquier otro hombre, resultaría romántico. Cole nunca había pensado en la luna en esos términos. Por lo general, era un factor perjudicial porque iluminaba demasiado, aunque en algunas ocasiones había dado gracias por su luz.

Hacía tiempo que no se dejaba guiar por el brillo de la luna para regresar a su hogar después de una velada de violencia... no, «hogar» no era la palabra. Nunca había utilizado la luz de la luna para ese propósito porque nunca había tenido un hogar al que volver, sino un lugar de descanso en el que reponer fuerzas antes de acometer un nuevo encargo.

La luna nunca lo había guiado de vuelta al hogar, ni a ninguna mujer en especial. Aquella noche, habría una cueva y Kelsey. Aquella noche parecía muy distinta a todas las demás.

La violencia había sido mínima y, sin embargo, la adrenalina seguía palpitando en sus venas, junto con la sensación primitiva, pero controlada, de ferocidad. Las dos desaparecerían, lo sabía por experiencia. Después, solo quedarían el desasosiego y la depresión.

Pero aquella noche, había un nuevo elemento mezclado con los demás. Aquella noche, atravesaba la jungla en busca de una mujer, y advirtió que las sensaciones que lo dominaban por encima de las demás eran la expectación y la angustia. Lo recorrían, se enredaban y retorcían hasta que Cole creyó que lo partirían en dos.

Primero, trató de reprimir la expectación. No tenía motivos para pensar que Kelsey se arrojaría en sus brazos. Era pura fantasía imaginar la escena. La había dejado sentada, cerrada en sí misma, distante. Incluso había podido palpar su furia y desesperación. Lo más que podía esperar de ella era una preocupación cortés pero fría. Querría saber lo que había ocurrido. Seguramente, preguntaría por Valentine. Luego, por los dos hombres de la cabaña.

Preguntas, eso era lo que esperaba aquella noche. Cientos de preguntas. Y Kelsey tenía derecho a oír las respuestas en aquella ocasión, puesto que también estaba implicada en el problema. Cuando Cole le diera todas las explicaciones, ella le daría la espalda para tratar de descansar. Era una locura pensar que lo perdonaría por no intentar hacer las cosas a la manera de ella. Kelsey no comprendería la necesidad de violencia.

También era una locura que esperara confianza absoluta aquella noche. Kelsey tenía perfecto derecho a cuestionar su participación en aquel jaleo, a preguntarse si no era una marioneta de una complicada estratagema urdida por él.

Con el tiempo, esa sospecha se esclarecería, pero no antes. Cole no tenía ninguna prueba de que había obrado única y exclusivamente para protegerla.

Si era completamente sincero consigo mismo, debía reconocer que, de estar en el pellejo de Kelsey, él también formularía hipótesis de conspiración. Sin ninguna duda. Después de todo, estaba acostumbrado a pensar en la traición y en la violencia, y a cuestionar el papel de las personas que lo rodeaban. Kelsey era una mujer inteligente. Cole podía esperar preguntas cautelosas y agudas, y cierto grado de desconfianza cuando le diera las respuestas.

Después de aquel sermón, no le costó mucho trabajo suprimir la expectación que había aflorado en su interior. La angustia la sustituyó con facilidad.

Cole tenía una excelente visión nocturna. Con la ayuda de la luna, no le costó trabajo sortear las rocas desperdigadas sobre la arena. Con un certero sentido de la orientación del que apenas era ya consciente, se encaminó hacia el follaje que resguardaba la entrada de la cueva.

La adrenalina se había disipado, pero la tensión se mantenía. Sentía un cansancio inusual, pero sabía que no podría pegar ojo durante un buen rato. Cole podía leer su futuro inmediato como si estuviera grabado en piedra. Se mantendría despierto durante horas, consciente de la presencia de Kelsey a su lado, que se mantendría alejada física y emocionalmente de él. La imagen lo hizo caer en una lúgubre desesperación.

Kelsey no lo oyó acercarse, pero advirtió su presencia en cuanto apareció en la entrada de la cueva. Se puso en pie con un respingo y contempló con mirada ávida su oscura silueta. Desesperada, intentó descifrar su expresión al tenue resplandor de la luna, pero lo único que veía eran los familiares ángulos de su mandíbula y la línea severa de sus labios. Los ojos grises estaban en sombras, no podía discernir las emociones que reflejaban.

—¡Cole! ¡Dios mío, Cole! Estaba tan preocupada... —esperó, inmóvil, pero la parálisis desapareció en seguida. Kelsey corrió directamente a sus brazos y enterró el rostro en el hombro de Cole.

Estaba a salvo. Era lo único que importaba en aquellos momentos. Atrás quedaban las dudas y los agonizantes miedos de las últimas horas.

—¿Kelsey?

Había una extraña nota de incredulidad en su voz. Tal vez fuera confusión. Kelsey no le prestó atención, y lo estrechó aún con más fuerza, como si su vida dependiera de aquel abrazo.

—¿Estás bien? ¿No te han herido? —preguntó con voz ronca.

Cole le puso las manos despacio, casi con vacilación, en la

espalda, y luego la abrazó con repentino poder. Bajó la cabeza y buscó el lóbulo de la oreja de Kelsey.

—Estoy bien. No me ha pasado nada. Kelsey, yo...

—¿Y Valentine? ¿También está bien?

—Sí. Todo salió según lo previsto. Valentine va a pasar la noche junto a la casa para vigilar a los dos tipos que atrapamos. Nosotros tendremos que dormir aquí, lo siento. La casa de Valentine está inhabitable en estos momentos —se interrumpió, como si buscara las palabras apropiadas—. Kelsey, siento lo de esta noche. No tenía elección. Por favor, créeme, si hubiera habido otra forma...

—Calla —susurró Kelsey, consciente de la extraña tensión que lo embargaba y que ella solo deseaba suavizar. Deslizó los dedos con ternura por los músculos de su cuello, masajeándolos—. Calla, cariño. Necesitas descansar. Ahora no hay necesidad de hablar. ¿Tienes que hacer algo más esta noche?

—No, por hoy todo ha terminado —dijo, con un suspiro—. Mañana tendremos que ir en busca del tercer hombre. Los otros dos han dicho que se presentaría después del amanecer. Pero, por esta noche, se acabó. Kelsey, sé que esto ha sido muy duro para ti.

—Lo único que tenía que hacer era esperar en la oscuridad en compañía de unos lagartos. Tú has sido el que se ha expuesto al peligro —desplegó una sonrisa trémula, y salió de sus brazos para tomarle la mano—. Aunque desobedecí las órdenes un par de veces —empezaba a conducirlo al fondo de la cueva.

—¿Qué dices? —la contrariedad se reflejó en la voz de Cole, que se detuvo en seco—. Kelsey, ¿qué has hecho?

—Un pequeño acto de insubordinación. Me aventuré a salir hace un rato y recogí unos cuantos helechos que había cerca de la entrada. Ya que vamos a pasar la noche aquí, ha sido una suerte que encontrara algo que hiciera de colchón, ¿no crees?

Cole seguía de pie, inmóvil.

—No deberías haber abandonado la cueva sin permiso. Kelsey, te dije que no te movieras de aquí.

Kelsey regresó a sus brazos. Estaba exhausto y, sin embargo, se mostraba decidido a mantenerse al mando de la situación. Lo que necesitaba era descanso y tiempo para recuperarse de lo ocurrido en la casa de Valentine. Dejándose guiar por su intuición, Kelsey se acurrucó sobre su pecho.

–Lo siento, Cole, no volverá a ocurrir.

–Maldita sea, ¿qué estoy haciendo? –murmuró, y dejó que Kelsey lo tumbara sobre el lecho de follaje que había improvisado–. No has sufrido ningún daño, y lo último que deseo hacer esta noche es gritarte.

–Tú nunca gritas –lo tranquilizó Kelsey con suavidad–. ¿Seguro que estás bien? –se puso de rodillas, a su lado–. ¿Qué tienes ahí? –preguntó, y señaló el paquete que llevaba.

–Un poco de pan y de queso que me ha dado Valentine.

–¡Gracias a Dios! Me muero de hambre.

Disfrutaron en silencio de la comida. Cuando terminaron, Kelsey se inclinó sobre Cole.

–¿Qué haces, Kelsey? –Cole fijó la vista en las manos que se movían a la luz de la luna. Le estaba desabrochando la camisa.

–Estás tenso como un muelle. Voy a darte un masaje en las espalda, si no, no pegarás ojo esta noche.

Cole alzó la cabeza con brusquedad.

–¿Quieres darme un masaje en la espalda? –parecía desorientado.

–Eso he dicho. Date la vuelta y ponte los brazos de almohada. Dios mío, tienes los músculos como láminas de acero –murmuró cuando Cole siguió sus instrucciones.

–Debo de oler como una manada de búfalos –gruñó.

–No tanto. Claro que yo tampoco huelo a rosas en estos momentos. Ha sido un día muy largo.

–Tú siempre hueles bien –dijo Cole con absoluta certeza–. Pasaba ratos enteros evocando tu singular fragancia cuando estabas, entre semana, en San José.

–¿De verdad? –preguntó Kelsey con timidez. Friccionó la espalda de Cole y tuvo la satisfacción de ver, poco a poco, cómo se relajaba.

—Sí —hizo una pausa, como si estuviera ordenando sus pensamientos—. Kelsey, sé que debes de tener muchas preguntas —empezó a decir, por fin, con vacilación.

—Podrás contarme todos los detalles mañana por la mañana. Ahora mismo, tienes que dejar de pensar y relajarte. Necesitas dormir.

—Te necesito a ti —dijo con repentina aspereza—. Nunca te había necesitado tanto como esta noche.

Kelsey oyó el ansia desnuda que lo dominaba y dejó las manos quietas.

—Estoy aquí, Cole.

Cole se dio un poco la vuelta para ver su rostro a la luz de la luna.

—¿Así, sin más?

Kelsey contuvo el aliento, y el amor que sentía por él barrió todo lo demás.

—Así, sin más —corroboró con suavidad. Se inclinó hacia delante y le rozó los labios con un suave beso. Sentía la necesidad de darle lo que él quisiera de ella.

—¡Kelsey! —Cole la abrazó con una fuerza que hablaba por sí sola. La apretó contra su torso desnudo y enredó las piernas con las de ella.

Kelsey se vio envuelta por el intenso aroma masculino de Cole, cuya fortaleza transmitía un ansia que ella no deseaba negar. No comprendía por completo a aquel hombre, sabía que nunca conocería sus secretos, reconocía que no era el amante tierno y comunicativo con el que siempre había soñado, pero era el hombre de quien se había enamorado.

Aquella noche, Cole había batallado por ella, afrontando una situación peligrosa de la única forma que sabía. Había vuelto, por fin, y la necesitaba.

Sintió los dedos de Cole moviéndose con brusquedad por la hilera de botones de su sucia camisa amarilla, desabrochándolos con impaciencia hasta que la prenda quedó abierta. Cole deslizó las manos dentro de la camisa y espiró profundamente al rozar los pezones con las palmas ásperas.

—Kelsey, cariño, no me atrevía a creer que podría ser así esta noche. No sabes cuánto te deseo. Ha habido mujeres, pero ninguna esperando mi regreso. Diablos, no puedo explicarlo.

—No lo intentes —Kelsey deslizó las yemas de los dedos por sus fornidos hombros, y lo besó con suavidad en la curva de la garganta. Cole se estremeció y renunció a todo intento de hablar.

Kelsey sintió cómo Cole le abría el automático de los vaqueros, para luego deslizar las manos dentro de la tela blanca y empujarla hacia abajo. Las braguitas siguieron el mismo camino que los pantalones, y cuando Kelsey yació desnuda junto a la figura semidesnuda de Cole, este la tocó con avidez, como si no pudiera saciarse de ella.

Kelsey se estremeció por la intensidad de las caricias. Cuando Cole exploró su entrepierna, ella jadeó. Cole movía los dedos con suavidad, acariciándola hasta que el calor húmedo que provocaba le indicó lo excitada que estaba.

—Después de la última vez, me prometí que me tomaría todo el tiempo del mundo cuando por fin volviera a tenerte en mis brazos. Pero no sabía que sería así —dijo con voz ronca—. No imaginé que estaríamos sobre el suelo duro de una cueva, después de pasarme la noche tratando de resolver el embrollo en el que te has metido. Kelsey, cariño, ¿por qué nunca tengo pleno control de mí mismo en las contadas ocasiones en las que te hago el amor? —concluyó con voz ronca.

—Siempre has dicho que era yo la que hacía demasiadas preguntas —Kelsey se apartó un poco para poder soltarle la hebilla del cinturón.

—¿Me estás pidiendo que me calle?

Kelsey percibió el humor lastimero de sus palabras y unió los labios a los de él.

—Sí —murmuró.

Cole se tomó la orden al pie de la letra. Sin decir palabra, la apartó a un lado y se incorporó para desembarazarse de las botas y de los pantalones de pinzas. Cuando se tumbó de nuevo junto a ella, sobre los helechos y el musgo, le rodeó la cintura con sus fuertes manos y la colocó a horcajadas sobre él. Kelsey se percató, de repente, de su abultada erección.

—¿Cole?

—No más palabras. Ahora, no —le recordó con voz gruesa. Se acomodó en la suavidad de Kelsey y la sujetó con firmeza mientras se elevaba hacia ella. Con una poderosa embestida, invadió su adherente calidez, y la suave exclamación de Kelsey se perdió en el gemido de necesidad de él.

Aunque Kelsey estaba encima, era Cole quien marcaba el ritmo de la pasión. Aprisionándola por la cintura, se movía dentro de ella, llenándola por entero y retirándose una y otra vez, hasta que Kelsey quedó convertida en una criatura trémula de palpitante deseo.

—Sí, Cole, por favor... —suplicó. Le arañó los hombros con las uñas, y mordisqueó con cierta fiereza la carne firme.

—¡Serás diablilla! —dijo Cole con voz ronca, al sentir el roce de sus pequeños dientes—. A veces no eres tan civilizada como pretendes ser.

Kelsey era incapaz de contestar. La pasión acuciante de Cole inundaba sus sentidos y le impedía pensar. Solo podía sentir, deleitarse en la sensación de que Cole la llenaba, y en el poder con que la inmovilizaba para penetrarla.

Las convulsiones emergieron de la nada y la zarandearon. Kelsey jadeó con voz entrecortada, y todo su cuerpo se puso tenso.

—¡Kelsey!

Cole fue arrastrado al vértice del clímax, y su cuerpo siguió al de Kelsey como los hombres siempre han seguido a las mujeres. Masculló su nombre una y otra vez, mientras la liberación lo estremecía. Los gritos ásperos se propagaron por la cueva y, luego, despacio, muy despacio, se desvanecieron y reinó el más profundo y absoluto silencio.

Pasó un buen rato antes de que Kelsey se moviera sobre la amplia figura de Cole. Cuando por fin lo hizo, Cole abrió los ojos con pereza.

—¿Vas a alguna parte?

—Debes de haberte arañado la espalda —murmuró, al tiempo que se dejaba caer a su lado—. Esos helechos que recogí no son muy blandos que se diga.

Cole dejó que cambiara de postura, pero la mantuvo apretada contra él. Alargó el brazo para recoger la ropa desperdigada y la extendió bajo sus cuerpos, para acolchar el suelo de musgo lo mejor posible. Luego, se tumbó de nuevo de espaldas y deslizó los dedos por el brazo de Kelsey con distraído placer.

—Gracias, Kelsey. No me había sentido tan bien desde la última vez que te tuve en mi cama.

—Ésta no es tu cama —le recordó Kelsey con regocijo. La complacía verlo relajado y saber que ella había sido la causa.

—Detalles —repuso Cole con desdén—. Dondequiera que estés tumbada conmigo, estás en mi cama. Cuando entré en la cueva y corriste a mis brazos, me sentí como si volviera a casa. Antes, intenté decirte que nunca había habido ninguna mujer esperándome —dijo con sencillez.

—Duérmete, Cole. Debes de estar agotado.

—Y tú debes de tener un millón de preguntas —dijo con vacilación, con la voz impregnada de sueño. Ahogó un bostezo con el dorso de la mano.

Kelsey inspiró hondo. Había tomado una decisión durante la larga espera en la cueva.

—No, Cole, no tengo preguntas. Al menos, no sobre el pasado.

Kelsey sintió cómo se quedaba completamente inmóvil a su lado.

—¿Qué intentas decir, Kelsey?

—Solo que he decidido hacer las cosas a tu manera. Guárdate tus secretos, Cole. Tienes derecho a ellos. No estuvo bien que intentara sonsacártelos. Confío en ti.

La mano de Cole se cerró en torno a los hombros de Kelsey.

—¿De verdad?

—No me habría quedado esperándote en esta horrible cueva si no confiara en ti —le dijo con suavidad—. No volveré a presionarte.

—Kelsey, cariño, no hagas promesas sin pensar —la voz de Cole estaba impregnada de escepticismo.

—Tuve tiempo de sobra para pensar durante tu ausencia. Tienes derecho a marcar límites en tu vida y yo no soy quién para saltarlos —le tocó la comisura de los labios con un dedo—. No te haré más preguntas sobre tu pasado. Desde ahora, solo existirá el presente entre nosotros. Te lo prometo.

Cole atrapó sus dedos y los estrujó dentro de la mano.

—Kelsey, no lo lamentarás, te lo aseguro. Te daré todo lo que pueda.

—No necesito nada, Cole. Solo a ti.

—Lo único que necesitaba saber era que confiabas en mí. Créeme, el pasado no importa. El presente es lo único que cuenta entre nosotros.

—Sí —susurró Kelsey—. Solo el presente.

«No hay pasado», pensó Kelsey en silencio, mientras apoyaba la cabeza en el hombro de Cole. «Ni futuro. Solo el presente». Se tomaría la vida día a día. Adiós a la idea de construir un futuro basado en la comprensión, la aceptación y el diálogo. Cole no podía ofrecerle nada de eso. Aceptaría lo que estuviera a su alcance durante todo el tiempo que durara la relación.

«No hay pasado ni futuro. Solo presente».

Se había hecho esa promesa durante la interminable espera en la cueva. Aquello no significaba que los interrogantes desaparecerían, seguirían rondando su cabeza. Siempre se preguntaría qué clase de pasado había enseñado a Cole a afrontar la violencia con serenidad. Sentiría curiosidad por el parecido entre Valentine y él. Estaba segura de que no se conocían de antes, pero que habían reconocido una cualidad común el uno en el otro. Hasta ella había reparado en las turbadoras similitudes por la forma en que abordaban el peligro al que se habían enfrentado.

Siempre que pensara en su padrastro, se sorprendería recordando el archivo *CS* del ordenador. Las transferencias de mil dólares mensuales eran otra cuestión que no podría olvidar sin más, una vez tomada la decisión. Y cada vez que pasara la noche con Cole entre los muros de su casa de Carmel, se preguntaría por qué razón querría un hombre vivir en una fortaleza.

No, las preguntas no cesarían. Su curiosidad por el hombre al que amaba duraría tanto como la relación. Más incluso, se obligó a reconocer. No podía permitirse el lujo de pensar en el futuro. Cole vivía solo para el presente, y si quería compartir el presente con él, tendría que aprender a pensar como él.

Sí, seguiría haciéndose preguntas, pero Kelsey se prometió no formularlas jamás. Se nutriría de la confianza básica e inalterable que Cole le inspiraba y que, por fin, había reconocido durante la larga espera en la cueva.

Con aquella promesa flotando en la mente, Kelsey cerró los ojos y se acurrucó aún más en los brazos protectores de Cole. Estaba durmiendo, con el cuerpo delgado y sólido por fin relajado. Pero sentía cómo su brazo se cerraba inconscientemente alrededor de ella. Momentos después, a pesar del lecho incómodo que proporcionaba la cueva, Kelsey se quedó dormida.

Se despertó horas después, cuando los débiles rayos del sol al amanecer se filtraban a través de la vegetación que resguardaba la cueva. Entonces, advirtió que Cole no estaba. El siguiente descubrimiento fue la rigidez que se apoderaba de sus músculos.

—Dios mío, creo que nunca volveré a ser la misma —gimió. Se incorporó despacio y miró a su alrededor—. ¿Cole? —llamó con vacilación, pensando que podría haberse asomado al exterior.

Un lagarto de cara inteligente, con brillantes escamas de tonos verdes y azules, le guiñó los ojos desde una roca cercana.

—Mirón —lo acusó Kelsey, y tomó sus prendas sucias y arrugadas. El lagarto contempló cómo se vestía, claramente fascinado, y luego se escurrió entre las rocas para ocuparse de asuntos más importantes.

Cole seguía sin aparecer cuando Kelsey terminó de ponerse la ropa. Se estiró, tratando de flexibilizar los músculos agarrotados por el suelo de piedra, y se asomó a la entrada de la cueva.

—¿Cole? —volvió a llamarlo, y la luz nacarada de la mañana le hizo fruncir el ceño.

Siguió sin oír respuesta. Se abrió paso entre el follaje que protegía la entrada y permaneció de pie, contemplando la playa arenosa que se extendía por debajo. Quizá Cole hubiera ido a nadar, ya que no había ducha. A ella tampoco le iría mal zambullirse un poco en el agua, pensó.

Paseó la mirada por la pronunciada pendiente salpicada de rocas que terminaba en una pared vertical sobre la bahía. Tampoco allí había rastro de Cole.

Fue presa de una ligera inquietud. Maldito fuera. La confianza estaba muy bien, pero aquella costumbre que tenía de desaparecer por las mañanas empezaba a resultar un tanto irritante. No se había despertado a su lado la primera vez que hicieron el amor, ni cuando la cuidó en el barco la primera noche, ni aquella mañana. Kelsey decidió que su resolución de no cuestionarse el pasado de Cole no incluía los detalles de sus acciones más recientes.

Si ella tenía que que aprender el significado definitivo de la palabra compromiso, a Cole tampoco le iría mal familiarizarse con aquel arte. Kelsey echó a andar con paso enojado sobre la elevación rocosa, hacia el acantilado que bordeaba la bahía. Encontraría la senda que conducía a la casa de Valentine y vería si el hombretón conocía el paradero de Cole aquella mañana.

Hasta que no divisó la bahía y la pequeña lancha anclada en ella, no recordó el asunto pendiente al que Cole había hecho referencia la noche anterior.

Una oleada de pánico la impulsó a tirarse al suelo. El tercer hombre del que Valentine había hablado estaba allá abajo, erguido sobre la proa. Kelsey se arrastró hasta el borde del acantilado y echó un vistazo. El hombre de la lancha estaba armado. Apuntaba a Cole, que estaba de pie en la playa arenosa, con un rifle de gran potencia.

Kelsey creyó haber dejado de respirar, y fue presa de una aterradora sensación de impotencia. Estaba demasiado lejos para hacer nada. Cole había dado muestras de tener controlada la situación, y Kelsey sabía que tanto él como Valentine esperaban la llegada del tercer hombre. Entonces, ¿cómo diablos se había dejado atrapar en la playa?

En aquel momento, advirtió que el maletín estaba en la arena, delante de Cole. Este tenía los pies ligeramente separados y parecía relajado, aunque vigilaba al hombre del rifle y se mantenía en guardia. Kelsey avanzó con incertidumbre, esforzándose por ver lo que estaba pasando. Por muy en guardia que Cole estuviera, no podría hacer nada contra un hombre armado.

Kelsey miró alrededor, buscando con desesperación cualquier indicio de la presencia de Valentine. Era de esperar que hubiese acompañado a Cole a la cita. Habían trabajado juntos la noche anterior, era inconcebible que no hubiesen planeado entre ellos el encuentro de aquella mañana.

No ver a Valentine por ninguna parte acrecentó el pánico de Kelsey, aunque cabía la posibilidad de que el hombretón estuviera escondido detrás de una roca, en lo alto del acantilado. O quizá estuviera cubriendo a Cole desde uno de los montones de rocas al pie del precipicio.

No había modo alguno de saber lo que ocurría de verdad, comprendió Kelsey, al tiempo que el pánico y la furia se arremolinaban en su interior. Ninguno de los dos hombres había creído conveniente informarla de los planes de aquella mañana. Solo podía contemplar, horrorizada, cómo el hombre al que amaba permanecía en pie, desarmado, delante de un pendenciero que lo apuntaba con un rifle.

—Decídete —gritó Cole con aspereza al hombre de la lancha, que se mecía con suavidad en la orilla—. Es un precio justo, teniendo en cuenta lo que te ofrezco a cambio.

—¿Cómo voy a saber si lo que vendes es el artículo que busco? —replicó el hombre del rifle.

—No lo sabes. Al menos, hasta que no vengas aquí y eches un vistazo a las muestras que tengo en el maletín —le dijo Cole, sin rodeos.

—Sería más fácil matarte y luego desembarcar —repuso el hombre en tono reflexivo.

—Sí, salvo que no sabrías dónde buscar el resto de las pruebas. Podrían estar escondidas en cualquier parte de la isla. No, creo que matarme sería muy arriesgado, dadas las circunstancias. Sugiero que hagamos un trato.

—¿Y qué pasa con Keller y Matson?

—Tus amigos se quedan fuera, lo siento. Así será más sencillo, ¿no? Tú podrás quedarte con todo lo que te den por entregar las pruebas. Sin repartir.

—Salvo por la suma que tengo que pagarte —le recordó el hombre de la lancha con frialdad.

—Solo pido cincuenta mil. Me parece razonable, dado el valor de esos papeles.

—No llevo nada encima.

—Estoy dispuesto a esperar a que me traigas el dinero. No me moveré de aquí.

—¿Y el genio loco que debía de estar en algún rincón de la isla?

—Como tus socios, ya no está metido en esto —fue la respuesta sucinta de Cole.

—¿Y la mujer?

—Yo me ocuparé de la mujer.

Kelsey hizo una mueca al oír con qué sangre fría pronunciaba Cole las últimas palabras. Podía resultar increíblemente despiadado, pensó con nerviosismo. Tal vez porque era increíblemente despiadado. O lo había sido en el pasado, se corrigió. Una vez más, paseó la mirada por lo alto del acantilado, buscando a Valentine. No podía creer que no estuviera en alguna parte, cubriendo a su amigo. Cole y Valentine eran tal para cual, y ninguno de los dos tenía un pelo de tonto.

—Tendré que ver las pruebas con mis propios ojos antes de comprometerme a nada —declaró el hombre del rifle.

—Estoy dispuesto a enseñarte un par de páginas. Todo no. El resto es mi seguro, como podrás comprender —Cole indicó el maletín con una mirada despreocupada—. Puedes desembarcar y echar un vistazo, si quieres.

—¿Cómo sé que puedo confiar en ti?

Cole se encogió de hombros.

–No lo sabes. He traído una muestra del producto que vendo. ¿Quieres verlo o no?

–Sí, iré a echar un vistazo –decidió el hombre por fin–. Abre el maletín y déjalo sobre la arena. Luego, vete allí –señaló con el rifle un punto a unos seis metros de distancia del maletín.

Cole se apartó obedientemente, mientras el hombre del rifle saltaba de la lancha y empezaba a avanzar hacia la orilla con el agua hasta las rodillas.

Kelsey cerró los puños con pavor. ¿Dónde estaría Valentine?, se preguntó. Volvió a escudriñar la cima del acantilado y, justo entonces, la luz del sol destelló en algo metálico.

El cañón de un arma, se dijo Kelsey, e inspiró hondo. Debía de ser Valentine. Estaba tan solo a unos seis metros de distancia, y se ocultaba detrás de las enormes rocas.

Kelsey bajó la mirada a la escena que se desarrollaba en la playa. El hombre del rifle estaba a medio camino de la orilla, y no dejaba de apuntar a Cole con su arma.

Kelsey contenía el aliento, preguntándose cómo y en qué momento actuaría el hombretón, cuando el sol se reflejó en algo más que el vil metal. Iluminó la mano enguantada que sostenía el rifle, y no era uno de los enormes puños de Valentine. Mientras Kelsey contemplaba al tirador con horror y sorpresa, el metal resplandeciente emergió un poco más de entre las rocas. Un segundo después, vio la cabeza del hombre que sostenía el arma. Se estaba arrastrando entre las rocas hacia el borde del acantilado.

No era Valentine. Aquel hombre era menudo, enjuto y se movía como una rata.

Kelsey se percató en seguida de la importancia de lo que estaba viendo. Valentine estaría cubriendo a Cole desde otro lugar, pero ni él ni Cole podían estar al tanto de la presencia de aquel intruso.

Vio al desconocido con claridad cuando avanzó de una roca a otra. Estaba completamente concentrado en su objetivo y no había advertido la presencia de Kelsey.

«Solo está a seis metros», pensó Kelsey débilmente. «A seis metros de distancia, nada más».

Oculta tras su propio escudo rocoso, Kelsey pensó con celeridad. El suave ruido de las olas al romper en la orilla impedirían que el recién llegado la oyera acercarse. Y como el pistolero estaba absorto en la escena de la playa, si Kelsey avanzaba con sumo cuidado, quizá no la vería.

No tenía forma de saber lo que Valentine y Cole habían planeado. Estaba obrando a ciegas. Pero no podían haber previsto aquel nuevo elemento. Valentine le había dicho a Cole desde un principio que solo había tres hombres implicados.

Era evidente que el hombre que estaba a la derecha de Kelsey cubría al del bote. Si Valentine y Cole intentaban capturar al hombre de la playa, el recién llegado tiraría a matar.

La imagen de Cole moribundo sobre la arena impulsó a Kelsey a actuar. Si iba a hacer algo, tendría que hacerlo ya. Intentó moverse con cautela y, durante una fracción de segundo, temió que el terror, combinado con el agarrotamiento de sus músculos, le impidieran dar el más mínimo paso. Pero la momentánea parálisis desapareció ante la necesidad de salvar a Cole.

Muy despacio, abrazándose a la superficie irregular de lo alto del acantilado, Kelsey se arrastró hasta la roca siguiente. Si el pistolero no volvía la cabeza, estaría a salvo. Estaba al borde del acantilado, mirando hacia abajo, y sostenía el rifle con manos firmes. Kelsey logró avanzar hasta otro peñasco.

A tres metros de distancia, se agazapó detrás de un resalte rocoso y se arriesgó a echar un vistazo. El segundo pistolero estaba tumbado boca abajo, sosteniendo el arma.

«Y ahora, ¿qué?», se preguntó. Estudió en un momento la limitada selección de armas que tenía a mano. Rocas y pedruscos de distintos tamaños salpicaban el terreno. El estómago le dio un vuelco al imaginarse golpeando la cabeza del intruso con una de aquellas piedras.

¿Y si erraba el golpe?, se preguntó, angustiada. Pero ¿y si no fallaba? La imagen de un cráneo aplastado estuvo a punto de paralizarla.

Pero la poderosa imagen de Cole sangrando sobre la arena fue mucho más persuasiva. No tenía tiempo para vacilar. El matón de la lancha ya se estaría acercando al maletín. Valentine actuaría en cualquier momento, saliendo de su posible escondite al pie del acantilado para sorprender a su víctima.

Y, en aquel momento, era una apuesta segura que el segundo pistolero entraría en acción. Sin duda, alguien moriría en la consiguiente refriega. Alguien como Cole.

Kelsey cerró las manos en torno a un pedrusco del tamaño de sus dos puños. Se irguió sobre las rodillas, miró por encima del borde del saliente que la protegía y contuvo el aliento. El segundo pistolero seguía inmóvil, apuntando hacia abajo con el rifle. Con todas sus fuerzas, Kelsey se puso en pie y arrojó el pedrusco a su cabeza casi calva.

Oyó el impacto nauseabundo, para el que había intentado prepararse, pero el ruido fue ahogado casi de inmediato por el ensordecedor rugido del rifle. La víctima había apretado mecánicamente el gatillo al recibir el golpe.

Antes de que Kelsey pudiera avanzar para comprobar si el pistolero había quedado de verdad fuera de combate, oyó un segundo disparo. Se arrojó al suelo y se arrastró con desesperación hasta el borde del acantilado. A su lado, el segundo pistolero yacía asombrosamente inmóvil. Se le había caído el arma de las manos. Kelsey no se atrevía a mirarle la cabeza.

En la playa, se oyó un grito ronco. Cuando Kelsey se asomó al borde del acantilado, Cole estaba recogiendo el arma caída del primer pistolero. El hombre de la lancha estaba de rodillas en la arena, con la mano cerrada en torno a una herida en el hombro. Kelsey contempló cómo Cole levantaba el rifle y apuntaba hacia el lugar donde ella estaba. Valentine apareció por detrás de unas rocas que estaba usando como protección, al pie del acantilado. La pistola que había empleado para herir al pistolero de la lancha también se elevaba hacia ella.

–¡Eh, chicos, soy yo! –gritó Kelsey, y se puso rápidamente en pie–. No disparéis. Estoy de vuestro lado, ¿recordáis?

Kelsey era víctima de una leve forma de alivio histérico. Se extinguió en cuanto advirtió que Cole y Valentine seguían apuntándola con sus armas. De repente, comprendió lo insensato que había sido ponerse en pie y gritarles.

Los dos hombres estaban en tensión y preparados para el ataque. Estaban reaccionando al disparo procedente de lo alto del acantilado. Kelsey comprendió, de repente, la suerte que tenía de estar viva. Tanto Cole como Valentine estaban acostumbrados a disparar primero y a preguntar después. Se quedó helada. El hecho de que todavía estuviera en pie al borde del acantilado y no yaciera muerta al fondo del precipicio solo podía deberse a la extraordinaria capacidad de reacción de Cole y de Valentine.

Kelsey tragó saliva, mientras los dos hombres bajaban las armas con lentitud. En aquel momento, comprendió lo temibles que eran.

–¡Kelsey! ¿Qué diablos haces ahí? ¡Baja en seguida!

Kelsey se inclinó y recogió el rifle que estaba a su lado.

–No pasa nada, Cole –gritó con voz trémula–. El tipo de aquí arriba está fuera de combate.

Una maldición grave estalló en el aire, y acto seguido, Cole echó a correr hacia el abrupto sendero del acantilado, que recorrió en cuestión de segundos. En la playa, Valentine echaba un vistazo al prisionero.

Kelsey se volvió hacia Cole cuando sintió que se acercaba por detrás. Leyó la expresión gélida de su rostro y sintió un escalofrío. Cole se detuvo delante de ella, lanzó una rápida ojeada al hombre que yacía inconsciente a los pies de Kelsey y, después, al rifle que ella sostenía en la mano.

–¿Qué demonios haces aquí arriba, mujer? Deberías estar en la cueva –le arrancó el arma de los dedos y movió rápidamente el mecanismo. Luego, la arrojó al suelo y zarandeó a Kelsey–. ¡Contéstame, mujer! ¿Cómo te atreves a desobedecer mis órdenes? Podrías estar muerta.

–Tú también –acertó a decir Kelsey, aunque su corazón bombeaba con fuerza la adrenalina segregada por el miedo–. No sabías que había otro hombre aquí, ¿verdad?

–No, no lo sabía. Pero eso no es excusa para que anduvieras correteando por ahí. Maldita sea, Kelsey, debería darte tal tunda con mi cinturón que no pudieras sentarte durante toda una semana. ¿Tienes idea de lo poco que ha faltado para que te matara?

La rebeldía natural de Kelsey resurgió por fin.

–Todo esto ha sido culpa tuya, Cole Stockton –le espetó, enfurecida por sus palabras–. Tuya y de tus secretos. No te molestaste en contarme lo que ocurría. No creíste necesario explicarme lo que tú y Valentine habíais planeado, ¿verdad? Tu silencio es el que casi nos mata a los dos. Pero no dejes que ese pequeño detalle interfiera en la forma en que llevas tu vida. Adelante, sigue levantando muros en torno a ti y a tus secretos. Puede que eso no tenga mucho futuro, pero, de todas formas, a ti eso no te interesa, ¿verdad?

Kelsey giró en redondo, dispuesta a alejarse de él antes de que se humillara llorando, pero estuvo a punto de tropezar con el hombre al que había golpeado con la piedra.

«Lo primero es lo primero», pensó Kelsey con un suspiro, y se arrodilló junto al inmóvil pistolero. En aquellos momentos, debía afrontar las consecuencias de su propio acto de violencia. Con dedos trémulos, tocó la cabeza del hombre. Estaba sangrando.

–Vivirá –dijo Cole con brusquedad. Se arrodilló junto a ella y examinó la herida con ojo experto–. No lo has matado, Kelsey.

Kelsey miró a Cole con mudo agradecimiento, y tuvo la impresión de que comprendía lo difícil que había sido para ella aceptar que podía haber matado a alguien, aunque fuera un asesino rastrero como aquél.

Capítulo 9

Retomaron el crucero en el siguiente puerto en que el barco hacía escala. Kelsey se mostraba reacia a continuar el viaje, y no vaciló en anunciarlo. Cuando Cole, por fin, la dejó en su minúsculo camarote y se retiró al de él, sintió un inmenso alivio. Necesitaba estar a solas con Kelsey durante unos días.

Su intuición le decía que, aunque había hecho grandes progresos en las veinticuatro horas vividas en Cibola, su relación con Kelsey seguía siendo vaga e inestable en muchos aspectos.

Antes de poder arriesgarse a llevarla a casa y competir de nuevo con las demás fuerzas que regían la vida de Kelsey, necesitaba consolidar su relación.

Como se había dicho en más de una ocasión durante el trayecto en la embarcación de penetrante olor a pescado, Cole nunca se había preocupado mucho por las relaciones. Era algo tan ajeno a él como el pánico y la inseguridad.

–Hay que explicar lo ocurrido a las autoridades –había exclamado Kelsey cuando Valentine anunció que podía conseguir que un pescador los llevara en su barca a la siguiente isla en la que atracara el trasatlántico–. Cole y yo no podemos irnos y dejarte a ti con esa carga.

–No veo por qué no –había replicado Valentine con educación.

–Pero las autoridades te harán muchas preguntas cuando vengan a llevarse a esos cuatro hombres –señaló Kelsey.

–Tal vez, si las autoridades fueran agentes del FBI y estuvieran llamando a la puerta de tu casa de San José. Pero los tipos que van a venir a Cibola no son representantes del gobierno de los Estados Unidos. Esto no es territorio norteamericano, ¿recuerdas? Cibola es parte de un archipiélago independiente. Sinceramente, a nuestra versión de las «autoridades» les trae sin cuidado el espionaje industrial.

–¿Qué harán entonces con esos cuatro? –Kelsey miró con preocupación a los hombres maniatados que habían llevado al poblado en la lancha.

–Oficialmente, los acusarán de allanamiento de morada –contestó Valentine con suavidad.

–¿Y extraoficialmente? –lo apremió Kelsey.

–Extraoficialmente, su mayor delito será el de ser extranjeros y haber atacado a un residente de la isla. Para los isleños, ese es el crimen más grave.

–Pero tú también eres extranjero –protestó Kelsey.

–Ya no –replicó Valentine, y rio entre dientes–. Le hice un favor al gobernador de la isla principal hace varios años. Desde entonces, tengo la nacionalidad.

–¿Qué clase de favor? –preguntó Kelsey a continuación.

Cole decidió que debía intervenir. Cualquiera sabía qué clase de trabajo sucio habría hecho Valentine para el gobernador tiempo atrás y, fuese lo que fuese, revelarlo solo serviría para que Kelsey hiciera más preguntas.

–Ya basta, Kelsey. Acepta la palabra de Valentine de que podrá encargarse de todo, ¿de acuerdo? No es necesario entrar en detalles. Ya has causado bastantes problemas por hoy.

–¡Que ya he causado bastantes problemas! –le espetó Kelsey–. ¡Puede que os salvara la vida en ese acantilado!

–Tiene razón –intervino Valentine con suavidad, claramente regocijado por la actitud severa de Cole hacia Kelsey. Cole le dirigió una mirada sarcástica.

–Lo sé, pero no sé si ella es consciente de lo a punto que estuvo de morir.

–¡Créeme, no tengo la menor duda! –murmuró Kelsey.

Cole sabía que estaba recordando los cruciales segundos en

los que Valentine y él la habían apuntado instintivamente con sus armas. Suprimió un lúgubre escalofrío. Pasaría algún tiempo antes de que él mismo olvidara aquella escena.

La distracción dio resultado. Kelsey olvidó las preguntas que tenía sobre el favor de Valentine al gobernador. Después, estuvieron muy ocupados buscando a un pescador servicial, encerrando a los cuatro matones en el almacén de un bar de la localidad y despidiéndose de Valentine.

–Le enviaré un telegrama a Gladwin para que sepa que tiene un traidor en plantilla –le prometió Valentine a Kelsey, cuando ella expresó de nuevo sus reparos a abandonar la escena del crimen–. Sabrá lo que debe hacer. Es evidente que esos cuatro no eran más que criminales a sueldo.

–¿Cómo hará Walt para reconocer al traidor?

–Estoy seguro de que nuestros amigos del almacén estarán encantados de darnos alguna pista –dijo Valentine con desenvoltura–. Mantendré una pequeña charla con ellos antes de que se los lleven de Cibola.

Kelsey se mostraba recelosa.

–¿Una pequeña charla?

Una vez más, Cole consideró prudente intervenir.

–Vamos, Kelsey, el pescador nos espera.

–Pero Cole, creo que deberíamos hacer algo más... en fin, más oficial –protestó con preocupación.

–No estamos en los Estados Unidos, Kelsey. Aquí las cosas funcionan de otra manera. Valentine sabe lo que hace, confía en él –le ordenó Cole con firmeza, mientras la arrastraba hacia la barca. Kelsey se volvió a Valentine, que caminaba a su lado.

–¿Seguro que no te pasará nada?

–Seguro, Kelsey.

–¿Vendrás a vernos alguna vez?

–Enviadme una invitación a la boda y ya veréis qué rápido aparezco –contestó Valentine con una sonrisa.

Cole experimentó una extraña oleada de irritación al ver la expresión perpleja de Kelsey y su afán por explicar que no pensaban casarse.

—Cole y yo no pensamos demasiado en el futuro —le dijo a Valentine con gravedad.

Valentine dirigió a Cole una mirada significativa y, luego, se encogió de hombros.

—A veces, el futuro se impone sobre la voluntad de uno. Cuidaos. Tengo la sensación de que volveremos a vernos muy pronto.

Cole observó cómo Kelsey rozaba la mejilla de Valentine con sus suaves labios y, luego, estrechaba la manaza del hombretón.

—Bueno, si alguna vez necesitas algo —empezó a decir Cole con voz ronca—, pégame un grito.

—Lo mismo te digo —Valentine se apartó para dejar que Kelsey subiera a bordo de la barca y sonrió a Cole—. No te preocupes, le daré a Gladwin la versión de la historia que acordamos esta mañana. Y en cuanto a ese favor que le hice al gobernador hace unos años —murmuró solo para Cole—, lo único que hice fue informatizar los archivos del gobierno de la isla. Al gobernador le encanta el prestigio que le da contar con las bases de datos más sofisticadas del Caribe. Goza de una gran influencia entre los jefes de las demás islas.

—Se lo diré a Kelsey —comentó Cole con ironía.

—Hazlo. Ya tiene que vivir con bastantes secretos. Hasta pronto.

Horas después, Cole se vestía para la cena en su propio camarote. La ducha le había sentado de maravilla, y aunque no le agradaba vestirse de etiqueta, se sentía a gusto con sus acostumbradas prendas oscuras.

Se hizo el nudo de la pajarita con impaciente destreza y se miró a los ojos en el espejo. Había estado meditando sobre la mejor manera de abordar a Kelsey aquella noche y no había sacado nada en claro.

De nuevo aquella condenada inseguridad. La mujer tenía algo que lo dejaba suspendido en el aire. Se apartó del espejo y descolgó la chaqueta. De una cosa sí que estaba seguro: Kelsey pasaría la noche con él. Ya no habría excusas, ni argumentos, ni protestas, ni ninguna otra razón ilógica de mujer para mantenerlo a distancia.

Kelsey se había entregado a él la noche anterior. Cole no tenía intención de permitir que se arrepintiera de su implícita rendición en el suelo de la cueva.

El recuerdo le procuró cierto alivio, pero no disipó la inseguridad que sentía. Contempló la litera y, al instante, imaginó a Kelsey echada sobre ella. Su cuerpo se endureció.

Inspiró profundamente, y caminó hacia la puerta mientras se preguntaba cómo era posible desear al mismo tiempo hacer el amor y gritar a una mujer. Todavía no se había recuperado del riesgo que Kelsey había corrido aquella mañana.

Recorrió el pasillo hacia el ascensor absorto en sus turbulentos pensamientos. Kelsey le había dado mucho la noche anterior. Cole se había ganado, por fin, su confianza.

«Debería bastarme», se dijo, mientras esperaba el ascensor. Sin duda, había sido el principal obstáculo. Pero Kelsey le había prometido que ya no haría más preguntas sobre el pasado, y después, se había entregado a él sin reservas.

«Debería bastarme». Lo único que quedaba ya era concretar los detalles de su relación. Cole podría adaptarse durante un tiempo, decidió mientras entraba en la cabina y pulsaba el botón de la cubierta de Kelsey. Se acomodaría al estilo de vida de ella durante una temporada.

Preso de un grato sentimiento de magnanimidad, Cole salió del ascensor y se dirigió hacia el camarote de Kelsey. Una vez obtenida la confianza de Kelsey, sería generoso y le permitiría amoldar su vida a la de él poco a poco. No era un hombre irrazonable, se dijo en tono tranquilizador. Podía ceder.

Siempre que, de una forma u otra, tuviera la seguridad de que Kelsey estaría todas las noches en su cama.

***

Kelsey se dispuso a abrir la puerta de su camarote con ánimo resuelto. Se había vestido para la velada sabiendo que entablaría las negociaciones que siempre sucedían a una batalla. Cole había ganado la guerra, y a ella solo le quedaba luchar por los términos de su propia rendición.

La falda del atrevido y fluido vestido ceñido de color verde se arremolinó con suavidad en torno a sus rodillas. El escote era una excitante uve, cuyo vértice era la firme hebilla de un ancho cinturón con adornos plateados. Unas sandalias de tacón alto del mismo color del vestido le proporcionaban la estatura que creía necesitar aquella noche. Después de pasarse casi una hora en la ducha quitándose la suciedad de Cibola, se había cepillado con brío la melena leonada, y le caía sobre los hombros con soltura y elegancia. Estaba preparada. Abrió la puerta.

–Creo –murmuró Cole con aire pensativo, al observar el vertiginoso escote del vestido– que quizá tengamos que comprarte alguna prenda de lencería.

–¿De lencería? –el comentario la tomó por sorpresa.

–Algún sujetador nuevo. ¿Nunca los usas?

–Para trabajar –lo tranquilizó Kelsey en seguida, mientras salía al pasillo–. No sabía que fueras tan convencional, Cole –declaró, y esbozó una ligera sonrisa.

Cole dio muestras de estar esperando una pulla mientras la asía del brazo con posesividad y la conducía hacia el ascensor.

–Puedes respirar tranquilo, Cole –dijo Kelsey con suavidad–. No voy a decirlo.

–¿El qué?

–Que tus gustos convencionales en lencería demuestran lo poco que sé sobre ti –contestó–. No te preocupes, me he reformado. Anoche, dije en serio lo de no pensar en el pasado.

Cole asintió con expresión intensa.

–No lo lamentarás, Kelsey. Ya te he dicho desde el principio que el pasado no cuenta.

–Solo el presente –corroboró Kelsey con suavidad.

Cenaron ossobuco, ensalada suprema y mousse de ron. June y George Camden saludaron a Kelsey y a Cole con alegría y muchas preguntas sobre su excursión del día anterior. Kelsey sonrió con serenidad y dejó que Cole satisficiera la afable curiosidad de sus compañeros de mesa. Él era el experto en eludir preguntas no deseadas, y se lo dijo con la mirada desde el otro lado de la mesa.

–Gracias –gruñó Cole con ironía, cuando salieron a la cubierta superior después de la cena–. No sabía que pudieras ser una criatura tan reservada.

–Estabas rehuyendo tan bien las preguntas que no quería interferir. Tienes un talento increíble para contar la verdad sin decir nada –dijo Kelsey, entre risas–. Eso de que habíamos ido a ver a un conocido que vive en una isla cercana estuvo magnífico. Al menos, no intentaste colarles que Valentine y tú sois antiguos bailarines.

–Eso te lo inventaste tú.

–Sí. Has tenido suerte de que no se me escapara delante de los Camden –la risa que se reflejaba en los ojos de Kelsey se extinguió cuando se detuvieron junto a la baranda.

Era una hermosa noche, cálida y balsámica. La estela de espuma del barco refulgía en la negrura de las aguas. La música del salón de baile llegaba débilmente a sus oídos.

–Viajar en un barco es como estar en otro planeta, ¿verdad? –comentó, pasado un momento–. Es como si el resto del mundo y todas sus exigencias no existieran. Como si ninguno de los problemas de la vida real pudieran perturbarte.

Cole contempló el perfil de Kelsey a la luz de la luna.

–Por eso insistí en que no volvieras directamente a San José –reconoció con voz serena–. Necesitamos pasar juntos unos días, Kelsey. Lejos de las distracciones.

Kelsey no fingió no comprender.

–Una especie de luna de miel pero sin boda, ¿eh?

Cole entornó los ojos.

–Algo así. Tenemos asuntos que aclarar entre nosotros, cielo.

–¿Por ejemplo? –Kelsey trató de mantener el tono osado y desenfadado. El sentido del humor de Cole nunca había sido su rasgo más notable, y cuando se ponía serio, resultaba casi solemne. Incluso Valentine, que tenía muchos puntos en común con Cole, albergaba más humor en su alma que él.

—Para empezar —dijo Cole con cautela—, te diré que, aunque estaba furioso contigo por interferir en la escena de esta mañana, también estoy orgulloso por cómo te ocupaste del cuarto hombre —Cole flexionó las manos en torno a la barandilla—. Mantuviste la cabeza fría y llevaste a cabo una peligrosa maniobra. Es posible que Valentine y yo te debamos la vida. Valentine no dejó de apuntar al tipo de la barca ni un solo segundo, pero no sabía que un cuarto hombre había nadado hasta la orilla en otro punto de la costa antes de que el que pilotaba la lancha desembarcara en la bahía. Como Valentine solo había visto tres hombres en un principio, dábamos por hecho que no había ninguno más. Valentine había interrogado a los dos que capturamos anoche y, al parecer, ninguno sabía nada del cuarto, o les habría sonsacado la información.

—Entiendo. Bueno, eres muy amable al darme las gracias, Cole —murmuró con ironía—. Sé que llevas todo el día furioso por el incidente de esta mañana.

—Me diste un susto de muerte —repuso Cole con franqueza.

—Yo también estaba asustada —Kelsey no lo miró; fingía escudriñar el oscuro horizonte.

—No vuelvas a desobedecerme en una situación así, Kelsey —le ordenó Cole con voz tajante.

—¿Crees que habrá muchas situaciones como esa? —preguntó con atrevimiento.

—Espero que no. Y no lo digas como si fuera culpa mía —le advirtió—. Fue tu trabajo lo que nos metió en este lío.

—Y nunca te ha gustado mi trabajo, ¿verdad?

—No —masculló Cole—. Pero me resignaré a que lo conserves durante un tiempo.

Kelsey volvió la cabeza con perplejidad al oír aquella inesperada concesión.

—¿Te importaría repetir lo que has dicho?

Cole inspiró hondo y anunció con brusquedad:

—Ya me has oído. Estoy dispuesto a llegar a un acuerdo sobre tu trabajo en FlexGlad. Durante un tiempo.

—¿Qué clase de acuerdo? —preguntó Kelsey con cautela.

—Viviré contigo en San José de lunes a viernes. Podré instalar un despacho en tu casa. Los fines de semana, vacaciones y días festivos vendrás conmigo a Carmel. ¿Te parece justo?

—Me estás poniendo las cosas más sencillas de lo que imaginaba. Esta noche, venía preparada para afrontar una ardua negociación —le dijo con franqueza—. Pensé que tendría que recurrir a todo mi poder de persuasión para que llegáramos a un acuerdo como ese —por dentro, experimentó una vasta sensación de alivio. El principal obstáculo había sido salvado.

Cole paseó su mirada gris por la figura de Kelsey.

—¿Te satisface mi plan?

—Creo que funcionará —Kelsey arrancó la mirada de sus ojos escrutadores y contempló la estela espumosa del barco—. Gracias, Cole.

—¿Por qué? ¿Por no forzarte a renunciar a tu trabajo? Quiero que estés contenta con la relación, Kelsey. Sé que tienes miedo de perder tu empleo y tu independencia si vives conmigo. Confío en que, pasado un tiempo, te sientas lo bastante relajada para dar el paso, pero estoy dispuesto a esperar.

El tono en que lo dijo hizo brotar una sonrisa en los labios de Kelsey.

—Eres muy generoso —declaró con fluidez.

—Lo soy —corroboró con brusquedad—. Y si tuvieras un mínimo de sentido común, no te reirías de mí por eso.

Arrepentida, Kelsey se acercó y le acarició la mandíbula.

—No me río de ti, Cole. Más bien, me alivia saber que mi trabajo no va a constituir un problema —lo miraba con ojos llenos de afecto.

Cole atrapó sus dedos y besó el centro tierno de la palma. Clavó en ella su mirada ardiente.

—Ya te dije que te daría lo que pudiera.

—Creo que eso significa que me darás todo lo que consideres bueno para mí. Hay una ligera diferencia —bromeó.

Cole lo dejó pasar, todavía con la intensidad marcada en el rostro.

–Tenemos más cosas de que hablar, Kelsey.

–¿Qué cosas? –se sentía demasiado agradecida por la inesperada concesión para preocuparse por nada más.

–Existe la posibilidad de que estés embarazada.

La calidez de la mirada de Kelsey se transformó en estupefacción, y bajó la mano mientras asimilaba las consecuencias de aquella afirmación.

Cole le dio un momento para que respondiera, pero al ver que permanecía inmóvil junto a la baranda, contemplando el mar, siguió hablando con determinación.

–Hay que tenerlo en cuenta, Kelsey. Las dos veces que hemos hecho el amor no he tomado ninguna precaución. A no ser que estés con la píldora... –dejó la frase en el aire.

Antes de poder considerar la conveniencia de mentir, Kelsey se sorprendió moviendo la cabeza.

–No, no estoy tomando nada. No ha sido necesario. Quiero decir que no ha habido nadie... –se interrumpió, enojada por sus balbuceos.

Cole le puso las manos en los hombros y la apretó contra los contornos sólidos de su cuerpo.

–No me quejo, cariño –murmuró en su pelo–. Me gusta pensar que, cuando estás en mis brazos, te olvidas de todo. Pero deberíamos tenerlo en cuenta.

–Estoy de acuerdo –dijo ella con fervor–. A partir de ahora, andaremos con cuidado. No podemos hacer gran cosa hasta que volvamos a los Estados Unidos, así que tendré que confiar en que tú te ocupes de los detalles, ¿verdad? –Cole debió de percibir su tensión, porque empezó a masajearle los antebrazos.

–Yo me ocuparé de todo –le aseguró en voz baja–. Pero ese no es el principal problema. En lo que tenemos que pensar ahora es en la posibilidad de que ya estés embarazada.

–No.

–¿No estás embarazada?

Kelsey movió la cabeza con rapidez.

—No, no vamos a considerar la posibilidad de que ya esté embarazada. Tienes por norma no preocuparte por el futuro, ¿recuerdas? Si hay algo en este mundo que hable de «futuro» es un bebé, así que no trataremos cuestiones tan dudosas. Es la segunda ley de supervivencia de Stockton. La primera, cómo no, es no hablar del pasado. Sin embargo, como tendré que ocuparme del futuro yo sola, espero que tomes esas precauciones de las que hablabas hace un momento.

—Kelsey —empezó a decir Cole con voz ronca, pero ella se separó y lo miró directamente a los ojos. Desplegó a propósito una enorme sonrisa y, como sabía que no se reflejaba en sus ojos, la compensó con el tono osado y desenfadado de su voz.

—Solo el presente, Cole. ¿Recuerdas? Y, ahora mismo, creo que me apetece bailar.

Kelsey percibió la vacilación de Cole, que no le devolvió la sonrisa.

—Kelsey, no puedes olvidar esa posibilidad.

—Claro que puedo. Tú me has enseñado a olvidar. Ven a bailar conmigo, Cole.

—Pero Kelsey...

—Se trata de nuestra supuesta luna de miel. ¿Vas a estropearla poniéndote tan serio en todo momento?

—Maldita sea, mujer, ¡quiero hablar de esto! —estalló, y se negó a rendirse mientras ella lo tiraba suavemente de la muñeca.

—Pero yo no quiero hablar del futuro, Cole. Es muy incierto, ¿no crees? ¿Vas a pasarte aquí fuera toda la noche?

—No —masculló—. De hecho, creo que me apetece bajar y tomarme una copa.

Kelsey no sabía cómo tomarse aquella reacción, pero se relajó cuando Cole dejó que lo guiara a uno de los bulliciosos salones. Y cuando la tomó en sus brazos en la pista de baile, Kelsey se dijo que podría llevar a cabo su promesa. Viviría con Cole como él quería vivir la vida. Acataría sus normas.

Horas después, cuando Cole cayó pesadamente sobre ella entre las sábanas limpias de la litera de su camarote, se dijo que tenía todo lo que quería. No podía comprender por qué no lo abandonaba aquella endiablada sensación de inseguridad. Y, como siempre, tras la inseguridad, lo acechaba la amenaza del pánico.

Tal vez fuese aquella amenaza subyacente lo que lo impulsó a arrancar los gritos de satisfacción de los labios de Kelsey una y otra vez aquella noche. Ella se entregó sin reservas, anhelante y con un delicioso abandono que le hizo enorgullecerse de su virilidad. Le producía un placer increíble sentir las piernas sedosas de Kelsey en torno a sus muslos. Sus pezones eran minúsculas cerezas duras que él mordisqueaba con exquisita suavidad. Y la cálida humedad que fluía del centro de su deseo daba la bienvenida a sus apasionadas embestidas de una forma que lo hacía palpitar de excitación y lo colmaba de satisfacción.

Pero, cuando despertó a la mañana siguiente al amanecer, Cole sabía que no había conseguido ahogar aquella extraña sensación de inseguridad. Siguió hostigándolo en diversos momentos del día. Después del almuerzo, se acomodó en una tumbona para ver nadar a Kelsey, y se sorprendió fijando la vista en su esbelta cintura.

¿Y si estaba embarazada? Había empezado a tomar precauciones la noche anterior y cumpliría su compromiso de cuidar de ella de aquella manera. Pero eso no respondía a la pregunta de qué harían si ya había concebido.

Y ella se negaba a hablar del tema.

Cole contempló con irritación el estilo sugerente del traje de baño de color mandarina que Kelsey se había puesto. Él se sentiría incómodo, demasiado visible y expuesto con algo tan llamativo, pero le gustaba ver a Kelsey en tonos vivos. Cómo no, el traje de baño tenía un escote muy pronunciado en la espalda y carecía de sujetador incorporado, pero resultaba excitante mirarla.

Todo en Kelsey era excitante y satisfactorio, estaba pensando Cole cuando un camarero de chaqueta blanca se abrió paso entre las tumbonas llamando a Kelsey por su nombre.

—Señorita Kelsey Murdock. Mensaje para Kelsey Murdock.
Cole volvió la cabeza de golpe y frunció el ceño. Kelsey acababa de sumergirse, no podía oír que la llamaban.

—Yo se lo daré —dijo Cole con voz serena, y extendió la mano con aire autoritario, con lo que confiaba incitar al mensajero a reaccionar sin pensar—. Está en la piscina. Yo se lo daré.

—Está bien —dijo el camarero en tono amistoso—. Iba a dejárselo debajo de la puerta, pero el tipo que dejó el mensaje dijo que no la había localizado por teléfono. Y que era urgente.

—La señorita Murdock pasará el resto del crucero en mi camarote —lo informó Cole con serenidad—. Que nos envíen allí cualquier otro mensaje.

La actitud autoritaria funcionó, como solía ocurrir, y el camarero se guardó complacido la propina que le entregó. Cole miró hacia el agua turquesa, para asegurarse de que Kelsey seguía haciendo largos bajo la superficie, y abrió rápidamente el sobre blanco. El mensaje había sido tomado por el oficial de comunicaciones del barco. Era de Walt Gladwin.

Kelsey, llama lo antes posible. ¿Qué está ocurriendo? Recibí un mensaje de Valentine. Quiero más detalles enseguida.
Gladwin

Cole volvió a leer el breve mensaje y, después, hizo pedazos la hoja. No consentiría que Gladwin interfiriera en aquella semana crucial. Además, se merecía estar de los nervios en su oficina de San José. Cole no le perdonaría que hubiese puesto a Kelsey en una situación tan peligrosa en Cibola.

Se puso en pie, tiró los fragmentos de papel a la papelera más cercana y se volvió hacia la piscina. Kelsey estaba subiendo por la escalera de mano, con el pelo empapado chorreando por la espalda.

Mientras la miraba, Cole distinguió el contorno de sus pezones, que presionaban la tela del traje mandarina. No era el único hombre de la piscina que había reparado en el sugerente contorno de los senos de Kelsey, advirtió en seguida.

Tomó una toalla grande de la tumbona de Kelsey y avanzó para reunirse con ella en el borde de la piscina. Kelsey parpadeó para quitarse el agua de los ojos y le sonrió al ver que se acercaba.

—¿Ocurre algo, Cole? —preguntó con educación. Cole sabía que la miraba con enojo.

—Tápate, mujer. Ese traje de baño llama demasiado la atención.

Kelsey sonrió con temeridad y un brillo pícaro en los ojos.

—¿Y crees que el tuyo no? Reconozco que el negro te sienta bien —le dijo, y bajó la mirada al elegante bañador que llevaba—, aunque no creo que sea el color lo que atrae la mirada de esa pelirroja.

Cole se sorprendió al sentir el rubor que, sin duda, empañaba sus pómulos. Maldijo en voz baja ante la posibilidad de que su cuerpo pudiera avergonzarlo a su edad, pero podía sentir la tensión en su entrepierna y la presión de su virilidad contra el bañador.

—Esto —la informó a Kelsey— es por culpa tuya —le quitó la toalla y se la puso en torno a su estrecha cadera, haciendo lo posible por parecer despreocupado—. Si no hubieras salido de esa piscina con ese exiguo traje mojado, esto no habría ocurrido. Más vale que bajes a mi camarote y arregles el problema.

Kelsey profirió una risita.

—Puedo arreglarlo aquí mismo.

Antes de que Cole pudiera adivinar sus intenciones, Kelsey le puso las manos en el pecho y lo empujó. Un instante después, caía con estrépito a la piscina de aguas turquesa.

El problema con Kelsey, se dijo Cole con ánimo lúgubre mientras salía a la superficie, era que, aunque pudiera vencer la extraña inseguridad que lo dominaba cuando estaba con ella, nunca la encontraría del todo predecible. Vio cómo lo miraba desde el borde de la piscina y comprendió que Kelsey no sabía cómo se iba a tomar él la broma.

—¿Estás nerviosa? —preguntó en tono elocuente—. No hay motivo. Has resuelto el problema.

Kelsey se relajó y prorrumpió en carcajadas. Y, de repente, Cole se sintió enormemente complacido de haberla hecho reír.

El incidente de la piscina marcó el tono del resto de la semana en el barco. Reían durante el día, mientras visitaban los puertos en los que hacían escala, y por la noche, exploraban la pasión en el camarote de Cole.

Cole logró interceptar otros dos mensajes de Gladwin antes de que llegaran a manos de Kelsey. Seguramente, tendría que dar alguna explicación cuando regresaran a California, se decía de tanto en cuando, pero eso pertenecía al futuro. No tenía sentido dejar que las preocupaciones empañaran el presente.

Porque el presente era maravilloso, y aunque no logró disipar por completo los momentos de intranquilidad que experimentaba cuando Kelsey se negaba a hablar de nada que no fuera el aquí y el ahora, Cole consiguió mantener a raya el pánico.

Capítulo 10

La idílica semana terminó en cuanto Kelsey giró la llave en la puerta de su casa de San José. El teléfono sonaba con insistencia.

—¡Por el amor de Dios! —gruñó. Soltó su ligero bolso y se apresuró a contestar. Cole entró tras ella, cargado con las maletas de ambos. Permaneció en el umbral unos segundos, contemplando el interior con curiosidad, mientras Kelsey contestaba a la estridente llamada.

—¡Walt! —exclamó después del saludo inicial—. Eh, espera un momento antes de gritarme. Acabo de entrar por la puerta. ¿Qué? Sí, fue muy emocionante. ¿Te lo ha contado todo Valentine? Es encantador, Walt. Una persona maravillosa —hizo una pausa cuando su jefe le habló a grito pelado. Por fin, empezó a comprender que no se trataba de una llamada de bienvenida.

—Tengo un millón de preguntas que hacerte, Kelsey Murdock. No te muevas de ahí, voy ahora mismo.

Walt colgó el teléfono sin esperar una respuesta, y Kelsey se quedó mirando el auricular.

—Está muy agitado por el asunto de Cibola —explicó con voz lenta a Cole, mientras él paseaba por la casa—. Viene hacia aquí. Está furioso, y no entiendo por qué —se mordisqueó el labio inferior—. Sabía que debería haber hecho algo más oficial. Después de todo, estaba representando los intereses de FlexGlad.

—Valentine también —repuso Cole, que se encogió de hombros—. Y conocía al gobierno local mucho mejor que tú. Como extranjera, no habrías podido hacer mucho. Me gusta tu casa, Kelsey.

Kelsey parpadeó ante el súbito cambio de tema.

—¿Sí? Vaya, gracias. Puede que Valentine tuviera algún problema con los trámites.

—Valentine sabe solucionar los problemas. El único fallo que tiene esta casa es que está muy expuesta —examinó el mecanismo de cierre de la ventana—. Necesitas mejores cierres, los que tienes no sirven para nada. Lo primero que haremos será mejorar el sistema de seguridad. Debí hacerlo hace un mes.

—Es la primera vez que estás en mi apartamento —le recordó Kelsey con irritación—. ¿Cómo podías saber hace un mes que mis cerraduras dejaban mucho que desear?

—Conociéndote, era una apuesta segura. No eres muy aficionada a las medidas de seguridad —Cole jugó distraídamente con la cerradura barata de la puerta.

—Bueno, reconozco que no me gustaría levantar muros de tres metros —murmuró Kelsey, mientras lo miraba con curiosidad.

—Como los que yo tengo en Carmel, quieres decir. Nunca te ha gustado mi casa, ¿verdad, Kelsey? —volvió la cabeza para mirarla—. Siempre ponías excusas para no cenar allí conmigo. La única vez que entraste fue esa mañana en la que descubriste mi nombre en el ordenador de tu padrastro.

La expresión de Kelsey se suavizó al pensar, por primera vez, que el recelo que sentía hacia la casa de Cole podía haberle dolido. Se puso en pie y atravesó la estancia para rodearle el cuello con las manos.

—Creo que tenía miedo de quedarme atrapada dentro y no poder salir jamás —confesó en tono desenfadado.

Cole no reaccionó con la misma ligereza. Deslizó las palmas por los costados de la holgada camiseta blanca de Kelsey y las cerró con posesividad en torno a los vaqueros que ceñían sus caderas.

—Quizá no fuera un miedo infundado —comentó con ironía, y bajó la cabeza para besarla.

Apenas había iniciado el beso, cuando el rugido de un potente automóvil quebró el silencio. Kelsey se apartó a regañadientes.

—Ese debe de ser Walt. Con el Ferrari, por lo que se ve.

—Ah, por cierto, Kelsey. Sobre la versión que vamos a darle a Gladwin —empezó Cole casi con despreocupación.

—¿Como que «versión»? —replicó Kelsey, perpleja.

—Solo pretendía decirte que Valentine ha querido excluirnos del informe. El recuento oficial es que capturó a varios hombres armados cuando registraban sus posesiones de Cibola. Al interrogarlos, concluyó que andaban buscando el maletín. Iba a decirle a Gladwin que llenara él los espacios en blanco. Según Valentine, tú llegaste cuando todo había terminado. Y fuiste sola, yo no estaba contigo.

—Pero ¿por qué? —Kelsey estaba perpleja.

—Te lo explicaré después, ¿de acuerdo? Confía en mí.

Kelsey apretó los dientes y pensó que si oía aquella petición una vez más, se tiraría de los pelos.

Con el ceño fruncido por el enojo y la tensión, fue a abrir la puerta y encontró a un airado Walt Gladwin en el umbral.

—Ya era hora de que volvieras a casa. Hace días que intento ponerme en contacto contigo. ¿Por qué no respondiste a ninguno de mis mensajes, Kelsey? ¿Pensabas que cuando estás de vacaciones no estás trabajando para mí? Por el amor de Dios, casi me vuelvo loco intentando averiguar lo que estaba pasando.

—Pasa, Walt —Kelsey retrocedió para dejar entrar a su irritado jefe—. Y dime de qué mensajes hablas. Yo no he recibido nada. Ah, este es Cole Stockton —añadió en seguida, al ver que los dos hombres se sometían a un mutuo escrutinio.

—Stockton —Walt saludó con una rápida inclinación de cabeza al hombre más alto y se volvió de nuevo a Kelsey—. Te envié tres mensajes al barco, y te llamé dos veces por teléfono. En seguida me di cuenta de que no pasabas mucho tiempo en tu camarote —añadió, y miró de soslayo y con enojo a Cole.

—No, no pasaba mucho tiempo en su camarote. Pasó casi todas las noches en el mío —declaró Cole en tono afable.

—Cole, por favor —masculló Kelsey—. Déjame a mí.

La posesividad de Cole le causaría problemas de vez en cuando, se dijo Kelsey, si no la avergonzaba de continuo.

Cole hizo caso omiso de su súplica con soberana indiferencia. Permaneció de pie, relajado, observando a Gladwin con mirada gélida.

—Decidí que estaba más a salvo en mi camarote. Después de todo, trabajar para un jefe que le encomienda misiones peliagudas como la que, por lo visto, encontró en Cíbola, resulta perjudicial para la salud de una mujer.

—¿Qué diablos quiere decir con eso? —inquirió Gladwin con voz furibunda—. ¿Y qué sabe usted de todo esto?

—Cole, ¿te importaría mantenerte al margen? —le suplicó Kelsey, horrorizada al ver que la situación se le iba de las manos—. ¿Por qué no nos preparas un poco de café?

—Guarda el café junto al coñac —declaró Gladwin con la actitud de un hombre acostumbrado a moverse en la casa de una mujer—. No tiene pérdida.

—¡Ya basta os digo! —exclamó Kelsey, sinceramente asustada al ver el brillo glacial en los ojos grises de Cole.

—Kelsey me dijo que al hombre llamado «Valentine» le habían registrado la casa varios matones armados antes de que ella llegara. Si hubiese ido a Cíbola un poco antes, podría haberse visto envuelta en un tiroteo. Los hombres que exponen a mujeres a esa clase de peligros no me despiertan muchas simpatías —prosiguió Cole en tono coloquial.

—No me importa lo que piense de mí, Stockton. Kelsey es mi empleada y puedo enviarla donde quiera y cuando quiera. ¿Quién se ha creído que es?

—¿El hombre que interceptó todos sus mensajes en el barco? —repuso Cole con educación.

—¿Qué mensajes? —suplicó Kelsey con frenesí—. ¿Quiere alguien explicarme lo que pasa? Yo no recibí ningún mensaje, Walt.

—Seguramente, porque tu amiguito se encargó de que no los recibieras —replicó Walt, furibundo. Metió las manos en los bolsillos de su chaqueta y la taladró con la mirada–. Intenté hablar contigo porque, lo creas o no, me gustaría haber recibido un informe detallado sobre lo ocurrido. ¿Te das cuenta de que tuve que llamar al FBI? Desde que Valentine me llamó y dijo que los envíos empezaban a resultar «arriesgados», he estado dando vueltas como loco.

–¿Qué ha pasado aquí, en San José, Walt? –se apresuró a preguntar Kelsey. Retomaría el asunto de los mensajes interceptados más tarde. En aquellos momentos, era precisa una distracción, o sería testigo de más violencia. Y tampoco tenía muchas dudas sobre cuál de los dos hombres requeriría cuidados médicos después de una pelea. Había visto con sus propios ojos la destreza combativa de Cole y sabía que Walt tendría suerte de salir arrastrándose de una pelea.

–¿Quieres saberlo? Te lo diré –rugió Walt–. Después de que Valentine me diera algunos nombres e información que debía notificar al FBI, seguí su consejo y los llamé. Se presentaron en FlexGlad hechos una furia. Dos días después, Tom Bailey desapareció.

–¿Bailey? ¿Del departamento de programación? ¿Adónde ha ido? ¿Es que el FBI sospecha que él haya filtrado la información?

–Eso parece. Por lo que hemos deducido a partir de la información de Valentine, Bailey estaba intentando vender esas pruebas a un representante de una potencia extranjera no muy amistosa. Había prometido enviarlas hace unas semanas, pero no había contado con las rigurosas medidas de seguridad de FlexGlad en su sede de la ciudad. Claro que averiguó la fecha aproximada en que esas pruebas debían llegar a Cibola.

–¿Así que lo dispuso todo para que robaran el maletín en Cibola? –preguntó Kelsey con vacilación.

–El FBI cree que lo más probable es que no supiera cómo hacerlo. Sospechan que se limitó a comunicarle al representante del país extranjero la fecha del envío. Los profesionales se ocuparon del resto –Gladwin se pasó una mano por su pelo de color claro–. Valentine me contó casi todo lo ocurrido, pero a veces cuesta tirarle de la lengua. Intentaba ponerme en contacto contigo para oír todos los detalles.

Cole interrumpió con frialdad.

—¿Qué le contó Valentine, exactamente?

Gladwin le dirigió una mirada fulminante.

—Solo que unos hombres armados desembarcaron y destrozaron su casa al registrarla. Parecía más enojado por ese aspecto de la situación que por todo lo demás.

—Era su casa —señaló Cole con ironía.

—¡Sí, pero esas pruebas valían mucho más!

—Quizá Valentine no lo vea así.

—Mire, Stockton, ¿quiere mantenerse al margen? En todo este lío, usted no es más que un estorbo, así que le agradecería que se abstuviera de cualquier comentario.

—¿«Estorbo»? —Cole lanzó una mirada de regocijo a Kelsey—. ¿Qué le ha contado Valentine, exactamente?

—Bueno, después de explicar que habían registrado su casa a destiempo...

—¿A destiempo? —intervino Kelsey con curiosidad. Gladwin asintió.

—Dijo que tú no le habías entregado todavía el maletín. Atrapó a los responsables con la ayuda de un amigo y los entregó a las autoridades locales. Sé que, cuando tú llegaste a Cibola, la situación ya estaba bajo control y no podíamos echar el guante a los que buscaban las pruebas, y mucho menos demostrar que iban tras ellas, pero eso no significa que no esperara un informe completo por tu parte. Kelsey, eras la única empleada de FlexGlad en el lugar de los hechos. A Valentine no se le puede considerar un empleado, y lo sabes. Deberías haberte puesto en contacto conmigo de inmediato.

Kelsey miró a Cole con el ceño fruncido, pero este se limitó a encogerse de hombros y le dirigió una mirada de advertencia para que no contradijera la versión de Valentine. Kelsey se volvió hacia Walt.

—Siento no haberme puesto en contacto contigo, Walt. Valentine me dijo que se ocuparía de todo.

—Bueno, supongo que así fue —reconoció Walt a regañadientes—. Pero, aun así, me gustaría haber hablado contigo.

—Deduzco que el FBI no se sentía obligado a hablar conmigo, ¿o también me he perdido algún mensaje de ellos? —Kelsey entornó los ojos al mirar hacia Cole. Fue Walt quien contestó.

—Valentine habló con el FBI, y les dijo que tú no podrías facilitarles más información, ya que todo había terminado a tu llegada a la isla. Dijeron que tomarían tu declaración cuando regresaras a San José.

—Entiendo —Kelsey no sabía qué decir a continuación.

Cole no tenía tantas reservas.

—Si ha terminado de echarle la bronca por algo de lo que no era responsable, ¿qué tal si nos deja? A Kelsey y a mí nos gustaría deshacer las maletas y ponernos cómodos. De todas formas, ella no puede contarle mucho más.

Gladwin parecía desconcertado.

—¡Pero si ni siquiera hemos hablado todavía!

—Cierto, usted ha estado monopolizando toda la conversación —confirmó Cole.

—Mira, Kelsey, tenemos mucho de que hablar. Deshazte de este tipo para que podamos sentarnos y repasar tu informe.

—Kelsey está todavía de vacaciones, por si acaso no se había dado cuenta. Si se sienta en alguna parte, le aseguro que yo estaré a su lado.

Kelsey decidió intervenir. La discusión ya había ido demasiado lejos.

—Walt, me siento un poco desorientada. Dame unas horas para adaptarme otra vez a la vida real, ¿de acuerdo? Estaré en la oficina a primera hora de la mañana.

Gladwin lanzó a Cole una última mirada furibunda y, después, debió de decidir que la discreción era más grata que insistir en sus derechos. Cada vez se hacía más evidente que Cole era igual de insistente y que no cedería en sus privilegios como amante de Kelsey.

—Mañana a las ocho de la mañana, Kelsey.

—Allí estaré, Walt —lo tranquilizó en seguida, y le sostuvo la puerta mientras él salía. Después de cerrarla con un gemido de alivio, se recostó en ella para enfrentarse a Cole. El destello de alivio de la mirada de Kelsey se transformó en furia creciente al encararse con su expresión implacable–. ¿Así que te tomaste la libertad de interceptar mensajes dirigidos a mí?

Cole no respondió de inmediato. Contempló sus ojos llameantes y caminó hacia la ventana para mirar por el cristal.

–Tuve que hacerlo, Kelsey.

–¿Por qué?

–Necesitaba estar a solas contigo en el barco –dijo Cole–. Temía que, si Gladwin se ponía en contacto, insistiría en que regresaras a casa en seguida. Aunque te hubiese convencido de que no le obedecieras, la interferencia de Gladwin te distraería. Y no quería ninguna distracción. Eran nuestras vacaciones.

–Pero Cole, ¡Walt es mi jefe!

Cole giró en redondo con la fluidez de una serpiente.

–Y yo soy tu amante.

Debía echarle en cara su arrogancia, decirle exactamente dónde terminaban sus derechos y privilegios como amante y anunciarle que no toleraría que interfiriera en su vida. Pero, mientras contemplaba su rostro grave y tenso, Kelsey vio algo más que arrogancia en aquellos ojos normalmente inescrutables. Vio algo parecido a la desesperación.

Tonterías, se dijo. Cole rebosaba de seguridad en sí mismo. Sabía exactamente lo que quería y haría cualquier cosa por conseguirlo. Arrogancia, severa y autoritaria, eso era lo único que podía ver en aquellos ojos de hielo.

Pero habían pasado una semana juntos, compartiendo el peligro y la pasión. Quizá sí que empezaba a comprenderlo. Quizá no debía desechar lo que su intuición le decía.

–Y, como amante, ¿te creíste con derecho a ocultarme los mensajes de Walt?

–Necesitábamos estar juntos y sin distracciones, Kelsey –insistió.

–¿Por qué?

–¡Para consolidar nuestra relación! –le espetó con aspereza–. Quería que aprendiéramos a conocernos mejor, aislados de todo. Tú misma dijiste que viajar en un barco era como estar en otro mundo. Sabía que pronto tendríamos que enfrentarnos de nuevo a la vida real, pero quería que volviéramos unidos. Diablos, no me estoy explicando muy bien.

Kelsey meditó en ello. Por primera vez, se preguntó por qué un hombre que no creía en el pasado ni en el futuro hacía un esfuerzo por consolidar un romance. Los romances eran, por definición, aventuras fugaces. ¿Por qué no se contentaba con lo que ella le daba de buena gana? Sintió un nudo en el estómago al considerar las repercusiones de las palabras de Cole. Hablaba como si quisiera sentar las bases de un futuro de verdad. Kelsey se preguntó si él mismo era siquiera consciente de ello. Su pobre estómago se contrajo aún más al preguntarse si Cole aprendería alguna vez a creer no solo en el futuro, sino en el amor.

–Cole Stockton, a veces, consigues sacarme de mis casillas. Pero el daño ya está hecho. Tendré suerte si no me despiden mañana –dijo con un suspiro, y se dejó caer en el sofá.

–Kelsey, solo hice lo que debía.

–Ya –era más sensato dejarlo pasar. Nada de lo que ella pudiera decir lo convencería de que no debía haber interceptado los mensajes–. Nunca te gustó mi trabajo –dijo con ironía.

Para sorpresa de Kelsey, Cole elevó el hombro con desinterés.

–Creo que Gladwin es la clase de caradura capaz de aprovecharse de tu lealtad a la empresa, pero es tan mal jefe como cualquier otro.

Kelsey abrió los ojos con estupefacción.

–Bueno, eso es nuevo. ¿Desde cuándo has decidido que Gladwin es tan mal jefe como cualquier otro?

Cole torció los labios con pesar.

–Desde que comprendí que no estáis interesados el uno en el otro fuera del trabajo. Bueno, Gladwin aceptaría lo que le ofrecieras, pero como no le ofreces nada, no va a ir tras ello. Estás a salvo con él... al menos, en lo que se refiere a una relación física.

—¡Santo Dios! ¿Y acabas de deducir todo eso ahora mismo?

Cole se acercó y se sentó a su lado en el sofá. La miró con expresión grave.

—Todavía pienso que necesitas a alguien que lo disuada de aprovecharse de tu buena disposición laboral. Pero ahora me tendrás a mí a tu lado, ¿verdad? Me aseguraré de que no te encomiende ningún envío absurdo y de que no te haga hacer horas extras. Creo que podré tolerar tu trabajo, Kelsey.

Kelsey reprimió la sarcástica réplica de «Caramba, gracias» que estuvo a punto de aflorar de sus labios al comprender lo mucho que significaba aquella afirmación en boca de Cole Stockton.

—Vaya, me... alegro —acertó a decir, y abordó la otra cuestión que la turbaba—. Explícame por qué Valentine no nos mencionó en la versión que le dio a Gladwin.

—Eso fue, sobre todo, por mi bien.

—¿Por tu bien? —lo apremió Kelsey, al ver que no proseguía.

—Estaba protegiendo mi intimidad —se limitó a decir Cole.

—¿Por qué?

—Porque lo último que desearía es verme mezclado en una investigación de cualquier tipo —se levantó del sofá y caminó hacia la cocina. Kelsey fue tras él.

—Pero ¿por qué, Cole?

Ya estaba llenándose un vaso de agua en la pila de la cocina. No la miró.

—Porque hasta las investigaciones más someras logran desenterrar cosas que están mejor olvidadas. Créeme, Kelsey. Es mejor así.

«Créeme. Confía en mí». ¿Acaso iba a pasarse el resto de su vida tropezando con aquel muro de ladrillos que Cole había levantado para resguardar su pasado?, se preguntó.

Contestó a su propia pregunta en seguida. No, no se pasaría la vida dándose cabezazos contra aquel muro, solo el tiempo que Cole la quisiera como amante.

—Está bien, Cole —repuso con suavidad—. Te creo. Confío en ti.

Cole dejó el vaso en la encimera con un golpe seco y la estrechó entre sus brazos. Sus ojos llameaban con repentino deseo.

–Tenía razón al querer estar a solas contigo en el barco, ¿verdad? Las cosas han cambiado.

–Sí, Cole, han cambiado –Kelsey hundió los dedos en los cabellos de Cole y elevó el rostro para recibir un beso. Cole tomó posesión de su boca con fiereza. Una semana antes, Kelsey habría interpretado aquella forma de violencia como un ejemplo de la determinación de Cole de someterla físicamente.

Pero, por segunda vez aquel día, se preguntó si sus acciones no ocultaban algo más. Kelsey tenía la impresión de que intentaba confirmar la solidez de su relación.

«Tonterías», pensó fugazmente. Ya le había dado todo lo que él pedía. No necesitaba ninguna confirmación.

Cuando Cole puso fin al beso, lo hizo con desgana.

–Tendré que pasar el resto de la semana en Carmel, cariño. Tengo asuntos que atender, y he de preparar los archivos que voy a traerme aquí.

–Lo sé, Cole –lo habían comentado de pasada durante el vuelo de regreso–. Mamá y Roger vuelven el próximo viernes. Iré a recogerlos al aeropuerto y viajaremos juntos a Carmel.

–Y el domingo por la noche regresaremos juntos a San José –concluyó Cole con firmeza.

–Sí.

Cole le mordisqueó con persuasión la comisura de los labios, mientras le sacaba la camiseta de los vaqueros.

–Echaré de menos dormir contigo esta semana –Cole deslizó las manos por debajo de la camiseta para acariciarle los senos.

–Imagínate, ya no tendremos que dormir apretados en una estrecha litera –bromeó Kelsey.

–No me importaba que estuviéramos un poco apretados.

–Porque ocupas más que yo. Siempre te quedas con la mayor parte de la cama.

–El tamaño tiene sus privilegios. Por cierto, ¿cómo es la cama que tienes aquí? –le preguntó, antes de saborear la curva de su garganta con una lengua ávida.

–No te andas con rodeos –protestó Kelsey, que se acurrucó en sus brazos al sentir las caricias de las palmas de Cole en los pezones.

–No. Así que llévame allí –la invitó con un ronco gruñido.

El viernes por la tarde, Kelsey recogió a su madre y a su padrastro en el aeropuerto y aprovechó el trayecto a Carmel para explicarles con delicadeza su relación con Cole.

–Vendrá a cenar esta noche –dijo Kelsey en un momento determinado, después de contarles cómo la había acompañado en el crucero.

–Y luego irás a su casa con él, ¿es eso lo que intentas decirnos? –preguntó alegremente Amanda Evans.

–Eso es, mamá.

–¿Habéis fijado ya la fecha de la boda? –preguntó Roger con desenvoltura.

–Ese tema no lo hemos tocado.

–Bueno –reflexionó Roger–, aunque Cole no quiera tocar ese tema, no creo que me haga falta sacar la pistola. Stockton es un hombre que cumple con su deber, de un modo u otro.

Kelsey miró de soslayo a su encantador padrastro y sonrió, pero no dijo nada. Fuese cual fuese el negocio en el que Cole y Roger estaban metidos, no parecía haber amargura ni rencor entre los dos hombres. Solo secretos.

–Tenéis un aspecto estupendo –señaló Kelsey, que prefirió cambiar de tema a la vez que cambiaba de carril en la autovía. El tráfico de los viernes era más denso de lo habitual aquella noche–. Ya veo que Nueva Zelanda os ha sentado bien.

–Es un lugar maravilloso –declaró Amanda con entusiasmo–. Estamos pensando en volver el próximo año, ¿verdad, querido? –se inclinó hacia el asiento delantero para sonreír a su marido. El pelo gris, corto y peinado con elegancia, realzaba los enormes ojos de color avellana que Kelsey había heredado. Amanda Evans era una mujer esbelta y extravertida que disfrutaba inmensamente del nuevo estilo de vida que le proporcionaba su dinero. Se reflejaba en el deleite con que vestía sus trajes de diseño y en la alegría de su sonrisa.

—Yo insisto en que hagamos ese crucero a Tahití del que hablamos —dijo Roger, y le brindó a su esposa una sonrisa afectuosa. Sus rasgos aristocráticos se relajaban en seguida cuando sonreía a Amanda—. Mira qué bien le ha sentado a Kelsey ese crucero. Está magnífica.

—No creo que sea por el crucero —murmuró Amanda—. Más bien es cosa del amor.

—Ahora que hablamos del crucero —prosiguió Roger en tono coloquial—. ¿Qué tal fue la excursión a Cibola? ¿Encontraste a ese genio excéntrico?

Kelsey inspiró hondo.

—Es una larga historia —declaró. Y empezó a contarles con exactitud lo ocurrido durante las veinticuatro horas vividas en Cibola.

Cuando Cole traspasó la puerta principal de la casa de los Evans aquella noche, con su acostumbrado jersey y pantalones de pinzas negros, los mismos que había llevado la noche fatídica en la que Kelsey pretendió poner fin a su relación, Roger lo recibió con una copa y gran curiosidad por conocer los detalles.

—Yo también quiero que me cuentes todo sobre Cibola —le advirtió Amanda al entrar en el salón con una bandeja de canapés de caviar—. Siéntate, Cole, y cuéntanoslo todo. Ya hemos oído el recuento de Kelsey.

Cole entornó los ojos y miró a Kelsey por encima de la cabeza de Amanda. A Kelsey no le costó detectar la censura en su mirada, así que sonrió de oreja a oreja y se acercó para darle un suave beso de bienvenida. Se apartó antes de que él pudiera abrazarla.

—Les he contado la verdad, Cole. Y ya les dije que Valentine le había dado a Gladwin una versión ligeramente distinta —tomó su copa de vino y se sentó junto a su madre en el sofá de color crema. Su vestido corto de color turquesa era una mancha de alegre color contra el fondo de tonos claros. Elevó la barbilla con un ápice de rebeldía al ver que Cole seguía frunciendo el ceño.

—Habría sido mejor que nos ciñéramos a la versión de Valentine. Al menos, por el bien de la coherencia —dijo Cole con cierto énfasis.

—Puedo ocultar secretos a algunas personas, pero no a mis seres queridos —le dijo Kelsey con una calma que no sentía.

—Kelsey nunca ha soportado los secretos —intervino Amanda con despreocupación—. Puede guardarlos cuando no hay más remedio, pero detesta hacerlo si no es necesario. Y se muere de curiosidad cuando sabe que alguien le oculta algo.

—Igual que su madre —dijo Roger con fluidez, antes de que Cole pudiera responder. Luego, se volvió hacia él—. Así que, como ya lo sabemos todo, Cole, será mejor que nos cuentes los detalles más sangrientos. Debo decir que me alegro mucho de que acompañaras a Kelsey en esa excursión. ¿Cómo conseguisteis Valentine y tú reducir a los dos matones en la casa? Kelsey fue un poco vaga en ese punto.

Cole se rindió a lo inevitable, y se relajó tomando un sorbo de la copa que Roger le había preparado.

—Por suerte, Valentine guardaba algunos trucos bajo la manga. Sin embargo, la situación más peligrosa se creó a la mañana siguiente, cuando Kelsey decidió intervenir. Le había dado instrucciones estrictas de que se quedara en la cueva.

—Eso no es cierto —Kelsey se sintió obligada a protestar—. Cuando me desperté, ya te habías ido. Solo salí a buscarte.

Cole la miró con ironía.

—Tú ya has contado la historia desde tu punto de vista. ¿Qué tal si dejas que yo cuente mi versión?

—¡Es que tengo la sensación de que no va a ser nada objetiva!

—Fíjate, Amanda —dijo Roger, riendo entre dientes—. Su primera discusión y ni siquiera están casados.

Kelsey sintió el rubor que cubría sus mejillas. Para camuflar su repentino nerviosismo, se puso en pie.

—Ya os he hablado del matrimonio, o mejor dicho, de la ausencia de toda posible ceremonia. ¿Recuerdas, Roger? Ahora, si me disculpáis, dejaré que Cole os cuente su versión masculina de la historia mientras yo echo un vistazo a las chuletas de cordero –hizo una pausa para lanzar a Cole una mirada serena–. Y, para vuestra información, ésta no es la primera vez que discutimos.

Salió de la habitación con paso enérgico, y no advirtió que su madre la seguía hasta que no se detuvo en la elegante cocina blanca y cromada y vio que Amanda estaba justo detrás.

–Por lo que veo, Cole habría preferido que no nos contaras la verdadera historia sobre Cibola, ¿no? –Amanda removió la salsa de albaricoques en la que se maceraban las chuletas de cordero.

–A Cole le encanta guardar secretos –dijo Kelsey, y abrió la nevera para sacar la ensalada.

–¿Acaso crees que es el único? –preguntó Amanda, con regocijo–. Roger también tiene unos cuantos.

Muy a su pesar, Kelsey lanzó una rápida mirada inquisitiva a su madre.

–¿Son muy graves?

–Para él, sí –dijo Amanda–. Comparte un secreto con Cole, pero si pensara que yo lo sé, sería un trauma para él.

Kelsey dejó la ensaladera de cristal sobre la encimera y se volvió despacio para mirar a su madre.

–¿Y tú sabes lo que es?

Amanda enarcó una ceja al ver la expresión sombría de su hija.

–Tengo la sensación de que tú también. ¿Cómo ha sido? ¿Acaso a Roger se le ocurrió meter los datos de su deuda con Cole en el ordenador?

–Mamá, no era mi intención husmear –se apresuró a explicar Kelsey–. Solo estaba echando un vistazo para ver qué tal se desenvolvía Roger con el ordenador, y encontré el archivo. Me quedé... estupefacta. No entendía por qué le pagaba a Cole mil dólares al mes.

–Yo encontré el archivo cuando todavía estaba entre los libros de cuentas de Roger, antes de que lo pasara al ordenador –Amanda trasladó la ensaladera al otro lado del mostrador y tomó el aliño que había preparado antes.

–¿Y lo leíste?

–Por supuesto, querida. ¿Qué esposa no lo haría?

Kelsey hizo una mueca.

–Quizá los hombres tengan razón al ocultarnos sus secretos.

–Tonterías. No lo hacen porque no seamos de fiar. Al menos, los hombres como Roger y Cole no guardan secretos por ese motivo. En el fondo, saben que no los traicionaríamos. Quizá sintamos una curiosidad insaciable sobre ellos, pero también somos sus más fieles aliadas.

–Entonces, ¿por qué...?

–Porque intentan protegernos, por supuesto –Amanda removió la ensalada con aire teatral.

–¿Protegernos?

–Claro. A nosotras y a ellos mismos.

–Mamá, no te entiendo –protestó Kelsey.

–Bueno, tomemos a Roger como ejemplo. Está ocultando esa deuda que tiene con Cole porque no quería que yo averiguara que sus finanzas no están tan boyantes como él desearía. Perdió mucho dinero en la bolsa el año pasado y el préstamo le sirvió para cubrir sus pérdidas. O se lo pedía a Cole o me lo pedía a mí. Sus anotaciones eran muy explícitas.

–¿No fue capaz de pedírtelo a ti?

–Teme que me preocupe por el dinero y que piense mal de él por las pérdidas que ha sufrido.

–¿Quieres decir que se trata de una cuestión de orgullo?

–Kelsey, querida, casi todo lo que un hombre hace tiene que ver con su orgullo. El ego masculino es muy frágil, aunque los hombres llegan muy lejos con él... y con otros impulsos e instintos básicos, como la posesividad y su afán por protegernos.

–Eso me suena –suspiró Kelsey–. Cole puede ser en exceso posesivo, en exceso protector y en exceso arrogante. Y no hace más que pedirme que confíe en él.

–¿Y confías?

Kelsey elevó una mano con un gesto de impotencia.

–Por una extraña razón que no alcanzo a comprender, sí.

–Bueno, en ese caso, no hay por qué preocuparse, ¿no? –dijo su madre con una sonrisa–. Siempre que puedas confiar en un hombre, el resto no es más que un reto.

Kelsey prorrumpió en carcajadas, mientras atravesaba el suelo de baldosas para abrazar a su madre.

–¿De dónde has sacado esa sabiduría femenina, mamá?

–Por desgracia, solo se aprende con la edad. Créeme, habría dado lo que fuera por haber sabido todo eso de joven. Bueno, ¿están listas las chuletas para ponerlas en la parrilla?

–Sí.

La cena fue un éxito, y la conversación giró en torno a los incidentes de Cibola y a las experiencias de Amanda y de Roger en Nueva Zelanda. Kelsey habría disfrutado mucho más de la cena de bienvenida de no haberse percatado de las frecuentes miradas escrutadoras de Cole.

Se produjeron en diversos momentos durante la cena. Al pasarle la ensalada, lo sorprendía mirándola con atención. O le pedía la mantequilla y él se la entregaba con un brillo especulativo en sus ojos grises. Después de la cena, siguieron produciéndose, y Kelsey se intranquilizó. Empezó a perder su humor alegre y festivo.

Kelsey creía que nadie se había percatado de su creciente silencio, pero su madre dijo en tono comprensivo:

–Pareces un poco cansada, hija. ¿Has tenido mucho trabajo esta semana?

–Se me habían acumulado las tareas durante el crucero. Tuve que hacer horas extras –Kelsey se oyó recurrir a la excusa del trabajo para justificar su ánimo taciturno, y su intranquilidad se intensificó. Era la misma excusa que había utilizado la noche en que decidió decirle adiós a Cole. Resultó tan falsa entonces como aquella noche y, en las dos ocasiones, era Cole la causa de su tensión.

–Entonces, eso explica que el jueves por la tarde no pudiera hablar contigo hasta las ocho –dijo Cole con deliberación.

Kelsey sintió una punzada de nerviosismo.

—Sí.

Cole la había llamado a las ocho y media del jueves, pero no había mencionado que lo hubiera intentado antes. Kelsey se sorprendió mordisqueándose el labio inferior y se contuvo enseguida. No iba a consentir que la pusiera en tensión. Era absurdo.

La atmósfera entre ellos siguió vibrando con una creciente sensación de peligro. Cuando dio a su madre un beso de buenas noches y Cole salió con ella a la noche de brisa fresca, Kelsey era un manojo de nervios.

Recorrieron en silencio la carretera privada que conducía a la fortaleza amurallada de Cole. Una vez ante la pesada verja de hierro forjado, Cole tecleó un código en el cierre electrónico y se hizo a un lado, esperando que ella entrara primero en el jardín.

Mientras vacilaba y pasaba junto a él, Kelsey percibió la tensión controlada del cuerpo de Cole y supo que ella no era la única que tenía los nervios de punta. Cole estaba más distante y cauteloso que nunca.

La verja se cerró con un ruido sólido detrás de ella, y Kelsey se volvió para mirarla. A la luz del jardín iluminado, sorprendió la mirada intensa de Cole.

—Tenías razón —dijo con frialdad—. Una vez dentro de estos muros, no podrás salir jamás.

—Cole, por favor, no bromees.

—Es cierto, Kelsey —la tomó del brazo y la condujo hacia la puerta principal—. Sí, podrás entrar y salir en sentido físico, pero, por lo demás, jamás te dejaré libre.

Kelsey desplegó una trémula sonrisa.

—Estás sacando tu instinto posesivo.

—Antes de conocerte, pensaba que no lo tenía —replicó con absoluta seriedad. Abrió la puerta principal y la condujo por el pasillo hasta el salón. Sin decir palabra, le indicó un par de sillas de junco desde las que se podía contemplar el océano. Luego, atravesó en silencio la estancia para servir dos copas de coñac.

Kelsey aceptó una de las copas con una extraña sensación de haber vivido ya aquella escena. Era el mismo tipo de vaso del que había bebido coñac en la fatídica noche en casa de su madre. Tomó un pequeño sorbo sin desviar la mirada del océano en sombras, que se encrespaba más allá de la reja de hierro forjado.

–¿Kelsey? –Cole no se sentó en la otra silla, sino que avanzó hacia los ventanales y permaneció de espaldas a ella.

–¿Sí, Cole?

–He estado pensando mucho esta semana.

Kelsey percibió el leve temblor de la copa que sostenía y supo que se debía al nerviosismo. Cielos, la tensión reinante no era fruto de su imaginación, algo iba mal. ¿Qué le había pasado a Cole durante la semana?, se preguntó con frenesí. El temor por el destino de su recién encontrado amor la zarandeó. Con un esfuerzo sobrehumano, habló con voz serena.

–¿Ah, sí?

–Tenemos que pensar en el compromiso que contraemos al decidir vivir juntos.

A Kelsey se le encogió el estómago, pero halló el valor de decir:

–No hay necesidad de pensar en un compromiso en nuestra relación, ¿no crees? A fin de cuentas, solo nos preocupamos del presente. Si tú... –se interrumpió para humedecerse el labio inferior–. Si tú decides alterar nuestro acuerdo... En fin, eres un hombre libre, Cole.

Kelsey creyó percibir que la tensión de Cole se agudizaba un poco más.

–¿Soy un hombre libre?

–Dudo que haya una sola persona en la faz de la tierra capaz de obligarte a hacer algo que no desees, Cole.

–¿Ni siquiera tú?

–Yo la que menos –intentó decir con despreocupación.

Cole apoyó una mano en el marco de la ventana y se llevó la copa a los labios con la otra. Seguía mirando fijamente la noche, como si pudiera ver algo que Kelsey no distinguía.

—Eso demuestra lo poco que comprendes nuestra situación, Kelsey.

Kelsey tragó saliva para deshacer el miedo que intentaba asfixiarla y reemplazarlo con enojo.

—No sé por qué te pones melodramático conmigo de repente. Creía que todo estaba muy claro entre nosotros. Las normas básicas han quedado instauradas, ¿recuerdas? Estamos haciéndolo todo como tú querías, sin pasado ni futuro. Vivimos día a día.

—¿Y si eso deja de agradarme?

—Entonces, eres libre de irte, ¿no? –le espetó–. ¿No es así como lo querías, Cole?

Cole tomó un largo sorbo de coñac.

—Teniendo en cuenta tu antigua obsesión por los compromisos duraderos, has cambiado mucho.

—Supongo que he aprendido de ti –replicó con rebeldía.

—¿Y qué dirías si te pidiera que te casaras conmigo, Kelsey? –masculló en tono rotundo y severo.

Kelsey contuvo el aliento y buscó a duras penas una respuesta.

—Diría que no. Tendría que decir que no –«porque no sería lo que tú querrías», añadió en silencio para sí.

—¿Y si al final resulta que estás embarazada? –inquirió Cole con los dientes apretados.

—No lo estoy. La duda se disipó esta semana, Cole. Has sido muy amable al preocuparte, pero ya no tienes que darle más vueltas.

Por segunda vez desde que conocía a Cole Stockton, por la habitación se propagó una sensación de violencia contenida que la tomó por sorpresa. Como en un sueño, Kelsey contempló cómo se volvía hacia ella con fiera agilidad y dejaba la copa con fuerza sobre una mesita baja. Chocó con la superficie con tal rotundidad que el delicado vástago se quebró. El fragante coñac se derramó sobre la mesa. El ruido de los cristales rotos aturdió a Kelsey, pero Cole ni siquiera dio muestras de haberlo oído.

–Que he sido muy amable al preocuparme. ¡Muy amable! Dios, mujer, ¿no has aprendido ya que no hay ni el menor ápice de amabilidad en lo que siento por ti?

Kelsey se puso en pie instintivamente, dispuesta a huir, al ver que Cole avanzaba hacia ella.

–Cole, espera, no lo entiendes.

–No me vengas con esas, tú eres la que no entiendes nada. No voy a permitir que contemples esta relación como una aventura, Kelsey Murdock. Me perteneces ahora y dentro de cincuenta años. Has contraído un compromiso conmigo y vas a cumplirlo. Estamos hablando a largo plazo, mujer. Estamos hablando del futuro. Estoy harto de que intentes rehuir el tema. No intentes escapar de mi lado, Kelsey, no lo conseguirás. Ni de nuestro futuro. Existe. Esta noche te obligaré a reconocerlo.

Capítulo 11

No iba a salir corriendo en aquella ocasión. Cole lo comprendió casi de inmediato. Kelsey estaba en posición de huir, pero él era un cazador lo bastante experimentado para deducir, por su mirada, que no pensaba escapar.

–No te serviría de nada, de todas formas –dijo con voz ronca, mientras seguía acercándose a ella.

–Lo sé –afirmó Kelsey con suavidad.

–Y si intentaras huir –añadió Cole con los ojos entornados–, te alcanzaría antes de que llegaras a la puerta.

–No hace falta que me lo digas, Cole. He visto cómo te mueves. Nunca podría dejarte atrás.

–Voy a llevarte a mi cama y no te dejaré salir hasta que no comprendas que es ahí donde debes estar esta noche, mañana por la noche y todas las noches de tu vida.

Kelsey no dijo nada, ni siquiera se movió. Cole se detuvo a un paso de ella. Kelsey lo miraba con cautela, pero sin miedo.

–No tienes miedo de mí, ¿verdad?

–¿Debería tenerlo?

–Voy a revisar de arriba abajo esta relación –declaró con vehemencia–. ¿No te pone eso nerviosa?

–Hemos estado haciéndolo todo a tu manera desde el principio, ¿no? –replicó Kelsey.

Cole movió la cabeza al reparar en lo absurdo de su afirmación.

–Tú te has rebelado en cada momento.

—Y tú me has vencido en cada batalla —era un mero reconocimiento de la verdad, no una acusación—. Has conseguido todo lo que querías.

Cole sintió el zarpazo de la angustia.

—¡Kelsey, nunca quise que hiciéramos la guerra!

—¿Por qué no? La guerra es un arte que conoces muy bien, ¿verdad?

Cole fue preso de un pánico asfixiante. Nunca había experimentado nada igual. Le cerraba la garganta y le retorcía el vientre. Tuvo que recurrir a toda su fuerza de voluntad para controlarlo hasta el punto en que solo le temblaran las manos.

—¿Y tú qué sabes de eso? —se oyó susurrar con fiereza.

—Muy poco —reconoció Kelsey con calma—. Pero nadie podría veros actuar a Valentine a ti durante mucho tiempo y no adivinar que, en algún momento de vuestras vidas, fuisteis soldados.

Kelsey lo sabía, o lo había deducido. Había visto el pasado en él.

—Por eso no quieres hablar del futuro, ¿verdad? —la atacó con aspereza—. Por eso ya no quieres un compromiso duradero y, mucho menos, casarte conmigo. Una aventura, sí, pero no deseas compartir tu futuro con un hombre que quizá tenga sangre en las manos.

—Cole, escúchame...

—Ya es demasiado tarde, Kelsey —masculló, y salvó la corta distancia que los separaba para colocar las manos sobre los hombros de Kelsey—. Tendrás que aceptar que estas manos te toquen —utilizó los pulgares para elevarle la barbilla. Cole pensó que los ojos de Kelsey nunca se habían aproximado tanto al verde como en aquellos momentos. Sentía la tensión que contenía su esbelta figura y advirtió el leve temblor de sus labios—. Dios, Kelsey, por nada del mundo voy a quitarte las manos de encima. Lo quiero todo, todo, de ti. Y eso incluye tu futuro.

Cole esperaba cualquier cosa menos la tierna sonrisa que asomó a los labios de Kelsey. Ella elevó las manos, y sus uñas de color canela resbalaron por el cuello de la camisa caqui de Cole.

—Solo podrás tenerlo si estás dispuesto a dar el tuyo a cambio —murmuró.

Cole se estremeció y la estrechó entre sus brazos, para enterrar el rostro en la irresistible fragancia de su pelo.

—Ya te he dicho muchas veces que te daré todo lo que pueda.

—No sabía si comprendías lo que eso significaba —reconoció Kelsey con suavidad—. Siempre hablabas de convertirme en tu concubina.

Cole cerró los ojos.

—Pensé que eso era lo único que te podía ofrecer. Te deseaba tanto que no sabía cómo retenerte. Kelsey, por favor, dime que te casarás conmigo.

—Me casaré contigo —susurró sobre su hombro.

Cole la apretó entre sus manos. Eso no le bastaba, comprendió. Cole quería algo más.

—¿Por qué? —preguntó, por fin, con osadía.

—Porque te quiero, por supuesto. ¿Qué otra razón podría haber?

Eso, comprendió Cole, era lo que siempre le había faltado.

—¿Me quieres? —preguntó con incertidumbre. Aunque Kelsey había pronunciado las palabras, no se atrevía a creerlas—. ¿Me quieres, Kelsey? —insistió, y alzó la cabeza para mirarla. Necesitaba aquella confirmación más de lo que había necesitado nada en la vida.

—Te quiero, Cole.

—¿Así, sin más? —preguntó, aturdido, y recordó que le había hecho la misma pregunta en Cibola, cuando Kelsey se había entregado a él en la cueva.

—Así, sin más —Kelsey sonrió, sin duda, al recordar la anterior ocasión—. Así, sin más.

—¿A pesar de lo que pueda haber en mi pasado? —tenía que saberlo, se dijo Cole. Tenía que estar seguro.

Kelsey le rozó los labios con las yemas de los dedos.

—El pasado ya no importa, Cole. Fuese lo que fuese, has cerrado la puerta, y confío en que la mantengas cerrada.

—Kelsey —gimió—. Te quiero.

—Te creo —susurró ella junto a sus labios—. Nunca me has mentido.

—Kelsey... —no pudo decir nada más. Nada coherente, al menos. La levantó en brazos, y percibió el calor del muslo de Kelsey a través de la seda de color verde.

Kelsey apoyó la cabeza en su hombro mientras él la conducía por el pasillo hasta el dormitorio. La puerta de la habitación a oscuras estaba abierta, y Cole la traspasó sin encender las luces. Luego, dejó a Kelsey en el centro de la amplia cama y permaneció en pie durante unos instantes, contemplándola a la luz pálida de la luna.

Más allá de los ventanales, las olas rompían como contrapunto al pulso agitado de Cole. Vio la sonrisa de calidez femenina y bienvenida en los labios de Kelsey y se estremeció por una mezcla de deseo físico y necesidad emocional.

—Tú eres la única, Kelsey —intentó explicar mientras se desembarazaba de la ropa—. La única que puede darme lo que desde hace tanto tiempo necesito —desnudo por fin, se tumbó a su lado con ardor y la estrechó entre sus brazos—. Ni siquiera sabía que necesitaba amor antes de que tú entraras en mi vida. Pensé que me había provisto de todo lo que un hombre podía desear.

Kelsey sintió la fuerza del anhelo de Cole, que iba más allá del deseo físico, y le acarició los contornos firmes de su espalda.

—Te quiero, Cole.

—No dejes de decirlo, creo que no me cansaré nunca de oírlo. Kelsey, te quiero tanto... Cuando pensé que ni siquiera querías hablar de un futuro entre nosotros, me entró el pánico. Señor, no estoy acostumbrado a tener miedo, mujer. Ni siquiera a esta insidiosa inseguridad que me atormenta desde que te conozco.

Gruñó las últimas palabras junto a la garganta de Kelsey, con las manos puestas en los cierres de su delgado vestido de seda. Kelsey gimió con suavidad cuando Cole se lo quitó con un movimiento largo y sensual que la dejó completamente desnuda.

—Tan suave, cálida y tentadora —susurró Cole. Deslizó las palmas con posesividad por las curvas de su cuerpo, y encontró todos los lugares secretos que respondían con tanta intensidad a sus caricias.

Kelsey se arqueó contra él, y arrancó un fiero gemido de los labios de Cole. Cautivada con aquella respuesta, Kelsey deslizó los dedos por su espalda, y se detuvo para hundirlos en la carne firme de sus glúteos antes de moverlos hacia la prueba palpitante de su deseo viril.

—Me encanta sentirte —murmuró Cole con voz gruesa—. Y olerte. Creo que me he enviciado contigo —saboreó la piel de sus senos y, a continuación, la seda de su estómago. Descendió aún más, mordisqueando con excitante suavidad la cara interior de su muslo de mujer. Con los dedos, acarició el brote floreciente hasta que Kelsey gritó su nombre.

—¡Cole!

Kelsey se aferró a sus hombros, y lo separó hasta aprisionarlo en el círculo de sus piernas.

Cole la poseyó con rapidez, como si él tampoco pudiera esperar un momento más a sentir la unión palpitante de sus cuerpos. Kelsey jadeó cuando él la penetró y la llenó por completo. Y después, una vez más, se entregó complaciente al ritmo desenfrenado de la pasión que generaban juntos.

Cuando el clímax los arrastró, gritaron sus nombres una y otra vez hasta que cayeron en picado, abrazados, a las profundidades de las sábanas. Sudorosa, lánguida y satisfecha, Kelsey se acurrucó en los brazos de Cole, y apoyó la mano con suavidad sobre su pecho.

—Kelsey —dijo él en voz queda—. Quiero contártelo.

—No, Cole, no hace falta —Kelsey adivinó en seguida a qué se refería.

—Creo que sí. No quiero más secretos entre nosotros.

Kelsey alzó la cabeza y le sonrió.

—Guárdate tus secretos, Cole. No los necesito.

—¿Todavía te dan miedo?

—No.

Cole asintió, sin dejar de mirarla.

—Entonces, puedo contártelo.

Kelsey comprendió que necesitaba hacerlo. Con suavidad, le acarició la mandíbula.

—Y luego, cerraremos otra vez la puerta para siempre.

Cole inspiró hondo y empezó a hablar. Allí, en la oscuridad, le relató sus experiencias en una unidad especial del ejército en el Sudeste Asiático. Le explicó la fachada distante y controlada que había aprendido a mostrar al mundo para resguardar sus emociones cuando lo enviaban a las misiones de alto secreto que siempre culminaban en violencia. Le contó cómo aquel muro distante y controlado había terminado convirtiéndose en algo más que una fachada. Ya era parte de él. Y, cuando dejó el ejército, siguió aceptando las peligrosas misiones con las que había amasado su fortuna. Los muros internos lo protegían.

—Pero, un día, sentí que no bastaban —dijo Cole en tono inexpresivo—. Quería salir, empezar de nuevo. Así que desaparecí. La gente para la que trabajaba cree que no regresé de mi última misión. Así me pareció más sencillo —se movió, y estrechó a Kelsey un poco más—. A nadie parece haberle importado. Que yo sepa, nadie se molestó en buscarme. Se limitaron a borrarme de la lista, como si fuera un artículo desechable que ya había sido consumido.

—Así que viniste a Carmel y empezaste de cero —concluyó Kelsey, mientras lo tranquilizaba con las caricias de sus manos.

—Y construí más muros —declaró, con una mueca—. Esos muros te hicieron desconfiar de mí y de mi hogar.

—Ahora comprendo por qué están ahí.

—Kelsey, ya no hay barreras entre nosotros, ¿verdad? Te quiero.

Kelsey percibió la verdad desnuda de aquellas palabras roncas y le sonrió.

—Ya no hay barreras, Cole. Y no hace falta que nos preocupemos por el pasado. Ahora, tenemos el futuro.

—Por cierto, no hay que olvidarse de invitar a Valentine a la boda.

—Sí. Algo me dice que vendrá a toque de campana.

—Gladwin se quedará a cuadros —musitó Cole. Luego, su regocijo se disipó—. Todo está bien entre nosotros, ¿verdad, cariño?

—Por supuesto —dijo Kelsey, para disipar cualquier asomo de duda—. Y ahora que ya hemos hablado del pasado y del futuro, creo que es hora de que nos concentremos en el presente.

—Será un placer —gruñó Cole—. Ahora mismo, el presente me interesa mucho —declaró. Y acercó los labios a los de Kelsey para sellar su amor eterno con un beso.

LAZOS DE UNIÓN

JAYNE ANN KRENTZ

Capítulo 1

Había estado observándolo desde la ventana de la cocina durante tres semanas seguidas. La rutina variaba poco. Él salía por la puerta trasera de la casa llevando una cazadora oscura para protegerse de la fría niebla de las mañanas del verano y se encaminaba hacia la playa. Allí desaparecía entre la neblina, convertido en una lúgubre silueta.

Shannon Raine continuó unos minutos más tras el cristal, tomando un té y preguntándose por qué se le hacía tan cuesta arriba presentarse a su vecino. Era algo natural. Al fin y al cabo, él era un recién llegado a aquella pequeña comunidad situada en la escarpada costa de Mendocino, en California. Shannon residía allí de forma permanente y aquel era su vecino más cercano. No habría nada extraordinario en seguirlo hasta la playa y desearle buenos días.

Pero, en realidad, eran muchos los visitantes que iban y venían durante el verano, atraídos por el espectacular paisaje costero, la pintoresca arquitectura victoriana de los pequeños pueblos de la zona y el numeroso despliegue de galerías de arte. Shannon se recordó a sí misma que, desde luego, no había hecho el esfuerzo de presentarse a todos los turistas que pasaban por la zona.

Pero aquel hombre era diferente, y no solo porque fuera su vecino. El verano anterior, su casa había sido ocupada por dos madres en vacaciones y sus bulliciosos hijos. Shannon había tenido muy pocas dificultades para mantener su comunicación con ellas al mínimo. Era una mujer de naturaleza amable, pero no se sentía impelida a acercarse a los demás en busca de compañía.

Quizá fuera la artista que había en ella la que le hacía conformarse con los largos períodos de tiempo que pasaba en soledad, haciendo bosquejos o trabajando en las serigrafías. Y quizá fuera eso también lo que presentía en aquel desconocido que parecía sentirse como en su propia casa entre la niebla. Probablemente él también era un artista. Shannon consideró aquella posibilidad y sacudió la cabeza. No, era más probable que fuera un escritor o un poeta. Sí, podía imaginárselo como poeta. Emanaban de aquel hombre un rigor y una austeridad que indicaban que había descubierto que la vida podía ser una batalla en muchos aspectos. Los poetas y otros escritores igualmente apasionados a menudo se descubrían en guerra contra el mundo. De aquellos conflictos internos, suponía Shannon, brotaba la energía que necesitaban para poder unir palabras que evocaran imágenes intensas. Pero Shannon se preguntaba cuántos poetas inquietos y enfervorecidos conducirían Porsches plateados y negros como el que había aparcado frente a la casa de su vecino. Aquel hombre debía haber tenido un éxito considerable con sus escritos.

Shannon se bebió el té mientras reflexionaba sobre el tema. Cualquiera que fuera la rama artística a la que se dedicaba, estaba completamente segura de su análisis sobre el oscuro y perturbador espíritu que lo animaba. Era algo que le tocaba la fibra sensible, no podía ignorarlo. Solo un hombre con una gran capacidad para la pasión podría vivir con tanta contención.

Con repentina decisión, Shannon dejó la taza de té y se acercó al armario del pasillo para sacar una chaqueta. Más tarde, cuando se despejara la niebla, haría calor, pero aquella mañana el aire era gélido.

La mosquitera se cerró de golpe tras ella cuando salió al porche trasero de su rústica vivienda. Inhaló la fragancia del aire del mar con distraído placer. Llevaba dos años viviendo allí, pero nunca dejaba de disfrutar del penetrante aroma del mar. Había en él una cruda y primaveral riqueza que la hacía sentirse gloriosamente viva. Hundió las manos en los bolsillos de la chaqueta y comenzó a bajar el acantilado que conducía hasta la playa. Era un descenso fácil a la luz del día y, a pesar de la niebla, no tuvo que detenerse ni una sola vez. Shannon sabía a dónde iba. Había hecho el mismo recorrido prácticamente a diario desde hacía dos años. Pensó que probablemente también fuera capaz de hacerlo a oscuras.

Cuando llegó a la playa, se detuvo, intentando decidir en qué dirección habría ido su vecino. La niebla reducía la visibilidad a solo unos metros. Las olas estallaban a corta distancia y se arremolinaban como si quisieran lamer sus zapatos. Shannon retrocedió unos pasos para evitar mojarse los vaqueros. Y, dejándose llevar por la intuición, giró hacia la izquierda y comenzó a caminar enérgicamente a lo largo de la orilla.

Se decía a sí misma que manejaría aquel asunto con naturalidad. Al fin y al cabo, ella también tenía derecho a utilizar la playa. Sería amable y educada y vería lo que sucedía a partir de ahí. Estaba tan ocupada decidiendo exactamente cómo haría las presentaciones que ni siquiera vio a su presa hasta que de pronto su figura surgió de entre la niebla. Estuvo a punto de chocarse con él.

—Oh, perdón, lo siento —dijo rápidamente, sintiéndose terriblemente torpe.

No era así como había planeado el encuentro inicial. Precipitadamente, recuperó el equilibrio y alzó la mirada hacia él. Sí, definitivamente había que levantar la mirada. Shannon medía aproximadamente un metro sesenta y cinco y mientras elevaba los ojos hacia aquel extraño, decidió que él debía medir por lo menos un metro noventa.

Había cierta sensación de solidez en él, aunque era evidente que tenía un tipo esbelto, atlético. Los ojos de artista de Shannon registraron automáticamente la impresión de soledad que parecía irradiar de él. Su aire sombrío era reforzado por la negrura de su pelo, los ojos grises y la dureza de sus rasgos. Shannon no solía encontrar atractivos a los hombres de belleza convencional. Había en su físico algo superficial y carente de interés que normalmente acompañaba a una personalidad igualmente frívola e insulsa. El elemento creativo respondía instintivamente en ella a rasgos más complejos y menos fáciles de definir, tanto física como emocionalmente. Y en aquel momento, todo en ella estaba reaccionando con fiera conciencia ante aquel melancólico desconocido.

–Me llamo Shannon Raine –dijo por fin, al ver que él no contestaba a su torpe disculpa–. Soy tu vecina. ¿Vas a quedarte mucho tiempo por la zona? –sonrió al tiempo que alzaba la mano para apartar un mechón de pelo que la brisa había lanzado contra sus ojos.

–Estaré algún tiempo por aquí.

Shannon asintió, aceptando la ambigüedad de su respuesta mientras absorbía la profunda textura de su voz. Su resonancia le hizo desear ir a buscar su cuaderno de bocetos para retarse a encontrar una representación visual para aquella oscura textura. Ya podía imaginarse un elaborado trabajo en estilo carolingio clásico con intrincados y complejos detalles. El tipo de imagen que impulsaba al espectador a estudiarlo con atención para ir descubriendo uno a uno sus diferentes elementos.

–Yo vivo aquí –como no obtuvo una respuesta inmediata, añadió–: Vengo a pasear a la playa casi todos los días. Espero que no te importe que te acompañe.

–¿Tengo alguna opción?

Shannon pestañeó, ligeramente sorprendida por su rudeza.

–Bueno, supongo que siempre puedo volver a mi casa y esperar a que hayas terminado. O podemos caminar en direcciones contrarias.

El desconocido inclinó ligeramente la cabeza, como si le divirtiera el matiz de aspereza que había adquirido su voz. Se encogió de hombros y hundió las manos en los bolsillos de la cazadora.

–Como quieras. Yo solo pensaba ir hasta el cabo y volver.

–Es lo que hago yo normalmente –Shannon se sintió más confiada mientras comenzaba a caminar con él.

Tenía que moverse rápidamente para poder mantenerle el paso. Su vecino tenía una larga y poderosa zancada, que al mismo tiempo resultaba curiosamente fluida y viril. Probó a dirigirle otra sonrisa y esperó alguna clase de respuesta en aquel duro rostro.

Por lo que Shannon podía advertir, no hubo reacción alguna a su sonrisa, pero al cabo de un rato, el desconocido dijo:

–Me llamo Sheridan. Garth Sheridan.

Sintiéndose como si acabara de conseguir una importante victoria, Shannon asintió y se lanzó a una inocente disertación sobre la meteorología en la costa Mendocino durante el verano.

–Es famosa por la niebla, pero normalmente las tardes son bastante agradables. En cualquier caso, la mayor parte de nosotros vivimos aquí por la niebla.

–¿Por qué?

Shannon se quedó sorprendida por aquella pregunta. Siempre había asumido que el atractivo de la niebla era evidente.

–Oh, supongo que es buena para el temperamento artístico –dijo con una pequeña risa–. Muchas de las personas que viven por aquí son artistas o escritores.

–¿Y tú qué eres?

–Una especie de artista –admitió enigmáticamente.

–¿Una especie de artista?

–Hay gente que me consideraría una ilustradora. O una diseñadora, quizá. He diseñado una línea propia de tarjetas de felicitación. Y también estoy experimentando con la serigrafía para hacer bolsas y camisetas. Me dedico a esa clase de cosas –sonrió abiertamente y se abrió la chaqueta para mostrarle la camiseta que llevaba debajo.

Garth se detuvo un instante para observar el intrincado trabajo. Era una interpretación moderna de la primera inicial de un manuscrito medieval. Shannon había elegido la letra ese y la había embellecido con flores y pájaros. Los colores eran numerosos e intensos, desde el oro y el rojo hasta el azul. Garth Sheridan estudió la camiseta durante un rato y después preguntó sin mucho interés:

—¿Hay mucho mercado para tu trabajo?

No a todo el mundo le gustaban las camisetas pintadas, se recordó Shannon a sí misma mientras se cerraba la chaqueta. Aun así, sintió una vaga desilusión. Esperaba que a su vecino le gustara aquel diseño. Era uno de los mejores.

—Bueno, lo de las tarjetas de felicitación está empezando a ir bastante bien, por lo menos a nivel local. Muchas de las tiendas de la zona las venden y a los turistas parecen gustarles. Hasta ahora solo he hecho unas cuantas camisetas y sudaderas, pero ya las he vendido, así que espero tener un buen verano. Y estoy muy emocionada con la nueva línea de bolsas. ¿Y tú?

—Yo todavía no he visto ninguna de esas bolsas.

Shannon apretó los labios.

—No me refería a eso.

Garth vaciló.

—Lo sé —pero no se disculpó. Se limitó a decir—: Yo también estoy esperando tener un buen verano.

Shannon asintió. Seguramente su vecino estaba trabajando en algún libro.

—¿Vas a pasar todo el verano en la costa?

—Desgraciadamente, no puedo.

—Ah —contestó Shannon con una comprensiva sonrisa—. ¿Todavía tienes que conservar tu trabajo para mantenerte mientras esperas a que llegue el gran momento?

Garth curvó la boca en una sonrisa irónica. Era el primer asomo de sonrisa que Shannon había visto en su rostro, pero desapareció casi de inmediato.

—Sí, todavía intento conservar mi trabajo.

—Es difícil adaptarse a un trabajo convencional y encontrar el tiempo y la energía que se necesitan para la creación artística. Yo decidí arriesgarme hace un par de años, cuando mis tarjetas comenzaron a venderse de manera regular.

—¿A qué te dedicabas antes de convertirte en diseñadora de tarjetas?

Shannon frunció el ceño un instante, mientras intentaba dilucidar si había un tono de burla en aquella pregunta.

—Un poco de aquí un poco de allí. Los típicos trabajos para conseguir pagar el alquiler y la comida. Estuve sirviendo mesas una temporada, trabajando en una biblioteca a tiempo parcial, e incluso en unas galerías comerciales... —se interrumpió y se echó a reír—. Aunque eso no duró mucho, solo tres días.

—¿Qué ocurrió? ¿No eras capaz de respetar los horarios?

Shannon estaba segura de que había un deje de desaprobación en su voz.

—No exactamente. Suspendí el cursillo que nos dieron para aprender a manejar la caja registradora.

Garth se volvió hacia ella con expresión de incredulidad.

—¿Que qué?

—Que me echaron en la sesión en la que tenían que enseñar a las nuevas empleadas a manejar la caja registradora. Fue muy humillante. Yo tengo un título universitario...

—En Bellas Artes, supongo.

—Eh, sí. En cualquier caso, estaba rodeada de compañeras que ni siquiera habían ido al instituto, y yo, sin embargo, era incapaz de arreglármelas con todos esos números. Es muy complicado, ¿sabes? Hay ventas con tarjetas de pago, devoluciones, por no mencionar todos los códigos. Y tienes que ser absolutamente preciso. Supongo que en otra época ya era difícil, pero ahora, con todos esos ordenadores, hace falta ser un genio de las matemáticas para trabajar de dependiente.

—Un genio de las matemáticas o un bachiller —dijo Garth secamente.

Shannon suspiró.

—Sí, bueno, el caso es que suspendí. Conseguí encontrar trabajo hasta que llegó un momento en el que decidí arriesgarme a salir adelante con las tarjetas. Solo hace falta perseverancia. Cualquier día de estos, llegarás a ese momento en el que tienes la sensación de que puedes renunciar a tu trabajo habitual y entregarte por completo a lo que realmente quieres hacer.

—Una idea interesante.

—Por supuesto —bromeó—, tendrías que sacrificar algunos lujos, como el Porsche, por ejemplo.

—No creo que el Porsche sea ningún lujo.
—Oh.

Antes de que a Shannon pudiera ocurrírsele una respuesta, llegaron al final de la playa, en el que el cabo se adentraba en el agua. Sin decir una sola palabra, Garth y Shannon se detuvieron y fijaron la mirada en la niebla.

—Ni siquiera se distingue dónde termina la playa y comienza el agua —observó Garth por fin.

—Lo sé. Es el típico escenario en el que casi esperas ver aparecer en medio de la niebla un barco fantasma.

—Tienes mucha imaginación, ¿verdad? —Garth se volvió y comenzó a caminar a lo largo de la playa.

Shannon tuvo que dar un par de pasos rápidos para alcanzarlo.

—Mira, si no tienes nada que hacer esta noche, ¿Te gustaría venir a mi casa a cenar? Van a venir un par de amigos, y serías bien venido. No será nada formal. Annie y Dan son dos personas muy agradables.

—¿Annie y Dan?

—Annie se dedica a hacer macramé y Dan escribe. En realidad, este año va a publicar su primer libro. Estoy segura de que disfrutarás de su compañía —maldita fuera, le habría gustado no parecer tan ansiosa. Shannon pretendía que su invitación sonara prácticamente casual. De pronto se le ocurrió algo—. Aunque a lo mejor tú trabajas por las noches.

—No, esta noche no.

—Ya, entiendo —intentaba pensar qué podía decir.

Garth ni había aceptado ni había declinado la invitación. Era una situación incómoda. Pero los escritores a menudo eran un poco difíciles, se recordó a sí misma. Uno no siempre podía esperar que se comportaran como el resto de los humanos. De modo que tendría que dejar su invitación todo lo abierta posible.

—No te preocupes si todavía no has tomado una decisión. Quiero decir, habrá un montón de comida, así que puedes decidirlo en el último momento. Annie y Dan llegarán alrededor de las seis.

—Lo tendré en mente.

Aquello ya era más que suficiente para un primer contacto, pensó Shannon con pesar. Si tuviera un ápice de sentido común, volvería a su casa en ese mismo instante. Era evidente que su vecino no era un hombre sociable. Una parte de ella se preguntaba por qué tenía tantas ganas de intentar comunicarse con él. Probablemente era una pérdida de tiempo. Además, no estaba muy segura de qué podría hacer con Garth Sheridan si conseguía que se abriera a ella. Se detuvo en la playa y sonrió con lo que esperaba fuera un natural encanto.

—Supongo que será mejor que vuelva al trabajo. Me esperan un montón de diseños. Estoy intentando afinar algunos de los bocetos para las bolsas de las que te he hablado. Si tienes ganas de cenar en mi casa, nos veremos alrededor de las seis.

Y sin esperar una respuesta que, estaba segura no iba a llegar, Shannon corrió hacia el acantilado.

Cuando llegó a la cumbre, se volvió para mirar a su vecino. Sheridan continuaba en la playa, mirando hacia ella. Mientras lo observaba, un jirón de niebla lo rodeaba, velándole parcialmente su visión. Shannon se volvió de nuevo y comenzó a caminar hacia su casa. Tenía la extraña sensación de estar escapando de algo que no acertaba a comprender y, al mismo tiempo, podía sentir el tirón de una cuerda invisible que la impulsaba a volver e intentar romper las barreras que rodeaban a Garth Sheridan.

Pero Shannon era sensata como para reconocer que había misterios que era preferible dejar en paz. No se creía capaz de dejar a Sheridan en paz. Había algo en él que la llamaba, que demandaba un contacto más profundo entre ellos.

Para las seis en punto de la tarde, Shannon ya estaba convencida de que Garth Sheridan no aceptaría su invitación. Con una extraña sensación de desilusión, terminó de poner la mesa frente a la chimenea. El largo mantel y los salvamanteles a juego estaban ilustrados con exóticos motivos de pájaros que había diseñado tres meses atrás, durante los largos fines de semana del invierno.

Oyó el coche de Dan Turcott haciendo crujir la grava justo cuando estaba colocando los vasos de cerámica para el vino, obra de uno de sus amigos de Mendocino. Diciéndose a sí misma que en realidad no le importaba que su ermitaño vecino apareciera o no, Shannon fue a abrir la puerta para recibir a sus amigos.

Annie O'Connor, embarazada de siete meses, fue la primera en llegar a la puerta.

—Hola, Shannon, estoy hambrienta —la saludó sonriendo.

Annie era la perfecta imagen de la madre tierra. Con sus redondeadas curvas realzadas por el embarazo, parecía la imagen viviente de la fertilidad. Llevaba el pelo recogido en trenzas, se hacía ella misma su ropa y hasta horneaba su propio pan. Tenía prácticamente la edad de Shannon, cerca de veintinueve años, pero apenas se parecían en nada.

En vez de la maternal redondez de Annie, Shannon era una joven delgada, con senos pequeños y unas piernas graciosas pero de muslos no muy generosos. Tenía el pelo castaño y lo llevaba con una melena con raya en medio que caía de forma natural hasta la altura de sus hombros. Aquel pelo oscuro enmarcaba unos enormes ojos de color avellana y una boca suave. Algunas pecas dispersas cubrían una nariz respingona que le daba un aire travieso a las facciones de Shannon. El carácter informal de su rostro encontraba eco en los vaqueros ajustados, la sudadera serigrafiada y los mocasines de cuero.

—Te has pasado los últimos siete meses hambrienta —rió Dan con indulgencia, mientras rodeaba el viejo escarabajo Volkswagen.

Dan tenía un par de años más que Annie, era un hombre de pelo y ojos oscuros con un poblado bigote.

—Ya sabes que tengo que comer por dos —dijo Annie, palmeándose el estómago con complacencia mientras cruzaba la puerta—. Mmm, huele delicioso. ¿Qué nos has preparado, Shannon?

—Pasta con aceitunas y salsa de albahaca y una ensalada. La albahaca es fresca. Pero no te preocupes, hay comida de sobra.

Dan sonreía por debajo de su bigote mientras contemplaba los cuatro platos que había en la mesa.

—¿Esperamos a alguien?

—Creo que ya no. Si pensara venir, habría aparecido ya. Es un escritor. Posiblemente un poeta. Ya sabes cómo son esos tipos, lúgubres, callados e impredecibles. Yo he dejado la invitación abierta, pero tengo la sensación de que....

Se interrumpió sobresaltada al oír una llamada a la puerta que acababa de cerrar.

—Parece que tu amigo no ha sido capaz de resistir la tentación de cenar gratis —comentó Annie.

—¿Qué escritor hambriento lo haría? —preguntó Dan filosóficamente mientras Shannon abría la puerta. Escrutó con la mirada a la alta figura sombría que acababa de aparecer y añadió para Annie—: Y este parece necesitar comer con cierta regularidad.

Shannon ignoró aquel comentario y miró a Garth sonriente.

—Me alegro de que hayas venido —lo saludó, sin ser consciente de la cálida bienvenida que transmitía su voz.

Se apartó para invitarlo a pasar e hizo rápidamente las presentaciones, que sus invitados aceptaron educadamente.

—Y ahora a sentarse —les pidió Shannon, sintiéndose notablemente feliz mientras corría hacia la cocina con una extraña sensación de anticipación—. Antes de la cena, tomaremos algo. Annie, ¿continúas bebiendo zumos?

—Dos meses más y volveré a ser libre —le confirmó Annie mientras Dan la ayudaba a sentarse en una silla.

Garth no dijo nada mientras tomaba el vaso con el vino blanco que Shannon le ofrecía. Sus ojos se encontraron con los de la joven durante un instante, y Shannon creyó advertir en ellos cierta curiosidad. Pero fueran cuales fueran las preguntas que rondaban por su cabeza, no las formuló. De hecho, no habló demasiado. Parecía conformarse con permanecer sentado y disfrutar del vino mientras observaba a los otros tres con expresión distante. Solo cuando Dan comentó algo sobre lo que escribía, hizo Garth su primera pregunta.

—¿Qué clase de libros escribes?

—Noveluchas. Ya sabes, de esas en las que todo el mundo se acuesta con todo el mundo y los protagonistas son unos verdaderos neuróticos —Dan sonrió alegremente.

—No leo mucha ficción —fue lo único que dijo Garth.

Se hizo un momento de silencio. Y si no hubiera sido por Annie, la conversación se habría ido a pique. La joven comenzó a hablar entonces de la cuna que había encontrado para el bebé.

—Dan y yo terminaremos de arreglarla la semana que viene. Va a quedar preciosa. Shannon, estaba pensando en pedirte que me hicieras una plantilla sencilla para decorarla. ¿Te interesa? Podría cambiártela por un par de perchas de macramé.

—Estaré encantada de hacerte la plantilla, pero considérala como un regalo para tu bebé. ¿Qué te gustaría? ¿Conejitos y ositos de peluche?

—¿Estás bromeando? Quiero una de esas iniciales que pones en las tarjetas de felicitación. Con un poco de suerte, el bebé crecerá sabiendo latín medieval.

—No es un conocimiento muy útil —observó Garth.

Hubo unos segundos de incómodo silencio hasta que Dan intervino para decir:

—Shannon me ha dicho que eres escritor, Garth.

Garth le dirigió una mirada reprobadora a Shannon. Ésta sintió un hueco en la boca del estómago.

—Me pregunto qué le habrá hecho pensar una cosa así.

—Oh, Shannon tiene una gran imaginación —contestó Dan secamente—. ¿Debo asumir entonces que no eres escritor?

—No, dirijo una empresa de componentes electrónicos en San José.

Shannon estuvo a punto de caerse de la silla por la impresión. ¿Un hombre de negocios? ¿Su misterioso y oscuro poeta?

—Jamás me lo habría imaginado —musitó.

—Entonces quizá no tengas tanta imaginación como tus amigos parecen pensar —Garth apenas consiguió suavizar su sarcasmo. Antes de que a Shannon se le ocurriera alguna respuesta adecuada, se volvió hacia Annie–. ¿Para cuándo esperas el bebé?

Annie sonrió radiante, más que feliz de poder hablar del inminente acontecimiento.

–A finales de agosto. Estamos muy emocionados –le dirigió a Dan una sonrisa–. Desgraciadamente, Dan acaba de vender su primer libro y su editor parece estar esperando otro. Pero entre los libros, mi trabajo de macramé y algunos bordados que estoy haciendo con los diseños de Shannon, creo que nos las arreglaremos bien. Los bebés suponen mucho dinero, ya sabes.

–Sí, eso tengo entendido –Garth bebió un sorbo de vino y preguntó bruscamente–: ¿Cuándo os vais a casar? Si vas a tener un hijo, deberías darle tanto a él como a su madre tu apellido –le reprochó a Dan.

Shannon se levantó de un salto, presa del pánico.

–La cena ya está casi lista. Annie, Dan y tú sentaos a la mesa mientras yo saco la ensalada de la nevera. Annie, siéntate ahí, estarás más cómoda. Dan, tú puedes sentarte en el banco que está al lado de la chimenea. Pero antes, ¿por qué no pones algo de música? *Los Conciertos de Branderburgo* estarían bien, creo –se dirigió a Garth decidida–. Tú puedes echarme una mano en la cocina –dijo, lanzándole una clara indirecta.

Garth vaciló un instante, pero dejó su vaso y siguió a Shannon a la cocina. Los jubilosos acordes de uno de los conciertos de Bach lo seguían mientras Shannon lo conducía hasta una esquina.

–Annie y Dan no creen en el matrimonio. Son una pareja que se adora y mucho más felices que muchas de las personas casadas que conozco. Son mis invitados, y te agradecería que evitaras ponerlos en una situación embarazosa.

Garth respondió fríamente:

–Si no creen en el matrimonio, ¿por qué han decidido tener un hijo? Puedo comprender que dos adultos decidan vivir juntos en vez de casarse. Eso es asunto tuyo. Pero si tu amigo Dan va a ser padre, lo menos que les debe al bebé y a su madre es la protección que puede proporcionarles su apellido.

—Por el amor de Dios, ¿es que no tienes ningún tacto? Acabas de anunciar que eres un hombre de negocios. Seguramente te habrás visto obligado a aprender algunos modales en el trabajo. En el mundo de los negocios, se exige una conducta mínimamente formal.

En la mirada de Garth apareció un rasgo de diversión, que se había evaporado por completo cuando preguntó suavemente:

—¿Y estaría exento de esas exigencias si continuaras pensando que soy escritor o poeta?

—No, incluso siendo poeta, habrías ido demasiado lejos. Ahora solo espero que no nos estén oyendo —Shannon giró sobre sus talones y fue a buscar el cesto del pan—. Toma. Llévalo a la mesa. E intenta no volver a sacar el tema del matrimonio.

—No creo que me cueste mucho. No es un tema al que tenga mucho aprecio —volvió al cuarto de estar, dejando a Shannon completamente exasperada.

Estaba tan convencida de que aquel hombre poseía un alma profunda y artística. Y había resultado ser un mojigato hombre de negocios. De Silicon Valley, además. Era increíble. Sacudió la cabeza, lamentándose de su díscola imaginación, y se acercó a la cocina para terminar de preparar la pasta.

El resto de la velada transcurrió en una paz relativa. En cuanto Shannon se convenció de que Garth no iba a volver a sacar ningún tema peligroso, comenzó a relajarse otra vez. Por su parte, Annie y Dan parecían bastante tranquilos. Y la pasta con aceitunas y albahaca desapareció con satisfactoria rapidez.

En algún momento hacia el final de la cena, Shannon fue consciente de que la revelación de Garth sobre su ocupación no había tenido mucho efecto en la extraña compulsión que experimentaba hacia él. La remota soledad que había presentido en Garth continuaba llamándole la atención, continuaba siendo un peligroso señuelo. Lo miraba disimuladamente de vez en cuando, preguntándose por su actitud vigilante.

—¿Has encontrado algún comprador para las bolsas y las camisetas?

—No, envié esas muestras hace un mes. Supongo que no le han interesado a nadie.

—Bueno, por lo menos has conseguido consolidar un mercado por esta zona —la consoló Dan—. Y seguro que la misma gente a la que le vendes las tarjetas, venderá las bolsas y las camisetas.

Garth miró a Shannon con el ceño fruncido.

—¿Has enviado las muestras a los posibles compradores sin ningún contacto preliminar?

—Yo no soy una vendedora —replicó Shannon, molesta por su crítica—. Si a alguien no le gusta lo que hago, no voy a obligarle a quedárselo.

—Si tú no eres capaz de hacerlo adecuadamente, búscate a alguien que pueda vender tus productos por ti.

Shannon se reprimió la respuesta para salvar la tranquilidad de la velada.

—Pensaré en ello —musitó.

—¿Sabes? Garth podría tener razón —dijo Dan pensativo—. Yo también voy a buscar un agente para mi próximo libro. Todo ese asunto de los negocios es muy difícil para la gente como nosotros.

—¿Todos los artistas se inventan excusas tan pobres para no prestar atención al aspecto económico de su trabajo? —preguntó Garth.

Shannon tomó aire y sonrió mientras invalidaba aquella sarcástica pregunta con otra:

—¿Alguien quiere postre? He hecho tarta de fresas.

—Suena fantástico.

—Te echaré una mano —anunció Annie.

Shannon voló a la cocina seguida de cerca por su amiga. Lo único que le cabía esperar era que Garth no empezara con otra regañina sobre las responsabilidades de la paternidad. Aunque Dan podía cuidar perfectamente de sí mismo. Era un hombre tranquilo y competente. Y ya pronto terminaría aquella desafortunada cena.

Annie y Dan se marcharon una hora después. Shannon salió a despedirlos y se preguntaba si también Garth se iría. A pesar de lo mucho que se había enfadado con él durante algunos momentos de la velada, de pronto se dio cuenta de que no quería que se marchara todavía. Mientras el Volkswagen desaparecía en la niebla nocturna, cerró la puerta y sonrió tentativamente al hombre que estaba sentado en el sofá. La miraba con una curiosidad distante pero, al mismo tiempo, con expectación.

–¿Es tuyo el Fiat que está afuera? –le preguntó.

–¿Sí, por qué? –contestó, sorprendida por aquella inesperada pregunta.

–No es una gran cosa, ¿verdad?

–Me gusta –contestó, encogiéndose de hombros. Volvía a sentir su desaprobación, pero decidió ignorarla–. ¿Te apetece una copa de brandy antes de irte?

Se acercó al aparador de pino y sacó una botella de brandy y una copa.

–Eso depende. ¿Este es el momento de la noche en el que se supone que tengo que seducirte?

La impresión causada por aquella fría e injuriosa pregunta hizo dar un respingo a Shannon. La copa que sostenía en la mano resbaló y se hizo añicos en el suelo.

Capítulo 2

–Creo que será mejor que te vayas –dijo Shannon quedamente mientras se arrodillaba para recoger los cristales de la copa. Se concentraba en aquella tarea para que a Garth no se le hiciera evidente el disgusto que sin duda reflejaban sus ojos–. Se está haciendo tarde, estoy segura de que ya has hecho suficiente vida social por hoy.

Oyó que Garth se levantaba del sofá, pero no alzó la mirada. Unos segundos después, Garth se agachaba a su lado para ayudarla a recoger parte de los cristales rotos.

–¿Todo esto no tenía esa intención? –preguntó Garth fríamente.

–No sé de qué estás hablando. Por favor, Garth, vete.

Garth la tomó por la barbilla para obligarla a mirarlo a los ojos. Su mirada continuaba siendo tan distante como siempre, pero había en ella un elemento de evaluación que puso a Shannon más nerviosa de lo que ya estaba.

–Pensaba que el intento de seducción formaba parte de mis obligaciones sociales de esta noche –dijo Garth con una pasmosa tranquilidad–. Esta mañana me has perseguido de forma muy insistente. Tenía la sensación de que ya tenías planificado el resto de la noche. Y me parece bien, Shannon. Estaré encantado de obedecerte.

–Puedes tirar tu sentido de la obediencia en el primer cubo de basura que te encuentres al salir de mi casa –Shannon se apartó y continuó recogiendo cristales–. Buenas noches, Garth.

Garth vaciló.

–Mira, Shannon, no hace falta que ahora te hagas la tímida. Desde luego, esta mañana no has actuado como una mujer vergonzosa. Has sido muy directa, de hecho. De un modo refrescante, por cierto.

–Por favor, Garth, vete –Shannon se levantó y llevó los restos de la copa a la cocina.

Garth la siguió y tiró los pequeños fragmentos que había recogido a la basura. No había ningún otro lugar al que retirarse, de modo que Shannon se volvió hacia él, con los brazos apoyados en el fregadero.

–Supongo que la culpa ha sido mía, pero has llegado a conclusiones equivocadas. No te preocupes, no volveré a confundirte.

Garth la miró pensativo.

–Si quieres que me quede, Shannon, solo tienes que decirlo. Prefiero la sinceridad. Es una rara virtud.

El impacto inicial y la vergüenza cedieron paso a la furia.

–No quiero que te quedes –Shannon pronunció cada una de sus palabras enfatizándola todo lo posible–. ¿Quieres que sea directa y sincera? Pues quiero que salgas inmediatamente de mi casa. Has interpretado incorrectamente todo lo que he dicho y no creo que te deba ninguna explicación. Así que ahora, vete.

Garth se encogió de hombros y salió. Shannon lo siguió hasta la puerta principal. Su mirada continuaba reflejando su enfado y su disgusto. Muy tensa, sostuvo la puerta principal mientras Garth bajaba los escalones de la entrada. El empresario se volvió una vez más para escrutar su rostro, asintió para sí y se alejó a grandes zancadas hasta su propia casa. En cuestión de segundos, había desaparecido en medio de la niebla.

Shannon cerró la puerta bruscamente tras él, sin importarle que su vecino pudiera oír aquella evidente manifestación de mal genio, y se derrumbó contra la puerta. ¡Qué situación tan embarazosa! ¡Qué manera de hacer el ridículo! Debería haber abandonado la idea de conocer a Garth en cuanto había descubierto que en realidad no era ni poeta ni artista de ninguna clase. Y no podía ni imaginarse qué demonios le había ocurrido para invitarlo a tomar una copa.

Lentamente, se apartó de la puerta, giró el viejo cerrojo y, con un gemido de disgusto, se dirigió a la cocina. En realidad no todo había sido culpa suya, intentó consolarse. Al fin y al cabo, Garth no se había mostrado muy comunicativo sobre su trabajo. Y había tenido el valor de aceptar su invitación a cenar, y no había tenido ningún inconveniente en meter varias veces la pata durante la conversación. Su conducta había sido imperdonable. No debería seguir regañándose a sí misma.

Con expresión desafiante, se sirvió el brandy que había intentado ofrecerle minutos antes a su invitado.

Envuelto en la niebla, Garth se detuvo en el último escalón de la entrada de su casa y miró hacia la casa de Shannon mientras buscaba la llave en el bolsillo. La niebla convertía la luz de la entrada de Shannon en un resplandor fantasmagórico y el resto de la casa cobraba el aspecto de una sombra irreal. Por un instante, la mente de Garth jugueteó con la fantasía de una princesa de cuento viviendo en un tenebroso castillo.

Él había sido invitado a cenar al castillo y se había equivocado estrepitosamente. Garth metió la llave en la cerradura y suspiró pesadamente. Había muy pocas probabilidades de que hubiera una segunda invitación.

Con una incómoda sensación de arrepentimiento, cerró la puerta y se dirigió hacia la cocina, donde localizó la botella de whisky que se había comprado en San José. Se sirvió una generosa dosis y se llevó el vaso al cuarto de estar. Se repantingó en una silla que probablemente era de los años cuarenta. Aquello le recordó que le faltaban solo un par de años para cumplir también él los cuarenta. Se preguntó si para entonces necesitaría una restauración tan urgente como la que necesitaba aquella silla. Porque no había ninguna duda de que estaba comenzando a sentir el desgaste que suponía la vida.

Inclinó la cabeza contra el respaldo, cerró los ojos y saboreó el whisky. Habría sido mucho más agradable, admitió para sí, estar tomando un brandy con la princesa que habitaba el castillo de al lado. La imagen de aquella nariz pecosa bajo unos ojos curiosos e inteligentes se filtró en su cabeza. Pero había algo más que inteligencia y curiosidad en aquella mirada femenina. También encerraban la insinuación de una promesa.

Garth no tenía que analizar su propia actitud para saber por qué se había comportado aquella noche como lo había hecho. La razón era suficientemente simple: quería hacer añicos las ilusiones de Shannon antes de que cualquier otro lo hiciera por él.

Desde el momento en el que Shannon había surgido de entre la niebla aquella mañana, había adoptado una actitud recelosa. No era nada extraordinario en él. Formaba parte de la naturaleza de Garth Sheridan el mostrarse cauteloso con los desconocidos. Había conocido a demasiadas personas en las que no se podía confiar. Y, normalmente, no tenía excesivos problemas para mantener a los otros a distancia.

Pero en aquel caso había algo diferente. Había algo sustancialmente diferente en lo relativo a Shannon Raine. Él no pensaba aceptar su invitación a cenar porque no había sido capaz de comprenderla. Habría preferido tener tiempo suficiente para analizarla, evaluarla y entenderla antes de mantener ningún tipo de relación con ella. Pero cuando habían llegado las seis de la tarde, se había descubierto a sí mismo abriendo la puerta de su casa y recorriendo la corta distancia que lo separaba de aquel castillo encantado.

Habían sido muchas las mujeres que habían perseguido a Garth anteriormente, pero normalmente lo hacían porque sabían que era un empresario con éxito, soltero y además no demasiado feo. Garth estaba completamente seguro de que no era su natural encanto lo que las atraía de él. De hecho, el encanto no era su fuerte. Los hombres solitarios por naturaleza y acostumbrados a la traición, rara vez desarrollaban personalidades encantadoras.

Garth hizo una mueca al pensar en ello. Incluso ateniéndose a sus propios parámetros, consideraba que aquella noche había sido un invitado particularmente desagradable. Mientras saboreaba su whisky en solitario, se le ocurrió pensar que probablemente había destrozado un brote especial y delicado sin darle siquiera la oportunidad de florecer por la única razón de que no confiaba en las flores en general.

En lo que a Shannon se refería, había dado al traste con cualquier posibilidad de conocerla. Había visto el estupor y la vergüenza en sus enormes ojos castaños, y había visto también algo más: algo que, habría jurado, era un profundo dolor.

A la mañana siguiente, Shannon se dirigió al pueblo a buscar el correo sin la menor esperanza. Por lo tanto, encontrarse con un colorido sobre con su dirección la pilló completamente por sorpresa. Abrió la carta en las escaleras de la oficina de correos y escrutó su contenido con una emoción creciente. Cuando terminó, sintiéndose infinitamente más alegre que unos minutos antes, decidió invitarse a sí misma a tomar una taza de té en la pequeña cafetería que había en la acera de enfrente. Quizá anduviera por allí alguno de sus amigos. Necesitaba a alguien con quien compartir la buena noticia.

El café estaba abarrotado, pero casi todos los clientes eran turistas. Un poco desilusionada, ocupó uno de los taburetes de la barra y pidió un té. A continuación leyó la carta por segunda vez. Estaba estudiando minuciosamente su contenido cuando Garth Sheridan se sentó en el taburete de al lado.

–¿Buenas noticias? –preguntó con calma, y le hizo un gesto a la camarera para pedirle un café.

Shannon frunció el ceño un instante, pero inmediatamente se relajó. Estaba demasiado emocionada para enfadarse con nadie aquella mañana, ni siquiera con Garth.

–La propietaria de una tienda de San Francisco me ha escrito para decirme que quiere venir a verme dentro de un par de semanas para hablar de mi nueva línea de bolsas. Dice que le encanta la muestra que le envié y que le gustaría hablar de la producción y de los plazos de envío. No es una gran cadena, pero es una tienda muy elegante situada en Union Square. Sería un lugar maravilloso para empezar a vender las bolsas. Muy clásico, además.

–Felicidades. ¿Y cuál es tu capacidad de producción?

Shannon se sonrojó. Parte de la emoción se desvaneció.

–No estoy segura. ¿Crees que esa mujer esperará encontrar una pequeña fábrica en mi casa? Me pregunto cuántas bolsas querrá. Lleva mucho tiempo pintar las telas y después hay que unir las piezas. Annie va a ayudarme a coser, pero en realidad todavía no hemos hablado de cuántas bolsas puede hacer a la semana. Al fin y al cabo, ella también necesita tiempo para el macramé. No puedo esperar que dedique todo su tiempo a las bolsas. Por supuesto, esa compradora no querrá demasiadas al principio... –Shannon se interrumpió y tamborileó nerviosa con los dedos en la barra, mientras contemplaba los problemas que se avecinaban.

–Si quieres impresionar a tu compradora, será mejor que prepares todo el trabajo logístico antes de que venga. Supongo que querrás hacerle pensar que tienes un completo control sobre tu negocio, ¿no? De otro modo, intentará aprovecharse de ti. Y si le das a entender que puede hacerlo, lo hará –Garth removió su café.

–¿Aprovecharse de mí? ¿Por qué iba a hacer una cosa así? ¿Siempre eres tan cínico, Garth?

–Normalmente sí. Llevo mucho tiempo en el mundo de los negocios.

–No me lo recuerdes –la voz de Shannon estaba teñida de un inconfundible pesar.

Se hizo una pausa, tras la que Garth dijo cuidadosamente:

–Siento haberte dado una impresión equivocada sobre, eh, sobre mi trabajo. Supongo que en tu mundo, un empresario no está exactamente en la cumbre de la consideración social.

–Especialmente cuando acepta invitaciones a cenar y después se dedica a insultar a la anfitriona y a los demás invitados –replicó Shannon.

Garth tuvo al menos la consideración de hacer una mueca de pesar.

—Si hubiera sido un solitario y lúgubre poeta, ¿te habría resultado más fácil perdonarme?

Sorprendida, Shannon le dirigió una mirada cargada de escepticismo.

—¿Eso es una especie de disculpa?

—Sí.

—¿Por qué?

Garth la miró a los ojos.

—¿Ahora quién está siendo el cínico?

—Después de lo de anoche, tengo que ser más prudente.

A los labios de Garth asomó una débil sonrisa.

—Dudo que conozcas el significado de esa palabra.

—¿Qué se supone que quiere decir eso? —lo desafió, mientras la camarera les dejaba la cuenta en el mostrador.

Antes de que Shannon hubiera podido hacerse con ella, la agarró Garth.

—Es igual. Esta mañana invito yo. Te lo debo por la excelente cena de anoche. Creo que ni siquiera te di las gracias.

—No, no me diste las gracias.

—¿Has terminado? Podemos volver dando un paseo a casa.

Shannon buscó rápidamente una excusa y dijo la primera que le pareció razonable.

—Antes tengo que ir a comprar algo de comida.

Garth asintió.

—No es mala idea. Yo también necesito comprar algo para la cena de esta noche.

Shannon asintió para sí y aceptó lo inevitable. Si no quería montar una escena, no le quedaba más remedio que aceptar. A regañadientes, abandonó la barra y esperó a que Garth pagara la cuenta. Garth la siguió al exterior y fueron juntos hacia la tienda de comestibles que había en la única calle comercial del pueblo.

—La niebla se ha despejado por completo —señaló Garth, educadamente—. Esta tarde hará un tiempo muy agradable.

—Probablemente —Shannon se sintió avergonzada por la sequedad de su respuesta, pero estaba decidida a no añadir nada más. Intentaría que fuera Garth el que forzara la conversación, para variar.

–Te gusta vivir aquí –era una observación, no una pregunta.

–Me encanta.

–¿Todos tus amigos son artesanos?

Shannon lo fulminó con la mirada.

–Si te refieres a que si todos tienen alguna orientación artística o creativa, la respuesta es sí. Y si no te gusta ese mundo, no deberías haber alquilado una casa en la costa Mendocino. Todo el mundo sabe que este es un refugio para artistas, escritores y artesanos.

–No he venido aquí por la gente.

–No, supongo que no. ¿Sabes? Me sorprendes. Yo pensaba que los hombres de negocios eran gente sociable por naturaleza. Ya sabes, vendedores de conversación fácil, ejecutivos con mucha labia y cosas de ese estilo. Y hubiera jurado que preferirías pasar las vacaciones en un lugar con campos de golf, canchas de tenis y buenos restaurantes. Ese tipo de lugares a los que van los hombres de tu clase.

–El hecho de que pertenezca al mundo de los negocios no significa que esté completamente adaptado a su estilo de vida –respondió Garth quedamente.

Shannon, que había anticipado una respuesta más cortante, volvió a experimentar una oleada de vergüenza.

–Lo siento. No debería haber hecho comentarios tan desagradables –se interrumpió–. Aquí está la tienda. Solo tardaré unos minutos.

–Tómate el tiempo que quieras –comenzó a decir Garth, pero para entonces Shannon ya estaba dentro.

Shannon saludó al dependiente que estaba detrás del mostrador y condujo un viejo y chirriante carrito hacia la parte posterior de la tienda, donde estaban las verduras. Advirtió que Garth se dirigía directamente hacia el pasillo de los congelados. Aquella era una situación de lo más incómoda, decidió. Lo último que esperaba de Garth era una disculpa y no estaba segura de cómo interpretarla. Sabía que a pesar de su resolución de ignorarlo, la nueva y educada forma de aproximación de su vecino la estaba debilitando.

Quizá Garth Sheridan se hubiera arrepentido de haber echado a perder la posibilidad de una corta aventura durante sus vacaciones y estaba intentando recuperar el terreno perdido. Si era así, lo esperaba una buena sorpresa. Porque Shannon no pensaba ablandarse hasta ese punto. Ella no estaba dispuesta a mantener ninguna clase de aventura con él. Mantendría hacia él una actitud fría, educada y distante.

Pero a pesar de sus buenas intenciones, no pudo evitar mirar a Garth con el ceño fruncido cuando lo vio doblar la esquina del pasillo llevando un par de latas de verdura y dos segundos platos congelados.

—¿Por qué demonios compras verduras en lata cuando tienes un brócoli fresco y unos tomates excelentes aquí mismo? —señaló hacia la zona de la verdura fresca.

—Es más fácil abrir una lata.

Shannon sacudió la cabeza.

—Es igual de fácil cocinar el brócoli.

—Quizá lo sea para ti, pero no para mí. Nunca lo he cocinado.

—Deja esas latas, yo te enseñaré a preparar las verduras —dijo Shannon, casi sin darse cuenta.

Inmediatamente, contuvo la respiración y se dedicó a sí misma toda clase de insultos. A continuación, sin decir una sola palabra, Garth volvió a colocar las latas de verdura donde estaban y tomó un brócoli fresco.

—Trato hecho —dijo suavemente.

Era estúpida. Esa era la única explicación posible. Una completa y absoluta estúpida. Shannon se regañaba a sí misma mientras permanecía con Garth en la cola de la caja. Se preguntó qué demonios pensaba que estaba haciendo mientras caminaban juntos hacia sus respectivas casas y decidió que probablemente estaba loca. Porque en ese momento estaba pensando en invitar a Garth a cenar para así poder enseñarle a cocinar.

—¿Vendrá alguien más? —preguntó Garth cuando ella le extendió la invitación.

–No –respondió.
Garth asintió.
–Me alegro. No me gusta hacer vida social. Te veré a las seis.

Shannon siguió a Garth con la mirada mientras este daba media vuelta y se dirigía a su propia casa. Se preguntaba qué significaría ella para él si no consideraba que una cena en su casa fuera «hacer vida social».

Dos días más tarde, Shannon había dejado de preocuparse por la interpretación que Garth podía hacer de su relación. Desde la noche en la que le había enseñado a preparar la verdura, su relación con Garth había tomado un nuevo y gratificante curso. Shannon era consciente de la burbujeante sensación de felicidad y anticipación que se apoderaba de ella cuando lo veía o cuando pensaba en él. Su imagen continuaba presente en el fondo de su mente cuando trabajaba en los bocetos, y también estaba allí durante las horas que pasaba preparando las plantillas para las tarjetas de felicitación.

La actitud de Garth fue haciéndose cada vez más familiar, pero evitaba abiertamente cualquier forma de aproximación sensual. Era como si supiera que la primera noche ya había estado a punto de arruinar cualquier posibilidad al respecto y estuviera decidido a no repetir su error.

Durante la tarde del segundo día, Shannon estaba cortando la plantilla de una letra «a» que había diseñado en estilo anglosajón medieval. La letra era el marco para una escena de caza con numerosas criaturas fantásticas jugando en las patas de la «a».

Mientras trabajaba, Shannon analizaba el hecho de que pronto iba a estar preparada para que Garth repitiera el error de la primera noche. En realidad, no le importaría en absoluto que mostrara algún interés en ella, que se le insinuara. Aquella idea le hizo sonreír mientras utilizaba la estrecha y afilada punta de la cuchilla para cortar las porciones del diseño que irían pintadas en rojo. La tela de lienzo que pretendía estampar al día siguiente tendría que pasar por todo el proceso de serigrafiado.

Empezaría con el color rojo y cuando hubiera terminado aquel lote, dejaría que se secara la tinta y volvería a pasar nuevamente la tela para aplicarle el color amarillo del diseño. El proceso continuaría hasta que hubiera completado la ilustración en cada uno de los lienzos. Después, habría que coser las piezas de tela para convertirlas en bolsas. Shannon quería tener una buena serie de muestras de su trabajo para poder enseñárselas a la compradora que estaba a punto de hacerle una visita.

A Shannon se le ocurrió pensar que tendría que encontrar una forma sutil de dejar que Garth supiera que ya no era contraria a la idea de tener una relación más íntima con él. Garth estaba comenzando a ser tan precavido que casi resultaba gracioso.

Shannon terminó de cortar la plantilla y dejó el cuchillo sobre la mesa de trabajo. Examinó con ojo crítico su creación y quedó satisfecha con la nitidez de las líneas. Se estamparía perfectamente. Dejó la plantilla sobre la mesa, se inclinó hacia adelante, apoyándose sobre los codos, y estudió la casa que tenía enfrente.

El sol de la tarde era agradablemente cálido y la brisa marina suavizaba la temperatura. Sin embargo, no había señales de Garth por ninguna parte. No parecía estar haciendo ningún esfuerzo por disfrutar de un día tan estupendo. De hecho, rara vez se le veía por las tardes, advirtió Shannon de pronto. Estaba empezando a preguntarse a qué dedicaría el tiempo cuando estaba en el interior de su casa. Pero no le parecía educado preguntarlo.

Miró hacia al calendario que tenía colgado en la pared y vio que había rodeado con un círculo rojo la fecha del día: *T. a las ocho. Versión de Verna*, había escrito.

Shannon descifró precipitadamente el críptico mensaje y tomó una repentina decisión. Se bajó de la silla de trabajo, abandonó la casa y fue a llamar a la puerta de Garth.

Pasaron algunos segundos hasta que él acudió a abrir. Por un momento, pareció desconcertado, como si estuviera en otro mundo cuando Shannon lo había interrumpido. Llevaba la camisa abierta, las mangas enrolladas y caminaba descalzo. El pelo lo tenía completamente despeinado, como si hubiera estado pasándose la mano por él. En resumen, parecía haber estado completamente concentrado en algo en el momento en el que Shannon había llamado a su puerta. Su expresión se aclaró bruscamente cuando se dio cuenta de que era Shannon la que estaba al otro lado. La invitó a pasar. La joven tuvo la completa certeza de que se alegraba de verla. Y deseó que la mirada de Garth se suavizara un poco más. Aquel hombre tenía unos ojos maravillosos.

–Vengo a ver si te apetece venir conmigo a una obra de teatro que se representa esta noche en el pueblo –comenzó a decir Shannon, mirando con curiosidad hacia el interior de la casa. En una antigua mesa situada en un rincón del cuarto de estar, había numerosos documentos–. Una amiga mía produce y dirige la obra, y quizá sea interesante. La obra es *La fierecilla domada* y estoy deseando ver la versión de Verna. Es una mujer muy feminista, con ideas muy radicales sobre el papel que la sociedad asigna a las mujeres. No me puedo ni imaginar cómo habrá manejado el papel de Kate –Shannon se interrumpió de pronto, vencida por la curiosidad–. Eh, ¿estabas trabajando?

–Sí.

–¿En vacaciones?

Garth se encogió de hombros.

–¿Por qué no?

–¿Por qué no? Se supone que estás de vacaciones. ¿Qué sentido tiene tomarse unas vacaciones si se continúa trabajando?

–Esto es algo que no puede esperar, Shannon. Es una oferta crucial que mi compañía tendrá que presentar dentro de unas semanas.

–¿Y eso es bueno? –rodeó la mesa de trabajo mirando aquel increíble despliegue de papeles–. ¡Dios mío! Todos llevan el sello de «confidencial» –se apartó de la mesa y lo miró con inseguridad–. Supongo que no debería estar viendo esto.

–Son documentos confidenciales de la empresa, no es información confidencial del gobierno –dio un paso adelante y agrupó todos los documentos en una sola pila–. No creo que tenga mucha importancia que los veas. Al fin y al cabo, me comentaste que suspendiste el cursillo de preparación para la caja registradora. Parece que los negocios no son tu fuerte. Dudo que encuentres nada interesante en ninguno de estos papeles –le dirigió una mirada de indulgente diversión.

–No deberías ser tan condescendiente –musitó Shannon con sarcasmo–. A lo mejor soy una espía disfrazada, enviada hasta aquí por una empresa de la competencia para intentar robarte esa oferta.

Para su sorpresa, Garth no encontró divertido aquel comentario.

–No –dijo con vehemencia–. Tú no eres una mujer de ese tipo.

–¿Has conocido a muchas? –preguntó Shannon, casi resentida por su certeza.

Estaba segura de que su resentimiento tenía que ver con la actitud condescendiente de Garth hacia su falta de visión para los negocios. A ninguna mujer le gustaba que le mostraran de forma tan evidente su falta de misterio, decidió Shannon.

–He conocido a algunas. Las empresas de alta tecnología de Silicon Valley están luchando continuamente contra las redes de espionaje de otras empresas, al igual que contra el espionaje internacional. En mi línea de trabajo, los espías son una amenaza constante. Casi tan común como los compañeros de trabajo traidores y los trepas agresivos.

Shannon estaba asombrada, no tanto por sus palabras como por la sombría aceptación de su propio mundo.

–Parece un mundo un poco duro.

–Terminas acostumbrándote a él.

–¿A los traidores, a los trepas y a los espías? ¿Cómo puede acostumbrarse nadie a algo así?

Garth sonrió de pronto, dejándola completamente asombrada. Inmediatamente después, con una perezosa delicadeza, alargó la mano y acarició su pelo.

–Un hombre puede llegar a acostumbrarse a cosas mucho más peligrosas que esa, Shannon. Puede llegar a acostumbrarse a no confiar en nadie, y menos en una mujer.

Shannon se quedó paralizada.

–¿Tú eres así? ¿Eres incapaz de confiar en nadie en absoluto?

Garth ignoró su pregunta.

–¿A qué hora es la obra de teatro?

–¿Qué? Ah, a las ocho. ¿Te apetece ir?

–Definitivamente –su expresión reforzaba su respuesta–. Pasaré a buscarte a las siete y media. ¿Tendremos tiempo suficiente para llegar?

Shannon asintió, alegrándose de que quisiera estar con ella, pero sintiéndose incómoda por la forma en la que había esquivado su pregunta justo en el momento en el que estaban llegando a una cuestión verdaderamente importante. Si Garth no confiaba en nadie, y menos todavía en las mujeres, ¿cómo iba a poder sentir algo por ella? Necesitaba saberlo, pensó Shannon mientras se despedía de él y lo dejaba volver a su trabajo. Y necesitaba saber que confiaba en ella, que ella era una excepción en su vida.

Cuando estaba llegando a su casa, se preguntó por qué le resultaría tan importante ser esa excepción. Pero todavía no estaba preparada para enfrentarse a la respuesta. Todo era demasiado nuevo, y había demasiadas inseguridades en su relación con Garth Sheridan.

Pero antes o después encontraría las respuestas que buscaba sobre aquel hombre. La obsesión por conocerlo comenzaba a ser más fuerte que nunca.

Cuando la puerta se cerró detrás de Shannon, Garth se acercó a la ventana para verla regresar hasta su casa. Y, durante mucho tiempo después de que hubiera desaparecido en su interior, permaneció perdido en sus pensamientos.

Había algo en Shannon que le hacía recordar los inicios de su carrera. Le hacían volver al momento en el que su realidad se había derrumbado y él se había visto obligado a enfrentarse a ella. Shannon era una mujer sincera, entusiasta, feliz. Había en ella una delicada frescura que le hacía desear cuidarla y protegerla. Y esperaba que nunca tuviera que despertarse en la misma realidad en la que había tenido que despertar él. Cualquier hombre con el que se involucrara sentimentalmente tendría la obligación de mantenerla a salvo, ajena a los aspectos más duros de la vida. ¿Pero cuántos hombres eran capaces de asumir esa obligación? Desde luego, ninguno de los que él conocía.

Garth sonrió con pesar ante su propia falta de altruismo. Él quería hacer algo más que proteger a Shannon del mundo real. Quería protegerla de sí mismo, y era suficientemente sincero como para admitirlo. Había algo en Shannon que de pronto quería y necesitaba. Algo con lo que no había vuelto a encontrarse desde hacía mucho, mucho tiempo. Quizá nunca pudiera llegar a poseer realmente lo que Shannon le ofrecía. El deseo profundo que lo corroía le resultaba muy perturbador. Intentando olvidarlo, se obligó a volver a los documentos que tenía encima de la mesa.

El teatro había sido en otro tiempo un establo y se había conservado gran parte de su estructura. El escenario había sido construido en el centro del local. Y allí era donde se iba a representar la obra de Verna Montana, *La fierecilla domada*. Garth y Shannon tenían asientos excelentes.

—¿Qué pasa? ¿Los actores no pueden costearse el vestuario? —preguntó Garth cuando se abrió el telón—. Sé que para las compañías de teatro tan pequeñas es difícil conseguir dinero, pero por lo menos podían haber intentado cambiar su aspecto.

—Verna quería hacer algo diferente, por eso decidió darle un carácter contemporáneo a su versión. Y ahora calla —susurró Shannon mientras comenzaba la obra.

Pronto se hizo evidente que la versión teatral de Verna era fruto de su ideología feminista y lanzaba una mirada completamente novedosa sobre la obra de Shakespeare. Kate, por supuesto, también era una mujer con un carácter fuerte en el original, pero en la obra se convertía en una moderna y astuta feminista. Shannon contemplaba asombrada cómo se las había arreglado Verna para que Petruchio fuera el personaje que resultaba manipulado en la historia. Infinitamente más inteligente que el hombre que se suponía era su mentor, la Kate de Verna dominaba la obra. Todas las escenas en las que debía ser domeñada, se transformaban en escenas en las que Petruchio parecía ser sutilmente conducido por ella. Y aunque él continuaba asumiendo que era el que estaba educando a su esposa, ella lo consideraba un hombre divertido, infantil y fácilmente manejable.

Kate se reía de él, se enfadaba con él, y al final conseguía hacerle bailar en la palma de su mano. Cuando, al final de la obra, Petruchio se jactaba de todo lo conseguido por su esposa, era evidente que en realidad era un hombre con el ego tan hinchado que era incapaz de admitir que era su esposa la que llevaba la casa y lo conducía a él.

Hubo estruendosos aplausos y risas cuando terminó la obra. Shannon se volvió hacia Garth con un sonrisa.

–Tienes que admitir que Verna ha conseguido darle a la obra un toque original.

–Sí, la ha destrozado.

Garth agarró a Shannon del brazo y la condujo hacia la húmeda noche. Su Porsche estaba aparcado en medio de los variopintos vehículos que había en el polvoriento aparcamiento.

–Tonterías. Es una interpretación muy ingeniosa –repuso Shannon–. ¿Qué te parece que vayamos a tomar un helado y hablemos de esto como personas razonables?

–¿Un helado?

–Sí, hay una heladería enfrente de la tienda de comestibles. Las noches de teatro abre hasta tarde, para aprovechar el público.

–Jamás habría imaginado que había costumbres tan cosmopolitas por esta zona –comentó Garth secamente mientras ponía el coche en marcha–. Acepto lo del helado, pero no estoy seguro de que sea capaz de hablar de esa obra de teatro de una forma razonable. De hecho, creo que en ella no hay nada razonable. Seguramente Shakespeare ha estado toda la noche revolviéndose en su tumba.

—Verna ha hecho un trabajo excelente con los actores. Mira, puedes aparcar enfrente de la tienda, hay un hueco.

Garth aparcó el coche obedientemente en el lugar que le sugería y siguió a Shannon al interior de la heladería, donde había otras muchas personas dispuestas a disfrutar de los helados de chocolate del local y a analizar la original versión de Verna Montana sobre *La fierecilla domada*. Era un grupo de gente relajado y tranquilo, que parecía satisfecho con la vida del pueblo. Algunos saludaron a Shannon cuando entró. Ella respondió con un alegre saludo y condujo a Garth hasta una mesa vacía situada en el centro del local.

—Yo he conseguido la mesa y las sillas. Ahora te toca a ti ir a buscar los helados —le dijo a Garth—. Yo quiero un helado doble de vainilla, con ración doble de chocolate, nueces y merengue.

—Veo que tienes buen apetito —y la dejó mientras iba a hacer cola para comprar los helados.

Shannon sonrió radiante mientras lo observaba colocarse en la cola, y se preguntó cuánto tiempo habría pasado desde la última vez que Garth había tenido que esperar para comprar un helado. Garth miró hacia ella, advirtió la risa en su mirada y le devolvió la sonrisa. Aquella expresión de diversión parecía propia de un pirata, pero por lo menos era una verdadera sonrisa. De hecho, aquella era una de las pocas ocasiones en las que Shannon había visto una sonrisa en su rostro. Shannon asumió el hecho de que adoraba verlo sonreír. Cada vez que le arrancaba una sonrisa, se sentía como si hubiera descubierto un auténtico tesoro.

Garth regresó a la mesa pocos minutos después, llevando cuidadosamente dos magníficos helados. El local estaba lleno de las animadas voces de los espectadores que discutían sobre la obra.

—Y ahora, acerca de la abominación que acabamos de presenciar —comenzó a decir Garth mientras atacaba el helado—, creo que tu amiga Verna tiene muchas preguntas que contestar. Admito que hace muchos años que no veía *La fierecilla domada*, pero creo recordar que Petruchio no tenía el aspecto de un payaso.

–En la versión de Verna lo tiene –respondió Shannon triunfal–. Y, por la forma en la que Kate maneja a Petruchio, es evidente que lleva las riendas de la situación desde el principio. No sé por qué no he visto nunca el potencial que encerraba esta obra.

–No lo has visto nunca porque, para empezar, Shakespeare nunca lo planteó –replicó Garth–. Se supone que Kate es una mujer de carácter, pero no una manipuladora.

Shannon se inclinó agresivamente hacia adelante, blandiendo la cucharilla de su helado.

–Verna ha mantenido algunos argumentos excelentes en su obra, y uno de ellos es que los hombres muchas veces ni siquiera saben cuándo están siendo manipulados por una mujer. Normalmente tienen el ego tan hinchado que piensan que son ellos los que lo dirigen todo.

–Shannon, no sabes de lo que estás hablando.

–¡Ja! –alzó la barbilla con expresión desafiante–. Si una mujer inteligente como Kate juega bien sus cartas, puede manipular a su Petruchio durante toda la vida y él jamás se dará cuenta.

–Te prometo que yo no sería tan estúpido.

–Eso es lo que dicen todos –le informó Shannon jubilosa mientras hacía un gesto con la cuchara con el que parecía querer señalar a todos los hombres.

–Shannon.

–Apuesto a que todos los hombres de este mundo creen que son ellos la parte dominante en la relación. Por liberados que se crean, su ego sigue funcionando como en la Edad Media. Ese es otro de los argumentos que Verna ha expuesto de manera inmejorable esta noche.

–Shannon, te estás dejando llevar por la emoción –respondió Garth, con la mirada fija en la cucharilla que blandía la joven.

–La obra de Verna les plantea a los hombres que no han cambiado demasiado desde la época de Shakespeare.

–Creo –respondió Garth–, que será mejor que te tranquilices y te comas el helado antes de que nos echen.

–Afortunadamente, en esta heladería no hay guardias de seguridad –repuso Shannon con altivez–. Otra de las cosas que

Verna ha dejado clara esta noche es la verdadera razón por la que Petruchio quería casarse. Era un mercenario. Por lo que a mí concierne...

–Shannon.

–Es más, gracias a la versión de Verna, ahora soy capaz de ver que el personaje de Kate representa toda la capacidad de la fuerza femenina. Ella...

Shannon no pudo continuar. Garth se levantó de pronto, posó las manos en sus hombros y la besó con fuerza en los labios. El flujo de argumentos se quedó congelado en la garganta de Shannon. Estaba tan sorprendida por el ansia impaciente de aquel beso como por el injurioso hecho en sí mismo. Acababan de cruzar una barrera invisible y ya nada podría ser igual. Abrió los ojos en silencio, completamente estupefacta.

Mientras Garth levantaba lentamente la cabeza y miraba a Shannon a los ojos, estalló en la heladería una oleada de aplausos.

–¡Adelante, Petruchio! –gritó alguien–. Demuéstrale quién es el jefe.

Shannon no se movió mientras Garth volvía a sentarse y tomaba la cuchara.

–Cómete el helado, Shannon –le aconsejó Garth delicadamente.

Sin decir una sola palabra, Shannon volvió a hundir la cuchara en el helado.

Capítulo 3

El corto trayecto desde la heladería hasta la casa fue hecho en completo silencio. Por primera vez desde que conocía a Garth, a Shannon no se le ocurría nada que decir. Era una sensación extraña, como si algo delicado y frágil estuviera comenzando a cobrar forma y temiera romperlo antes de que se hubiera forjado por completo. La joven agradecía la húmeda y neblinosa oscuridad que ocultaba su rostro mientras Garth aparcaba el coche enfrente de su casa, salía y le abría la puerta.

Shannon se dio cuenta de que estaba conteniendo la respiración mientras él la acompañaba alrededor del Porsche. Volvió a respirar de nuevo en el momento en el que Garth la acompañó hasta la puerta de su casa. Se detuvieron en los escalones de la entrada y Garth le pidió la llave para abrirle la puerta. Cuando la puerta se abrió, bajó la mirada hacia Shannon y estudió su rostro bajo la tenue luz de la entrada. Alzó la mano para acariciar su pelo y levantó después la otra para tomarla delicadamente por el cuello mientras inclinaba la cabeza para besarla.

Shannon musitó algo suave e ininteligible, pero las débiles palabras murieron en sus labios cuando volvió a sentir el intenso deseo de Garth.

—Shannon, por favor, invítame a pasar —susurró Garth contra su boca.

—¿A tomar una copa? —la voz de Shannon era un trémulo suspiro. La joven era vívidamente consciente del calor de los dedos de Garth sobre su piel.

—No, a tomar una copa no, a acostarme contigo.

Volvió a buscar sus labios y con una constante y persuasiva presión, consiguió que la joven los entreabriera. Garth dejó escapar un gemido y profundizó el beso. Sus manos descendían lentamente por la espalda de Shannon, urgiéndola a acercarse a él. Shannon ni siquiera era consciente de que le había rodeado el cuello con los brazos. Podía sentir el calor y la fuerza de Garth y nada le había hecho nunca sentirse tan bien.

—¿Shannon?

Shannon comprendió que Garth no pensaba entrar en su casa si ella no lo invitaba. Y le habría resultado muy fácil rechazarlo. Garth no habría discutido su decisión. Quizá fuera algo simbólico. Hasta el momento, había sido ella la que había hecho todas las invitaciones en su relación. Seguramente Garth quería que también hiciera aquella. Aquello debería haberle dado una pequeña sensación de poder. Y así habría sido si Shannon no hubiera sido consciente de la intensidad de su propio deseo. Inclinó la cabeza hacia atrás, apoyándola en el brazo de Garth y lo miró a los ojos.

—No quiero que sientas que tienes que cumplir con ninguna... obligación social —contestó.

—No bromees conmigo, Shannon. Esta noche no. Aunque me lo merezca —el deseo enronquecía su voz—. Solo dime que puedo pasar a tu casa y hacer el amor contigo.

Shannon apoyó la cabeza en su hombro.

—Puedes pasar y quiero que hagas el amor conmigo —susurró.

Garth tensó los brazos a su alrededor. Shannon pudo sentir el alivio y la masculina anticipación que lo asaltaban. Entonces Garth la condujo al interior de la casa y cerró la puerta tras ellos. Shannon lo oyó forcejear con el cerrojo.

—Este cerrojo deben haberlo puesto hace cuarenta años. Deberías hacer que te instalaran algo más seguro.

Shannon sintió una placentera diversión al pensar que Garth era capaz de fijarse en algo tan mundano como un cerrojo después de haberla besado con tanta pasión.

—Pensaré en ello –le prometió suavemente. Pero en cuanto Garth volvió a estrecharla contra él, se olvidó completamente de aquel asunto.

Garth ni siquiera se molestó en encender la luz del vestíbulo. En medio de la oscuridad, volvió a besarla otra vez con labios cálidos, firmes.

—Te deseo desde la primera vez que te vi. Pero la noche que me invitaste a cenar lo estropeé todo. No he dejado de arrepentirme un solo día desde entonces.

Shannon lo silenció poniéndose de puntillas y posando un beso ligero como una pluma sobre sus labios.

—No pasa nada, Garth.

—Quiero explicarte algo.

—Más tarde. Ahora no tienes por qué explicarme nada.

Garth se estremeció mientras la abrazaba.

—Todo saldrá bien, cariño. Te lo prometo.

Shannon curvó los labios en una dulce sonrisa.

—Ya te lo he dicho, no quiero que te sientas en absoluto obligado.

—Eres una bromista –gruñó Garth, apartándole el pelo y besando el delicado rincón que se escondía tras el lóbulo de su oreja–. Me pregunto por qué no me he dado cuenta hasta ahora.

—Todavía me estás conociendo.

—Es cierto. Pero mañana por la mañana, estaré al tanto de la mayor parte de tus secretos.

—¿Ah, sí?

—Esa será mi prioridad. Estás temblando –observó, mientras deslizaba las manos por su cintura–. Estás nerviosa, ¿cariño?

—Sí –contestó con sinceridad.

—Pues no lo estés –le pidió Garth suavemente–. Esto está bien, puedo sentirlo.

—Lo sé –estaba tan segura de ello como parecía estarlo Garth.

Garth volvió a buscar sus labios, la levantó en brazos y se dispuso a recorrer el corto pasillo. Cuando se detuvo al lado de la primera puerta que encontraron, Shannon sacudió la cabeza.

–No –susurró–. No es esa. Esa es la puerta de mi estudio. La siguiente.

Garth la agarró con fuerza y cruzó la puerta siguiente. La cama de Shannon parecía estar esperándolos entre las sombras. La colcha estampada y los enormes almohadones que la cubrían componían una sensual invitación. Garth dejó a Shannon en el suelo y le sonrió. A pesar de la oscuridad, Shannon podía distinguir el deseo que resplandecía en su mirada y la sensual tensión de su sonrisa.

–Cuando me miras así –dijo Garth–, tengo la sensación de que me voy a morir si no hacemos pronto el amor.

Shannon se inclinó contra él. Se estaba ablandando de tal manera que comenzaba a resultarle difícil mantenerse en pie.

–No lo sabía –consiguió decir.

–¿Hasta que te he besado en la heladería?

Shannon asintió.

–Hasta entonces no era consciente de que me deseabas.

–Te deseo, Shannon –dijo Garth suavemente.

Sus dedos buscaron los botones de la blusa turquesa que Shannon se había puesto aquella noche con unos pantalones a juego. Fue desabrochándoselos uno a uno con deliberada lentitud, hasta que la prenda quedó completamente abierta.

Lentamente, la deslizó por sus hombros y metió los dedos bajo la camiseta que Shannon se había puesto debajo de la blusa. Shannon sintió el roce de sus pulgares sobre los pezones cuando Garth le quitó la camiseta. Quedó entonces semidesnuda frente a él, y siendo tortuosamente consciente del placer que le causaba su desnudez. Garth tomó uno de sus pequeños senos con la mano.

–Tan suaves y delicados –susurró con admiración–. Y tan maravillosamente sexys.

Shannon rio nerviosa, se estrechó contra él y hundió el rostro en su camisa.

–Me alegro de que no seas un fanático del cartel central del *Playboy*.

–Me gustan las mujeres de carne y hueso. Las mujeres sinceras. Sé que no hay muchas. Pero tú eres una de ellas, ¿verdad?

Shannon alzó la cabeza, presintiendo las oscuras sombras que se ocultaban tras aquellas palabras, pero sin saber exactamente lo que Garth pretendía decir. Sabía que en aquel comentario estaba la llave que necesitaba para comprender completamente a aquel hombre. Eran muchas las cosas que todavía no sabía de él.

Pero aquella noche no era una noche para hacer preguntas. La apasionada urgencia que fluía entre ella y Garth era la fuerza dominante en aquel momento. Garth la deseaba y ella sabía, aunque no se hubiera dado cuenta en un primer momento, que también lo deseaba a él. De modo que en vez de contestar a preguntas extrañas, alzó las manos hasta sus hombros y posó los labios en la firme columna de su cuello.

–Ah, Shannon. Eres tan dulce... Dios mío, ¿cómo he podido estar tanto tiempo sin ti?

Garth comenzó a tirar de los vaqueros. Los deslizó por las caderas de la joven, arrastrando al mismo tiempo las bragas de encaje. Cuando Shannon quedó libre de la última prenda, Garth hundió los dedos en su trasero desnudo y la presionó contra él.

Por un instante, pareció conformarse con mantenerla abrazada, pero cuando Shannon se restregó inquieta contra él, Garth soltó una carcajada y la soltó. A continuación, apartó la colcha de la cama. Shannon se deslizó entre las sábanas, sin dejar de mirar a Garth mientras este se desnudaba.

El cuerpo de Garth evidenciaba abiertamente su deseo. Shannon se estremeció emocionada al verlo. En la penumbra, la indiscutible masculinidad de Garth resultaba tan intimidante como cautivadora. Los fuertes músculos de su pecho y sus hombros se estrechaban para dar paso a un vientre plano y unos musculosos muslos. Cuando Garth se metió en la cama y alargó los brazos hacia ella, Shannon se alegró fieramente de ser capaz de hacer que Garth la deseara hasta ese punto. Podía sentir la fuerza de su deseo y lo único que en aquel momento quería era satisfacerlo.

—Garth, te deseo —susurró, asombrada por la intensidad de su propia pasión—. Hasta ahora no he sido consciente de ello. No comprendía por qué tenía tanto interés en llegar a conocerte. Es algo que no me ha pasado con ningún otro hombre.

Garth se inclinó sobre ella, besó el hueco de su cuello y comenzó a explorar su cuerpo.

—Para mañana por la mañana, me conocerás tan bien como yo a ti. Te lo juro.

Garth quería darle más confianza, pero en aquel instante no acudían a su mente otras palabras que las que servían para describir lo dulce, ardiente y sensual que era aquella mujer. Todos sus instintos le gritaban que aplacara las repentinas ansias que lo asaltaban. Unas ansias que habían ido creciendo durante los últimos días, consolidándose en su interior sin que él fuera plenamente consciente de su alcance. Pero aquella noche, cuando, en un impulso, había silenciado a Shannon con un beso, Garth había estado a punto de ahogarse en su propio deseo. Si no hubieran estado en una heladería llena de gente, habría empujado a Shannon al suelo y habría hecho el amor allí mismo con ella.

Pero por fin la tenía cerca de él, bajo su cuerpo, abriéndose plena y completamente para él. Garth estaba fascinado con la honestidad de las reacciones de Shannon. Deslizó la mano por su pequeño seno y sintió florecer su pezón ante aquel contacto. Shannon hundió los dedos en su pelo y apoyó las manos en sus hombros cuando Garth acarició la piel sedosa del interior de sus muslos. Aquel gesto de posesividad estuvo a punto de hacer enloquecer a Garth de deseo.

—Tranquila, cariño —susurró Garth cuando Shannon se alzó contra su mano—. Yo te daré todo lo que quieras. No necesitarás a nadie más.

—Solo a ti —las palabras de Shannon eran un pequeño y dulce grito nacido en lo más profundo de su garganta mientras se aferraba a él.

Garth pretendía que todo transcurriera lentamente, se recordó el empresario. Pero sabía que no iba a ser capaz de permitirse ese lujo, por lo menos la primera vez.

—Estás completamente preparada para mí —susurró, respirando profundamente mientras acariciaba el corazón del deseo con dedos temblorosos—. ¿De verdad me deseas tanto?

—Por favor, Garth. Jamás en mi vida he deseado algo con tanta intensidad.

Garth la creía, y saberlo estaba a punto de hacerle perder la cabeza. Con extremado cuidado, le hizo abrir las piernas y ella le permitió encantada un acceso más íntimo a su cuerpo.

Garth sabía que en aquel momento la joven no le negaría nada. El deseo rugía violentamente en su interior y Garth ya no podía aguantar ni un segundo más. Se deslizó entre sus piernas, deleitándose al sentir la suavidad de los muslos de Shannon contra la áspera textura de su propia piel. Aquel contraste realzó su conciencia de la feminidad de Shannon hasta tal punto que apenas fue capaz de contenerse.

Shannon lo rodeó con los brazos mientras lo sentía moverse contra ella. Lo estrechó con fuerza, musitando su deseo. El duro miembro de Garth se presionaba contra la aterciopelada humedad de la joven, haciéndole gemir con cada una de sus poderosas embestidas. De pronto, Shannon se tensó como si estuviera reaccionando a una invasión. Aquel repentino cambio, que transformaba el insistente deseo en una sensación de tensión y plenitud tomó a Shannon por sorpresa.

—Oh, Garth.

—Tranquila, cariño. No pasa nada —le apartó el pelo de la cara con extremada delicadeza—. Te daré todo el tiempo que quieras. Eres tan pequeña... No sabía que...

Shannon tenía ganas de echarse a reír, pero estaba demasiado excitada para dar rienda suelta a sus carcajadas.

—No soy yo, eres tú... ¡Eres demasiado grande!

Garth gimió y cubrió su boca con un beso.

—No, creo que la combinación es perfecta —dijo contra sus labios y deslizó la lengua entre sus dientes para comenzar a acariciar el interior de su boca a un ritmo que pronto imitaron otras partes de su cuerpo.

El propio cuerpo de Shannon aceptó rápidamente aquella

cadencia. Se aferró a Garth y alzó las caderas para encontrarse con él. Sus músculos se estiraban y se contraían deliciosamente con cada embestida. Cerró los ojos, entregándose por completo a aquel momento. Jamás había disfrutado de una noche como aquella y estaba dispuesta a disfrutar de todo lo que pudiera ofrecerle.

El tiempo parecía comprimirse, cerrarse a todo lo que no fuera aquella pasión que aprisionaba a Shannon y al hombre que la estaba abrazando. La joven sentía sus sentidos deslizándose hacia un precipicio que contenía un misterio que jamás había explorado plenamente. Estaba ansiosa por entregarse a Garth porque sabía que él podía mostrarle las maravillas que la aguardaban.

Cuando llegaron los sensuales estremecimientos del orgasmo, Shannon gritó el nombre de su amante y se aferró en un maravillado alivio a los brazos de Garth.

Garth la oyó, y fue eso lo único que necesitó para deslizarse inmediatamente hacia el clímax. Su cuerpo se tensó y Shannon le oyó gritar su nombre. Garth se derrumbó pesadamente sobre ella y una penetrante y aletargadora dulzura los envolvió a los dos.

Algunos minutos más tarde, Shannon comenzó a ser consciente de que Garth estaba moviendo la mano por la curva de su cadera. Abrió los ojos y lo descubrió mirándola. Le dirigió entonces una temblorosa sonrisa.

Garth se tumbó a su lado y le hizo apoyar la cabeza en el hueco de su brazo.

—Tú y yo —le dijo con mucha calma—, tenemos algunas cosas que hablar.

Shannon pestañeó confundida.

—¿Como cuáles?

Garth parecía haber recuperado la conciencia mucho más rápido que ella.

—Como la de convertir esto en un hábito. Creo que ya me he convertido en un adicto.

Shannon se relajó contra él.

–Me alegro.

Garth bostezó.

–Dentro de un par de días tendré que volver a San José.

–Preferiría no hablar de despedidas, Garth. Esta noche no.

–¿Y qué te parece que hablemos de mi vuelta?

Los ojos de Shannon brillaron con una felicidad repentina.

–¿Es un tema abierto a discusión?

–Sabes que voy a volver, ¿verdad?

–¿Cuándo?

–El fin de semana que viene. Y el siguiente, y el que venga después del siguiente. Y el otro, y...

–¿Has alquilado la casa para tanto tiempo?

–No. La próxima vez que venga a la costa me quedaré en tu casa, contigo. Siempre y cuando esté invitado, por supuesto.

–Oh, Garth, sabes que estás invitado –Shannon se acurrucó contra él. La felicidad era tal que amenazaba con ahogarla.

–No esperaba que me ocurriera algo así –dijo pensativo.

–Tampoco yo.

Garth la sacudió suavemente.

–Estoy hablando en serio. Esto lo cambia todo. Tendré que hacer planes.

–¿Qué clase de planes?

–Tú no te preocupes por eso –contestó Garth vagamente–. Yo me ocuparé de todo. Mientras sepa que vas a estar esperándome aquí los fines de semana, podré ocuparme del resto de los detalles.

Los fines de semana, pensó Shannon. Se preguntaba por qué aquella frase le había molestado. Por supuesto, en un futuro inmediato, solo podrían pasar juntos los fines de semana. Al fin y al cabo, Garth tenía una empresa que dirigir en San José y ella trabajaba en la costa. Era lógico que él hablara de fines de semana. Pero había algo en su forma de decirlo que le molestaba. No estaba segura de por qué. Quizá fuera que Garth parecía pensar en ella como si fuera una parte separada de su vida. Algo con lo que solo contaba durante los fines de semana.

Shannon frunció el ceño en la oscuridad e intentó olvidar la extraña e incómoda sensación que sus palabras le habían causado. Todo eran imaginaciones suyas. Aquella era una noche muy especial y no quería arruinarla con sus paranoias. Intencionadamente, deslizó el dedo por el vello rizado del pecho de Garth.

—Eh, me estás haciendo cosquillas —se quejó Garth riendo.

—¿El qué, esto? —Shannon dibujó con el dedo el círculo de su pezón—. O esto —deslizó las uñas por su vientre.

Garth atrapó su mano.

—¿No te contó tu madre lo que sucede cuando se tienta de esta forma a un hombre?

—Creo que no. Mi madre puso la mayor parte de mi educación sexual en manos de mis maestros. Y no recuerdo que ninguno de ellos hablara de la tentación.

—Entonces tendré que completar tus clases de educación sexual —dio media vuelta en la cama, se colocó encima de ella y le sujetó las muñecas por encima de la cabeza—. Las mujeres que tientan a los hombres pueden terminar encontrándose en una situación como ésta.

Sin soltarle las manos, comenzó a trazar un camino de besos por sus hombros y descendió lentamente hasta las puntas de sus senos.

Shannon se estremeció.

—Ya veo que tanto mi madre como mis profesores se olvidaron de enseñarme lo más importante.

—No te preocupes. No importa que hayas tenido una educación sexual tan limitada. Soy un hombre paciente y estoy dispuesto a enseñarte yo mismo unas cuantas cosas —mientras con una mano continuaba sujetándole las muñecas, con la otra le acariciaba desde los senos hasta las caderas.

Una vez allí, fue descendiendo en tentadores círculos hasta hacer que Shannon se moviera inquieta bajo él. Entonces comenzó a repetir las mismas caricias por el interior de sus piernas.

Shannon sentía burbujear todos sus sentidos.

—¿Garth?

—¿Mmm? —estaba subiendo lentamente la mano, situándose muy cerca del lugar que guardaba los femeninos secretos de Shannon.

—Creo que ya estoy preparada.

—Convénceme.

—Suéltame las manos y lo haré —le prometió con la voz ronca por la pasión. Se interrumpió para jadear en el momento en el que Garth hizo algo muy especial con los dedos—. ¡Garth!

—No estoy convencido.

Continuaba manteniendo las muñecas cautivas mientras ella se retorcía bajo él y continuó acariciándola hasta oírle suplicar que volvieran a hacer el amor. Escuchó sus suaves súplicas mientras continuaba sometiéndola a una tortura tan deliciosa que Shannon comenzaba a pensar que iba a volverse loca.

—Garth... Yo... Oh, Dios mío, Garth... —abrió los ojos con deleitado asombro mientras él volvía a hundirse en ella, proporcionándole aquella inigualable sensación de plenitud.

Solo entonces le soltó las muñecas. Shannon lo abrazó inmediatamente.

Minutos después, una vez aliviada la pasión, Shannon volvió la cabeza y lo besó en el hombro.

—Definitivamente cruel. Intentaré recordar que tengo que volver a tentarte otra vez.

Garth sonrió con expresión relajada y satisfecha.

—Cuando tú quieras, cariño. Estaré esperándolo cada fin de semana.

Los días siguientes transcurrieron en un clima de absoluta felicidad para Shannon. Continuaba trabajando durante las horas en las que Garth desaparecía en el interior de su casa para dedicarse a sus documentos, pero cada vez que tenían un momento libre, lo pasaban juntos. Daban largos paseos por la playa, iban al pueblo a comprar comida y a recoger el correo de Shannon y cenaban juntos en casa de la joven. Después de cenar, Shannon servía unas copas y ponía música. Y cada vez que

Garth la buscaba, regresaba a sus brazos con el entusiasmo de una paloma mensajera que regresara a su hogar.

Cuando llegó la mañana en la que Garth tenía que volver a San José, Shannon salió a despedirlo con los ojos sospechosamente brillantes, aunque sin perder en ningún momento la sonrisa. Garth la abrazó con fuerza.

—Te llamaré esta noche —susurró contra su pelo.

—Bien —sollozó Shannon.

—Eh, no llores —musitó Garth—. Volveré el fin de semana que viene, ¿te acuerdas?

—Por favor, no te olvides de volver —le pidió Shannon muy seria.

—No podría olvidarme. Te deseo demasiado —volvió a besarla y se metió en el Porsche—. El viernes salgo de trabajar a última hora de la tarde.

—El viaje hasta aquí es muy largo —señaló Shannon, pensando en lo fácil que sería que Garth cambiara de opinión tras una agitada semana de trabajo.

—No importa. De todas formas estarás esperándome, ¿verdad? —no era tanto una pregunta como una declaración.

Shannon asintió.

—Sí, estaré esperándote.

—Eso es lo único que necesito saber —miró hacia el lugar en el que estaba aparcado el pequeño Fiat rojo de Shannon—. No me gusta la idea de que conduzcas un coche tan pequeño. Irías mucho más segura en otro más grande.

—¿Todos los propietarios de Porsches miran con tanta condescendencia los deportivos? —bromeó Shannon.

—No es una cuestión de ser condescendiente —comenzó a decir Garth con firmeza—. Es solo que creo que irías más segura en un coche más grande —cambió de expresión—. Pero no importa, ya tendremos tiempo de hablar de eso. Cuídate, Shannon. Pronto volveré. Espérame.

Shannon sonrió con tristeza y agitó la mano en señal de despedida mientras el Porsche se alejaba por la carretera. Estaría esperándolo. Durante un breve y triste momento, se preguntó otra vez si lo suyo sería únicamente una aventura para los fines de semana. Sabía que se había enamorado de Garth Sheridan.

Shannon siempre había imaginado que enamorarse era compartir un sentimiento, y que eso implicaba, necesariamente, compartir, además de la pasión, la rutina diaria.

Se volvió hacia su casa, diciéndose que al final todo saldría bien. Su relación con Garth estaba en la etapa inicial. Todavía tenían mucho tiempo por delante. Y, mientras tanto, se dedicaría a su trabajo. La cliente de la tienda de San Francisco llegaría la semana siguiente y todavía tenía que terminar de preparar algunas bolsas.

Su humor mejoró considerablemente cuando abrió la puerta del estudio y comenzó los preparativos para empezar a pintar. Tenía su trabajo y el fin de semana siguiente tendría a su amante. La vida le sonreía.

El viernes por la mañana, Garth tenía la sensación de estar a punto de ser consumido por el deseo. Por la ventana de su despacho, veía la ciudad sometida al intenso calor de un día de verano. En lo único en lo que había sido capaz de pensar desde que se había levantado aquella mañana había sido en que iba a conducir hasta la costa. Con un poco de suerte, podría abandonar la oficina después del almuerzo. Solo el cielo sabía la cantidad de horas que había pasado detrás de su escritorio durante la semana para poder adelantar su salida. Shannon lo esperaba para la hora de la cena. Se lo había dicho la noche anterior por teléfono.

Garth cerró los ojos y se permitió el lujo de pensar en Shannon y en lo que le deparaba el fin de semana. Aunque la verdad era que siempre parecía estar pensando en ese tema cuando estaba trabajando. Sin embargo, con su acostumbrada autodisciplina, normalmente mantenía la imagen de la joven en la parte más apartada de su cerebro para que no pudiera interferir en lo que estaba haciendo. Shannon estaba en un compartimiento separado del resto de su vida y allí quería mantenerla.

Garth no quería que Shannon se mezclara con la parte de su vida que giraba alrededor de su trabajo. Para él era perfecto que viviera a una distancia prudencial de San José, a salvo de las guerras que definían los negocios de Sherilectronics y sus competidores en la selva de Silicon Valley. Shannon era demasiado delicada y demasiado sencilla para vivir en su mundo, decidió Garth. Su naturaleza artística necesitaba ser protegida. Él la protegería de su propio mundo y, en el proceso, también él encontraría un refugio. Podía ser capaz de sobrevivir en San José, pero durante los meses anteriores, había estado cuestionándose si realmente merecía la pena tanto esfuerzo. Un fin de semana disfrutando del calor y la suavidad de Shannon le parecía mucho más tentador de lo que podría haber imaginado.

La puerta se abrió en el momento en el que estaba dirigiéndole una nueva mirada al reloj. Su secretaria, Bonnie Garnett, lo saludó con una de sus profesionales sonrisas. Bonnie siempre sonreía cuando se suponía que tenía que sonreír. A veces, Garth se preguntaba por lo que se escondía realmente detrás de aquella femenina perfección. Bonnie debía de tener los mismos años que Shannon, pero no podía ser más diferente que ella. Durante los cinco años que llevaba trabajando para él, Garth siempre la había visto con el mismo aspecto que si hubiera estado posando ante la cámara de un fotógrafo de moda. Y al verla fue consciente de lo mucho que le gustaban los vaqueros y la melena de Shannon.

–El señor McIntyre ha venido a verlo, señor. Ya tiene preparada la próxima sección de la propuesta para Carstairs.

–Estupendo, dile que pase –con desgana, Garth dejó que la imagen del fin de semana volviera a deslizarse a los rincones más apartados de su mente–. Oh, Bonnie, hoy pretendo irme a primera hora de la tarde. ¿Hay algún asunto especialmente importante en la agenda?

–No, señor. Pero ha vuelto a llamar la secretaria del señor Hutchinson para recordarle que el día veinte celebran una fiesta.

Garth tamborileó con impaciencia la mesa del escritorio y miró el calendario.

–El día veinte es sábado.

–Exacto, señor. El sábado de la semana que viene.

Garth juró para sí. No quería ir a esa condenada fiesta. Él rara vez asistía a fiestas de ninguna clase. Pero Hutchinson era un conocido del mundo de los negocios desde hacía mucho tiempo y Garth era consciente de que le debía algunos favores. Steve Hutchinson y su esposa habían dejado muy claro que podía prescindir de cualquiera de sus obligaciones sociales siempre y cuando no dejara de asistir a una de las fiestas más importantes del año.

Pero aquella fiesta se interponía entre él y un fin de semana que quería pasar con Shannon. En cualquier caso, tendría que hacerlo. Garth arrojó su bolígrafo al escritorio.

–Dile que asistiré, Bonnie.

La sonrisa de Bonnie no sufrió la menor alteración a pesar del tono malhumorado de su jefe y Garth supo que era porque estaba acostumbrada a aquel tono. Garth era una persona bastante adusta. Pero también pagaba muy bien a sus secretarias. Y sabía que el dinero aumentaba la tolerancia al mal humor.

Wes McIntyre entró con aire despreocupado en el despacho del presidente. Era el vicepresidente de la empresa y se había ganado a pulso aquel puesto. Era un hombre de poco más de treinta años, de pelo rubio, ojos azules y considerablemente atractivo. Y también extremadamente agudo para todo lo relacionado con la compañía.

–He terminado de perfilar la propuesta, Garth –se sentó en una silla de cromo y cuero sin esperar a que su jefe lo invitara a tomar asiento–. No veo ningún problema en decirle a Carstairs que podemos tenerlo todo preparado para principios de la primavera. Eso significará acelerar el proceso de montaje mediante horas extra, pero creo que podremos conseguirlo.

Garth asintió satisfecho.

–Estupendo. Para Carstairs el tiempo es tan importante como el precio. Si podemos garantizar el pedido para la primavera, estarán dispuestos a pagar por ello. ¿Algo más?

Wes sacudió la cabeza.

—Creo que con esto ya puedo dar por terminada mi parte. Con las cifras que me traigas el lunes deberíamos ser capaces de ganar a cualquier otra posible oferta. Bastará con que la afinemos un poco y Bonnie ya podrá empezar a preparar el documento.

—No quiero que utilice el ordenador para hacerlo. Dile que la última versión de la oferta la haga en la máquina de escribir eléctrica, como ha hecho con los documentos preliminares. No quiero ver una sola copia y no necesita la ayuda de nadie.

—Me aseguraré de que lo comprenda. Lleva suficiente tiempo trabajando aquí como para saber que cuando le pones a un documento la etiqueta de estrictamente confidencial, estás hablando en serio. Diablos, toda la empresa lo sabe –sonrió–. Y si todavía había algunas almas cándidas que no lo supieran, seguro que lo aprendieron cuando despediste a George Keller hace unos meses.

—Keller no debería haber abierto la boca para hablar de los negocios de Sherilectronics en una fiesta. Se llevó lo que se merecía –Garth cerró el portafolios que tenía sobre el escritorio–. De acuerdo, ya está todo, Wes. Me iré después de comer, y, como siempre, me llevaré la oferta para Carstairs. No quiero que quede ni un solo documento en la oficina.

—Diablos, si ni siquiera los dejas en tu despacho durante la hora del almuerzo, cómo vas a dejarlos todo un fin de semana. Creo que muchos pensarían que eres un paranoico –rió Wes.

—Y otros que soy un hombre prudente. Ya he salido escaldado varias veces y no quiero que vuelva a ocurrirme. Si me necesitas, puedes dejarme un mensaje en el contestador. Yo te devolveré la llamada.

—De acuerdo –Wes se levantó y se dirigió hacia la puerta, seguido por un absoluto silencio.

Garth le dirigió una mirada más al reloj y decidió marcharse. En su mundo ya estaba todo bajo control y en lo único en lo que podía pensar era en escapar a su otro mundo, a aquel en el que una hermosa y dulce princesa estaba esperándolo con los brazos abiertos en su castillo.

Se levantó y se acercó al armario a buscar la chaqueta. Ya tenía la bolsa preparada esperándolo en el Porsche. En solo unas horas estaría nuevamente con Shannon. Una desacostumbrada sensación de júbilo lo invadió.

El patrón de su vida se había visto seriamente alterado por lo que había ocurrido entre Shannon y él la semana anterior. Una serie interminable de fines de semana se extendía ante él, prometiéndole la posibilidad de renovarse y ser feliz en un mundo que no tenía nada que ve con aquel en el que trabajaba.

Garth se prometió a sí mismo que haría todo lo que estuviera en su mano para proteger aquel refugio y a la mujer que lo mantenía para él.

En su mente, ya estaba muy cerca de casa de Shannon, anticipando su calor, la deliciosa cena que compartirían y la larga noche que pasaría entre sus brazos.

Quizá, pensó mientras se metía en el Porsche, con la perspectiva de pasar los fines de semana con Shannon le resultara más fácil dominar el creciente desasosiego que experimentaba durante los días de trabajo.

Sabiendo que los fines de semana le llevarían la paz y el consuelo que necesitaba, quizá pudiera aplacar el extraño humor que había estado acosándolo durante los últimos meses.

Capítulo 4

Garth llegó temprano. Shannon no lo esperaba hasta un par de horas después. Al oír el sonido de las ruedas sobre la grava acompañado del suave ronroneo del motor del Porsche, dejó a un lado las pinturas. Sacó precipitadamente la última tarjeta que tenía bajo la serigrafía, la colocó con cuidado sobre la mesa para que se secara y corrió hacia la puerta.

–¡No te esperaba hasta esta noche! –exclamó, bajando rápidamente los escalones de la entrada mientras Garth abandonaba el Porsche.

–He salido antes de lo que pensaba.

Esperó a Shannon con los ojos llenos de profunda satisfacción.

Shannon corrió hacia él, pero se detuvo cuando estaba a punto de lanzarse a los brazos de Garth.

–No me atrevo a tocarte. Estoy llena de pintura.

Garth inclinó la cabeza y la besó, algo que había estado pensando hacer durante las últimas horas. Fue un beso firme y sensualmente agresivo que contenía una buena dosis de deseo.

–Pasemos dentro. Ha sido un viaje muy largo.

Parte del placer de Shannon se desvaneció al oír aquellas palabras.

–¿Cuánto has tardado en llegar hasta aquí? ¿Cuatro horas?

–Casi –Garth entró en la casa y dejó el equipaje en el suelo. Buscó de nuevo la boca de Shannon–. Pero cada kilómetro ha merecido la pena.

–Espero que sigas pensando lo mismo el fin de semana que viene. Y el que viene –Shannon intentaba mantener la voz alegre, pero temía que su voz reflejaba su inseguridad.

–Siempre y cuando me estés esperando, vendré –Garth se quitó la cazadora y la colgó en el armario. Por sus gestos, parecía sentirse como en su propia casa. Entonces se volvió hacia ella–. Enséñame lo que has estado haciendo para terminar cubierta de pintura roja.

Shannon volvió a sonreír y lo condujo a su estudio.

–He estado preparando otras tarjetas. Esperaba haber hecho también algunas bolsas, pero me han llamado de varias tiendas para decirme que se habían quedado sin tarjetas. Estaba acabando cuando has llegado. Ahora tengo que recoger todo esto.

Garth la siguió al interior del estudio y estuvo estudiando el despliegue de pequeñas herramientas sobre la mesa de trabajo y las tarjetas que se estaban secando sobre la rejilla después de haber recibido su tercer color...

–¿Es necesario pintar cada color por separado? –Garth observó con el ceño fruncido la pantalla de la serigrafía.

–Exacto. Supongo que a alguien que dirige una empresa de componentes electrónicos no debe parecerle el colmo de la eficacia. Apuesto a que tú eres capaz de producir cincuenta billones de aparatitos en una hora en tus cadenas de montaje, ¿verdad?

–No sé si cincuenta millones, pero seguro que tardamos mucho menos en hacer nuestros... aparatitos que tú con tus tarjetas –replicó secamente–. Aun así, no podemos vender productos hechos a mano.

–¿A qué se dedica exactamente Sherilectronics, Garth?

Durante toda la semana, Shannon había estado dándole vueltas a lo poco que sabía de Garth.

–A las placas y otros componentes para las empresas que fabrican ordenadores –contestó Garth con aire ausente. Estuvo paseando por el taller mientras Shannon limpiaba la tinta roja de la pantalla–. Nada que pueda interesarte.

Se detuvo frente a un montón de lienzos pintados.

—¿Todos esos dibujos son para las bolsas?

—Exacto. Quería tener varios diseños para poder enseñárselos a la encargada de la tienda que va a venir dentro de una semana.

Garth tomó uno de los diseños, era una inicial de color rojo decorada con dragones esmeralda y trabajosas volutas. La contempló con expresión pensativa.

—¿Esa compradora te hará un contrato si decide comprarte las bolsas?

—Probablemente —contestó Shannon despreocupada—. Estoy segura de que dejaremos algo por escrito sobre los envíos y los precios. La verdad es que por aquí no solemos preocuparnos mucho por los contratos formales, pero supongo que ella estará acostumbrada a moverse de manera más formal.

—Estoy convencido. Y también que estará acostumbrada a aprovecharse de los artesanos que no saben mucho del mundo de los negocios —Garth dejó el lienzo que estaba sosteniendo—. No firmes nada hasta que yo no tenga oportunidad de echarle un vistazo, Shannon.

Shannon lo miró sorprendida.

—Pero Garth, no es necesario. Además, si le interesan mis bolsas, querré cerrar el trato lo antes posible. Ésta es la primera compradora verdaderamente importante con la que me encuentro. No quiero echar a perder la posibilidad de llegar a un acuerdo con ella.

—Supongo que podrá esperar unos cuantos días antes de firmar el contrato. Si está dispuesta a realizar una operación a gran escala, estará dispuesta a esperar. No quiero que firmes nada hasta que yo no lo haya leído, cariño.

Desconcertada, Shannon abrió la boca para replicar, pero volvió a cerrarla. Garth iba a estar allí solo dos días. No quería malgastar ni un solo segundo de ese tiempo en una discusión. Se le ocurrió entonces que esa iba a ser una de las dificultades de su relación. Probablemente, la falta de tiempo los llevaría a ignorar sus problemas.

—¿Qué tal te ha ido la semana? —le preguntó Shannon, con

lo que esperaba pareciera un conveniente interés mientras terminaba de limpiar la mesa.

—Larga y agotadora. Me tomaría una copa, ¿tienes algo de beber?

Shannon asintió.

—Me cambiaré de camisa mientras sirves las copas. En el mostrador de la cocina hay una botella de vino.

Garth sonrió mientras salía al pasillo y se dirigía hacia la cocina.

—He traído una botella de whisky. Imaginaba que no tendrías.

Shannon hizo una mueca. Se aseguraría de comprar whisky para la semana siguiente. Todavía tenía muchas cosas que aprender sobre Garth, pensó mientras iba a su dormitorio a ponerse una camisa limpia.

El hielo tintineaba en los vasos cuando Garth se acercó hasta la puerta. Permaneció en el marco, observándola mientras se abrochaba la blusa.

Shannon se sonrojó ligeramente ante la intensidad de su mirada. No estaba acostumbrada a cambiarse de ropa delante de un hombre y al parecer iba a costarle mucho acostumbrarse a hacerlo sin darle ninguna importancia. Se volvió discretamente para darle la espalda y terminó de abrocharse rápidamente los botones.

—¿Cómo va la oferta que estabas preparando?

—Estará lista a tiempo —parecía no tener ningún interés en el tema.

Shannon se quedó muy quieta mientras sentía a Garth acercándose a ella. Cuando sintió la mano en su hombro, dejó de abrocharse los botones.

—Supongo que debe de ser un alivio para ti. Parecía un asunto importante.

—¿Ah, sí? —Garth inclinó la cabeza y la besó suavemente en la nuca.

—Vaya, sí. Garth, me interesa tu trabajo. Yo... en realidad sé muy pocas cosas de ti. Lo único que tengo es un número de teléfono de San José. Ni siquiera sé cuál es la dirección de tu casa —se estremeció ligeramente cuando Garth acarició la curva de su hombro y deslizó la mano por el interior de la blusa.

—Me aseguraré de darte mi dirección antes de irme. Así podrás enviarme una de tus tarjetas. No te preocupes, Shannon. Tendrás mucho tiempo para aprender todo lo que necesitas saber sobre mí. Y en cuanto a lo que a mi vida en San José se refiere, no tienes que preocuparte en absoluto. Esa parte de mi vida no tiene nada que ver con nosotros.

Pero lo separaba de su lado durante cinco días a la semana, pensó Shannon con resentimiento. Aun así, forzó una sonrisa mientras se volvía hacia él y le rodeaba el cuello con los brazos.

—¿Tienes hambre?

—Ajá. Mucha.

La besó muy lentamente, entreabriendo sus labios con los suyos y disfrutando durante un instante de la caricia de su lengua.

—Entonces será mejor que vaya metiendo la cena en el horno.

—Eso puede esperar.

Shannon oyó el tintinear del cristal mientras Garth dejaba el vaso en la cómoda. Casi inmediatamente, los dedos de Garth volaron hasta los botones que Shannon acababa de abrocharse. Garth los desabrochó uno a uno y deslizó la camisa por sus hombros.

—Me gusta que no lleves sujetador —dijo satisfecho, mientras le acariciaba los senos. Volvió a besarla lentamente mientras le acariciaba los pezones con los pulgares—. He estado pensando en ti durante toda la semana. No puedo recordar ninguna otra vez en mi vida en la que una mujer haya llenado mis pensamientos durante las horas de trabajo. Me distraes mucho, Shannon.

—Me cuesta imaginarme que algo pueda distraerte de tu trabajo.

—Créeme, Shannon, tú tienes esa capacidad —la empujó delicadamente hacia la cama.

—Garth, ¿qué va a pasar con la cena?

—¿Qué va a pasar? Pues que cenaremos más tarde. Ahora mismo, tengo otra hambre que satisfacer. Ésta ha sido una semana muy larga, cariño.

Shannon sonrió cariñosamente mientras le enmarcaba el rostro con las manos.

—Para mí también, Garth.

—Me alegro —musitó mientras la tumbaba en la cama y se tumbaba a su lado—. Quiero que me desees tanto como te deseo yo.

Deslizaba las manos sobre ella, buscando los secretos que había descubierto el fin de semana anterior y deleitándose al volver a descubrirlos.

Shannon suspiró suavemente, rindiéndose sin protestar a la pasión que ardía nuevamente entre ellos. Era tan poco el tiempo que podían pasar juntos, pensó fugazmente. Tenían que aprovechar cada minuto. La cena podía esperar.

El fin de semana transcurrió a una velocidad vertiginosa, tal como Shannon había temido. El domingo, mientras estaba en la cocina preparando el café y esperando a que Garth saliera de la ducha, se preguntaba a dónde había ido el tiempo. La semana que tenía por delante se le hacía interminable. Iba a tener que acostumbrarse a las despedidas de los domingos, pensó para sí.

—Huele muy bien —señaló Garth cuando entró en la cocina, apreciando la fragancia del café.

La presencia de Garth parecía dominar toda la cocina y Shannon fue intensamente consciente de él. Todavía estaba abrochándose la camisa y tenía el pelo mojado después de la ducha. La escena resultaba dolorosamente familiar y, al mismo tiempo, completamente ajena a la realidad de Shannon.

—¿Cuándo tienes que irte? —le preguntó, intentando parecer tranquila mientras le servía el café. Normalmente, se habría preparado un té. Pero a Garth le gustaba más el café.

—Me gustaría intentar salir alrededor de las doce. Esta noche tengo que preparar las reuniones de mañana por la mañana –Garth se sentó a la mesa y alargó la mano hacia una tostada.

–Tenemos tiempo para ir a dar un paseo por la playa después del desayuno –comentó Shannon, intentando imprimir una buena dosis de alegría a su comentario.

–Me parece una buena idea –Garth levantó la taza de café que tenía ante él–. ¿Sabes, Shannon? He estado pensando en la cerradura de tu casa.

Shannon lo miró asombrada.

–¿En mi cerradura?

–Sí. Es pésima. Creo que voy a comprarte una cerradura nueva en Mendocino o en Fort Bragg. Me preocupa que pases aquí sola toda la semana. Me sentiría más cómodo si supiera que tienes cerrojos decentes en todas las puertas y ventanas.

–Garth, este es un lugar muy pacífico y tranquilo. Aquí no se cometen delitos. No estamos en San José.

–Ya sé que no estamos en San José –replicó Garth pacientemente–, pero aun así, no me gusta que vivas aquí sola.

–He vivido aquí sola durante los últimos dos años –estaba empezando a parecer hostil, comprendió Shannon horrorizada. Pero no podía echar a perder el fin de semana por una discusión. Solo le quedaban unas cuantas horas al lado de Garth–. Estoy segura sin necesidad de cambiar las cerraduras.

–Llamaré mañana mismo a alguien. Le diré que se ponga en contacto contigo para acordar la hora en la que puede venir a cambiar los cerrojos.

–Garth, por favor, no necesito cerraduras nuevas.

Garth la miró a los ojos.

–Cariño, creo que eres demasiado ingenua en lo relativo a los aspectos más sórdidos de la vida. Pero no te preocupes, yo me encargaré de todo.

Sintiéndose impotente, Shannon metió la cuchara en un cuenco de fresas. Sabía que estaba enfadada, pero no se atrevía a decir nada más. Quizá fuera sensato cambiar las cerraduras. Las únicas que había estaban ya allí cuando ella había alquilado la casa. Y solo el cielo sabía cuánto tiempo podían llevar puestas.

Pero no era la cuestión de si debía o no cambiar las cerraduras lo que le molestaba, sino la forma en la que Garth asumía responsabilidades sobre decisiones que le concernían exclusivamente a ella. Estaba metiéndose cada vez más en su vida, tomaba decisiones y le daba consejos que no le había pedido. Y el problema era, comprendió Shannon, que aquella intromisión no era recíproca. Garth se estaba inmiscuyendo en su mundo, pero ella todavía no sabía absolutamente nada del suyo.

—Me pensaré lo de las cerraduras —le ofreció Shannon, intentando llegar a una solución de compromiso.

Garth arqueó las cejas con expresión divertida.

—No, no lo pensarás. Seré yo el que me ocupe de ello.

Shannon tensó los labios, pero mantuvo la boca cerrada.

Media hora más tarde, mientras estaban paseando por la playa, Garth le comentó lo de la fiesta del fin de semana siguiente. Y Shannon tuvo la impresión de que ni siquiera lo habría mencionado si ella no hubiera dicho que el fin de semana siguiente se representaba otra de las obras de Verna Montana.

—Es una obra de teatro que ha escrito ella misma —le explicó entre risas—. Seguro que es divertida. Es una sátira sobre los altos ejecutivos y por lo visto ha caracterizado a los personajes como diferentes verduras.

—Verduras.

Shannon sonrió de oreja a oreja.

—Verna representa a las verduras como si tuvieran diferentes personalidades.

—Supongo que en ese caso, lo único que puedo hacer es alegrarme de que no sea un musical. Ver a las verduras cantando sería más de lo que podría soportar —Garth frunció el ceño de pronto y agarró a Shannon bruscamente del brazo—. Oh, diablos, acabo de acordarme de que no voy a poder venir el próximo fin de semana.

A Shannon se le cayó el corazón a los pies. Fijó la mirada en el final de la playa.

—¿Tienes que trabajar? —le preguntó en un tono completamente neutral.

—En cierto modo —respondió Garth—. En realidad es por culpa de una maldita fiesta.

—¿Una fiesta?

—Una fiesta de trabajo. Normalmente, las evito como a la peste, pero ésta la organiza un tipo que me ha hecho algunos favores. Él y su esposa organizan una fiesta todos los años y esta vez cae en sábado. El cielo sabe que si pudiera no iría. Pero la mayor parte de mis competidores y algunos de mis clientes estarán allí. Ya tengo bastante con tener que soportar a esos tipos en el trabajo. No me gusta tener que socializar también con ellos.

Shannon tomó aire y dijo con recelo:

—Podría bajar yo a San José el fin de semana que viene. Estoy segura de que podré encontrar algún vestido decente en mi armario. Iré a la fiesta contigo.

—No.

Shannon se mordió el labio, ligeramente desconcertada por su brusca negativa. Esperaba alguna resistencia, pero aquello era como enfrentarse a una pared de granito.

—No me importa conducir, Garth.

—No quiero que te mezcles con ese aspecto de mi vida, Shannon —Garth tiró de ella para que se detuviera y deslizó la mano bajo su melena, rozó su boca con un beso y sonrió débilmente—. No me mires así, lo hago por tu bien, cariño. No te gustaría el tipo de gente que asiste a esa fiesta. Créeme. A mí tampoco me gustan particularmente. Solo voy porque forma parte de mi trabajo.

—Y no quieres mezclarme con tu trabajo.

—No. Por cierto, hablando de conducir... —continuó pensativo.

Shannon lo miró fijamente, confundida.

—¿Qué tiene que ver la conducción con todo esto?

—De verdad creo que deberías comprarte un coche más grande que ese Fiat. Estarías más segura.

—Garth, ¡estamos hablando de tus planes para el fin de semana que viene, no de mi coche!

—Sobre el fin de semana no hay nada que hablar. Pero quiero pensar un poco más en tu Fiat.

—¿Cómo puedes protestar porque conduzco un deportivo cuando tú también conduces uno? —le preguntó, exasperada y herida. Garth parecía decidido a hacer girar la conversación hacia el tema del coche.

—No es lo mismo, Shannon —comenzó a caminar otra vez—. Las carreteras de esta zona son muy estrechas y tienen muchas curvas. Es cierto que no utilizas mucho el coche, pero quiero que estés segura cuando lo hagas. ¿Te gustaría tener un Buick o un Ford?

—¿Bromeas? ¿Después de haber conducido un Fiat? ¡Lo odiaría! Garth, escucha, mi coche está perfectamente y me encanta. No quiero un coche nuevo.

—Si prefieres un coche extranjero, podríamos pensar en conseguir un Mercedes. Son buenos y muy sólidos.

Shannon quería gritar de frustración. Tuvo que emplear toda su fuerza de voluntad para mantener una actitud civilizada. No podía arruinar el último par de horas que le quedaban con su amante.

—No podría permitirme el lujo de comprarme un Mercedes —señaló con frialdad.

Garth le estrechó la mano.

—No tienes que preocuparte por ese tipo de cosas. Yo me encargaré de eso.

—No —contestó con vehemencia—. No vas a comprarme un coche, Garth.

—¿Por qué no?

Al final, Shannon perdió la paciencia.

—¡Porque lo digo yo! Y no hay nada más que hablar. No quiero que te gastes tu dinero conmigo, Garth Sheridan. No estamos casados, solo somos amantes de fin de semana. ¿Es que no lo entiendes?

Garth volvió a detenerse y posó las manos en sus hombros.

—Eres tú la que todavía no lo entiende, Shannon, pero lo comprenderás —la miró como si fuera a decir algo más, pero en vez de seguir hablando, miró el reloj con impaciencia–. Ahora tengo que marcharme. Son casi las doce. El viernes que viene no, el siguiente, intentaré salir antes de tiempo.

–Garth, espera. Tenemos que hablar...

–Te llamaré esta noche –se volvió y comenzó a caminar–. Y no olvides lo que te he dicho sobre el contrato. No lo firmes hasta que yo no haya tenido oportunidad de verlo.

–Garth, creo que puedo ocuparme yo sola de ese asunto. Llevo dos años viviendo de mis serigrafías –Shannon intentaba frenéticamente mantener un tono razonable y prudente de voz, pero era consciente de que no lo estaba consiguiendo del todo.

–No firmes nada. Ah, y tendrás noticias del cerrajero esta semana.

Shannon decidió renunciar por el momento. No tenía sentido discutir. El tiempo del fin de semana había terminado.

Minutos después, permanecía con la mirada clavada en la carretera, viendo cómo se alejaba Garth en el Porsche. Tenía la sensación de que, en vez de en otra ciudad, Garth vivía en otro mundo.

Frustrada e insegura, regresó al interior de la casa. Le costaba recordar que había sido ella la que había decidido acercarse a Garth. Ya no estaba segura de por qué había cedido a aquel impulso y había ido a buscarlo a la playa para invitarlo después a cenar. La tranquila rutina de su vida había sido puesta boca abajo y ya no estaba muy segura de cómo enderezarla.

El carácter oscuro e inquietante que la había impulsado a presionar a Garth hasta averiguar algunas cosas más sobre él, continuaba formando parte de él. Todavía no había descubierto sus secretos, aunque estaba empezando a sentirse como una entrometida por su interés en ellos. Debería haber imaginado, por ejemplo, que una vez iniciada una relación, el primer instinto de Garth sería el de mantener en esferas completamente separadas el trabajo y la vida privada. Y se preguntaba cuándo aprendería a mezclar las dos.

La tendencia de Garth a tomar decisiones sobre la vida de Shannon parecía nacida de una necesidad exagerada de protegerla. Pero también podía formar parte de su normal actitud de mando. Shannon pensó en ello mientras regresaba a su estudio. Aquel hombre estaba acostumbrado a dirigir su propia empresa. Hacerse cargo de todo era algo natural para él. Pero había algo más que eso. Todo lo que parecía preocuparle de la vida de Shannon estaba directamente relacionado con lo que él consideraba importante para su seguridad. Quería que pusiera mejores cerrojos, que tuviera un coche más seguro, y, además, estaba convencido de que no era capaz de dirigir su propio negocio.

Shannon se sentó en su mesa de trabajo y examinó los bocetos que había estado haciendo para la plantilla que le había pedido Annie. Le había prometido a su amiga que para el lunes ya habría recortado varias letras del abecedario. Y preferiría estar ocupada. Shannon tomó una de las cuchillas y comenzó a trabajar. Intentaba no pensar en el futuro. Se enfrentaría a cada uno de los fines de semana a medida que fueran llegando. No podía hacer mucho más, porque se había enamorado de su amante de los fines de semana.

La posible cliente de Lost & Found llegó, tal como había prometido, el miércoles por la mañana. Shannon, nerviosa, la observó salir del coche. Aquella mujer parecía muy de San Francisco. Pelo corto, con un estilizado corte, falda estrecha, blusa de diseño y tacones. Una mujer moderna y sofisticada. De pronto, Shannon se preguntó qué habría podido ver una mujer como aquella en un puñado de bolsas hechas a mano. Era desalentador. Pero sus temores se desvanecieron en cuanto la mujer empezó a alabar sus diseños.

–¡Son absolutamente maravillosos! ¡Increíbles! No había visto nunca nada igual y, por supuesto, eso es lo verdaderamente importante. A los clientes de Lost & Found les encantarán. ¿Cuántas puedes enviarme en un mes?

Shannon intentaba disimular la tensión y la emoción que la embargaban.

–¿Veinte al mes le parece una cantidad razonable?

—Podrían ser cincuenta.

—¿De verdad?

—Cincuenta por lo menos. Más incluso, si fueras capaz de hacerlas. ¿Cuál es tu calendario de producción?

Shannon recordó, cuando ya era demasiado tarde, el consejo de Garth sobre la seguridad con la que debía hablar sobre su calendario de producción.

—Puedo ajustarme a la demanda. Cuento con una persona que trabaja conmigo cuando necesito terminar algún pedido. De modo que podríamos llegar a cincuenta —cruzó mentalmente los dedos.

—Excelente. He traído un contrato. Solo es una formalidad, seguro que lo comprendes. Queremos que todo sea legal. Podemos hablar de él durante el almuerzo, para que pueda ponerte al tanto de todos los pormenores. Puedo invitarte a comer, ¿verdad? Puedes sugerir alguno de los restaurantes de la zona. Hace siglos que no vengo a la costa.

—Claro.

Shannon tuvo que respirar para tranquilizarse ante la rapidez con la que se estaban desarrollando los acontecimientos. Quizá estuviera yendo todo demasiado deprisa. La mención del contrato había sido muy fugaz. Recordó entonces lo que había dicho Garth sobre los intermediarios de las grandes ciudades que intentaban aprovecharse de los artesanos.

—Eh... Me gustaría disponer de algún tiempo para estudiar el contrato.

—Oh, es un contrato muy sencillo. No tiene nada que entender.

—Es igual, me llevará algún tiempo estudiarlo —antes de que la futura compradora pudiera decir nada, Shannon hizo un gesto con la mano, mostrándole el estudio—. ¿Quieres que te explique cómo funciona el taller?

—Oh, claro que sí. ¿Eso qué es?

—Son tarjetas de felicitación. Las vendo en las tiendas de la zona.

—Mmm. Me gustan los diseños de los pájaros y las flores,

pero, definitivamente, adoro las iniciales. Son absolutamente exquisitas. Me pregunto si no debería pedirte unas cuantas tarjetas.

Shannon comenzaba a sentirse sobrecogida.

—No sabía que vendían tarjetas en Lost & Found.

—Normalmente no vendemos, pero estas son muy especiales y podríamos venderlas con las bolsas —esbozó una sonrisa radiante—. Y ahora, cuéntame cómo funciona tu taller.

Eran casi las siete de la tarde cuando Shannon por fin se sentó en una silla con una copa de vino en la mano y marcó el teléfono de Garth. Estaba deseando contarle la nueva noticia. En la mesa, frente a ella, tenía el contrato sin firmar. Había convencido a su futura cliente para que se lo dejara unos días, prometiéndole enviárselo lo antes posible. Aunque no le había hecho mucha gracia, como buena mujer de negocios, había terminado aceptando lo inevitable.

El teléfono sonó seis veces en casa de Garth hasta que Shannon comprendió que no estaba allí. Tamborileó con los dedos en la mesa mientras intentaba pensar dónde podía estar. Si era realista, tenía que reconocer que podía estar en cualquier otra parte, con otra mujer, incluso.

Shannon pensó en ello, cerró los ojos y se reclinó contra el respaldo de la silla. Sabía tan pocas cosas sobre Garth. Era completamente posible que incluso tuviera mujer e hijos en San José. Sonrió para sí al pensar en ello. No, estuviera lo que estuviera haciendo Garth a esas horas, no estaba engañándola. Por lo menos con otra mujer. En esa aspecto, confiaba en él.

Pero no estaba segura de que pudiera confiar en él en todo lo relacionado con los negocios. Dejándose llevar por una corazonada, levantó el auricular otra vez y marcó el número de Sherilectronics. En realidad no le sorprendió que le contestaran casi inmediatamente.

—Sherilectronics, ¿en qué puedo ayudarla?

Eran las siete de la tarde, ni más ni menos. A Shannon la maravilló que todavía estuvieran trabajando. Se preguntó si Garth pagaría generosamente las horas extra para poder contar con una secretaria que mantuviera un tono tan profesional a aquellas horas. Intentó conjurar la imagen de aquella mujer, pero no lo consiguió. Y le hizo darse cuenta una vez más de lo poco que sabía sobre Garth.

–Quería hablar con el señor Sheridan, ¿está ahí?

–Sí, está, pero se encuentra en una reunión. Si deja su nombre y su número de teléfono le devolverá la llamada.

Intimidada por la idea de interrumpir a Garth en medio de una reunión, Shannon se disculpó precipitadamente.

–No se preocupe. Dígale solamente que le ha llamado Shannon Raine. No es nada importante, me pondré en contacto más tarde con él.

–Espere un momento, señorita Raine. Tengo instrucciones de pasarle inmediatamente cualquier llamada suya.

–No, espere, no pasa nada... –dijo Shannon rápidamente.

Pero ya era demasiado tarde. Se produjo un brusco silencio y después se oyó la voz impaciente de un hombre al otro lado de la línea.

–Despacho de Sheridan, ¿qué pasa?

–Lo siento –dijo Shannon, enfadada consigo misma por estar disculpándose otra vez–. Soy Shannon Raine. Llamaba para hablar con Garth, pero creo que está ocupado y no quiero interrumpirlo.

Shannon oyó la voz amortiguada de aquel hombre hablando con otra persona.

–Es una tal Shannon Raine. ¿Quieres que me deshaga de ella, Garth?

Después se oyó la voz de Garth en la distancia.

–Diablos, no, pásame el teléfono, Wes –un segundo después, estaba hablando con ella–. Shannon, ¿qué ha pasado?

–No ha pasado nada malo. Siento haberte molestado, Garth –Shannon se sentía como una intrusa que acababa de irrumpir en el mundo de Garth sin previa invitación–. He intentado decirle a todos los que me han atendido que podía esperar hasta más tarde, pero me han pasado la llamada y...

Garth interrumpió aquel torrente de disculpas.

—No te preocupes, cariño. Le dije a mi secretaria que me pasara inmediatamente tus llamadas. ¿Qué querías?

Pero las noticias que tenía que darle le parecían triviales en aquel momento.

—Solo quería decirte que hoy han venido a verme de la tienda de San Francisco. Pero eso puede esperar.

—¿Qué tal ha ido todo?

Shannon se relajó ligeramente ante el interés sincero que reflejaba su voz.

—La verdad es que muy bien, Garth. Las bolsas le han encantado e incluso quiere algunas tarjetas más.

—Eso es maravilloso. ¿Te ha dejado el contrato?

—Sí, lo tengo aquí delante —Shannon dirigió una mirada inquieta al documento que tenía encima de la mesa.

—Estupendo. No firmes nada hasta que yo le haya echado un vistazo.

Shannon suspiró. Estaba demasiado contenta para discutir.

—De acuerdo, Garth —se interrumpió—. ¿Vas a quedarte a trabajar hasta muy tarde?

—Estamos terminando de cerrar los últimos detalles de la oferta. Probablemente me quede aquí hasta las nueve o las diez de la noche.

—Oh —estaba sorprendida, pero intentó no demostrarlo—. Bueno, siento haberte molestado —se oyó decir a sí misma.

—No pasa nada, cariño —pero Shannon podía advertir la impaciencia de su voz. Garth tenía un montón de trabajo por delante y quería volver a concentrarse en él—. Y felicidades por tu gran venta. Mañana te llamaré para que podamos seguir hablando de este asunto.

—Estupendo. Buenas noches, Garth —Shannon colgó el teléfono deseando no haber sentido nunca la necesidad de hacer aquella llamada.

Era una intrusa en aquel mundo. Por educados que hubieran sido con ella, no le cabía ninguna duda. Ni siquiera sabía cómo se llamaba la secretaria de Garth, o lo cercana que era la relación de Garth con ese tal Wes. No sabía prácticamente nada sobre ese aspecto de la vida de Garth, y este parecía tener muy pocas ganas de compartirlo con ella.

Y el fin de semana siguiente, ese aspecto de su vida iba a robarle el poco tiempo que podía compartir con Garth. Shannon se sentía presa de la curiosidad y el resentimiento. Y, por debajo de aquellas emociones, había un vago temor que no quería cristalizar en palabras. Shannon permaneció pensando en sus opciones durante largo tiempo antes de reunir el valor que necesitaba para comenzar a hacer planes.

Sabía, intuitivamente, que si su relación con Garth iba a ser algo más que una aventura de fin de semana, tendría que encontrar la forma de conocer y comprender su vida profesional. Tenía que convencerlo de que la compartiera con ella. No podía permitir que se la ocultara permanentemente.

De alguna manera, tendría que forzarlo sutilmente a compartir ese mundo con ella. Shannon tomó entonces una decisión. Encontraría la manera de asistir a la fiesta con Garth, aunque para ello tuviera que pillarlo por sorpresa.

Capítulo 5

El asfalto del aparcamiento del edificio de Sherilectronics absorbía todo el calor del sol y lo lanzaba de nuevo a la atmósfera en oleadas de bochornoso calor. Shannon había pasado los últimos kilómetros de viaje desde la costa de Mendocino a San José deseando tener aire acondicionado en el Fiat. Ya estaba suficientemente nerviosa por el próximo encuentro. No necesitaba añadir los problemas de transpiración causados por el calor.

El aparcamiento estaba prácticamente vacío. Además del Porsche de Garth, solo había otro puñado de coches. Shannon agarró su bolsa y salió del Fiat con la ropa arrugada y empapada en sudor. La falda larga de algodón de color salmón y la blusa a juego estaban terriblemente arrugadas. Cuando había sacado las dos prendas del armario aquella mañana, había pensado que eran ideales para un día de verano, frescas y naturales. Se detuvo disgustada para intentar alisar la tela antes de dirigirse hacia las puertas de cristal del edificio. Después se agachó para revisar su pelo en el espejo retrovisor. Por lo menos el pelo no lo llevaba como si acabara de salir de la sauna.

Shannon se enderezó y examinó la angulosa estructura de acero y cristal que tenía frente a ella. El letrero con el nombre de Sherilectronics estaba hecho con un molde de letra que recordaba al de una impresora. El edificio tenía tres pisos y los tres parecían pertenecer a la empresa de Garth. Había otros edificios en la zona del mismo y frío estilo industrial, todos ellos con algún símbolo que indicaba que también participaban de la revolución informática. Juntos constituían lo que se había dado en llamar un parque industrial. Shannon no podía ver nada que le recordara ni remotamente a un parque en aquella zona, como no fueran los tres tristes árboles que habían plantado en la acera.

Así que su primera impresión sobre el mundo de Garth confirmó sus peores temores: era un mundo completamente ajeno al suyo.

Cuando descubrió un guardia uniformado en la puerta de la empresa, Shannon decidió que, definitivamente, estaba en otro mundo. El guardia se mostró educado, pero también muy firme.

–¿Puedo ayudarla en algo, señora?

–He venido a ver al señor Sheridan –admitió Shannon.

–¿La está esperando?

–Bueno, no, pero no creo que le importe –demasiado, añadió para sí.

–Llamaré a su despacho para avisar de su llegada –le dijo el guardia amablemente–. Hoy es sábado, así que no está la recepcionista para encargarse de ello. Siéntese –señaló hacia una de las sillas del vestíbulo.

No era así como había planeado Shannon su llegada.

–¿No puedo subir a darle una sorpresa?

El guardia la miró con una expresión cargada de ironía y negó con la cabeza.

–Me temo que no. Al señor Sheridan no le gustan las sorpresas. Por eso contrata a personas de mi compañía para vigilar la puerta, señora. ¿Puedo preguntarle su nombre?

–Shannon Raine.

Se colgó la bolsa al hombro y decidió esperar de pie. Si se sentaba, lo único que conseguiría sería arrugar todavía más la falda. Muy tensa, escuchó al guardia de seguridad ponerse en contacto con el despacho de Garth.

–Bonnie, está aquí la señorita Raine y quiere ver al señor Sheridan. ¿Le digo que suba? –se hizo una breve pausa–. De acuerdo, estupendo –colgó el teléfono–. Tercer ascensor, último piso. La secretaria de Sheridan ha dicho que suba.

Shannon asintió y se dirigió hacia el ascensor. En ese mismo instante, la misteriosa Bonnie estaría diciéndole a Garth que estaba a punto de recibir una visita. Mientras subía sola hasta el tercer piso, Shannon sentía las palmas de las manos empapadas en sudor.

Cuando se abrieron las puertas del ascensor, se encontró frente a otro espacioso vestíbulo. En el centro, detrás de una mesa, había una mujer que parecía salida de la revista Vogue. Le dirigió a Shannon una sonrisa tan perfecta como el resto de su persona. Probablemente era capaz de teclear mil palabras por minuto, pensó Shannon con un suspiro. Aquella mujer parecía tan competente como atractiva. El nombre que figuraba en la discreta placa de su pecho era el de Bonnie Garnett.

–¿Señorita Raine? Le diré al señor Sheridan que ha llegado.

–¿Todavía no sabe que estoy aquí?

Bonnie negó con la cabeza.

–Está reunido con el señor McIntyre. Llevan encerrados desde las siete de la mañana –se inclinó sobre el escritorio y pulsó el pequeño botón del intercomunicador–. Señor Sheridan, tiene visita. La señorita Raine.

Shannon fue consciente de que estaba conteniendo la respiración mientras esperaba una respuesta. La pausa que se produjo hasta que Garth contestó pareció durar por lo menos cien años. Cuando llegó su voz, sonaba tan fría y carente de emoción que la joven estuvo a punto de perder por completo los nervios.

–Ahora mismo salgo, Bonnie.

Bonnie soltó el botón del intercomunicador y le dirigió a Shannon la más perfecta de las sonrisas. Sus ojos repararon entonces en la bolsa y de pronto apareció algo más que un brillo profesional en su mirada.

–Qué bolsa tan bonita. ¿Dónde la ha comprado?

–Eh... las hago yo –Shannon esbozó una débil sonrisa. La puerta del despacho de Garth continuaba sobrecogedoramente cerrada.

Bonnie se levantó de detrás del escritorio y lo rodeó.

–¿Puedo verla? Nunca había visto una bolsa igual.

Shannon extendió obediente la bolsa. El interés de Bonnie la ayudó a olvidarse de la puerta cerrada de Garth.

–Está serigrafiada. He traído unas cuantas bolsas por si decido quedarme hasta el lunes o el martes. He pensado que podría intentar buscar algunos clientes en San José –cuando había pensado en ello le había parecido una idea razonable. Pero ya no estaba tan segura.

–¿Las hace usted? –Bonnie acarició la enorme erre que decoraba la bolsa–. Parece salida de un manuscrito medieval. Es una de esas antiguas iniciales, ¿no? Es fantástica. Me encantaría tener una.

Shannon recuperó parte de la confianza en sí misma al reconocer la admiración sincera que reflejaba el rostro de Bonnie.

–Bueno, pues tengo una con una «B» en el coche. ¿Le gustaría verla?

–Me encantaría. Pero supongo que será terriblemente cara.

–Oh, no se la vendería. Sería un regalo. Quiero decir... usted es la secretaria de Garth y... y estoy segura de que también será su amiga, y jamás se me ocurriría venderle nada a un amigo. Bajaré al coche en un momento y...

Shannon se interrumpió bruscamente cuando la puerta del despacho se abrió para dar paso a la enorme figura de Garth. Hasta entonces, Shannon no había sido consciente de la frialdad que podían reflejar sus ojos grises. Aquel día eran como dos pozos de hielo. Shannon tensó los dedos alrededor del asa de la bolsa.

–Hola, Shannon. No te esperaba.

Shannon tomó aire; en ese momento fue consciente de que, en el fondo de su mente, esperaba que al menos la recibiera con un beso. Consiguió esbozar una tímida e insegura sonrisa y se volvió hacia él.

–He decidido darte una sorpresa y venir para acompañarte a la fiesta de esta noche.

Haciendo acopio de todo su valor, cruzó la habitación y elevó el rostro hacia él esperando un beso. Esperó con el corazón latiéndole violentamente en el pecho.

Se produjo un momento de tensión mientras Garth se limitaba a mirarla. Shannon era incapaz de adivinar lo que estaba pensando, pero sabía que no se alegraba en absoluto de verla. Pero de pronto, para su inmenso alivio, Garth bajó la cabeza y le dio un beso fugaz. No era exactamente el recibimiento de un amante, pero por lo menos no la había puesto en una situación embarazosa.

—Una sorpresa, ¿eh? —sacudió la cabeza—. Debería haberme imaginado que harías algo así. Wes, ésta es Shannon Raine —Garth hizo las presentaciones sin apartar la mirada de Shannon.

Wes McIntyre dio un paso adelante, le tendió la mano y le dirigió una cálida y amistosa sonrisa.

—Me alegro de conocerte, Shannon. ¿Ha sido un viaje largo?

Agradecida por aquel amable recibimiento, Shannon sonrió pesarosa.

—No tengo aire acondicionado en el coche. Y creo que había olvidado ya el calor que hace por aquí.

—¿Desde dónde vienes?

—De un pueblo de la costa que está cerca de Mendocino.

—Bonita zona. Y especialmente apetecible en un día tan caluroso.

Bonnie dio un paso adelante y comenzó a hablar alegremente. Se le ocurrió entonces a Shannon que tanto la secretaria como Wes estaban haciendo todo lo que estaba en su mano para disimular la frialdad de Garth y ella se lo agradecía inmensamente.

—Shannon ha hecho esa bolsa, Wes. ¿No es fantástico? Hacía mucho tiempo que no veía nada tan original. Dice que en el coche tiene una con una «B». Estaba a punto de pedirle que fuera a buscarla cuando el señor Sheridan ha abierto la puerta.

—Muy interesante —dijo Wes, admirando la bolsa—. Sí, es muy original. ¿Con qué técnica está pintada?

—Está serigrafiada —contestó Shannon.

Inmediatamente, comenzó una detallada explicación sobre la creación de los diseños. Cualquier cosa era preferible a tener que soportar que Garth la mirara como si no tuviera nada que ver con ella. Pero cuando estaba empezando la descripción de aquel proceso, Garth tomó una decisión.

–Ya es casi la hora del almuerzo –anunció, mirando el reloj que llevaba en la muñeca–. Bonnie, Wes y tú podéis tomaros un rato libre para comer. Yo me iré con Shannon. Nos veremos en la oficina dentro de una hora.

–Buena idea –dijo Wes, como si las palabras de Garth no hubieran sido una orden–. Vamos, Bonnie, te invito a una hamburguesa gigante.

Bonnie soltó una carcajada. Sus bonitos ojos brillaban de auténtico placer.

–¡Te vas a arruinar!

–Eh, trabajo para Garth Sheridan. Este es un gran momento, pequeña. Y para ti, solo me conformo con lo mejor.

Wes tomó a Bonnie del brazo y la condujo hacia el ascensor. Cuando se cerró la puerta tras ellos, Shannon se arriesgó a mirar a Garth.

–Siento que está a punto de comenzar un romance en esta oficina.

–Siempre y cuando tenga lugar fuera de las horas de trabajo, me importa un comino. Vamos.

Shannon echó un vistazo a los documentos que había extendidos sobre la mesa de Garth antes de que este cerrara la puerta de su despacho y la agarrara del brazo.

Hicieron el recorrido hasta el ascensor en completo silencio. De hecho, Garth no dijo nada en absoluto hasta que vio el pequeño Fiat de Shannon aparcado al lado de su Porsche.

–Te gusta vivir peligrosamente, ¿verdad? ¿Has hecho todos esos kilómetros en ese cacharro?

Shannon no respondió. Se limitó a meterse en el Porsche y a mirar sombría el teléfono instalado en el asiento del conductor. Un momento después, Garth se sentaba a su lado, llenando el coche con su dominante presencia.

—Tenía que venir, Garth.

Garth sacó el coche del aparcamiento.

—¿Por qué?

—Porque estaba empezando a tener la sensación de que nunca ibas a invitarme. Y no me basta con conocer solo la parte de tu vida que estás dispuesto a dejarme ver durante los fines de semana —se volvió en su asiento, con los dedos clavados en la bolsa de tela que llevaba en el regazo—. Admítelo, probablemente nunca me habrías invitado a San José, ¿verdad?

—Probablemente no. No hace ninguna falta. Tú no perteneces a este mundo.

—¿Por qué no?

—Diablos, es difícil de explicar. Digamos que no quiero que te mezcles con la clase de gente que va a ir a la fiesta de esta noche. No son personas de tu estilo, Shannon. El mundo en el que yo trabajo no es un mundo agradable y no quiero que tengas nada que ver con él.

—Garth, no soy ninguna ingenua. No soy una estúpida con la cabeza hueca, o una artista incapaz de enfrentarse al mundo real. No tienes por qué protegerme. Desde que empezamos esta relación, has sido tú el que ha estado marcando las normas y poniendo los límites que no debo traspasar. Dejaste muy claro desde el primer momento que debería permanecer encerrada en mi casa, esperando obedientemente a que llegaras a verme los fines de semana. Pero de pronto, resulta que ni siquiera voy a poder pasar todos los fines de semana contigo porque tu vida social en San José tiene prioridad. ¿De verdad esperas que me involucre en una relación seria que funciona en esos términos? He intentado acostumbrarme, Garth, pero he decidido que las cosas no pueden funcionar así. Si eso es lo que quieres, tendrás que encontrar a otra mujer que esté dispuesta a asumirlo.

Garth cambió de marcha con un suave movimiento.

—Así que has decidido venir este fin de semana a San José y arrojarme el guante, ¿es eso?

Shannon suspiró y se recostó contra el asiento.

—Esperaba que te dieras cuenta de lo ridículo que es intentar mantenerme confinada a un espacio tan pequeño de tu vida.

Se produjo un tenso silencio que rompió el propio Garth diciendo con voz queda:

—No sé cómo he podido olvidarme de lo insistente que puedes llegar a ser cuando te propones algo. De acuerdo, Shannon. Estás aquí y ya no puedo hacer nada para evitarlo. Iremos esta noche a la fiesta y mañana hablaremos de cómo va a funcionar nuestra relación en el futuro.

Shannon estudió su perfil. Era incapaz de decidir si había ganado o perdido aquella batalla. Pero tendría que ir paso a paso, se dijo, intentando consolarse. Se aventuró a esbozar una pequeña sonrisa e intentó llevar la conversación a un terreno neutral.

—¿Todavía estabas trabajando con el señor McIntyre esa propuesta para Carstairs?

—Exacto. Bonnie tiene que transcribir hoy la versión final y dentro de una semana se la entregaremos a Carstairs. Hemos terminado mucho antes de lo que pensábamos.

—Me gusta Bonnie —comentó Shannon.

—Es una secretaria de primera —Garth parecía creer que con eso estaba dicho todo.

Se dirigieron caminando hacia el restaurante.

—Si es ella la que tiene que transcribir tu preciada oferta, supongo que confías en ella tanto como en McIntyre.

—Supongo que sí —respondió Garth bruscamente mientras él y Shannon entraban en el restaurante—. Desgraciadamente, es imposible hacer negocios de forma eficiente sin rodearte de algunas personas que estén al tanto de lo que ocurre. Pero yo procuro tomar todas las precauciones posibles. La oferta solo sale de la oficina en mi maletín y no hay ninguna copia.

Shannon lo miró con curiosidad.

—Si pudieras elegir, lo harías todo solo y no confiarías en nadie, ¿verdad?

—La vida funciona mejor de esa manera.

—¿Cómo has llegado a ser tan paranoico, Garth?

—No soy paranoico. Soy realista. Cuando esta noche conozcas a las personas con las que me relaciono, quizá lo comprendas.

No era difícil localizar la casa de los Hutchinson. Los Ferraris y los Porsches estaban aparcados en doble fila alrededor del edificio. Shannon los miraba con divertida admiración mientras Garth dejaba su vehículo al final de una larga fila.

—¿En Silicon Valley todo el mundo conduce Porsches o Ferraris?

—En realidad el Ferrari es el coche preferido —le dijo Garth secamente—. Conducir un Ferrari significa que te has convertido en un genio de las finanzas. Los Porsches son para tipos más aburridos —abrió la puerta de pasajeros y la ayudó a salir—. Y ahora, a ver si acabamos pronto con todo esto.

—Se supone que vamos a una fiesta, Garth, no a la muerte.

—¿De verdad piensas divertirte?

Garth deslizó la mirada por el vestido de seda amarilla de Shannon. Tenía un pronunciado escote, y un estampado de flores en la parte inferior de la falda. Shannon se había puesto unas sandalias amarillas de tacón a juego y una sencilla gargantilla de oro. Llevaba también una de sus originales bolsas que, curiosamente, combinaba tan bien con el vestido como con los vaqueros y las camisetas que habitualmente vestía. Garth nunca había visto a Shannon tan elegante. Desde que había salido del dormitorio, había estado mirándola disimuladamente. Y era consciente de que a pesar de su aprensión ante la noche que se avecinaba, iba a sentirse orgulloso de ella. Era tan maravillosamente diferente a todas las mujeres que conocía...

La sofisticación de su vestido contrastaba de forma notable con la honestidad de su sonrisa y el brillo amable de su mirada. La combinación de ambas cosas era inherentemente peligrosa, advirtió Garth. Aquella noche, iba a haber muchos hombres en la fiesta para los que Shannon supondría un divertido desafío.

Garth cerró la mano con fuerza alrededor del brazo de su

acompañante, la guio hacia la puerta de entrada de los Hutchinson y deseó poder estar en la costa con ella, para así poder entregarse a su dulzura sin temor a los resultados.

–Por supuesto que pienso divertirme –anunció Shannon mientras subían los escalones de la entrada–. Hace mucho tiempo que no voy a una verdadera fiesta.

Garth sonrió con pesar, incapaz de resistirse por completo al alegre entusiasmo de Shannon.

–Procura no alejarte de mí. No quiero que vagues tú sola por la fiesta esta noche, ¿de acuerdo?

–No estamos en la selva, Garth.

–Eso es cuestión de opiniones –respondió Garth, mientras llamaba al timbre.

Segundos después, les abría la puerta una atractiva mujer que debía rondar los sesenta años. El pelo, ya plateado, lo llevaba peinado al estilo más moderno y un vestido rojo marcaba una silueta que podría haber pertenecido a una mujer mucho más joven que ella. Recibió a Garth con mucho cariño.

–¡Has venido! Steve y yo siempre nos asombramos cuando aceptas una de nuestras invitaciones. Me alegro de volver a verte, Garth. ¿Y ésta quién es? –se volvió sonriente hacia Shannon.

–Shannon Raine. Shannon, ésta es la señora Hutchinson. Ella y su marido, Steve, son los anfitriones de esta fiesta –Garth no soltó el brazo de Shannon mientras hacía las presentaciones.

–Me alegro mucho de conocerte, querida. Pasad. Te enseñaré dónde puedes dejar el bolso, si te apetece. Es realmente original. Muy bonito. Espera un momento, Garth. Steve y los demás están en la terraza de atrás.

Garth asintió con pesar mientras Shannon era conducida a través del pasillo hasta un dormitorio que hacía las veces de guardarropa. Había otros bolsos en la cama y algunos chales sobre el respaldo de una silla.

–Sé que Garth no ha tenido oportunidad de decirle que iba a venir acompañado, señora Hutchinson. Espero no haberle causado ninguna molestia –Shannon dejó su bolsa en la cama y se volvió hacia la anfitriona con una sonrisa.

—No puedo decirte cuánto me alegro de que estés aquí esta noche —declaró Ellen Hutchinson con firmeza—. Me alegro de volver a ver a Garth con una joven atractiva. Es difícil conseguir que haga vida social, ¿sabes? Garth odia todos los acontecimientos sociales que están relacionados de un modo u otro con el trabajo. Aunque en realidad, no estoy segura de que disfrute de ningún acontecimiento social.

—Yo tampoco.

—Probablemente, eso tiene mucho que ver con Christine, por supuesto. Salió escaldado de esa relación —Ellen comenzó a caminar hacia la puerta.

—¿Christine? —Shannon intentó parecer natural, como si no consiguiera recordar a quién se refería.

—Su ex esposa. ¿No te ha hablado de ella?

—No, no hemos hablado de ella.

—No me sorprende, dadas las circunstancias —Ellen rio y la miró con expresión cómplice—. Que quede entre nosotras, pero no te pareces nada a ella. Christine nunca me gustó. Y cuando se fue con James...

Aquello estaba yendo demasiado rápido. Shannon tosió ligeramente y se aclaró la garganta.

—Garth no me ha contado nada —dijo con timidez, sintiendo que debía cortar cuanto antes aquel flujo de información.

—No creo que haya muchos hombres capaces de contarle a su nuevo amor que su ex esposa lo dejó por su mejor amigo. Y James no solo era el mejor amigo de Garth, sino que eran socios. Pero estoy hablando demasiado, ¿verdad? Steve siempre me dice que tiendo a irme de la lengua, y quizá tenga razón. Pero es que me he alegrado tanto de verte esta noche con Garth... Vamos, Shannon, quiero presentarte a todo el mundo.

El timbre de la puerta sonó justo en el momento en el que Ellen Hutchinson estaba guiando a Shannon hacia la terraza. Ellen se detuvo, abrió la puerta y al ver a Wes McIntyre acompañado por Bonnie Garnett se echó a reír.

—Creo que me estoy quedando al margen de la moda —dijo—. ¿De dónde saca todo el mundo esas bolsas tan maravillosas?

Bonnie sonrió y bajó la mirada hacia la bolsa que Shannon le había regalado esa misma tarde, después del almuerzo.

—Por lo que yo sé, de momento en San José solo hay una. Hola, Shannon.

—Hola, Bonnie. Me alegro de que te haya gustado la bolsa.

—No he podido resistir la tentación de traerla esta noche. Queda perfecta con este vestido.

Shannon estaba a punto de contestarle cuando oyó la voz de Garth tras ella.

—Aquí tienes tu copa, Shannon.

Shannon se volvió. Ni siquiera le había oído acercarse.

—Gracias, Garth —aceptó recatadamente la copa de vino blanco que le ofrecía.

—Pasemos a la terraza. Supongo que querrás conocer al resto de los invitados.

Shannon asintió. Mientras Garth le presentaba a una increíble variedad de personas, Shannon sentía en todo momento la frialdad de su voz. Y su posesividad también debía ser obvia para los demás, decidió. Garth rara vez la dejaba sola. La acechaba en todo momento como un halcón, no le quitaba los ojos de encima.

Por lo menos en tres ocasiones, su actitud fue más adusta de lo normal al hacer las presentaciones. La primera vez que lo notó, Shannon alzó la mirada hacia Garth en cuanto el hombre que acababa de presentarle volvió a perderse entre el resto de los invitados.

—¿Qué ocurre, Garth?

—La empresa de Kenyon también está intentando quedarse con el contrato de Carstarirs —le explicó malhumorado.

—Oh. A mí me ha parecido un hombre muy amable.

—Sería capaz de cortarme el cuello en un callejón oscuro para quedarse con ese contrato.

Shannon sonrió de oreja a oreja.

—Entonces será mejor que te mantengas alejado de los callejones oscuros hasta que lo consigas.

Fue Wes McIntyre el que respondió a su comentario, colocándose en aquel momento al lado de Shannon. Le dirigió a su jefe una mirada entre conocedora y divertida.

–Si Kenyon tuviera algún sentido común, sería él el que se mantendría alejado de los callejones oscuros. Ha competido en otras ocasiones con Sheridan. Y sabe que Garth no juega limpio.

–Qué idea tan divertida –dijo Shannon, sin mirar a Garth.

Minutos más tarde, volvió a ser testigo de una gélida presentación. En aquella ocasión se trataba de un hombre muy agradable que, obviamente, era propietario de uno de los Ferraris que había aparcados en el exterior de la casa. Cuando se fue a buscar otra copa, Shannon miró a Garth arqueando una ceja.

–¿Y bien? –le preguntó–. ¿A qué se debe la frialdad en este caso?

–Tyler trabajaba antes para mí. Cuando HiCal le ofreció un sueldo más alto, además de aceptar su oferta, intentó llevarse los diseños de algunos componentes de mi empresa.

Shannon tragó saliva.

–Vaya, ya entiendo.

–No consiguió sacarlos. Pero, para darle una lección a los de HiCal, yo les robé a uno de sus mejores ingenieros.

–Qué negocio tan divertido.

La tercera vez que Shannon sintió una frialdad añadida en las presentaciones, casi tuvo miedo de preguntar a qué se debía. Pero la curiosidad terminó venciéndola.

–De acuerdo –lo desafió–, ¿qué terrible crimen cometió el agradable señor Eaker contra Sherilectronics?

–Ninguno.

–¿Entonces a qué se debe tu actitud de desdén?

–Eaker está siendo investigado por el FBI por la reciente venta de componentes electrónicos de patentes restringidas a un gobierno extranjero.

Shannon estuvo a punto de atragantarse con el vino.

–Dios mío, ¿es un espía? ¿Un auténtico espía?

–Todavía no lo han demostrado.

–¿Pero tú estás seguro de que Eaker está involucrado en ese asunto?

—Apuesto a que sí. Pero también a que el FBI no va a poder descubrirlo. Es muy inteligente.

—¿Y qué está haciendo en una fiesta como ésta? —preguntó Shannon con incredulidad.

Garth curvó los labios.

—Como te he dicho, no se ha demostrado nada.

Shannon intentó disfrutar del resto de la velada, pero le resultó difícil. Si sonreía con demasiada simpatía a algún hombre, Garth se acercaba inmediatamente a ella, interrumpiendo cualquier posible conversación. Y cuando se separó de él para acercarse a la mesa en la que servían el bufé, Garth la siguió y llenó también un plato para él. Y en una ocasión en la que alguien mencionó el contrato con Carstairs, Shannon se descubrió siendo inmediatamente arrastrada hacia otro grupo.

El primer momento de libertad llegó cuando se excusó para poder ir al baño. Algunos lugares continuaban siendo sagrados, pensó mientras salía minutos después al pasillo. Pasó por la habitación que estaba siendo utilizada como guardarropa y advirtió que su bolsa y la de Bonnie estaban juntas en la cama. En medio de otros bolsos de diseño mucho más normal, los vívidos colores de las bolsas destacaban visiblemente. Shannon se alegró de que a Bonnie le hubiera gustado tanto la bolsa como para decidir llevarla a la fiesta aquella noche.

Cuando cruzaba el pasillo para regresar al salón, Shannon se sorprendió al oír una voz masculina cerca de ella.

—Así que Garth por fin te ha dejado escapar —era la voz de Ed Kenyon, que estaba escondido tras una planta, bebiendo un martini.

Kenyon. El hombre cuya firma competía con la de Garth para quedarse con el contrato de Carstairs. Shannon sonrió educadamente.

—Teme que me sienta un poco perdida en medio de tantos desconocidos.

Kenyon se echó a reír. Era un hombre atractivo, de unos cuarenta años, de pelo oscuro y ojos azules. Iba vestido con un elegante traje de corte italiano.

—Garth nunca hace nada solo. Te vigila de cerca porque quiere que todos los demás seamos conscientes de que no estás disponible. Y supongo que nadie puede culparlo. Por lo menos después de que su socio se escapara con su mujer.

Todo el mundo parecía estar al tanto de la misteriosa Christine y de su aventura con James, el amigo de Garth. Con esa clase de escándalo en su pasado, entendía perfectamente que Garth no tuviera muchas ganas de introducir a ninguna otra mujer en su círculo de conocidos.

—Me temo que llevo muy poco tiempo en la vida de Garth. No sé mucho sobre su pasado. Y quizá sea mejor que sea él el que me ponga al tanto de los detalles —asintió serenamente e intentó adelantar a Kenyon.

Pero Kenyon posó la mano en la pared, intentando detenerla.

—Eh, lo siento. No pretendía ofenderte. Tienes mucha clase, ¿sabes? Parece que esta vez Garth va a tener suerte. Mira, empecemos de nuevo. Yo soy amigo de Garth y Garth es amigo mío.

—Tenía entendido que erais rivales.

Kenyon sonrió.

—Eso no quiere decir nada. Todos los que estamos metidos en el negocio de los ordenadores somos rivales potenciales. Tú no eres de San José, ¿verdad?

—No, solo estoy de visita. Yo vivo en la costa.

—Ah, eso lo explica todo —comentó Kenyon, sin apartar la mano de la pared.

—¿Explica qué?

—Explica que tengas la impresión de que Garth y yo somos rivales. Supongo que Garth te ha contado que su empresa y la mía están intentando quedarse con el contrato de Carstairs, ¿no?

Shannon se movió incómoda, y se volvió ligeramente, intentando buscar la manera de escapar.

—Yo no sé nada sobre el negocio de Garth.

—Pues será mejor que vayas aprendiendo, cariño. Una mujer tan guapa e inteligente como tú necesita saber hacia dónde debe saltar cuando las cosas se mueven. Y aquí las cosas se mueven muy rápido. Y supongo que no querrás quedarte con un perdedor pudiendo estar al lado de un ganador, ¿verdad? –Kenyon dejó la copa de martini y apoyó la otra mano en la pared, al lado de la cabeza de Shannon, acabando así con todas sus posibilidades de huida. Se inclinó hacia ella–. Entre tú y yo, Shannon, yo soy un ganador.

La indignación y la repugnancia se mezclaban en la mente de Shannon. Se recordó a sí misma que era una invitada en aquella fiesta y lo último que quería era montar una escena. Pero aquello había ido demasiado lejos. Alzó la barbilla y se apartó de la pared, intentando obligarle a retroceder.

–Perdóneme, señor Kenyon, pero Garth está esperándome.

–Deja que espere –continuaba bloqueándole el paso y su mirada comenzaba a enturbiarse.

Shannon tomó aire y se agachó para escapar por debajo de su brazo. Acababa de librarse de su cautividad cuando vio a Garth.

–¡Garth! –corrió hacia él–. Estaba a punto de ir a buscarte.

–Agarra tu bolsa, Shannon –le ordenó Garth en un tono letalmente suave, sin apartar la mirada de Kenyon–. Nos vamos.

–Pero Garth... –impotente, dejó que se perdiera su protesta.

No necesitaba una gran dosis de intuición femenina para saber que aquel no era el momento más adecuado para intentar aclarar las cosas. Garth estaba furioso. Y saberlo le dolía. Nunca lo había visto así y aquello la asustaba. Por un instante, su mente visualizó la imagen de Garth y Kenyon en un callejón a oscuras, con una navaja entre las manos. No era una imagen agradable. Y sabía que la sangre que había en el suelo tenía que ser de Kenyon.

Eligiendo la discreción como mejor forma de salvar aquel momento, Shannon volvió al pasillo para ir a buscar su bolsa. Mientras lo hacía, se decía a sí misma que era lógico que su primera experiencia en sociedad con Garth hubiera terminado convertida en un desastre. Las fiestas y Garth eran dos cosas que no debían mezclarse jamás.

Capítulo 6

Cuando Shannon no fue capaz de seguir soportando el silencio que había en el Porsche, musitó entre dientes:
—Dilo y termina de una vez por todas.
—Ya hablaremos cuando lleguemos a casa. Ahora ya tengo bastante con ocuparme del tráfico —Garth redujo la velocidad al llegar a un semáforo que, justo cuando lo habían alcanzado, volvió a ponerse en verde. Con una habilidad implacable, aceleró nuevamente el Porsche.

Había una fría y tensa energía en sus movimientos que le indicaba a Shannon todo lo que necesitaba saber sobre su estado de ánimo. Lo observaba con el rabillo del ojo y permaneció en silencio hasta que llegaron al aparcamiento de la carísima urbanización en la que vivía. Cuando había llegado a su casa aquella tarde, Shannon había mirado a su alrededor con curiosidad, buscando sutiles pistas que pudieran decirle algo más acerca del hombre al que amaba. Por fuera, era un moderno edificio de paredes blancas y ventanas interminables. Estaba rodeado de jardines perfectos y contaba también con la habitual piscina californiana y una zona deportiva.

El interior de la casa de Garth era tan frío y anónimo como el exterior. Demasiado anónimo para el gusto de Shannon. Aquel lugar le recordaba al despacho de Garth. El mobiliario estaba compuesto por muebles de cuero y acero con algunos toques de cristal negro. Las ventanas del salón y del dormitorio daban a unos jardines de estilo japonés que, sin duda alguna, cuidaban jardineros profesionales. Shannon era incapaz de imaginarse celebrando una barbacoa en un jardín tan perfecto.

Aquella noche, al entrar en la casa, Shannon descubrió que se sentía como una esposa infiel. Era una sensación ridícula, sobre todo en aquellas circunstancias, y la molestó. Levantó la barbilla, dejó la bolsa en la alfombra gris, al lado de la silla más próxima, y se volvió hacia Garth.

Este la ignoró. Cruzó la habitación y se acercó al armario de las bebidas. Sin decir una sola palabra, se sirvió un whisky.

–De acuerdo, Garth. Ya es hora de que hablemos claramente –dijo Shannon. La tensión y la inseguridad que había ido acumulando hacían que pareciera agresiva–. No me gusta que me hagan sentirme como una niña estúpida que no es capaz de enfrentarse por sí sola a una situación difícil.

Garth se inclinó contra el frío acero del armario de las bebidas y bajó la mirada hacia su vaso. Cuando volvió a levantarla, sus ojos tenían la frialdad del hielo.

–Una situación difícil –repitió lentamente–. ¿Así lo llamas a estar acorralada por mi principal rival?

–Es posible que esto te sorprenda, Garth, pero tengo veintinueve años y no he pasado toda mi vida entre algodones. Ésta no ha sido la primera vez que alguien se me ha insinuado. Estaba manejando perfectamente la situación.

–Pues no tenías aspecto de estar manejándola demasiado bien –bebió un largo sorbo de whisky–. Kenyon estaba encima de ti y no puede decirse que estuvieras gritando para pedir ayuda.

–¡Por supuesto que no estaba gritando pidiendo ayuda! Dios mío, Garth, piensa en la escena que habría montado. Una mujer no se pone a gritar cuando se descubre envuelta en esa clase de líos. Intenta enfrentarse a ellos como una adulta. Estábamos en una fiesta y uno de los invitados ha bebido demasiado y se me ha insinuado. Estaba a punto de apartarme de él cuando has llegado. Era una situación sencilla y no agradable. No hacía falta que me ordenaras que saliera de la casa y me montara en el coche como si fuera una niña que se ha comportado mal.

—Desde luego, tu actitud no era precisamente la de una niña, eso puedo garantizártelo —bebió el resto del whisky mientras Shannon lo miraba indignada—. Ese tipo de juegos están reservados para los adultos.

—Garth, ya basta. No tienes ningún motivo para estar enfadado. No estaba haciendo nada malo. Por el amor de Dios, ¿crees que he dejado intencionadamente que Kenyon me acorralase?

—No.

Shannon cerró los ojos un instante y suspiró aliviada.

—Bueno, gracias por tener al menos esa fe en mí.

—Creo —continuó Garth bruscamente—, que te has visto atrapada en esa situación porque eres una ingenua. Tú no conoces a esa gente, Shannon. Vives en un mundo diferente. Las personas como Kenyon son como tiburones. Los excita cualquier cosa que pueda parecerles comestible.

—Maldita sea, Garth, no soy una mujer estúpida e ingenua. Sé cómo es el mundo real.

—¿Estás segura? Porque entonces solo hay una explicación para tu conducta de esta noche, ¿verdad?

Shannon palideció.

—¿De qué estás hablando?

Garth se cruzó de brazos y la estudió con frialdad.

—Si no has estado a punto de abrazarte con Kenyon porque has sido demasiado ingenua para evitarlo, entonces tengo que asumir que estabas con él porque estabas disfrutando de la situación.

Shannon se sentía como si todo lo que había a su alrededor estuviera empezando a resquebrajarse. Y luchaba, desesperadamente, para mantener la integridad de aquellas piezas rotas.

—Garth, me conoces lo suficiente como para no pensar algo así. Jamás te traicionaría. Yo no soy tu esposa. Yo no soy Christine.

Garth se quedó muy quieto. Cuando habló, sus palabras parecían lanzar dardos de hielo.

—Esta noche has estado muy ocupada, ¿verdad? ¿Quién te ha hablado de Christine?

Cuando ya era demasiado tarde, Shannon comprendió que debería haber mantenido la boca cerrada. Replicó con cautela:

–La ha mencionado la señora Hutchinson –no había necesidad de decirle que también Kenyon había sacado el tema. La situación ya era suficientemente mala.

–Ellen Hutchinson jamás ha sido capaz de mantener la boca cerrada. ¿Te ha puesto al corriente también de los detalles más sórdidos?

Shannon negó con la cabeza rápidamente.

–Ella... solo me ha comentado que habías estado casado y que te divorciaste.

–Es evidente que te ha contado algo más –Garth se volvió para servirse otra copa–. ¿Ha mencionado a James Brice?

Sintiéndose como si estuviera adentrándose en un lodazal, Shannon apretó las manos y contestó con un hilo de voz:

–Ellen me ha dicho que Christine te había dejado por un hombre llamado James. Y eso ha sido todo, Garth. Es lo único que sé. No debería haber dicho nada. Pero es que estabas hablando como si yo hubiera intentado fugarme con Kenyon o algo parecido y es tan absurdo que no he encontrado otra manera de defenderme.

Garth dio media vuelta y le dirigió una mirada salvaje.

–James Brice era mi socio, y yo pensaba que también mi amigo. Christine era mi esposa. Y estaban teniendo una aventura. La situación es tan vieja como las montañas, pero yo ni siquiera me di cuenta de lo que estaba pasando hasta el final. Eso ocurrió hace cinco años, Shannon, y en esa época yo no era precisamente un chico ingenuo e inocente. Ya había levantado un importante negocio y había tenido mi correspondiente ración de mujeres que utilizan sus cuerpos como herramienta para negociar contratos. Y había visto a suficientes amigos y socios pelearse como para saber que no había muchas personas en las que confiar. Pensaba que ya había aprendido todo lo que necesitaba, pero Chris y Jim consiguieron engañarme. ¿Y tú dices que puedes manejar a alguien como Ed Kenyon? No sabes de qué demonios estás hablando. Tu idea de la sofisticación es tener un par de amigos que han decidido tener un hijo sin estar casados e ir a obras de teatro feministas. En mi mundo, eres como un bebé.

Shannon abrió los ojos como platos ante la verdad que acababa de descubrir.

–Y tú tienes miedo de que si paso demasiado tiempo en ese mundo, aprenda a desenvolverme en él, ¿verdad? Por eso no quieres que venga a San José. Prefieres mantenerme a salvo, apartada en la costa, donde puedes ir a disfrutar de mi compañía durante los fines de semana.

–No quiero que te mezcles con el tipo de gente que yo tengo que ver a diario –dijo Garth entre dientes.

Shannon vio el dolor que relampagueaba en sus ojos y su actitud defensiva se disolvió en el deseo sobrecogedor de hacerle sentirse seguro. Garth había sido endurecido por aquel mundo y su instinto le pedía que ella se mantuviera fuera de él. Lo que intentaba hacer era protegerla y protegerse a él. Shannon esbozó una sonrisa temblorosa, caminó lentamente hacia delante y abrazó el rígido cuerpo de Garth. Posó la cabeza en su hombro, deseando poder ayudarlo a relajarse.

–Garth, yo no soy Christine. Por favor, confía en mí.

Garth suspiró pesadamente, la envolvió en un abrazo y enterró la cabeza en su pelo.

–No es una cuestión de confianza. Solo estoy intentando protegerte.

–No soy tan frágil. Ni tan débil –alzó la cabeza y lo miró a los ojos–. Y mis sentimientos no son superficiales. Te amo, Garth.

Garth bajó la mirada hacia ella durante un largo momento, como si aquella declaración de amor fuera lo último que esperaba oír. Después, con un débil gemido, tomó su boca.

Shannon no protestó, aunque el beso fue implacable. Percibía en aquel beso la urgente necesidad de Garth de sentirse seguro, y en aquel momento, lo único que Shannon quería era demostrarle a Garth lo que él tanto necesitaba.

–Shannon, dulce Shannon –gruñó contra su boca.

Deslizó las manos por su espalda y descendió hasta la cintura. Shannon podía sentir la fuerza de sus manos a través de la tela del vestido.

–Te amo, Garth, te amo.

Cerró los ojos y se aferró a él. Garth buscó a tientas los pequeños botones de seda del vestido. De pronto, se oyó rasgarse la tela, pero a Shannon no le importó. Garth maldijo en voz baja.

–Maldita sea. Esta noche estoy siendo tan torpe como un adolescente en su primera cita.

–No pasa nada –lo tranquilizó Shannon, acariciando con las yemas de los dedos sus musculosos hombros–. Ahora lo de menos es el vestido.

–Te compraré otro.

Le bajó el vestido hasta la cintura y desde allí continuó tirando hacia las caderas hasta hacerle caer al suelo.

–Dilo otra vez, Shannon. Quiero oírtelo decir otra vez.

Shannon hundió la mano en su pelo y lo miró con los ojos resplandecientes por la emoción.

–Te amo, Garth.

La tenue llama que surgía en la mirada de Garth comenzaba a derretir el hielo que Shannon se había acostumbrado a ver en sus ojos.

–Desnúdame, Shannon. Quiero sentir tus manos en mi cuerpo.

Obediente, Shannon comenzó a enfrentarse a los botones de su camisa. Por alguna razón, le parecía una tarea difícil. Pero a Garth no parecía importarle. Jugueteaba con las hebras de su pelo y acariciaba sus pezones con los pulgares mientras ella trabajaba.

Las prendas de Garth fueron cayendo al suelo con una lentitud agonizante. Para cuando terminó, Shannon ya era violentamente consciente de la fuerza de su propio deseo. Cuando por fin estuvieron los dos desnudos, deslizó la mano ansiosa por el musculoso pecho de Garth.

–Te habría echado muchísimo de menos este fin de semana –susurró–. No podía permanecer lejos de ti.

—Shannon, no sabes lo que me estás haciendo.

La besó hasta hacerla derretirse contra él y fue agachándose lentamente hasta quedar arrodillado frente a ella. Comenzó entonces a buscar todas las curvas y rincones secretos de su cuerpo. Tensó los dedos sobre su trasero y enterró la boca entre sus muslos.

—Garth —Shannon pronunció su nombre en un suave gemido de placer y deseo—. Por favor, Garth...

—Sí, cariño. Ven aquí y déjame hacer el amor contigo.

Tiró suavemente de ella y cuando estuvo de rodillas a su lado, la tumbó delicadamente sobre la alfombra. Cubrió su boca de besos y fue descendiendo apasionadamente a lo largo de su cuerpo hasta ser presa de una excitación que había crecido a una velocidad de vértigo.

Shannon se abrió para él con una femenina honestidad que arrastró a Garth hasta el límite del deseo. La joven podía sentirlo intentando controlarse mientras se hundía en ella.

—Abrázame, Shannon —le pidió entre dientes—. Abrázame.

Shannon gimió suavemente, lo estrechó contra ella y lo rodeó con las piernas mientras él comenzaba a moverse con aquel ritmo tan poderoso y sensual. Clavó suavemente los dientes en sus hombros y Garth respondió con una pasión casi violenta. Buscó con los dientes la suave piel del cuello de Shannon para mordisquearla con una delicadeza exquisita. La mente de Shannon giraba presa de una creciente excitación. Segundos después, estaba gritando el nombre de su amado y estremeciéndose en sus brazos. Cuando Garth alzó la cabeza y vio el maravillado asombro que reflejaban sus ojos, se dejó llevar por el placer del orgasmo. Permanecieron juntos suspendidos en el espacio para después, muy lentamente, regresar a la realidad que los estaba esperando.

Durante largo rato, Shannon permaneció bajo el peso de Garth, deleitándose al sentirlo en cada centímetro de su cuerpo. Deslizaba los dedos con un cariño inmenso por sus hombros, su nuca, su cuello. Por un momento, pensó que Garth se había dormido, pero de pronto él dijo suavemente:

—Siento haberme enfadado contigo esta noche, Shannon.
—Lo comprendo, Garth. ¿La querías mucho?
—¿A Christine?

Dio media vuelta para tumbarse al lado de Shannon, sobre la alfombra. Acarició el valle que se formaba entre sus pequeños senos con expresión ausente.

—Christine y yo teníamos un matrimonio bien organizado. Ella era una mujer guapa y ambiciosa. Se casó conmigo porque sabía que iba a triunfar y yo me casé con ella porque sabía que quedaría muy bien a mi lado cuando triunfara. Teníamos muchas cosas en común. Ella había trabajado en el mundo de la alta tecnología desde que había salido de la universidad y estaba interesada en mi trabajo. Más interesada de lo que yo pensaba, como descubrí cuando se marchó con Jimmy y se llevó algunos de los diseños que eran propiedad de la empresa —Garth se cubrió los ojos con el brazo—. Supongo que Jimmy creía tener algún derecho sobre esos diseños. Al fin y al cabo, había sido mi socio durante dos años. Lo que me molestó fue que eran mis diseños. Unos diseños que había hecho yo. No me habría importado tanto si se hubieran llevado solamente diseños de la empresa —hizo una pausa y añadió—: Fue Christine la que le entregó mi trabajo. Yo había estado haciendo algunas revisiones en casa por las noches, y ella estaba al tanto de todos los detalles.

Shannon lo acarició.

—Yo no soy Christine, Garth.

—Lo sé —la estrechó contra él—. Lo sé, Shannon. Jamás te habría confundido con ella. Ni en un millón de años. No podría. No podría confundirte con ninguna de las mujeres que hasta ahora he conocido. Eres única.

La levantó en brazos y la llevó al dormitorio. Una vez allí, la dejó delicadamente sobre la cama. Casi inmediatamente, estaba abrazándola otra vez, susurrando palabras de pasión y deseo. Shannon respondió con un deseo tan ardiente como el de Garth. Pasó mucho tiempo hasta que se quedaron dormidos, con las piernas unidas y Shannon descansando confiada en los brazos de Garth. Justo antes de quedarse dormida, Shannon fue consciente de la fuerza del abrazo de Garth. El futuro sería feliz, pensó. Ella conseguiría que su relación funcionara.

Poco después del amanecer, Shannon comenzó a moverse en la cama. Se despertó con una vaga sensación de desorientación y permaneció quieta un instante, preguntándose qué elemento era el que no parecía encajar. La cama de Garth era enorme y no podía sentir su peso a su lado. Ese era el cambio. Durante toda la noche había sido agradablemente consciente de su calor.

Abrió los ojos con somnolienta curiosidad, dio media vuelta en la cama y pestañeó al descubrir que estaba vacía. Un pequeño escalofrío de alarma recorrió su espalda. Pero no tenía sentido, se aseguró a sí misma. Seguramente Garth se habría levantado y estaba en la ducha. Pero no se oía correr el agua de la ducha...

—¿Garth?

—Estoy aquí, Shannon.

El tono sombrío de su voz le provocó a Shannon un nuevo escalofrío. El pánico comenzó a correr por sus venas, consumiendo la satisfacción con la que debería haber recibido aquella mañana. Había ocurrido algo terriblemente malo. Se sentó lentamente en la cama y miró a Garth.

Él estaba sentado en una silla, al lado de la ventana, vestido con unos pantalones anchos y una camisa a medio abrochar. Bajo la luz de la mañana, su rostro parecía el de un depredador. Y todo el hielo que Shannon creía derretido la noche anterior, había vuelto a sus ojos. Sobre la mesa que había a su lado descansaba un documento. Era lo único que quebraba la austeridad del mueble. Shannon se quedó paralizada, presintiendo el desastre, pero sin saber todavía por dónde iba a llegar.

—Garth, ¿qué ocurre? ¿Qué te pasa?

Sin decir una sola palabra, Garth alargó la mano hasta aquel documento. Lo arrojó a la mesilla de noche y esperó a que Shannon lo agarrara y lo leyera.

Lo primero que vio Shannon fue el sello de confidencial estampado en él. Las letras estaban en negro, y no en el color rojo original del tampón, lo que quería decir que era una fotocopia. En la parte de abajo aparecía el nombre de Sherilectronics claramente mecanografiado en letras mayúsculas y a su lado el logotipo de la empresa. En el centro de la página aparecían las palabras: *presentado a Carstairs*. Shannon soltó el documento mientras volvía a enfrentarse a la mirada adusta y firme de Garth.

—No lo comprendo —musitó.

—Hace unos minutos he ido al salón a buscar tu ropa y tu bolsa. Cuando he mirado en el interior de la bolsa, he visto que este documento sobresalía. ¿Lo reconoces? —Shannon estaba temblando.

—Lo estoy viendo ahora. Es el documento en el que has estado trabajando durante las últimas semanas.

—Durante los últimos meses —la corrigió Garth con calma—. Mi empresa lleva meses trabajando en esa propuesta. Quiero ese contrato, Shannon.

Si al menos hubiera alguna emoción en su voz, pensó Shannon frenética... Ella podría haberse enfrentado a cualquier sentimiento, incluso a la furia. Pero no había nada, ni enfado, ni dolor, ni siquiera un tono acusador.

—No lo comprendo, Garth.

—¿No lo comprendes? Pues a mí me parece bastante sencillo.

—¿Crees que he robado ese documento? —preguntó Shannon tan suavemente que apenas podía oír ella misma sus palabras.

Garth no dijo nada durante un buen rato, después se levantó.

—Vístete y vamos al salón. No creo que el dormitorio sea el lugar adecuado para mantener esta clase de conversación. Aunque Dios sabe que ayer por la noche tampoco fui capaz de manejarte de manera inteligente en el salón.

Shannon salió de su parálisis y le tendió la mano cuando Garth pasó por delante de la cama.

—Garth, espera —le suplicó—. Dime exactamente lo que piensas que he hecho. Esta vez tengo derecho a saber de qué se me acusa.

–¿Esta vez?

–Ayer por la noche me acusaste de permitir que Ed Kenyon se me insinuara –le recordó con voz tensa.

Garth le apartó la mano, bajó la mirada hacia la propuesta de contrato y continuó caminando hacia la puerta.

–Aparentemente, está todo relacionado ¿no? Kenyon es mi principal adversario en la batalla para conseguir el contrato de Carstairs. Ayer por la noche estaba intentando llevarte a su cama y esta mañana me encuentro la copia de nuestra propuesta en tu bolso. Supongo que tendrás una historia interesante que contarme al respecto. Y estoy deseando oírla.

Antes de que a Shannon se le ocurriera una sola palabra en su defensa, Garth ya había abandonado la habitación. Estupefacta, la joven permaneció con la mirada fija en aquel maldito documento que descansaba entre las sábanas.

Garth había encontrado aquella cosa tan terrible en su bolsa.

Era más de lo que se sentía capaz de manejar en aquella ocasión. Aturdida, Shannon se levantó de la cama y caminó como un autómata hasta el baño. Aquello ya era demasiado. Estaba completamente abrumada. Ella no era una cobarde. Estaba dispuesta a luchar por su amor. Pero aquella mañana las pruebas contra ella eran demasiado terribles y el juicio ya estaba decidido de antemano. Lo único que le quedaba por hacer era esperar a que Garth dictara sentencia.

Shannon permanecía temblorosa frente al lavabo, mirando sus propios ojos en el espejo. El estómago le daba vueltas mientras rezaba para no ponerse a vomitar. Apenas reconocía a aquella desconocida que la contemplaba desolada desde el espejo. De su mirada había desaparecido toda esperanza. Sus ojos solo reflejaban el vacío de su corazón.

–Mi queridísimo amor –susurró–. Esto ha ido demasiado lejos. Ya nunca volverás a confiar ni en mí ni en mi amor –los ojos le ardían, pero ni siquiera era capaz de dar rienda suelta a las lágrimas.

Llegó hasta ella un débil sonido procedente de la cocina, sacándola de la petrificada contemplación de su propia imagen. Garth estaba en la cocina, esperando la confrontación final. Y Shannon supo en aquel momento que no podía enfrentarse a él. Porque a esas alturas, Garth debía odiarla.

A través de la puerta del baño vio su bolsa al lado de la cómoda. Dentro estaban las llaves del Fiat, que la esperaba en la acera de Garth. Su único objetivo en aquel momento era escapar. Tenía que salir de casa de Garth. No sería capaz de volver a mirar a la cara al hombre al que amaba sabiendo lo que pensaba que había hecho.

Shannon buscó con dedos torpes el grifo de la ducha y lo abrió, pero no se metió en la bañera. Mientras el agua continuara corriendo, Garth pensaría que estaba en el baño. Moviéndose con torpeza al principio y después a una velocidad creciente, Shannon sacó ropa del maletín que había llevado para el fin de semana. Después de abrocharse los vaqueros, ponerse una de sus camisetas y las sandalias, guardó sus cosas y salió por las puertas correderas de cristal del dormitorio.

Un segundo después, escapaba por la puerta del jardín que daba a las zonas comunes de la urbanización. Sin darse siquiera la oportunidad de pensar, buscó las llaves del coche en la bolsa y corrió hacia la parte delantera de casa de Garth. El coche la estaba esperando donde lo había dejado el día anterior, después de seguir a Garth hasta su casa desde Sherilectronics. Una vez dentro, arrojó la bolsa y la maleta al asiento de atrás.

Giró la llave en el encendido y, segundos después, volaba por la carretera, alejándose a toda velocidad de aquella condena a la que no era capaz de enfrentarse.

Dentro de la casa, Garth oyó el motor del Fiat, pero para cuando se dio cuenta de lo que estaba ocurriendo ya era demasiado tarde. Abrió la puerta principal a tiempo de ver el pequeño deportivo rojo alejándose. Fijó en él la mirada y apretó el puño con fuerza mientras se apoyaba en el marco de la puerta.

–Maldita sea, Shannon. Se suponía que tú no eres una persona de las que huyen.

***

El viaje hasta la costa le pareció interminable. En algún momento del trayecto, se dijo sombría que aquel recorrido se habría interpuesto a la larga en su relación con Garth, aunque ella hubiera decidido asumir el papel de amante sumisa. ¿Durante cuántos fines de semana sería capaz de conducir un hombre hasta la costa con la única finalidad de ver a una mujer? En San José vivían mujeres que podían resultarle mucho más convenientes.

Para cuando abandonó la autopista y tomó la estrecha carretera que conducía hasta su casa, Shannon ya estaba diciéndose que tenía que aceptar la situación.

Había cometido un terrible error el primer día que se había acercado a Garth Sheridan. A su manera, él había intentado decírselo, pero no había querido creerlo. No podía decirse que Garth la hubiera animado exactamente a profundizar su relación. Era como si él hubiera sido consciente desde el primer momento de sus limitaciones sentimentales.

Pero ella estaba muy segura de sí misma. Y muy segura de Garth. Desde el primer momento, había querido saber lo que hacía de Garth un hombre tan especial ante sus ojos. Y había estado presionándolo hasta conseguir atravesar sus más íntimas defensas. En aquel momento estaba pagando el precio de su impulso.

La niebla subía perezosamente desde el mar cuando Shannon llegó por fin a la seguridad de su propia casa. Apagó el motor y se inclinó agotada contra el volante, con la mirada fija en la puerta principal. Al cabo de unos segundos, abrió la puerta del coche y salió. Había sido un largo viaje.

El teléfono comenzó a sonar cuando estaba entrando en casa. Por un instante, consideró la posibilidad de no contestar. Sabía quién podía estar al otro lado de la línea. Pero al cuarto timbrazo levantó el auricular.

—¿Diga?

Desde el otro extremo del teléfono, le llegó la fría y dura voz de Garth.

—Solo quería asegurarme de que habías llegado bien.

—Ya no tienes que preocuparte por mí, Garth. Soy una espía industrial, ¿recuerdas? Puedo cuidar de mí misma.

—Maldita sea, Shannon. Escucha...

Shannon colgó el auricular muy lentamente y desconectó el teléfono. Las lágrimas no llegaron hasta que se sentó y fijó la mirada en su bolsa. Y fue un alivio poder liberarlas.

Shannon se levantó temprano a la mañana siguiente, dispuesta a llevarle a Annie O'Connor las plantillas para la cuna. Su amiga la recibió alegremente en la puerta de la acogedora y antigua casa que compartía con Dan Turcott.

—Pasa, acabo de sacar una tarta del horno. ¿Quieres un trozo?

—Mmm, suena delicioso. Te he traído las plantillas. A ver qué te parecen.

Annie abrió el paquete que le había llevado mientras la conducía hacia la rústica cocina de la casa, aromatizada en aquel momento con los más sabrosos y frescos olores.

—Oh, Shannon, son preciosas. Al bebé le van a encantar.

Shannon consiguió esbozar una sonrisa al oír aquel comentario.

—¿Cómo te encuentras, Annie?

La otra mujer se estiró y se masajeó los riñones.

—Magnífica. Me siento como si por fin estuviera haciendo lo que de verdad he querido hacer siempre.

—¿Tener bebés? —Shannon sonrió débilmente.

—Creo que voy a ser una madre magnífica —Annie comenzó a cortar la tarta.

—Yo también lo creo. Y también que Dan será muy buen padre.

Annie llevó los platos con las porciones de tarta a la mesa y se sentó.

—¿Sabes? Me ha pedido que me case con él —le explicó con voz queda.

Shannon la miró completamente asombrada.

—No, no lo sabía. Yo pensaba que estabais decididos a hacer las cosas a vuestra manera.

Annie se encogió de hombros.

—Yo también. Y pensaba que Dan estaba de acuerdo. Pero el otro día, durante el desayuno, me dijo que había estado pensando que deberíamos casarnos. ¿Sabes lo que creo? Creo que eso tiene algo que ver con lo que le dijo tu amigo Garth la noche que cenamos en tu casa. Dan está empezando a hablar de que quiere darnos a mí y a nuestro hijo la protección de su apellido. ¿Qué te parecen esos rasgos de anticuada caballerosidad?

—Estoy alucinada.

—Sí, yo también, sobre todo teniendo en cuenta la clase de libros que escribe —admitió Annie con una sonrisa—. Pero creo que le voy a tomar la palabra.

—¿Vas a casarte?

Annie asintió pensativa.

—Con el bebé en camino, me siento preparada para asumir ese compromiso. Y también Dan. Y tú tendrás que asegurarte de que Garth venga a la boda.

—No creo que haya muchas posibilidades.

—¿El fin de semana ha sido un desastre?

—Esa es una forma muy amable de describirlo. En primer lugar, Garth no quería que fuera a San José bajo ningún concepto. Yo pensaba que iba a darle una sorpresa. Y desde luego se la di. Hasta este fin de semana, yo pensaba que Garth me veía como una artesana ingenua e impulsiva con la que podría tener una relación ideal para él, limitada a los fines de semana y sin ninguna complicación. Nada muy brillante, pero sí suficientemente agradable. Y, además, no tendría que preocuparse porque pudiera causarle problemas.

Annie sirvió lentamente el café.

—¿Y ahora?

—Y ahora cree que soy una espía industrial que vende su cuerpo y sus secretos al mejor postor.

Annie fijó la mirada en su amiga, con expresión de total estupefacción.

—Menudo cambio de percepción para un solo fin de semana —señaló con ironía—. ¿Quieres hablarme de lo que ha pasado?

Shannon lo hizo mientras compartían el café y la tarta. Cuando por fin terminó, no se sentía mucho mejor, pero por lo menos sabía que había llegado a un punto en el que podía empezar a aceptar lo ocurrido. Regresó a casa y comenzó a trabajar.

Hasta el día siguiente, Shannon no volvió a acordarse del contrato que había estado evitando firmar hasta que pudiera enseñárselo a Garth. Lo buscó en la bolsa que había llevado a San José y lo leyó rápidamente.

Sí, Garth tenía razón. Ella no comprendía demasiado bien todas esas cláusulas. Nadie, salvo un abogado, podría entenderlas, pero ella no podía localizar en aquel momento a un abogado. De modo que no tenía ningún sentido seguir retrasando la firma. Y, tal como se encontraba en aquel momento, no le importaba demasiado lo que pudiera firmar.

Fue a buscar un bolígrafo, y estaba a punto de estampar su firma en la última página cuando oyó el motor del Porsche de Garth.

Por un momento, la asaltó el pánico. Miró a su alrededor como si quisiera encontrar un lugar donde esconderse. Una fuerte llamada a la puerta le hizo levantarse.

—Maldito seas, Garth Sheridan —musitó para sí—. Ésta es mi casa, estoy en mi territorio. No pienso permitir que también aquí me aterrorices —enfadada, caminó hasta la puerta y la abrió violentamente.

—¿Y bien? —le preguntó mientras él permanecía mirándola con expresión lúgubre—. ¿Has venido a detenerme?

—No exactamente. Déjame pasar, Shannon. He venido a pedirte que te cases conmigo.

Capítulo 7

Shannon estaba tan desconcertada que lo único que fue capaz de hacer fue permanecer inmóvil mirando de hito en hito al hombre que estaba al otro lado de la puerta. Necesitó un esfuerzo de voluntad supremo para poder recuperar la compostura.

–Si ésta es tu idea de una broma, Garth, tengo que decirte que roza la locura.

–Me conoces suficientemente bien como para saber que no es una broma, Shannon. Rara vez gasto bromas. Sin embargo, no es tan raro que cometa errores. Por favor, déjame pasar.

–¿Errores? –le preguntó bruscamente. A pesar de sus intenciones, vio algo en la expresión de Garth que la hizo apartarse–. Garth, ¿de qué estás hablando? ¿Por qué has venido hasta aquí? ¿No tienes que estar en tu preciado despacho de Sherilectonics mañana a primera hora?

Garth pasó por delante de ella y se plantó con paso firme en el cuarto de estar. Se volvió lentamente para mirar a Shannon con expresión inusitadamente delicada.

–Cierra la puerta, cariño. Tenemos que hablar.

–No creo que quiera oír lo que tienes que decirme, Garth.

A regañadientes, cerró la puerta y esperó con una mano todavía en el pomo, como si estuviera contemplando la posibilidad de escapar. Pero aquella sensación la irritó. Estaba en su propia casa, se recordó. No iba a permitir que Garth Sheridan la echara de allí.

–Sé que estás enfadada, Shannon. No deberías haberte asustado y haber salido huyendo ayer por la mañana. No me diste oportunidad de explicarme.

–¿Qué había que explicar? –lo desafió furiosa–. Habías encontrado la prueba que necesitabas para considerarme culpable. No puedes culparme por no haberme quedado a esperar a que dictaras sentencia. Cualquier prisionero que se respete a sí mismo, huye si tiene oportunidad de hacerlo. ¿Esperabas que me quedara sentada pacientemente en tu salón mientras tú me juzgabas?

–Tranquilízate, Shannon.

Garth se acercó a la cocina y abrió la puerta de la despensa. La botella de whisky que había dejado en la casa continuaba allí. Garth se sirvió un vaso, con el rostro endurecido por el cansancio.

–Es evidente que todavía estás furiosa. No deberías haber venido conduciendo hasta aquí estando tan afectada. No es prudente conducir en ese estado.

–¡No me lo puedo creer! ¿De verdad estás aquí en mi cocina regañándome porque no he sido suficientemente prudente? ¿En un momento como este?

Garth torció la boca con una mueca irónica mientras se apoyaba contra el mostrador de la cocina y daba un sorbo a su whisky.

–Supongo que es la fuerza de la costumbre. O quizá esté intentando averiguar cómo puedo volver al tema principal.

–¿Y cuál es el tema principal?

–Ya te lo he dicho. El matrimonio –la miró intensamente a los ojos.

Shannon sacudió la cabeza sin comprender.

–No sé de qué estás hablando, Garth.

–Siéntate –le dijo Garth con delicadeza–, yo te lo explicaré.

Se acercó a ella, posó la mano en su brazo y la condujo hasta el cuarto de estar. Con infinito cuidado, la instó a sentarse en el sofá y después él tomó asiento en una de las sillas que había frente a la chimenea.

—Relájate, Shannon, por favor. Dios sabe que yo ya estoy suficientemente nervioso.

—Entonces no deberías haberte puesto tras el volante para hacer un viaje tan largo.

Garth arqueó las cejas.

—Eso es una chiquillada.

—Lo sé —respondió Shannon con tristeza.

—He venido conduciendo hasta aquí porque tenía que hablar contigo. El domingo por la mañana no te quedaste el tiempo suficiente en mi casa como para que pudiéramos aclarar ese asunto, y el domingo por la noche me colgaste el teléfono. Y tenía la impresión de que volverías a hacerlo si te llamaba.

—Probablemente. No tengo ganas de hablar con un hombre que piensa que soy una espía.

—No creo que seas una espía, Shannon.

Shannon lo miró fijamente.

—Esa no fue la impresión que tuve el domingo por la mañana.

—El domingo por la mañana yo tenía muchas cosas en las que pensar —Garth bajó la mirada hacia su whisky—. Me causó un gran impacto.

—¿Encontrar ese documento en mi bolsa? Sí —dijo Shannon con amargura—. Me lo puedo imaginar. Para mí también fue un gran impacto. Pero no espero que te lo creas.

—Claro que te creo.

Shannon lo miró con expresión recelosa.

—¿Me crees?

—No creo que tú robaras esa propuesta de contrato, Shannon.

—Pero el domingo te comportaste como si acabaras de descubrir que yo era Mata Hari.

—No podía comprender lo que estaba ocurriendo —respondió Garth quedamente—. Quería respuestas, pero en vez de dármelas, saliste corriendo.

—¿Y qué esperabas que hiciera?

—Dada tu forma impulsiva y temperamental de acercarte a

las cosas, creo que debería haber esperado que hicieras exactamente lo que hiciste.

Shannon apretó los dientes al oír que la describía como una persona impulsiva y temperamental.

—¿Y a qué conclusión has llegado después de lo ocurrido?

—A la más evidente. Fuiste utilizada.

—¿Utilizada? ¿Cómo fui utilizada? ¿De qué demonios estás hablando?

—Shannon, está perfectamente claro que lo único que ocurrió fue que estabas en el lugar equivocado y en el momento equivocado —Garth se inclinó hacia delante, apoyando los codos sobre las rodillas, y la miró con intensidad—. Yo no sé lo que se supone que debía ocurrir en el dormitorio que utilizaron como guardarropa en la fiesta de los Hutchinson, pero parece que alguien lo utilizó para pasar una copia de la oferta del contrato a, digamos, una parte interesada.

—Kenyon.

—¿Quién sabe? Esa información podía interesarle a muchas de las personas que había aquella noche en la casa, no solo a Kenyon. Nunca lo sabremos. Quienquiera que pretendiera transferir el documento, no va a venir a reclamarlo.

Shannon se mordisqueó el labio pensativa.

—Déjame ver si lo he entendido. ¿Estás diciendo que alguien utilizó mi bolsa para esconder la copia del contrato mientras intentaba llegar a algún tipo de trato?

Garth asintió.

—Es una posibilidad. Una explicación razonable.

—¿Y solo fue cuestión de mala suerte que utilizara mi bolsa?

—Tu bolsa era inconfundible. La más fácil de distinguir entre todo ese montón de bolsos. Era fácil describírsela a la persona que se suponía que tenía que recoger ese documento. En cualquier caso, Shannon, todo son puras especulaciones. Pero es lo único que se me ha ocurrido hasta este momento. En cualquier caso, como ya te he dicho, eso ahora no importa. La propuesta ha sido interceptada.

—Gracias a mí —no pudo evitar señalar—. Quizá me debas algo por eso, Garth. ¿Has contemplado este asunto desde esa perspectiva?

Garth arqueó las cejas, pero no hizo ningún comentario.

—Shannon, no quería que te involucraras en nada relacionado con mi vida profesional. Quería mantenerte al margen —soltó una maldición, disgustado consigo mismo—. Pero ni siquiera yo podría haberme imaginado que la primera vez que fueras a San José podría llegar a ser tan desastrosa.

Shannon no podía ignorar el dolor que reflejaba su voz. Sintió que flaqueaba su resolución.

—Fue una cuestión de mala suerte. Tú mismo lo has dicho. Estaba en el lugar equivocado en el momento equivocado —vaciló un instante y preguntó con recelo—: ¿Y has venido hasta aquí solo para disculparte?

—Ya te he dicho el motivo por el que he venido hasta aquí. He venido a pedirte que te cases conmigo.

Shannon apretó las manos con fuerza en el regazo, consciente de que el pulso se le había acelerado de repente.

—Pero Garth, ¿por qué?

—Porque me quieres —respondió Garth quedamente—. Tú misma lo dijiste. Estamos bien juntos. Tenemos algo único, especial. Si nos casáramos, podría cuidarte mejor. Y no tendría que preocuparme tanto por tu carácter impulsivo. Y creo que cuando nos casemos, habrá muchas menos posibilidades de que salgas huyendo cuando tengamos que enfrentarnos a un problema. Te quedarás donde estás y te enfrentarás a él.

—¿Y qué te hace estar tan seguro? —le preguntó Shannon muy tensa.

Garth frunció el ceño.

—El matrimonio servirá para poner freno a tu conducta, Shannon. Cuando nos casemos, te sentirás más inclinada a escucharme. Y creo que también estarás más dispuesta a aceptar mi protección.

—¿Tu protección? ¡Hablas como si fueras a convertirte en mi carcelero, no en mi marido!

Garth gimió.

—¡No pretendía hacerlo sonar así y lo sabes! Shannon, quiero cuidarte. Quiero estar seguro de que sigues mis consejos. Y quiero mantenerte a salvo de situaciones como aquella en la que te viste envuelta la noche de la fiesta.

Shannon estaba experimentando tal confusión sentimental que apenas podía respirar.

—¿Crees que si nos casáramos sería más sumisa y obediente?

—Creo —dijo Garth suavemente—, que si nos casáramos serías más razonable en algunas cosas.

—¿Y menos propensa a hacer de espía, por ejemplo? —le preguntó entre dientes.

—Ya te he dicho que no creo que estuvieras espiando a nadie la otra noche.

Por alguna razón, la deliberada suavidad de su tono la enervaba. Shannon fue consciente de que estaba temblando por la fuerza de su propia reacción. Era ridículo. Allí estaba, recibiendo una propuesta de matrimonio del hombre al que amaba y lo único que deseaba era arrojársela a la cara porque no podía estar haciéndosela por razones más equivocadas.

—Quieres casarte conmigo porque has decidido que te apetece acostarte conmigo y crees que nuestra aventura de los fines de semana te resultaría más cómoda si tuvieras más control sobre mí. ¿He hecho un buen resumen, Garth? ¿Crees que lo he entendido bien?

—No estoy hablando de controlarte, maldita sea, estoy hablando de protegerte.

—Esa es una cuestión de opiniones.

El vaso de whisky aterrizó en la mesa con un violento chasquido mientras Garth se levantaba. Hundió las manos en los bolsillos con un gesto que evidenciaba su tensión, recorrió el acogedor cuarto de estar de principio a fin y se volvió para fulminar a Shannon con la mirada.

—Shannon, no te culpo de lo que ocurrió la otra noche. Me culpo a mí mismo. No debería haber permitido que te pusieras en una situación en la que podían utilizarte como lo hicieron.

Quiero protegerte. Quiero mantenerte al margen de esa parte de mi vida. No quiero que te veas envuelta en las puñaladas traperas tan propias de mi mundo. Tú no estás preparada para eso.

–Lo que quieres decir es que soy demasiado simple e ingenua para sobrevivir en tu mundo, ¿verdad? Pues te diré algo, Garth. No sé si prefiero que me creas una espía industrial o que pienses que soy demasiado ingenua para llegar a serlo. Ninguna de las dos cosas me parece un cumplido. Y creo que hace falta tener mucho descaro para presentarte en la puerta de mi casa y decir que quieres casarte conmigo cuando lo único que pretendes es conseguir que nuestra aventura funcione tal y como a ti te conviene. Es a ti mismo a quien estás intentando proteger, Garth, no a mí. Crees que si consiguieras casarte conmigo, te resultaría más fácil controlarme. Crees que tendrías más derecho a darme órdenes, ¿verdad?

–Shannon, estás tergiversando mis palabras. Ahora, tranquilízate e intenta ser razonable.

–No creo que pueda ser razonable. Soy una artista, ¿recuerdas? Soy temperamental, inestable e impredecible. Y te diré algo más, Garth, eso no va a cambiar aunque me case contigo. Seguiré siendo igual de temperamental, inestable e impredecible. ¡Lo llevo en la sangre!

–Estás enfadada.

–Brillante observación. Sí, estoy total y absolutamente furiosa.

–Déjame invitarte a cenar. Eso te dará una oportunidad de calmarte –sugirió Garth.

–¡No quiero tener una oportunidad de calmarme!

–Shannon, escucha....

–No, escúchame tú a mí –replicó Shannon–. Ya ha sido suficientemente difícil para mí acostumbrarme a la idea de ser tu amante solo durante los fines de semana. ¡Y no pienso asumir el papel de esposa solamente durante los fines de semana! Tienes razón en una cosa: me siento mucho más libre estando las cosas tal y como están. Pero me sentiré todavía más libre cuando deje de estar a tu entera disposición.

Garth comenzó a caminar hacia ella.

–Shannon, estás muy alterada. Tranquilízate y date algún tiempo para acostumbrarte a la idea. No digas cosas de las que seguramente te arrepentirás más tarde.

–No voy a arrepentirme de nada de esto. De lo único que me arrepiento es de los fines de semana que he perdido contigo.

–Ambos hemos tenido que adaptarnos...

Pero Shannon no le permitió terminar.

–¡Por lo que yo he visto, tú no has hecho nada para adaptarte! Hasta ahora, he sido yo la única que se suponía que debía adaptarse, pero eso va a terminar ahora mismo, Garth. Vuelve a San José, vuelve con tus traicioneros amigos. Yo no estoy buscando un marido para los fines de semana, ni siquiera un amante.

Los ojos de Garth resplandecían con una furia contenida que parecía haber surgido de la nada. Shannon retrocedió, sobresaltada por su repentino cambio de humor. Hasta ese momento, Garth se había mantenido con una frustrante y enervante calma. Pero de pronto, Shannon tenía la sensación de que estaba a punto de desatarse una tormenta.

–Tú me amas –era una afirmación, no una súplica o una suposición.

–Los amantes de los fines de semana pueden desenamorarse tan rápidamente como se enamoran.

–Déjalo ya, Shannon.

–No quiero que formes parte de mi vida –lo aguijoneó–. Eres demasiado duro y despiadado para formar parte de mi mundo. No estás hecho para él.

–Eso deberías habértelo imaginado antes de abordarme en la playa aquella mañana –replicó Garth. Cuando estuvo frente a ella, la acorraló contra la pared, impidiéndole cualquier forma de escapar–. Shannon, no puedes abandonar lo que tenemos. Ahora no. Es demasiado tarde.

Buscó los labios de Shannon y la abrazó para estrecharla contra él. Shannon gimió ante aquella invasión y se preparó para resistirse con todas sus fuerzas. Pero en el instante en el que los labios de Garth se encontraron con los suyos, la lucha terminó para ella. El deseo de Garth era tan intenso como siempre, pero había también una nueva desesperación en su abrazo. Shannon sentía su deseo y su intuición le decía que en aquella ocasión era mucho más que un deseo físico lo que sentía por ella.

Los sentimientos de Garth eran mucho más profundos. Shannon lo había sabido la primera mañana que se había acercado a él. Una parte de ella estaba convencida desde el primer momento de que tenía un corazón de poeta. Aquel carácter silencioso y sombrío no había cambiado, ni siquiera cuando Shannon había descubierto que, en vez de un literato o un artista, Garth era un frío hombre de negocios. El impulso de llegar a conocerlo por completo seguía siendo en ella tan fuerte como siempre, descubrió Shannon. Y la necesidad de amarlo y aliviar la oscura tensión que de él emanaba continuaba siendo igualmente fiera.

–Garth...

–Shannon, no quiero pelearme contigo. Lo único que quiero es abrazarte y mantenerte a salvo de todo. Amor mío, no discutas conmigo –movió los labios en un íntimo beso sobre los de Shannon, buscando la evidencia de su amor en su respuesta.

Shannon se descubrió entonces resitiéndose tanto a sus propios sentimientos como al placer sensual que Garth le proporcionaba. Apartó la boca de los labios de Garth y posó las manos en sus hombros.

–No, así no –susurró–. No basta con que nos acostemos juntos para que las cosas vuelvan a ser como antes.

–No quiero que las cosas vuelvan a ser como antes. Quiero que te cases conmigo –enmarcó su rostro entre las manos.

Shannon contuvo la respiración y se aferró a la única tabla de salvación que tenía a mano.

–Vamos a cenar. Antes has dicho que querías invitarme a cenar.

Garth la miró con los ojos entrecerrados. Después, con obvia desgana, apartó las manos.

–De acuerdo. Estoy dispuesto a cualquier cosa con tal de que no me eches de tu casa.

***

Diciéndose a sí mismo que debía darse por satisfecho con su pequeña victoria, Garth trató a Shannon con guantes de seda durante el resto de la velada. Era una locura sentirse tan aliviado, pero estaba convencido de que había estado a punto de perderlo todo. No esperaba que Shannon se mostrara tan reticente a la idea de casarse con él. Su reacción lo había tomado por sorpresa. Se había convencido a sí mismo de que Shannon se sentiría más segura con su propuesta y, a pesar de lo previsto, había descubierto que era él el que necesitaba seguridad.

Todo le había parecido muy simple durante el viaje desde San José a la costa. Pensaba decirle a Shannon que nunca había sospechado que fuera una espía, que, de alguna manera, alguien la había utilizado. Y era cierto. Cuando había visto aquel documento cayendo del bolso de Shannon, se había quedado anonadado, pero ni siquiera en aquel momento había llegado a creer de verdad que su dulce Shannon estuviera traicionándolo. Pero todo aquel lamentable desastre servía para ilustrar exactamente por qué quería que se mantuviera al margen de su mundo. Shannon necesitaba protección y él necesitaba saber que estaba a salvo. Aparentemente al menos, la propuesta de matrimonio parecía lógica y era una forma de darles a los dos confianza en su relación.

Pero entonces no era consciente de hasta qué punto era Shannon una mujer temperamental e independiente, pensó Garth, mientras recorría en el coche la corta distancia que los separaba del pueblo. Aun así, estaba convencido de que, para el día siguiente, lo tendría todo bajo control. Cuando Shannon estaba entre sus brazos, se derretía por completo. Para el día siguiente por la mañana, habría desaparecido todo vestigio de temor y miedo.

El pequeño restaurante al que acudieron estaba situado en una antigua granja y era propiedad de unos amigos de Shannon. La comida era una interesante combinación de comida criolla y *nouvelle cuisine* californiana. Garth se aseguró de que la copa de Shannon estuviera llena de vino en todo momento. Había decidido que no era tan orgulloso como para dejar de utilizar aquella forma tan tradicional de aplacar a una mujer. Diablos, aquella noche no iba a permitir que su orgullo le impidiera usar cualquier técnica con la que pudiera atraer a Shannon de nuevo a sus brazos.

Shannon no habló mucho durante la velada y Garth sospechaba que lo poco que hablaba tenía como objetivo evitar que sus amigos se preguntaran si le ocurría algo, más que comunicarse con él. La mayor parte del tiempo la pasó perdida en sus pensamientos. Y a medida que iba avanzando la cena, Garth fue siendo consciente de la dificultad que tenía para leerle el pensamiento.

Shannon rechazó un pastel de nuez, y estaba comiendo el último pedazo de pan de maíz cuando un saludo le hizo alzar la mirada. Garth también levantó la mirada y vio a Annie O'Connor y a Dan Turcott acercándose a la mesa que estaba al lado de la suya.

–Hola, Shannon, Garth –saludó Annie amistosamente mientras Dan la ayudaba a sentarse–. ¿Qué haces por aquí en un día de diario, Garth? Shannon me había dicho que solo tienes libres los fines de semana.

–Esta semana he hecho una excepción –sabía que estaba empleando un tono muy adusto, pero aquella noche no estaba de humor para alternar con nadie.

–Quizá sea el destino –dijo Dan con una sonrisa–. Así podéis ayudarnos a celebrarlo. Annie y yo nos vamos a casar.

Garth miró hacia la pareja.

–Felicidades.

–¿No es magnífico, Garth? –preguntó Shannon con sospechosa dulzura–. Estábamos seguros de que aprobarías la decisión.

Garth se sentía incómodo, estaba convencido de que Shannon le estaba tendiendo una trampa y no sabía cómo manejarla. Había un brillo peligroso en su mirada.

—Sí, lo apruebo –contestó sencillamente–. De hecho, acabo de pedirle a Shannon que se case conmigo.

—¡Eso es maravilloso! –los ojos de Annie volaron rápidamente desde el rostro de Garth hasta su amiga, y se acercó a ella para abrazarla–. Por fin ha terminado la aventura de los fines de semana.

—No del todo –contestó Shannon–. Garth piensa sustituir nuestra aventura por un matrimonio que también se limita a los fines de semana.

Se produjo un embarazoso silencio durante el cual Garth se llevó la sorpresa de saberse ruborizado. Desde que tenía catorce años, ninguna mujer había conseguido hacerle sonrojarse. En ese momento, le habría encantado agarrar a Shannon y sacarla a la fuerza del restaurante. Annie O'Connor esbozó una sonrisa.

—Un matrimonio así nunca funcionará, Garth. Tendrás que hacer algunos cambios en tu forma de vida, me temo. El matrimonio es un asunto muy serio. No es algo que pueda limitarse a los fines de semana. ¿Cómo puede ser bueno un marido que solo lo es durante los fines de semana?

Garth sabía que le estaba devolviendo los comentarios que él mismo había hecho la primera noche que Shannon lo había invitado a cenar en su casa. Y su sentido de la justicia le hizo reconocer la victoria de Annie.

—Tienes razón, Annie. Tendré que pensar en ello. Y si has terminado ya de mordisquear ese pan de maíz, Shannon, creo que podríamos irnos –pagó la cuenta sin esperar a ver si Shannon tenía o no intención de marcharse.

En algunas ocasiones, pensó, había que asumir la obediencia, en lugar de demandarla. Era un riesgo, pero en aquellas circunstancias, a Garth no se le ocurría otra forma de actuar. Quería llevarse a Shannon a casa y hacer el amor con ella. Definitivamente, no quería continuar sentado en el restaurante, dejando que Shannon utilizara la presencia de Annie y de Dan para atacarlo.

Garth se levantó, disimulando su miedo interno a que Shannon decidiera continuar sentada, charlando con Annie e ignorándolo al mismo tiempo. Para su inmenso alivio, aunque con desgana, Shannon se levantó y se despidió de sus amigos. Garth la hizo salir precipitadamente del restaurante, donde los estaba esperando el Porsche.

—La niebla está muy espesa esta noche —comentó, intentando buscar un tema de conversación neutral mientras subían al coche.

Giró la llave en el encendido y la niebla le devolvió la intensa luz de los faros. Cambió de luces y condujo lentamente hacia la carretera que los llevaría hasta la casa de Shannon.

—¿Dónde vas a quedarte esta noche, Garth? —le preguntó Shannon con calma.

Aquella pregunta lo dejó completamente desconcertado.

—¿Piensas seguir discutiendo conmigo hasta el último momento, cariño?

—Eso depende. ¿Estás atacando?

Garth se aferró con fuerza al volante.

—¿Tú qué crees?

Shannon suspiró y se derrumbó contra el asiento.

—No sé qué pensar, Garth. Necesito tiempo.

—Te daré tiempo.

—¿De verdad?

El escepticismo que teñía su pregunta lo enfadó.

—Lo dices como si no confiaras en mí, Shannon. ¿Se puede saber qué he hecho para que desconfíes de mí?

Se hizo un corto silencio en el otro asiento.

—Nada —contestó Shannon por fin—. Desde el primer momento has sido muy sincero conmigo.

—Siempre seré sincero contigo, Shannon.

—Te creo.

—Entonces confía en mí al menos lo suficiente como para dejarme pasar esta noche en tu casa —la urgió.

No permitiría que lo echara de allí, pensó Garth. Su situación era demasiado frágil. A Shannon le resultaría muy fácil convencerse de que estaba mejor sin él. Había demasiada inseguridad, demasiados recelos en ella. Garth podía sentir la confusión emocional que Shannon irradiaba.

–Puedes quedarte esta noche en mi casa, Garth. Principalmente porque dudo que puedas encontrar habitación en ningún hotel a estas horas de la noche. Y no me gustaría que tuvieras que conducir con esta niebla.

Garth controló su voz con la esperanza de que Shannon no advirtiera ningún alivio en ella.

–¿Ves lo fácil que es asumir un papel protector, Shannon? Ahora lo estás haciendo tú.

–No estoy intentando protegerte, Garth, estoy siendo práctica. Por cierto, si te quedas en casa esta noche, tendrás que dormir en la cama que tengo en el estudio.

Garth advirtió la determinación de su voz y soltó un juramento.

–Como tú digas, cariño.

Cada cosa a su tiempo, se dijo Garth. Era evidente que le iba a llevar algún tiempo conseguir que Shannon regresara a la protección de sus brazos, pero lo conseguiría. Shannon lo amaba, pensó. Lo único que necesitaba era tiempo para que ella se acordara.

A veces, Garth lo sabía, hacía falta algún tiempo para poder ver las cosas desde la perspectiva adecuada. Él había aprendido aquella lección durante el año anterior. Lento, pero seguro, durante los pasados meses había llegado a aceptar parte de la insatisfacción y la incomodidad que llevaba sintiendo durante largo tiempo. Todavía no había llegado a demasiadas conclusiones, pero sabía que había algo muy dentro de él que estaba preparado para cambiar de vida.

El único problema había sido que, aunque él sentía la necesidad de hacer un cambio, no veía alternativas claras. Había estado dirigiendo Sherilectronics con un piloto automático durante mucho tiempo y lo sabía. Y saberlo era una de las razones por las que había decidido hacer un esfuerzo implacable para conseguir el contrato de Carstairs. Era como si tuviera que demostrarse a sí mismo que no había relajado la tensión sobre las riendas con las que dirigía la empresa y su propia vida. Todavía podía competir con los peores depredadores de la jungla de Silicon, e incluso ganar. Cuando consiguiera el contrato lo demostraría.

El problema era que Garth no estaba seguro de lo que haría después.

Shannon no podía dormir. Daba vueltas una y otra vez en la cama, intentando conciliar el sueño. Pero cuanto más lo intentaba, más escurridizo se mostraba el sueño. Shannon se descubría intentando escuchar los sonidos de la habitación de al lado, pero no oía nada. Aparentemente, Garth no estaba teniendo tantos problemas como ella para dormir. Y, por alguna razón, eso la irritaba.

Todo parecía irritarla aquella noche. Se sentía frustrada, furiosa y asustada. Lo último que podía esperarse era que Garth apareciera en la puerta de su casa para pedirle que se casara con él. Aquello había terminado de hundirla.

Renunciando a dormir, Shannon apartó las sábanas, se sentó en la cama y se puso las zapatillas. Llevando únicamente el camisón encima, se acercó a la puerta del dormitorio y la abrió. No se oía nada en el pasillo y no asomaba luz por la rendija de su estudio. Salió del dormitorio y comenzó a caminar sigilosamente hacia la cocina. Quizá la ayudara a dormir una copa del whisky que Garth tenía en su casa.

La botella de whisky tintineó ligeramente contra el vaso mientras lo servía, pero seguía sin oírse nada en el pasillo, así que Shannon decidió que no había despertado a Garth. Tomó el vaso, se lo llevó al cuarto de estar y se dispuso a beber el potente licor. Se acurrucó en el sofá y pensó en la incapacidad que parecía tener aquella noche para controlar su vida. Hacía tiempo que se había apoderado de ella una sensación de falta de equilibrio y la culpa era de Garth. Quizá todo habría funcionado si él hubiera sido el poeta melancólico que su imaginación había decidido que era. Con aire taciturno, Shannon contempló las crueles jugadas del destino y de su propia impulsividad. No estaba segura de qué le parecía más deprimente.

Poco después, se dio cuenta de que el whisky no iba a ayudarla a dormir. En cambio, parecía haber sumido su mente en un caos. Se descubría a sí misma haciéndose preguntas para las que no tenía respuesta alguna. Pero por encima de todos sus líos e inseguridades, había dos cosas que le parecían repentinamente claras: no sería capaz de sacar a Garth de su vida y no quería casarse con un hombre que entendía el matrimonio como una forma de protegerla y de protegerse a sí mismo.

—¿Te importa que me siente contigo?

Shannon se volvió al oír la voz de Garth y lo vio de pie entre las sombras. Iba descalzo, solo llevaba puestos los pantalones. Sus hombros desnudos resplandecieron fugazmente bajo la tenue luz de la cocina cuando entró para buscar la botella de whisky y un vaso.

—¿Te he despertado? —le preguntó Shannon mientras él se sentaba enfrente de ella y se servía un vaso de whisky.

—No. No podía dormirme. ¿Has decidido emborracharte?

—He oído decir que en algunas circunstancias el alcohol puede ser un buen remedio —musitó.

—Yo intenté utilizarlo el domingo, en San José, después de que dejaras perfectamente claro que no ibas a contestar el teléfono. Pero no funcionó demasiado bien. Los efectos solo son temporales —Garth apoyó los pies en un viejo cojín de cuero y bebió un trago.

—¿El domingo te emborrachaste por mí? —Shannon no era capaz de imaginarse a Garth perdiendo el control de lo que hacía.

—Ahora no me acuerdo demasiado bien, pero por lo que recuerdo, me quedé prácticamente inconsciente. Al día siguiente tuve que tomarme una aspirina.

—Y, exactamente, ¿cuándo decidiste pedirme que me casara contigo? —no pudo evitar preguntar—. ¿El domingo por la noche o el lunes por la mañana?

—No voy a contestar a eso —la informó—. Esa es una pregunta malintencionada.

Continuaron bebiendo en silencio durante largo rato. Ninguno de ellos intentaba forzar la conversación. Por alguna razón, el whisky y la oscuridad hacían que a Shannon no le resultara violento permanecer acurrucada en su asiento. Poco a poco, comenzó a relajarse. Al final, comentó vacilante:

–He tomado una decisión, Garth.

Garth esperó sin decir nada.

–Estoy dispuesta a continuar esta aventura. De momento.

Garth asintió, como si ya adivinara lo que iba a decir.

–Eso es mejor que nada.

Shannon frunció el ceño en la oscuridad.

–Pero tendrá que ser una aventura que funcione tal y como yo decida, Garth. ¿Lo comprendes?

–Sí.

Shannon comenzó a relajarse al oír su queda afirmación. El caos que había estado intentando aclarar se transformó en una mezcla mucho más manejable de dudas y confusiones.

–No sé si esto va a funcionar, Garth.

–Haré que funcione –había una determinación de acero bajo aquella promesa.

Tras unos minutos de silencio, Garth comentó:

–Nunca me he emborrachado intencionadamente con una mujer. Es una experiencia interesante.

Shannon inclinó la cabeza.

–¿Mejor que beber solo?

–Mejor que dormir solo.

–Oh –Shannon permaneció en silencio, pensando en ello.

–Y durante el tiempo que llevas levantada, ¿solo has tomado la decisión de continuar nuestra aventura? –preguntó Garth al cabo de un momento, sirviéndose otro whisky y volviendo a llenar el vaso de Shannon.

–En realidad, ahora que lo mencionas, también he pensado en otra cosa –dijo con recelo.

–¿Y qué es?

–Antes has comentado que creías que alguien había utilizado mi bolsa la otra noche en la fiesta porque era fácilmente reconocible. Un punto de referencia inconfundible para que un espía pudiera pasarle a alguien un documento.

–Es solo una hipótesis.

Shannon asintió.

–Y no está nada mal. Ahora lo veo claro. El ladrón le diría al comprador del contrato dónde lo había escondido y este, cuando no hubiera nadie mirándolo, podría entrar al dormitorio y sacarlo de la bolsa. Muy sencillo.

–Y de esa forma nadie los vería intercambiando documentos.

–Pero hay otra cuestión...

–¿Que es...?

–Había dos bolsas iguales en la cama la noche de la fiesta. La mía y la que le regalé a Bonnie. ¿Y si alguien cometió un error y se equivocó a la hora de guardar el documento?

–Eso –contestó Garth lentamente–, da un giro muy interesante a la situación.

Capítulo 8

Fue la tranquilidad con la que Garth respondió a su pregunta la que alarmó a Shannon. Al tiempo que intentaba, sin conseguirlo, interpretar la expresión de su rostro, dijo rápidamente:

–No pretendo insinuar que Bonnie pueda estar involucrada.
–Todo es posible.
–Pero Garth, ¿cuánto tiempo lleva trabajando para ti?
–Cerca de cinco años.
–Entonces no puedes sospechar de ella. A estas alturas, ya te ha demostrado su fidelidad. Es tu secretaria personal.
–La lealtad puede ser intercambiada fácilmente por la comodidad. Y tampoco es difícil comprarla.
–Quizá sea así como veis las cosas en tu mundo, pero eso no significa que todo el mundo le dé tan poco valor a la lealtad –replicó Shannon casi con desconsuelo. Estaba empezando a darse cuenta de lo profundamente cínico que era Garth en realidad. Y le resultaba aterrador–. Además, me gusta Bonnie.

Garth se encogió de hombros.

–Ha sido una buena secretaria.

–No hables como si ya tuviera un pie en la puerta, maldita sea. No sabes si está o no involucrada en el robo de esa estúpida propuesta. Yo lo único que he pretendido ha sido señalar que había dos bolsas en la cama el sábado por la noche, porque acabo de acordarme de que Bonnie también había llevado la suya. Si tuvieras que sospechar de alguien, sería de mí. Ha sido a mí a quien has encontrado con la prueba del delito.

Garth le dirigió una mirada especulativa.

–Apenas la conoces. No hace falta que saltes a defenderla, todavía no la he acusado de nada.

–Bueno, pues sigue mi consejo y no hagas ninguna acusación. Si la haces sentirse bajo sospecha, terminará marchándose. Por lo menos eso es lo que haría yo.

Garth curvó los labios en una débil e irónica sonrisa.

–Ya lo hiciste.

–Es cierto, lo hice, ¿verdad? –Shannon cerró los ojos un instante–. ¿Por qué no me has dejado marcharme, Garth? ¿Por qué has venido hasta aquí? No puedo demostrar que no tenga nada que ver con el hecho de que se encontrara ese documento en mi bolsa. De hecho, tengo menos excusas de las que podría tener Bonnie.

–Eso no es del todo cierto –contestó Garth–. Hasta hace unas semanas, ni siquiera me conocías, y no sabías absolutamente nada sobre mi empresa. Y el fin de semana pasado ha sido la primera vez que has estado en mi despacho o has conocido a alguno de mis empleados. A no ser que quiera pensar que todo lo que has hecho hasta ahora, incluyendo el hecho de que me abordaras en la playa, forma parte de una complicada trama, es muy improbable que estés involucrada en el robo.

Shannon dio otro sorbo a su whisky.

–¿Y yo no soy suficientemente brillante y sofisticada como para haber urdido una trama tan complicada?

–Shannon...

–No, ya está bien, Garth. No quiero seguir oyendo cómo funciona tu lógica. No es muy bueno para mi ego saber que alguien decide que soy inocente porque soy demasiado ingenua para resultar culpable. Pero, ¿qué ocurriría si todo fuera parte de una sutil conspiración con la que también yo estuviera relacionada? –aventuró–. A lo mejor Ed Kenyon me contrató hace un par de meses para que intentara seducirte. A lo mejor alquilé esta casa y fingí vivir de la serigrafía cuando supe que tú habías alquilado la casa de al lado. Annie y Dan podrían formar también parte del montaje. Y yo podría haber intentado chantajear a Bonnie. Después está esa cuestión tan inteligente de las bolsas durante la noche de la fiesta. Dios mío, si lo miras de ese modo, resulta que yo soy un genio.

—Y yo un completo idiota.

—Bueno, digamos que eso no te convertiría exactamente en el más inteligente ejecutivo de una empresa de alta tecnología —le confirmó Shannon.

Garth se inclinó hacia adelante y le tomó la barbilla entre las manos. Sus ojos resplandecían en medio de las sombras del cuarto de estar.

—¿Y bien? ¿Entonces soy un completo idiota? ¿Todo esto era un montaje y yo soy la pobre mosca que ha quedado atrapada en una telaraña tan compleja que ni siquiera he sido capaz de sospechar de su existencia?

—¿A ti qué te parece? —preguntó Shannon, casi sin aliento.

—A mí me parece —dijo Garth—, que si de verdad hay una conspiración y tú estás relacionada con ella, entonces yo estoy completamente fuera de juego. Y debería jubilarme ahora mismo —rozó su boca con los labios, con un cálido y persuasivo beso.

—Pero no me crees, ¿no?

—No —admitió Garth sin soltarla—. Y creo que tengo que culparme a mí mismo por haber permitido que te acercaras tanto a un mundo del que no sabes nada y que no estás en condiciones de manejar. Has sido utilizada por alguna persona de ese mundo, y la culpa es mía. No te he protegido suficientemente bien.

—¿A quién quieres proteger en realidad, Garth? ¿A ti o a mí?

—Creo que al final, viene a ser lo mismo —contestó Garth.

—Tú quieres una mujer con la que puedas relajarte. Alguien que pueda proporcionarte una escapada temporal durante los fines de semana.

Garth sonrió débilmente.

—¿Y eso está mal?

—No es suficiente. Por lo menos para mí.

—Te estoy ofreciendo matrimonio, Shannon. Eso debería darte cierta seguridad.

–Aun así, no es suficiente –susurró Shannon.

–Estás luchando contra nosotros dos, Shannon, no solo contra mí. Tú me quieres, ¿recuerdas?

–Sí, pero si tú me quisieras de verdad, no estarías ofreciéndome un matrimonio solo para los fines de semana –Shannon dejó lentamente el vaso de whisky sobre la mesa y se levantó–. Creo que ya he bebido suficiente, Garth. Buenas noches.

Garth no hizo nada para detenerla cuando Shannon pasó por delante de él para salir al pasillo que conducía a su dormitorio. Esperó hasta que la oyó cerrar la puerta y después se sirvió dos dedos más de whisky.

Le daría tiempo. Eso era lo que Shannon necesitaba. Había tenido una experiencia desagradable la semana anterior y no podía culparla por estar reaccionando como lo estaba haciendo. Era una artista, se recordó a sí mismo. Y todo el mundo sabía que los artistas tenían un carácter muy temperamental. Y también las mujeres, por cierto. De modo que la combinación podía ser pura dinamita.

Para él, la primera opción habría sido el matrimonio. Había llegado a esa decisión el domingo mientras vagaba sin rumbo por su casa, intentando recomponer las piezas de aquel rompecabezas. Pero si lo único que podía obtener de Shannon era una prolongación de su aventura, lo aceptaría temporalmente. No estaba mintiendo cuando le había dicho a Shannon que aceptaría lo que estuviera dispuesta a darle. Necesitaba a Shannon, y solo entonces estaba empezando a darse cuenta de hasta qué punto.

Garth terminó el último trago de whisky y permaneció sentado con la mirada fija en la oscuridad. Un hombre tenía que pelear por lo que quería en la vida. Y al parecer siempre había alguien más deseando cobrarse la presa deseada. Lo había aprendido de la forma más dura. Pero Garth estaba acostumbrado a la batalla. Y lucharía por Shannon.

***

El olor del café arrancó a Shannon de un agitado sueño a la mañana siguiente. Continuó tumbada en la cama un momento, preguntándose por qué olía a café en su cocina cuando todavía no se había levantado de la cama. Entonces fluyeron los recuerdos. Apartó rápidamente las sábanas y se dirigió hacia el baño.

Media hora más tarde, vestida con vaqueros y una camisa, entró en la cocina, preparándose para cerrarse en banda en el caso de que Garth comenzara a hablar otra vez de matrimonio. Podría ser una ingenua, y quizá no fuera demasiado brillante, pero también podía ser muy cabezota si se lo proponía. Cada mujer tenía su punto fuerte, se dijo a sí misma.

–Buenos días, Garth –no se detuvo mientras se acercaba a la cocina para servirse un café–. ¿Conseguiste dormir algo anoche?

Garth se recostó contra el asiento de la cocina y asintió lentamente.

–Sí, un poco.

–Pareces vestido para ir a la oficina –observó con expresión crítica la camisa blanca y los pantalones–. ¿Vas a irte temprano?

–Tengo que marcharme después del desayuno.

–No me sorprende. No deberías haber perdido el tiempo viniendo hasta aquí.

Garth ignoró aquel comentario.

–Volveré el viernes.

–Ah, sí, el fin de semana.

Garth la miró con expresión pensativa.

–Esta mañana estás de un pésimo humor, ¿lo sabes?

–Ya sabes, los artistas somos muy temperamentales.

–Déjame corregirte, «frustrada» es la palabra que describe tu humor esta mañana –replicó Garth–. Estás peleando en una batalla perdida y lo sabes –antes de que Shannon hubiera podido contestar, tomó unos papeles que había encima de la mesa–. Veo que por lo menos has tenido la sensatez de esperar a hablar conmigo antes de firmar esto.

Shannon frunció el ceño al darse cuenta de que sostenía entre las manos el contrato que había dejado la compradora de San Francisco.

—Estaba a punto de firmarlo ayer cuando llegaste.

—Mientras estabas en la ducha le he echado un vistazo.

—Garth, no te he pedido que lo revises. No tienes derecho a examinarlo. Dámelo.

—¿Vas a firmarlo tal y como está? —le preguntó Garth.

Recelando del tono inexpresivo de su voz, Shannon le quitó el contrato de entre las manos.

—No veo ninguna razón para no hacerlo.

—¿Y qué te parece el hecho de comprometerte a entregarle a esa tienda la exclusiva no solo de tus bolsas, sino de cualquier otra cosa que diseñes durante los próximos seis meses? Y también se garantizan el derecho a rechazarlos si no les gustan.

—¿Qué? —sorprendida, Shannon examinó el documento—. Yo nunca he leído nada parecido.

—Échale un vistazo a la cláusula seis.

Shannon leyó el contrato precipitadamente, intentando aclararse a través de toda aquella jerga legal.

—Oh, Dios mío —musitó disgustada—. Ayer lo leí muy rápido. No me di cuenta... No pretendo concederle a esa tienda la exclusiva de todos mis productos. Eso es un error. Tendré que tachar esa cláusula antes de firmar el contrato.

—Hazlo —Garth se levantó para servirse un poco más de café. Se acercó a la cocina y observó a Shannon, que estaba fulminando con la mirada los papeles que tenía entre las manos.

—No lo comprendo —tiró el contrato a la mesa—. Esa mujer no me habló en ningún momento de exclusividad.

—Nunca confíes en nadie que está intentando hacerte firmar un contrato con prisa —le aconsejó Garth.

—Supongo que para ti es como una segunda naturaleza. Estás tan acostumbrado a que la gente intente engañarte, o robarte... —Shannon se acercó a la ventana y permaneció con los brazos en las caderas y la mirada fija en el mar.

—Esa mujer no estaba intentando engañarte. Simplemente estaba intentando asegurarse el trato que más le convenía.

—Bueno, pues ya puede ir olvidándose. No pienso firmar ningún contrato con ella.

Garth sacudió la cabeza.

—No hace falta que ahora seas tan purista. Simplemente, tacha esa cláusula, firma el contrato y envíaselo. Si quiere las bolsas, ella también lo firmará y habrás hecho un trato que te conviene. Aparte de esa cláusula, el resto del contrato tiene buen aspecto.

—¡Pero me molesta que haya intentado aprovecharse de mí!

—Los negocios son los negocios.

Shannon dio media vuelta.

—Sinceramente, Garth, eres condenadamente cínico.

Garth sonrió.

—Quizá ser por eso por lo que te necesito.

Shannon farfulló, sin estar muy segura de cómo responder:

—Supongo que debería darte las gracias por haberte fijado en esa cláusula.

Garth se acercó hasta ella y le dio un beso en la frente.

—No hace falta que me des las gracias. Forma parte del paquete.

—¿Del paquete del fin de semana? —replicó ella, e inmediatamente deseó haber reprimido la contestación.

—¿Vas a estar tan quisquillosa todos los fines de semana?

Sonrojada, Shannon se volvió hacia la ventana.

—No lo sé. Quizá. ¿Perderás el interés en mí si lo soy?

—¿A ti qué te parece? —preguntó Garth con delicadeza.

—No sé qué pensar.

—Bueno, tendrás tiempo suficiente para pensar en ello antes de que vuelva el viernes que viene —no parecía preocupado.

Shannon lo oyó acercarse a ella y, con el rabillo del ojo, lo vio colocar una preciosa copia de la oferta al lado del contrato.

—¿Qué quieres hacer con eso?

—Voy a dejarlo aquí.

Shannon abrió los ojos de par en par.

—¿Aquí? ¿Vas a dejar esa copia de la propuesta en mi casa? ¿Por qué, Garth?

—Quizá porque estoy intentando encontrar la forma de demostrarte que confío en ti. Tampoco creo que seas ninguna estúpida, aunque seas un poco ingenua. Hay muchas diferencias entre ser estúpido o ingenuo, Shannon.

—Oh, Garth —Shannon miró preocupada el contrato y después volvió a mirar el semblante tranquilo de Garth—. Creo que no deberías dejarlo aquí.

—¿Por qué no?

Shannon agitó la mano, intentando encontrar las palabras adecuadas.

—Porque me da miedo, si quieres saber la verdad. Ni siquiera quiero volver a ver ese contrato. Cada vez que lo miro, me acuerdo de cuando lo encontraste en mi bolso el domingo por la mañana.

Garth le tomó la mano y la retuvo entre la suya.

—Eso no es lo que quiero que pienses cuando lo mires, Shannon. Lo que quiero es que lo veas durante varios días delante de ti y pienses en que estoy confiando en ti. Ya no puedo retirar las cosas que he dicho sobre que habías sido utilizada por alguien de mi mundo, pero por lo menos puedo demostrar que confío en ti. Es una forma de empezar, cariño. Un nuevo principio para nosotros.

Shannon se quedó muy quieta, pendiente de la intensidad de la mirada de Garth.

—No confías en nadie fácilmente, ¿verdad, Garth?

—No, pero estoy deseando demostrarte que confío en ti.

Shannon soltó una suave exclamación y se arrojó a sus brazos.

—Cuidaré ese documento, Garth.

—Sé que lo harás —le acarició la espalda—. Para el lunes que viene, todo este lío habrá terminado. Carstairs ya tendrá todas las ofertas en su mano y solo habrá que esperar a que tome una decisión. Volveré el viernes por la tarde.

Shannon alzó la mirada hacia su rostro y sonrió.

—Aquí estaré.

—Lo sé. Cariño, hemos tenido unos comienzos muy duros,

pero creo que todo va a funcionar. Sé que funcionará —la besó conteniendo con firmeza los caprichos de su deseo, que batallaba con fuerza contra su capacidad de control—. Ahora tengo que marcharme.

—Sí —contestó Shannon.

Shannon no quería que se fuera. Habían quedado demasiadas inseguridades entre ellos, demasiadas cosas sin decir. Pero sabía que tampoco iban a conseguir aclarar nada aunque se quedara. Lo acompañó a la puerta y allí permaneció mientras él se deslizaba en el interior del Porsche y giraba la llave en el encendido. Garth levantó la mano en señal de despedida y se marchó.

Shannon giró lentamente para volver al interior de su casa. Bajó la mirada hacia el documento de la oferta, intentando comprender exactamente por qué lo habría dejado allí Garth. Desde luego, ella no quería verlo en su casa. Evocaba demasiados recuerdos tristes.

Pero Garth estaba intentando demostrarle que confiaba en ella. Procediendo de él, era un gran paso. Era más que un gesto simbólico. Aquella propuesta era muy importante para Garth, y era evidente que alguien había intentado entregársela a su rival. Shannon, por haber estado en el lugar y en el momento equivocados, podía haber sido considerada una ladrona. Desde un punto de vista realista, Garth tenía todo el derecho del mundo a estar furioso la mañana que había descubierto el contrato en su bolsa. Más aún, admitió Shannon con un pequeño gemido, tenía todo el derecho del mundo a pensar que era culpable.

Aparentemente, estaba intentando demostrarle que no creía en su culpabilidad. Y ella debería valorar aquel gesto, se dijo Shannon. Era una gran concesión, procediendo de un hombre que no confiaba plenamente en nadie.

Shannon alzó el documento y miró a su alrededor. Tener aquella copia la ponía nerviosa. Si por ella hubiera sido, Garth se la habría llevado. Desde luego, no quería tenerla allí. Recorrió la casa, habitación por habitación, preguntándose dónde guardarla.

Al final, guardó el documento en una caja serigrafiada en la que guardaba sus papeles personales. La caja la tenía siempre en el armario de su estudio. En cuanto cerró la puerta del armario, tanto la caja como aquel documento desaparecieron de su mente. El viernes, cuando llegara Garth, le devolvería el documento y le diría que, aunque apreciaba su gesto, no quería seguir sintiéndose responsable de él.

Obligándose a vencer el cansancio, Shannon se puso a trabajar. En el caso de que la tienda de San Francisco aceptara el contrato, tendría muchísimo trabajo por delante. De modo que se puso el blusón con el que trabajaba, sujetó la plantilla a la pantalla de seda y la cubrió de tinta. Después colocó la primera tela bajo el marco. Cuando llevaba quince minutos trabajando, por fin comenzó sentir que se despejaba su mente. Se concentró en el trabajo y se negó a permitirse pensar en el próximo fin de semana.

Cerca de la una, sonó el teléfono. Era Annie O'Connor.

—Solo te llamaba para saber si quieres venir esta noche a ver la obra de Verna sobre los ejecutivos. Sé que no pudiste ir a verla el fin de semana porque estabas en San José, pero supongo que no querrás perderte esta obra maestra. Le darías un disgusto terrible a Verna.

Shannon soltó una carcajada.

—No me gustaría sentirme culpable por haber herido el orgullo artístico de Verna. ¿Vas a ir con Dan?

—¿Bromeas? Cada vez que hablo de ir a ver una de las obras de Verna, a Dan le entra un ataque de risa.

—Tengo que admitir que a Garth tampoco le impresionó su versión de *La fierecilla domada*. Es evidente que Verna es una autora adelantada a su tiempo, o por lo menos adelantada a la mayor parte de los hombres. ¿A qué hora paso a buscarte?

—Mmm, ¿qué te parece a las siete y media? Así podremos encontrar sitio para aparcar.

—Hasta luego entonces.

Shannon colgó el teléfono pensando que se alegraba de poder salir aquella noche. No quería descubrirse a sí misma sentada al lado del teléfono, esperando la llamada de Garth. Además, si la llamaba, prefería estar fuera.

Iba a tener que dejar bien claro los criterios de su relación, se dijo Shannon mientras regresaba al estudio. Si no lo hacía, Garth tomaría completamente el control. Y si le dejaba hacer las cosas a su modo, terminaría convertida en su esposa y recluida en un lugar en el que no pudiera encontrarse ningún problema. Después, durante los fines de semana, Garth iría a verla y se entretendría con ella como si fuera un juguete.

Shannon frunció el ceño. No, no era justo decir que Garth la trataba como si fuera un juguete. Nadie se tomaba la molestia de demostrarle a un juguete que confiaba en él. Y Garth lo estaba intentando. Pero tenía que recorrer un largo camino. Se encontraban en una situación idéntica a la que tenían antes del desastre del fin de semana: Shannon tenía una relación que se limitaba a los fines de semana con un hombre que no estaba dispuesto a compartir con ella la mayor parte de su vida.

Y, conociéndose a sí misma, pensó Shannon sombría, no tardaría en volver a presionar para abrirse un hueco en su otro mundo. Ella nunca se conformaría con querer a un hombre que no quisiera compartir su vida con ella. Desde su encuentro en la playa, había actuado dejándose llevar por la necesidad de comprenderlo, de entenderlo mejor. Después de lo ocurrido la noche anterior, lo único que habían hecho había sido alejar el temporal. Pero terminaría desencadenándose la tormenta, y después una tras otra. Ella continuaría presionando a Garth y él al final explotaría y decidiría que no había ninguna posibilidad de que su relación funcionara.

Y cuando llegara el día final, pensó Shannon con tristeza, seguramente Garth se alegraría de que no hubiera aceptado su propuesta de matrimonio. Por lo menos, no podría acusarla de haberlo inducido a una boda.

La alegoría de Verna Montana sobre la sociedad moderna, reflejada en un huerto a través del comportamiento de diferentes verduras, tenía cierto grado de originalidad, pero Annie y Shannon decidieron, que, en el fondo, era preferible que no hubieran ido Garth y Dan a verla con ellas. Las dos mujeres estaban en la heladería, disfrutando de sendos helados, después de que la obra hubiera terminado.

–A Dan le habría dado un ataque. Estoy segura de que se habría salido durante los primeros quince minutos. No tiene ninguna paciencia con las obras de Verna. *La fierecilla domada* le pareció tan terrible que se juró no volver a ver ninguna obra suya –le confió Annie.

–Tengo que admitir que a Garth tampoco le impresionó demasiado –Shannon se concentró en su helado mientras recordaba cómo había terminado aquella noche–. Pero en el fondo, creo que Verna es mejor cuando hace una interpretación de algún clásico. Los destroza, pero por lo menos hay algo que destrozar. Cuando escribe sus propias obras, es casi imposible enterarse de lo que ocurre.

–Ah, ¿pero quién puede definir una mirada artística? –preguntó Annie, para nadie en particular–. Quizá dentro de cientos de años esta obra sea considerada un clásico.

Shannon sonrió de oreja a oreja.

–Ya me estoy imaginando a un crítico del siglo que viene intentando analizar qué relación tenían exactamente los nabos con la cultura del siglo veintiuno, pero, por lo que a mí concierne, Verna puede quedarse con todos los méritos de la vanguardia. Yo me conformo con vivir de la serigrafía.

Annie hundió la cucharilla en la copa de helado.

–Y hablando de la serigrafía, ¿para cuándo quieres que te cosa más bolsas?

–Mañana te llevaré unas cuantas, si te parece bien. Quiero enviarlas a San Francisco el miércoles que viene.

–¿Ya has firmado el contrato? –le preguntó Annie con interés.

–Mmm. Sí, pero estuve a punto de firmar sin saber que renunciaba a todos mis derechos sobre mis diseños.

–¿Garth descubrió alguna trampa en el contrato?

Shannon gimió.

–Fue vergonzoso, Annie. La verdad es que estaba tan enfadada pensando en lo que había pasado durante el fin de semana que cuando ayer me senté a leer el contrato, no estaba suficientemente concentrada. Así que, naturalmente, a Garth le ha bastado con echarle un vistazo esta mañana para descubrir la cláusula número seis. Sé que debería haberme mostrado más agradecida, pero, de alguna manera, tenía la sensación de que eso enfatizaba todos los problemas que había entre nosotros. Él insiste en asumir el papel de hombre protector, no me deja tomar sola decisiones importantes e insiste en mantenerme al margen de los aspectos más sórdidos de la vida. Cada vez que me doy media vuelta, lo descubro vigilándome. Cree que mi coche no es seguro y ha llamado a un cerrajero para que venga a cambiarme todas las cerraduras de la casa. Y voy a estar especialmente protegida del mundo terrible y machista de Silicon Valley –sonrió con tristeza–. Pero yo soy una adulta, Annie, y quiero que me traten como a tal. Sin embargo, parece que todos los días tiene que ocurrir algo que me hace aparecer ante sus ojos como una pobre y estúpida mujercita. Sinceramente, tal y como han ido yendo las cosas, Garth tiene todo el derecho del mundo a preguntarse cómo he podido vivir sola durante tanto tiempo.

–Es bonito tener a un hombre que se preocupe por ti –musitó Annie, pensativa.

–Es verdad. ¿Pero cómo te sentirías si Dan intentara excluirte de la mitad de su vida porque dijera que quiere protegerte de ella?

Annie se echó a reír.

–Probablemente empezaría a sospechar que tiene relaciones con la mafia o algo parecido.

–A veces tengo la impresión de que la vida en Silicon Valley tiene muchos parecidos con la vida de la mafia –gruñó Shannon.

–En ese caso, es probable que ahora sepas cómo se sienten las mujeres de los mafiosos.

–Gracias Annie, eres un gran consuelo.

***

Shannon había dejado la luz de la entrada encendida antes de salir de casa, y la luz continuaba resplandeciendo a través de la niebla cuando aparcó el Fiat ante ella. La fría humedad del aire la obligó a arrebujarse en el chal mientras subía los escalones de la entrada y metía la llave en la cerradura.

El plan de Garth de cambiar las cerraduras de puertas y ventanas todavía no se había llevado a cabo. El cerrajero que se había puesto en contacto con ella le había dicho que no podría acercarse hasta la semana siguiente. Shannon se preguntaba si debería haberse opuesto a aquel proyecto desde el principio. La verdad era, pensó mientras entraba en el vestíbulo, que necesitaba cambiar las cerraduras. Las que había en la casa eran muy viejas y no podía decir cuántos de los antiguos inquilinos conservarían sus copias.

Hizo una mueca mientras encendía la luz y dejó caer su bolsa en el sofá. Se estaba convirtiendo en una paranoica. Hasta que Garth no había comentado que las cerraduras eran viejas, a ella no le había preocupado lo más mínimo.

Se acercó hasta la cocina y pensó en prepararse una taza de té. Eran más de las diez de la noche y todavía no tenía el menor síntoma de sueño. Podría trabajar durante un par de horas antes de irse a la cama. Shannon encendió la tetera y esperó a que hirviera el agua. Después, metió una bolsita de té y se dirigió al estudio mientras esperaba a que el brebaje se hiciera.

Se detuvo frente a la puerta del estudio. No recordaba haberla dejado cerrada. Aunque a lo mejor sí la había cerrado... Al fin y al cabo, ¿quién iba a acordarse de una cosa así? Se encogió de hombros, abrió la puerta y entró en el interior de la habitación a oscuras.

Tuvo la sensación de que algo ocurría en cuanto alargó la mano para buscar a tientas el interruptor de la luz. Un suave movimiento a su derecha arrancó un grito de sus labios e intentó salir frenéticamente de la habitación.

Pero su mano no alcanzó nunca el interruptor, y tampoco pudo escapar de la habitación. Oyó una maldición y sintió el brazo de un hombre alrededor del cuello, ahogando su grito.

–No digas una sola palabra –le advirtió, con una voz espesa y ronca, amortiguada por el sonido de la tela. Su asaltante iba encapuchado–. No digas ni una maldita palabra, ¿me has entendido?

Shannon no se molestó en responder. Estaba luchando desesperadamente, clavando las uñas en el brazo con el que aquel tipo la sujetaba por el cuello.

–¡Ya basta! –gruñó el intruso cuando Shannon consiguió darle una patada en el tobillo–. Deja de resistirte y presta atención. He venido a llevarme una copia de la oferta.

–¿Mmm? –Shannon lo empujó e intentó arañarle el cuello.

–Quiero la oferta de Carstairs, maldita sea. Eso es lo único que quiero. ¡Dámela y saldré inmediatamente de aquí! –volvió a soltar una maldición cuando Shannon le arañó el dorso de la mano–. Solo quiero esa oferta. Ya sé que tú también participas en el juego, pero yo tengo que cumplir mi trato. Mi cliente no me pagará si no lo cumplo. Diablos, estoy dispuesto a pagarte lo que haga falta. No será tanto como lo que podrías ganar si vendieras tú misma ese documento, pero al menos será algo. Sé razonable.

–¡Razonable! –consiguió decir Shannon con voz atragantada–. ¿Es que te has vuelto loco?

–Mira, has tenido mala suerte. No vas a poder hacer ningún negocio. Es duro, lo sé. Pero yo tengo mis propios problemas, ¿lo entiendes? Y ahora, dame el documento que te llevaste la noche de la fiesta. Tienes que tenerlo tú. Lo supe en cuanto ese estúpido me dijo que la bolsa estaba vacía y que yo había guardado el documento en otra bolsa. ¿Dónde está?

–No sé de qué estás hablando –jadeó Shannon.

–Y un cuerno. Quiero ese documento y me lo vas a dar.

Shannon no sentía ningún frío metálico contra el cuello y, por lo que ella podía decir, su atacante no llevaba tampoco una pistola. Probablemente, había asumido que, siendo solamente una mujer, no necesitaría ningún arma. O quizá los espías de Silicon Valley no llevaran armas normalmente. Intentó pensar en medio de su desesperación.

—De acuerdo —siseó—. Te daré lo que quieres. Pero deja de apretar, me vas a ahogar.

Su atacante aflojó la presión del brazo, permitiéndole respirar.

—Tengo que encender la luz...

—Olvídate de la luz, no la necesitamos. Ahora dime, ¿dónde está ese documento?

—En el armario —contestó—. Al otro lado de la habitación.

—Muévete.

La arrastró por la habitación a oscuras hasta encontrar el armario. La puerta se abrió con un suave gemido. Incluso en medio de la oscuridad, era posible ver lo abarrotado que estaba su interior.

—¿Y ahora dónde demonios está?

—Ahora te lo daré. Pero suéltame, ¿quieres? Créeme, no voy a arriesgar mi vida por culpa de un estúpido documento.

Su asaltante volvió a aflojar a regañadientes la presión de su brazo.

—No quiero trucos.

—No me sé ninguno. Solo soy una artesana estúpida e ingenua, ¿es que todavía no te has dado cuenta?

Shannon tanteó con la mano la mesa de trabajo mientras se alejaba del hombre que hasta entonces había estado sujetándola. Sus dedos tocaron la cuchilla que utilizaba para recortar las plantillas.

—Ingenua, ¡y un cuerno! Eres una mujer muy astuta, pequeña. En otras condiciones, me quedaría para demostrarte hasta qué punto creo que eres lista, pero esta noche no tengo tiempo. ¡Dame ese documento!

Shannon no se molestó en contestar. Giró bruscamente y clavó la cuchilla en el hombro del intruso, haciendo acopio de todas sus fuerzas y apretando los dientes con una violencia que la habría sorprendido si hubiera podido ser consciente de ella.

El hombre gritó, probablemente más por la sorpresa que por el dolor. La hoja de aquella cuchilla no debía tener ni dos centímetros de largo, de modo que la herida no podía ser muy profunda. Pero estaba tan asustado por aquel ataque inesperado que se quitó de en medio, llevándose la mano a la herida. En aquella oscuridad, no tenía forma de saber si Shannon estaba a punto de darle otra cuchillada.

Pero Shannon no pretendía volver a atacar. Había ido a buscar la caja de los documentos que estaba dentro del armario y la había sacado antes de que el hombre pudiera darse cuenta de lo que estaba ocurriendo.

–¡Maldita sea, vuelve! –la furia de la voz de aquel intruso era palpable cuando Shannon pasó por delante de él, aferrándose a la caja.

Salió corriendo al cuarto de estar y un instante después, estaba en la calle, buscando protección entre la espesa niebla.

Capítulo 9

No hubo tiempo para agarrar las llaves del coche. Y tampoco habría tenido tiempo de arrancar el Fiat si las hubiera tenido a mano. Shannon dobló la esquina de la casa, consciente de que el intruso estaba ya a la altura de la puerta.

La niebla la envolvía por completo, ofreciéndole escondite, pero convirtiéndose también en una fuente de peligros. Shannon conocía perfectamente aquel terreno, pero en la oscuridad, podían acecharla incontables obstáculos.

—¡Maldita sea! Podemos hacer un trato.

La voz sonaba demasiado cerca de ella. Shannon no podía ver a su perseguidor, pero sabía que estaba cerca. Se quedó muy quieta al oír que se acercaba corriendo. Pasó a un par de metros de ella y Shannon contuvo la respiración al tiempo que se aferraba con fuerza a la caja con los documentos. Un segundo después, su perseguidor había girado en otra dirección. Shannon era consciente de su desesperación. Por vez primera, se preguntó hasta qué punto sería importante aquella oferta. ¿En qué clase de mundo vivía Garth para que las personas se atacaran las unas a las otras por un mísero contrato?

Aquellas preguntas y sus respuestas tendrían que esperar. Le gustara o no, habían dejado aquella oferta a su resguardo y Shannon no pensaba perderla. Se dirigió hacia el risco desde el que se veía el mar, intentando recordar dónde estaban las rocas y los árboles. Lo último que necesitaba era chocar contra alguno de aquellos árboles retorcidos por el viento en la zona.

Shannon podía oír el rugido del mar mientras caminaba hacia el borde del acantilado. El sonido de las olas rompiendo contra las rocas le resultaba tranquilizador. Podía cubrir cualquier ruido que hiciera. Pero también ocultaba los sonidos de su perseguidor. En aquel momento, le resultaba imposible saber lo cerca que estaba de ella. Aunque tendría que tener muy mala suerte para chocar con él en medio de aquella niebla.

Lo mejor que podía hacer era bajar a la playa. Había muy pocas posibilidades de que aquel intruso se imaginara que había bajado por el acantilado.

–Estoy dispuesto a hablar –la voz de su asaltante llegó hasta ella por encima del ruido del mar. Procedía de su izquierda, pero no estaba muy cerca de ella–. Podemos dividir los beneficios, pero mi cliente tiene que conseguir esa oferta. ¡Tengo que entregársela!

La desesperación que reflejaba la voz de aquel hombre era aterradora. Shannon aceleró el paso y estuvo a punto de tropezar con un macizo de hierbas que hundía sus raíces en las rocas. Contuvo la respiración mientras recuperaba el equilibrio, preguntándose frenéticamente si su perseguidor habría oído su gemido.

Como no oyó pasos cerca, Shannon comenzó a bajar el acantilado, resbalando y deslizándose por la pedregosa superficie. Al cabo de un rato, se descubrió a sí misma al fondo del acantilado, tras haberse llevado un vergonzoso golpazo. Los últimos metros no había sido capaz de salvarlos con su habitual agilidad. Pero todavía tenía la caja entre las manos. Se levantó tambaleante y giró inmediatamente hacia la derecha.

La marea estaba subiendo; mientras caminaba por la playa, Shannon iba pegada en todo momento a la pared del acantilado. De vez en cuando, hundía los zapatos en la espuma de alguna ola que ni siquiera era capaz de ver y era consciente de lo fácil que le resultaría desorientarse. Pero el acantilado era un importante punto de referencia. Con creciente seguridad, se dirigió hacia el extremo más alejado de la playa, intentando no preguntarse por lo que podía haber hecho aquel intruso.

Quince minutos y tres desagradables caídas después, Shannon comprendió que estaba llegando al final de la playa. El camino de subida del acantilado tenía que estar cerca y el cielo sabía que lo había utilizado en infinidad de ocasiones. A través de un momentáneo claro de niebla distinguió el cúmulo de rocas que marcaba el inicio del camino. Con un suspiro de alivio, se acercó hasta allí. Cuando llegó al final, sabía exactamente dónde estaba y eso ya era mucho más de lo que su asaltante podía imaginar.

En aquella parte de la playa, el precipicio era más empinado que en la zona por la que había bajado, y Shannon tuvo que apoyarse con la mano en algunos tramos especialmente resbaladizos. Mantenía la caja sujeta con fuerza con el otro brazo y tuvo que emplear toda su energía para llegar a la cima. Cuando alcanzó su objetivo, estaba jadeando por el esfuerzo y la adrenalina que el miedo continuaba haciendo rugir por sus venas. Decidió entonces que en realidad no estaba hecha para las labores de espionaje.

Tomó aire y comenzó a caminar por el borde del acantilado. Su destino estaba ya muy cerca. Al caminar por la playa, había acortado la distancia que tendría que haber recorrido si hubiera ido por la carretera. A través de la niebla, pudo ver la deseada luz del porche de la casa que Annie O'Connor compartía con Dan Turcott.

Pocos minutos después, Shannon estaba aporreando la puerta. Apoyada contra la pared y sujetando la caja con fuerza, Shannon suspiró aliviada al oír pasos en el interior. Un segundo después, la puerta se abría y la luz del porche iluminaba el rostro de Dan. Evidentemente, estaba acostado y solo había tenido tiempo de ponerse unos vaqueros.

–¿Qué demonios...? ¡Shannon! Por el amor de Dios, ¿qué estás haciendo aquí?

–Si me dejas entrar te lo explicaré.

–Pasa –Dan la agarró del brazo y tiró de ella hacia el interior de la casa–. ¡Annie! –Dan volvió la cabeza y gritó a través del corto pasillo que lo separaba de dormitorio–. Es Shannon, y parece que viene de la guerra. Será mejor que vengas a echarme una mano.

—No te preocupes, no voy a desmayarme —gritó Shannon, y se dejó caer en una silla—. Aunque a lo mejor sí. Dios mío, qué noche. Primero los ejecutivos convertidos en verduras y ahora esto. Antes yo tenía una vida tranquila.

—¡Shannon! ¿Qué te ha pasado! —Annie estaba intentando atarse la bata sobre su enorme barriga de embarazada cuando salió al pasillo. La preocupación se reflejaba en cada una de sus facciones—. ¿Estás bien?

—Creo que necesita algo fuerte. Veamos a ver si todavía queda algo de brandy —Dan desapareció en la cocina—. ¿Qué ha pasado, Shannon? ¿Necesitas que llame a la policía?

Shannon asintió y se inclinó agradecida contra el respaldo de la silla.

—Me temo que sí. Cuando esta noche he llegado a casa, había alguien dentro.

—Oh, Dios mío —Annie descolgó inmediatamente el teléfono—. ¿No estás herida?

—Solo tengo algunos arañazos que me he hecho al venir andando de noche por la playa. He conseguido salir de casa y bajar hasta el mar.

Dan salió de la cocina y le quitó el teléfono a Annie.

—Dame, llamaré yo. Tú procura que se beba esto.

Shannon aceptó el vaso de brandy y fue poniendo a Annie al corriente de la historia mientras Dan llamaba a la policía. Dan interrumpió su relato para hacerle una pregunta rápida.

—Gibson dice que vendrá a echar un vistazo. Quiere saber si ese tipo va armado.

—Creo que no, pero no puedo asegurarlo. Yo no he visto que llevara ni navaja ni pistola. Pero dile a Gibson que le he hecho un corte en el brazo. En el derecho, creo.

—¿Un corte?

—Sí, le he clavado la cuchilla que utilizo para hacer las plantillas. No creo que le haya hecho una gran herida, pero puede servir para identificarlo.

Dan arqueó las cejas, expresando en silencio su extrañeza, y le repitió al policía lo que Shannon acababa de contarle. Un segundo después, colgó el teléfono.

–Ahora supongo que será mejor que llame a Garth.

Shannon lo miró.

–Supongo que sí. Pero no tiene mucho sentido llamarlo ahora mismo, ¿no crees? ¿Qué va a poder hacer él desde San José? Está a cuatro horas de aquí.

–Pero supongo que querrá saber lo que ha pasado –señaló Dan con delicadeza–. Tengo la sensación de que se preocupa mucho por ti. Oye, Shannon, ¿qué es eso que tienes en el regazo?

Shannon pestañeó y bajó la mirada hacia la caja forrada de seda que sostenía contra ella.

–Una cosa que es de Garth –dijo lentamente–. Eso era lo que quería el intruso. Y esa es la razón por la que se ha metido en mi casa.

Annie se levantó del sofá en el que había estado sentada mientras Shannon se bebía el brandy. Su expresión era la de un ángel vengador. Le arrancó a Dan el teléfono de la mano con un gesto imperioso.

–Dame. Yo llamaré a Garth Sheridan.

El sonido del teléfono de la mesilla de noche no arrancó a Garth del sueño. Todavía estaba despierto. Había pasado gran parte de la noche pensando y cuando por fin se había desnudado y se había metido en la cama, su mente no había podido desconectar. Llevaba casi una hora tumbado en la cama cuando el sonido del teléfono interrumpió el silencio de la noche.

Lo primero que pensó fue que la llamada podía ser de Shannon y levantó el auricular con una sensación de urgencia. No estaba preparado para encontrarse con una voz furibunda al otro lado de la línea. Annie O'Connor se identificó inmediatamente y sin más demora se precipitó a contar lo que le había pasado a Shannon.

—¿Me estás oyendo, Garth Sheridan? Shannon podría haber sido violada o asesinada esta noche. ¿Así es como pretendes protegerla? ¿Dónde está toda esa palabrería sobre que el deber de un hombre es proteger a una mujer? ¿Y quién fue el que nos habló a Dan y a mí de la necesidad de casarnos porque un hombre tiene la obligación de proteger a su mujer y a sus hijos? Pues tengo noticias para ti, Garth. Decirle a Shannon que cambie las cerraduras de su casa o que renuncie a conducir un pequeño deportivo no es la mejor forma de protegerla. Un hombre que de verdad la quisiera, estaría con ella siete días a la semana, y no solo los fines de semana. Por lo menos, Dan no me deja sola durante cinco días a la semana y espera que tenga que enfrentarme yo sola a un intruso.

Un frío helado cubrió la espalda de Garth mientras escuchaba aquella diatriba.

—Annie, espera un momento, por favor. ¿Shannon está bien?

—¿Que si está bien? Sí, está bien. Si tienes en cuenta que ha sido atacada por un intruso y ha tenido que venir a toda velocidad hasta aquí en medio de la noche, podemos decir que está bien. En este momento está sentada enfrente de mí, ¿y quieres saber lo que tiene en el regazo, Garth? Pues ese estúpido documento que has dejado en su casa.

—¿El paquete de venta? —Garth estaba estupefacto.

—Eso era lo que quería ese intruso —le dijo Annie—. Y ha estado a punto de estrangularla para conseguirlo. Pero ella no se lo ha dado. Le ha clavado una cuchilla en el brazo y ha salido corriendo de su casa con tu maldito documento. Y después ha aparecido en la puerta de nuestra casa tras haber recorrido solo Dios sabe cuántos kilómetros en medio de la niebla.

—La policía...

—Dan ya ha llamado a la policía —le informó Annie con brutal satisfacción—. Alguien tenía que hacerlo y, por supuesto, tú no estabas aquí para asumir esa responsabilidad, ¿verdad?

—Annie —la interrumpió Garth desesperado—, déjame hablar con Shannon.

—Ahora se está tomando una copa, intentando recuperarse.

¿De qué le va a servir hablar contigo? Estás a más de cuatrocientos kilómetros de distancia. Además, creo que está llegando la policía. Vamos a estar muy ocupados explicándoles todo lo que ha pasado. ¿Por qué no llamas un poco más tarde, Garth?

Colgó el teléfono antes de que Garth pudiera decirle que no pensaba llamar más tarde y que pretendía hablar con Shannon inmediatamente. Enfadado, se dispuso a marcar el teléfono, pero se dio cuenta de que no sabía el número de Annie y de Dan. Llamar a información le llevó unos minutos preciosos. Y para cuando volvió a sonar el teléfono en casa de Annie, estaba ya rígido por la tensión. Estaba preparado para enfrentarse otra vez a la vehemencia de Annie, pero fue otra la persona que descolgó el teléfono.

–Espera un condenado minuto, Annie. No me cuelgues. Quiero hablar con Shannon.

–Hola, Garth –lo saludó Shannon con voz cansina.

–¿Shannon? Pensaba que era Annie otra vez. ¿Qué demonios ha pasado?

–En este momento estoy muy ocupada, Garth. La policía tiene muchas preguntas que hacerme. Tendré que llamarte más tarde, ¿de acuerdo?

–No, espera, no estoy de acuerdo... –intentó frenéticamente que se mantuviera al teléfono, pero sabía que Shannon estaba a punto de colgarle–. Maldita sea, Shannon, yo también tengo que hacerte algunas preguntas.

–No tienes que preocuparte por la oferta de compra, Garth. No se la he entregado.

–¡Shannon!

Oyó el clic del teléfono y colgó su propio auricular con todas sus fuerzas. Impotente, fijó la mirada en la oscuridad de la ventana. En su interior, estaba retorciéndose de furia y frustración. Cuatrocientos kilómetros de distancia. Estaba allí sentado, a cuatrocientos kilómetros de distancia mientras Shannon estaba pasando por un infierno. Garth se levantó, deseando golpear la pared, hacer cualquier cosa que lo ayudara a desahogar la tensión.

Era casi la una de la madrugada. Si salía inmediatamente, podría estar en la costa antes de las cinco. Diablos, conduciendo a esa hora de la noche, incluso antes. Garth agarró un par de vaqueros y una camisa. Se iba a volver loco si continuaba allí sentado. Tenía que ver cuanto antes a Shannon.

Tuvo la sensación de que el viaje hasta la costa duraba una eternidad, aunque en realidad nunca lo había hecho en tan poco tiempo. Tenía la autopista para él solo y el Porsche se deslizaba a través de la noche como si le perteneciera.

Garth conducía con implacable eficiencia, rebasando los límites de velocidad. Su objetivo era llegar hasta donde estaba Shannon. Tres horas más tarde, estaba ya en el camino que conducía a su casa. No había encontrado niebla hasta los últimos kilómetros, pero en ese momento era irritantemente espesa.

La luz de la entrada de la casa de Shannon estaba encendida, y su coche aparcado frente a la puerta de entrada. Pero no había ningún signo de actividad en el interior de la casa. Seguramente Shannon estaría en la cama, decidió Garth mientras salía del Porsche. Para entonces, la policía ya debía haberse ido.

Como llamó a la puerta y no obtuvo respuesta, Garth comenzó a ponerse nervioso. Cuando ya era demasiado tarde, comprendió que Shannon podía haberse quedado a pasar el resto de la noche con Annie y con Dan.

—¿Shannon? —llamó de nuevo a la puerta y regresó al Porsche.

Recordaba que Shannon le había señalado alguna vez la casa de sus amigos. Giró la llave en el encendido, puso el motor en marcha y comenzó a conducir a través de aquella estrecha carretera.

Shannon oyó la llamada a la puerta de casa de Annie perfectamente, porque estaba durmiendo en el sofá del cuarto de estar. Se despertó aturdida, recordando apenas que no estaba en su casa. La brusca llamada a la puerta volvió a repetirse. En aquella ocasión, acompañada por la voz de Garth.

—¿Dan? Soy Sheridan. Abre, ¿está Shannon con vosotros?

Shannon se sacudió el sueño de golpe y se sentó en el sofá.

—Ya voy, Garth —caminó hasta la puerta y bostezó mientras la abría. Durante los primeros segundos, se quedó mirando en silencio el demacrado rostro de Garth—. Hola.

—Hola —musitó Garth, alargando los brazos hacia ella para agarrarla por los hombros. La recorrió con la mirada de los pies a la cabeza.

—¿Estás bien?

—Sí, estoy bien.

—Diablos Shannon, después de la llamada de Annie, pensaba que me iba a volver loco —la estrechó en sus brazos—. Estaba tan condenadamente lejos.

—Lo sé —contestó Shannon contra su pecho.

En aquel momento llegó hasta ellos la voz de Dan.

—Vaya, has hecho un tiempo bastante bueno, Garth. No esperaba verte hasta dentro de una hora por lo menos —bostezó—. ¿Necesitas un lugar para dormir?

Garth negó con la cabeza.

—Llevaré a Shannon a su casa —miró al otro hombre por encima de la cabeza de Shannon—. Gracias, Dan. Te debo una.

Dan esbozó una curiosa sonrisa antes de contestar.

—No me debes nada. Ha sido Shannon la que ha salvado tu documento.

—Me importa un bledo ese maldito documento —replicó Garth entre dientes—. Era la preocupación por Shannon la que ha estado a punto de volverme loco.

—Sé cómo te sientes. Quizá sea mejor que sigas tu propio consejo y te cases con ella.

Garth endureció la voz.

—Ya te dije que se lo había propuesto —estrechó a Shannon entre sus brazos cuando ella intentó levantar la cabeza.

—¿Y de qué habría servido que estuviéramos casados? —consiguió preguntar la joven, con la voz amortiguada por el pecho de Garth—. De todas formas, habrías estado en San José esta noche.

Fue Annie la que respondió a aquel comentario. En cuestión de segundos, se había materializado detrás de Dan.

—Eso es precisamente lo que iba a decir —musitó—. Buenas noches, Garth.

Garth no necesitó que se lo dijeran dos veces. Bajó la mirada hacia a Shannon y al ver que todavía estaba vestida, le dijo:

—Vamos. Tenemos muchas cosas que hablar.

Shannon bostezó delicadamente y escapó de su abrazo para ir a buscar los zapatos. Cuando regresó a su lado, llevaba encima la caja que contenía la oferta para Carstairs.

—Toma. Casi se me olvida. Puedes quedarte con ella. En realidad, preferiría no volver a sentirme responsable de ella.

Garth tomó la caja sin mirarla siquiera.

—Shannon, jamás he pretendido que ocurriera algo parecido. En ningún momento se me ocurrió pensar que te pondría en peligro por culpa de ese documento.

—Lo sé —Shannon se volvió para darles las gracias a Annie y a Dan—. Gracias a los dos. Os veré mañana. Bueno, hoy quiero decir. Es increíble lo rápido que pasa el tiempo cuando uno se lo está pasando bien. Ya podemos irnos, Garth.

Garth la escoltó hasta el coche y la ayudó a sentarse en al asiento de pasajeros con inmenso cuidado. Shannon sonrió.

—No soy una inválida. Estoy muy bien, de verdad.

—Es posible que no seas una inválida, pero yo me siento como un completo inútil —se sentó tras el volante y puso el motor en marcha, sacudiendo disgustado la cabeza—. No quiero que volvamos a pasar por nada parecido otra vez.

—En eso estoy de acuerdo contigo. Debes estar agotado después de un viaje tan largo.

—Ahora mismo no podría dormir aunque mi vida dependiera de ello —respondió Garth mientras conducía de nuevo hacia casa de Shannon—. Me gustaría oír algunas explicaciones. Sé que estás muy cansada y que has pasado por una situación terrible, pero...

—No importa. Pronto amanecerá de todas formas, y suelo despertarme pronto.

—Cuéntame todo lo que ha pasado desde el principio.

Shannon obedeció. Cuando llegaron a la casa, Garth preparó un té y, veinte minutos más tarde, Shannon concluía su historia.

—La policía ha dicho que han estado registrando toda la zona, pero con esta niebla, ha sido imposible encontrar nada. Ni siquiera un coche. Personalmente, creo que quienquiera que fuera, ya se habría ido para cuando llegó la policía. La misma niebla que impidió que la policía encontrara nada me salvó de que aquel tipo me localizara. Gracias a Dios.

Garth se pasó la mano por el cuello mientras se sentaba frente a una taza de té.

—¿Y estás segura de que quería la copia de la propuesta?

Shannon asintió.

—No lo dudes.

—No lo dudo, claro que no. ¿Pero cómo podía saber que la tenías tú?

—Yo tampoco lo entiendo –bebió un sorbo de té, pensando en lo reconfortante que era tener a Garth a su lado. Pero no debería acostumbrarse a esa sensación, se recordó Shannon a sí misma–. No, espera, comentó algo sobre que se había dado cuenta de que se había equivocado de bolsa en la fiesta.

—Yo no le he dicho a nadie que había una segunda copia de la oferta. La única persona que lo sabe es la misma que la copió y la robó para entregarla en la fiesta.

—También mencionó a un cliente.

—Sí, por supuesto que tiene que haber un cliente. Supongo que es alguien que está dispuesto a pagarle muy bien.

—O alguien muy peligroso –musitó Shannon–. Tengo la sensación de que ese tipo estaba muy nervioso, parecía incluso tener miedo de no ser capaz de realizar ese encargo. Me dijo que estaba dispuesto a hacer un trato conmigo. Que podíamos repartir los beneficios.

Garth pensó en lo que acababa de decirle.

—Tengo que llamar a Balley inmediatamente.

—¿Quién es Balley?

—Un empresa de seguridad. Está especializada en este tipo de cosas y ya he utilizado sus servicios en alguna otra ocasión. Es la empresa que proporciona los guardias de seguridad a Sherilectronics. Son muy buenos. Les puse al tanto de lo ocurrido el mismo lunes. Pero en ese momento, solo estaba preocupado por averiguar quién podía haber hecho esa copia. No pensaba que el documento en sí mismo pudiera ser un peligro.

—¿Por qué no? —le preguntó Shannon con curiosidad.

—Porque no pensaba que las cosas pudieran llegar tan lejos, maldita sea —explotó furioso—. Había interceptado el robo, pensé que ese sería el final. Un ladrón inteligente habría intentado cortar por lo sano al ver que la situación se estaba poniendo demasiado peligrosa. Ese documento solo puede ser útil si alguien lo consigue antes de que se le haya entregado a Carstairs. Y eso será el jueves por la mañana.

Shannon frunció el ceño.

—¿Y te preocupa que pueda haber alguna copia más? La más difícil de hacer es la primera, pero una vez hecha una copia del original, podría haber hasta diez fotocopias rodando.

—Si fuera ese el caso, no podría hacer absolutamente nada para evitarlo. Pero no es probable que quien haya hecho la primera copia haya hecho más si ha podido evitarlo. Sería peligroso, además de incriminatorio en el caso de que se encontrara alguna copia en su poder. En cualquier caso, creo que podemos asumir que solo hay una copia. En caso contrario, el ladrón no habría estado tan desesperado por conseguir la que tienes tú. Supongo que si se suponía que la transacción tenía que hacerse la noche de la fiesta, cuando desapareció, ya no había otra con la que sustituirla. Y eso explica —terminó Garth bruscamente—, por qué ese canalla ha venido hasta aquí a buscarla. Pero no consigo adivinar cómo sabía que la tenías tú.

—Ya te lo he dicho. Parecía saber de quién era la bolsa —dijo Shannon secamente—. Y como había desaparecido la copia con el documento, ese tipo pensaba que había decidido hacer mi propio chanchullo.

Garth la miró con los ojos entrecerrados.

—¿Tu propio chanchullo?

—Es lógico que lo pensara, ¿no crees? —le preguntó.

Garth la miró como si alguien acabara de pegarle un puñetazo en el estómago.

—Oh, Dios mío, Shannon.

—Lo sé. A mí también me ha impresionado.

Garth permaneció en silencio, enfrentándose a las posibles consecuencias de lo que Shannon acababa de decir. Shannon lo observaba con atención.

—Tengo que volver a San José —dijo Garth por fin.

—Ya lo sé. Tienes una empresa que dirigir. Y, estando pendiente la propuesta de Carstairs, no puedes estar dedicándote a viajar.

Garth asintió con expresión pensativa.

—Estamos en una situación muy difícil. Hay demasiados factores que desconocemos, incluyendo la posibilidad de que el responsable del robo actúe a la desesperada. Al parecer, todo este desastre es mucho más grave de lo que en principio imaginaba. Necesito poder vigilar de cerca todo lo que ocurra en Sherilectronics. Tengo que averiguar qué está pasando aquí y quién está intentando traicionarme. Desde la costa no puedo hacer nada.

—Por supuesto —respondió Shannon.

—Ah. Y también necesitaré que estés en un lugar desde el que pueda vigilarte —concluyó—. Será mejor que hagas la maleta, Shannon. Vas a venir a San José conmigo.

A Shannon se le cayó la taza de té al suelo. Abrió los ojos como platos en señal de asombro y protesta.

—Garth, no puedo ir contigo. Tengo que terminar el primer envío de bolsas. Incluso con la ayuda de Annie, voy a necesitar toda la semana para terminarlo.

—Shannon, ¡tu cuello es mucho más importante que esas malditas bolsas!

—Las bolsas son tan importantes para mí como Sherilectronics para ti, Garth. Y no voy a echar a perder el primer encargo serio que consigo. Tengo que quedarme aquí para terminarlas.

Garth se levantó de pronto y comenzó a caminar por la cocina con el ceño fruncido.

—No puedo dejarte aquí sola.

—Y yo no puedo ir contigo.

—Maldita sea, durante las últimas semanas no has hecho nada más que intentar hacerte partícipe de mi vida en San José. Y ahora que te estoy pidiendo que vengas conmigo, te niegas a venir.

—Garth, lo que tú en realidad quieres es matar dos pájaros de un tiro: quieres vigilar a Sherilectronics en esta coyuntura tan especial y al mismo tiempo vigilarme a mí.

Garth posó ambas manos en la mesa y se inclinó hacia delante.

—Claro que quiero vigilarte. ¿Qué puedes esperar después de lo que te ha pasado?

—No eres responsable de mí, Garth.

—Y un cuerno.

—Tenemos una aventura durante los fines de semana. Ese es el resumen de nuestra relación y, francamente, no creo que eso sea una gran cosa. Desde luego, no implica que tengas que preocuparte de manera especial por mi bienestar. Hasta el lunes, seré especialmente cuidadosa. Llévate tu estúpida oferta a San José y preocúpate de encontrar a ese ladrón. A mí no me va a pasar nada.

—Ahora escúchame, Shannon Raine. He pasado una noche terrible y he hecho un viaje muy largo. No estoy de humor para enfrentarme a tu temperamento artístico. Ahora quiero que te comportes de manera razonable. Y eso significa que ahora mismo vas a hacer el equipaje y vas a venir conmigo a San José.

Shannon estaba casi sobrecogida por la fuerza de sus palabras. Necesitó toda su fuerza de voluntad para no ceder.

—No sé cómo decirte esto, pero, por alguna razón, he perdido todo el interés en San José y en todo lo que representa. Y no tienes que preocuparte, ya no voy a seguir presionándote para poder formar parte de la vida que allí llevas. He decidido que no me gusta particularmente el mundo en el que vives, Garth.

Estoy de acuerdo contigo. Creo que nuestra relación debe limitarse a los fines de semana.

–Estás muy afectada y no eres capaz de pensar con lógica, cariño. Deja de discutir conmigo, solo quiero lo mejor para ti.

–No me conoces lo suficiente como para saber qué es lo mejor para mí. Y si seguimos viéndonos solamente los fines de semana, probablemente nunca llegarás a conocerme hasta ese punto.

–Tienes que darte cuenta de que tengo que volver a San José –respondió Garth entre dientes–. Alguien está intentando traicionarme. Tengo que detenerlo y no tendré oportunidad de hacerlo si me quedo aquí.

–Vete, entonces.

–¡Pero no pienso irme solo!

–Y yo no voy a ir contigo.

Los ojos de Garth eran dos pozos de hielo cuando la fulminó con la mirada. Pero de pronto, se levantó y salió de la cocina. Shannon lo observó con recelo.

–¿Garth? –se levantó para seguirlo y lo descubrió marcando un número de teléfono.

–Garth, ¿qué estás haciendo? ¿A quién llamas?

–A Balley Security. Voy a pedirles que envíen a alguien a vigilar tu casa hasta que yo pueda regresar. Si insistes en quedarte sola, Shannon, tendré que asegurarme de que tengas un guardaespaldas.

–Garth, no puedes hacerme eso. ¡No lo soportaré!

–Me temo que no tienes elección –respondió fríamente.

Capítulo 10

El guardaespaldas de Balley era lo más discreto posible. Shannon tenía que reconocerle al menos ese mérito. Pero cada vez que se asomaba a la ventana, podía ver su indescriptible coche en la acera. El guardaespaldas en cuestión se había presentado ante Garth y Shannon como Ted Walters. Y, físicamente, era tan indescriptible como su vehículo.

–Bueno, por lo menos no va a hacer de niñera dentro de mi casa –comentó Shannon con irritación, cuando Garth se estaba preparando para irse.

Ted había tardado dos horas en llegar desde las oficinas de Balley y Garth se había quedado esperando a que el guardaespaldas ocupara su puesto.

–No quiero que esté dentro de tu casa. Quiero que pueda vigilarlo todo desde fuera. Además, así podrás continuar tu rutina habitual sin ser consciente de su presencia.

–Sí, claro. Y cuando mis amigos me pregunten qué hace un Ford aparcado durante tantos días enfrente de mi casa, siempre podré decirles que es un viajante.

–No, Shannon –respondió Garth–, no vas a decir nada a ninguno de tus amigos. Esto no es algo que necesiten saber. Solo durará un par de días. Tengo que regresar a San José y aclarar todo este desastre. Y hasta entonces, no quiero que corras ningún riesgo. Lógicamente, ahora ya estás fuera de toda sospecha. Quienquiera que esté detrás de todo esto, a estas alturas ya sabe que hemos llamado a la policía y que estoy al tanto de todo.

Pero, solo por si acaso, Walters vigilará tu casa. No tienes que preocuparte de nada, excepto de preparar ese maldito encargo de bolsas. Al parecer, es lo más importante de tu vida. Así que deja de criticarme y procura mantenerte ocupada –apartó las manos de los hombros de Shannon y se volvió hacia la puerta.

–Garth, espera.

Shannon contuvo un sollozo de frustración y corrió tras él. Lo alcanzó cuando estaba en la puerta. Garth se detuvo y la miró con expresión indescifrable.

–Ten cuidado –le susurró Shannon–, por favor, ten cuidado.

Por primera vez desde que se había negado a ir a San José con él, Garth suavizó su expresión.

–Tendré cuidado. Deja de preocuparte, Shannon –se inclinó hacia delante y rozó sus labios–. Estaré de vuelta el viernes por la noche.

Y salió. Desde la ventana, Shannon observó cómo desaparecía el Porsche por la carretera. Durante unos instantes, permaneció donde estaba, intentando comprender la tormenta emocional que parecía haberse desatado en su interior.

Lo amaba, pensó Shannon, ¿pero cómo iba a soportar las constantes sospechas y traiciones que formaban parte de su mundo? Era cierto que Garth había intentado aislarla de ese aspecto de su vida, pero Shannon se había visto involucrada en él de todas formas. Garth no podía mantenerla eternamente al margen y ella no quería que lo hiciera. Durante las semanas anteriores, había aprendido lo suficiente como para estar segura de que no quería ser solamente una amante de fin de semana.

Shannon se apartó lentamente de la ventana y se dirigió hacia el estudio. Comenzó a trabajar y para cuando volvió a mirar el reloj, advirtió sorprendida que era ya cerca del mediodía. Se preguntó si Ted Walters estaría aburrido o hambriento.

Se estiró para relajar los músculos de la espalda y decidió hacer un descanso para comer algo. Y quizá pudiera ofrecerle a Walters un sándwich y una taza de café.

Se acercó a la cocina, preparó un par de sándwiches, hizo una cafetera y sirvió una generosa dosis de café en una taza.

Sintiéndose enormemente amable, Shannon tomó uno de los sándwiches y la taza de café y abrió la puerta principal. Preparada como estaba para encontrarse con un hombre hambriento y agradecido, se quedó perpleja al ver que el coche ya no estaba aparcado en la acera. Por un momento, permaneció en el marco de la puerta, mirando a su alrededor para ver si Ted Walters había cambiado de sitio. Pero no había señales del coche por ninguna parte.

Shannon cerró la puerta y regresó a almorzar a la cocina. Quizá los guardaespaldas se tomaran descansos, como cualquier trabajador. Pensando que en realidad no le importaba, Shannon terminó el almuerzo y decidió ir a dar un paseo por la playa.

El día se había quedado espléndido. La niebla se había evaporado por completo y pronto haría verdadero calor. Shannon bajó por el acantilado hasta la playa, recordando la terrible fuga de la noche anterior. Una vez en la playa, comenzó a caminar con paso enérgico. El ejercicio le sentaba bien, la ayudaba a despejar algunas de las nubes de su atribulada mente y le relajaba los músculos. Y, mientras caminaba, estuvo pensando en su futuro.

Sabía que tenía que tomar algunas decisiones difíciles. Sí, estaba enamorada, pero no bastaba la pasión para sostener el tipo de relación que al parecer quería Garth. Con valentía, intentó analizar los pros y los contras de su situación.

No había ninguna duda de que Garth la deseaba, pensó con tristeza. Y Shannon sentía que eran muy profundos los sentimientos de posesividad y responsabilidad que Garth experimentaba hacia ella. Además, el hecho de que se hubiera convencido a sí mismo de que ella no le había robado el documento era conmovedor. Shannon sonrió con tristeza. Considerándolo bien, hasta resultaba increíble que Garth le hubiera concedido el beneficio de la duda. A juzgar por lo que sabía de su pasado y de su mundo, lo más lógico habría sido que asumiera lo peor.

Por supuesto, que Garth pensara que era demasiado simple e ingenua para intentar seducirlo y traicionarlo no era exactamente un cumplido. Shannon se rebelaba contra la idea de ser considerada inocente solo por su estupidez. Y, por enamorada que estuviera, también se rebelaba contra un matrimonio que solo funcionara durante los fines de semana. Y Garth no solo estaba intentando protegerla, sino que también estaba intentando protegerse a sí mismo. Quería utilizarla como una especie de refugio sin ser consciente de que al hacerlo la estaba relegando a un mínimo papel en su vida.

Una parte de Shannon continuaba aferrándose al hecho de que Garth quería que lo amara. Intentaba decirse que ese siempre era un signo de esperanza. Pero otra parte más pragmática le decía que, a cambio, ella necesitaba ser amada por completo. Y no estaba segura de que un hombre como Garth pudiera confiar en ella lo suficiente como para arriesgarse a amarla...

Shannon sacudió la cabeza, intentando detener el lúgubre curso que estaban tomando sus pensamientos. No podía renunciar a Garth. Todavía no. Quizá no pudiera hacerlo nunca. Lo amaba demasiado como para permitirse un fracaso.

Pero encontraría el camino de acceso a los sentimientos más profundos de Garth. Aquel hombre tenía un enorme potencial, se dijo con resolución. Y ella era una persona perseverante. Continuaría presionándolo hasta que se enamorara de ella. Y en cuanto Garth fuera capaz de reconocer aquel sentimiento, estaba segura de que ella podría empezar a cambiar su vida.

Con una nueva sensación de fría determinación, Shannon dio media vuelta y se dispuso a regresar a su casa. Pero solo había dado un par de pasos cuando comprendió que no estaba sola. Por un instante, no fue capaz de identificar al hombre que acababa de descender por el acantilado. Estaba demasiado lejos para que pudiera verle la cara. Pero hubo algo en su forma de moverse que la alarmó. Le resultaba demasiado familiar.

Shannon se detuvo y consideró seriamente la posibilidad de trepar por el acantilado. Con el ceño fruncido, se acercó hacia allí. En realidad, no tenía ningún motivo para dejarse llevar por el miedo. Seguramente eran los efectos de la noche anterior. Aun así, estaba ya buscando la manera de subir cuando el hombre la llamó. Shannon reconoció su voz en el mismo instante en el que pudo reconocer sus facciones.

—¡Wes! ¿Qué estás haciendo aquí? No te habrá pedido Garth que vengas a vigilarme, ¿verdad? Con un guardaespaldas tengo más que suficiente.

—No, Shannon, no he venido a protegerte —Wes se detuvo a solo unos pasos de ella. La tensión de su rostro cambiaba todo su aspecto. Había dejado de ser el hombre de carácter afable que Shannon había conocido en el despacho de Garth—. He venido a hacer un trato contigo. Eres una mujer inteligente, lo admito. Al principio, cometí el error de subestimarte. Pero ahora sé que tenemos que colaborar. No hay otra opción.

—¡Un trato! —de pronto lo comprendió todo. Shannon entrecerró los ojos mientras asumía las implicaciones de lo que acababa de oír. Cuando ya era demasiado tarde, comprendió que debería haber intentado huir—. Eras tú... —susurró, con la voz tensa por el enfado—. Ayer intentaste cambiar la voz, pero ahora acabo de reconocerla. Estás traicionando a Garth... ¡Eras tú el que me persiguió anoche!

—Y tendré suerte si no se me infecta la herida —se llevó la mano al hombro y la miró con amargura—. Jamás habría imaginado que fueras una mujer violenta, y normalmente juzgo muy bien a las personas. No me extraña que hayas engañado a Garth. Tienes un gran talento como actriz, Shannon. El papel de artesana dulce e ingenua es lo último que podría haberse esperado. Pero solo por curiosidad, me gustaría saber dónde y cuándo te enteraste de que Garth pretendía pasar unos días en la costa. Tus fuentes deben ser muy buenas, Shannon.

—No seas estúpido, Wes. Yo no estoy trabajando para nadie. Es tu retorcida mente la que te hace pensar que todo el mundo es como tú.

—Así que estás dispuesta a llevar la farsa hasta el final, ¿eh? Pero no durará mucho, ¿sabes? Antes o después, Sheridan averiguará quién estaba detrás del robo y cuando llegue ese momento, yo que tú procuraría estar donde no pueda atraparte, créeme.

—¿Es allí donde pretendes ir tú cuando hayas vendido la oferta? —le preguntó Shannon burlona.

—Por supuesto —dijo con frialdad—. ¿Quién es tu cliente?

—No tengo ningún cliente, idiota.

—De acuerdo, no tienes por qué decírmelo. Pero tengo información que quizá pueda interesarte.

—¿Quién es el tuyo?

—Kenyon.

—Me lo imaginaba. Y se supone que tenías que haberle entregado el documento la noche de la fiesta.

—Parecía el mejor momento. Tú no conoces a Sheridan. Habría sido demasiado arriesgado para mí intentar encontrarme con Kenyon durante las últimas semanas. Había demasiadas posibilidades de que Garth nos tuviera bajo vigilancia.

—Pero la fiesta era un terreno neutral.

—Exactamente. La fiesta era la mejor oportunidad que iba a tener y lo sabía. Y allí me llevé la copia que había conseguido hacer de la oferta.

—¿Y cómo conseguiste hacer esa copia?

—Hay límites en lo que cualquier hombre puede hacer en torno a las medidas de seguridad. Y yo tenía alguna ayuda dentro.

—Bonnie —Shannon tomó aire y lo soltó lentamente.

—Bonnie cree que está enamorada de mí. Y las mujeres enamoradas son capaces de hacer cosas muy extrañas.

—Es increíble. Todo el mundo estaba confabulado en contra de Garth.

—Tú incluida —replicó Wes.

Shannon decidió ignorar aquel comentario.

—De acuerdo, conseguiste una copia del documento. ¿Pero por qué no hiciste otra más?

—¿Bromeas? ¿Y arriesgarme a que cualquier detective la encontrara en mi poder? Incluso tener una copia durante unas cuantas horas me puso nervioso. No sabía la tensión que este tipo de cosas puede llegar a generar. Además, no conseguí la copia hasta el último momento. Bonnie estaba dispuesta a colaborar, pero no es especialmente inteligente. Al final, consiguió entregármela el mismo día de la fiesta a la hora del almuerzo.

—Oh, Dios mío —exclamó Shannon con los ojos abiertos como platos.

—Sí, Shannon. Si no hubiera sido por tu aparición, Bonnie no habría podido hacer esa copia. Pero en cuanto apareciste, Garth pareció olvidarse de sus habituales paranoias. Estaba tan pendiente de ti que ni siquiera se molestó en poner a resguardo el documento antes de ir a comer. Se limitó a cerrar el despacho con llave. Pero Bonnie tiene otra llave. Así que esperó a que salierais del edificio. Bonnie agarró el documento e hizo la copia mientras yo vigilaba la posible llegada de Garth.

—Y la noche de la fiesta —comenzó a decir Shannon lentamente—, ¿cómo llegó ese documento a mi bolso? ¿Lo confundiste con el de Bonnie?

Wes hizo una mueca de amargura.

—Yo llevaba el documento en el interior de la chaqueta. Tenía el presentimiento de que Bonnie podía fallarme. Estaba demasiado asustada y no estaba seguro de que pudiera presionarla más. Así que le dije que me encargaría de transferirle el documento a Kenyon. Después de avisarle a este, entré en el dormitorio y guardé el documento dentro de la única bolsa que había en la cama.

—Pero había dos bolsas. La mía y la de Bonnie.

—No cuando entré yo en el dormitorio —respondió con furia—. Después me enteré de que Bonnie se había llevado la suya al cuarto de baño durante unos minutos. Como Bonnie había quedado en dejar la bolsa encima de la cama, di por sentado que esa bolsa era la suya.

—Y se suponía que Kenyon tenía que retirar el documento de allí. Pero Kenyon cometió el error de intentar seducirme.

Wes asintió.

—Garth lo vio, se puso furioso y te envió a buscar la bolsa al dormitorio para que os fuerais a casa.

—Y así es como apareció el documento en mi bolsa —musitó Shannon.

—Y después fuiste suficientemente inteligente como para aprovecharte de ese inesperado premio —Wes parecía sinceramente disgustado—. Para ti todo ha sido muy fácil, ¿verdad? Pero te diré una cosa, Shannon, has cometido un error muy serio al continuar la aventura con Sheridan. Si hubieras sido sensata, le habrías entregado el documento a tu cliente y te hubieras puesto a resguardo de Garth. Cuando Garth averigüe lo que le has hecho, no tendrás una sola oportunidad. Garth no dejará que otra mujer lo traicione, créeme.

—Garth sabe que yo no he robado ese documento.

—¿Solo porque ayer te hiciste la inocente llamando a la policía? Yo no contaría con ello. Es posible que Sheridan lleve varios meses comportándose de manera extraña, pero no se ha convertido en ningún estúpido. El hecho de que te haya puesto un guardaespaldas significa que, además de protegerte, quiere vigilarte de cerca.

—Estás completamente loco.

—No, pero estoy empezando a ponerme nervioso. El tiempo corre y tú y yo tenemos que hablar de negocios. ¿Ya le has entregado el documento a tu cliente?

—¡No se lo he entregado a nadie!

—Bien. Imaginé que si ya habías hecho la transferencia, podrías haber sido lo suficientemente tonta como para hacer otra copia. Estaba dispuesto a comprar una segunda copia si eso era lo único que quedaba. Kenyon no tiene por qué enterarse de que no es el único que ha pagado para conseguir esa información. Pero es más seguro para ambos que todavía conserves la copia que llevé a la fiesta. ¿Cuánto quieres por ella, Shannon?

—No voy a vendértela.

—Tienes que vendérmela, Shannon. Tú no conoces a Kenyon.

—¿Y qué puede hacerte Kenyon que sea peor que lo que pueda hacerte Garth cuando se entere de lo que ha pasado?

—Kenyon me prometió dirigir su nueva filial de R & D en Tucson. Durante este último año, ya ha empezado a ser evidente que Sheridan está empezando a cansarse del negocio. Y yo no quiero formar parte de una empresa que está empezando a debilitarse. Entre Sheridan y Kenyon pueden arruinarme. Necesito a Kenyon para que me proteja de Garth si alguna vez este se entera de lo ocurrido.

–Pero si no le entregas esa oferta a Kenyon, lo tendrás en contra. Y entonces estarás atrapado entre la espada y la pared, ¿verdad? Garth querrá vengarse y tú no tendrás a nadie que te proteja.

–Exacto, ya lo has comprendido. Así que ahora entenderás por qué estoy dispuesto a hablar de negocios. Dime cuál es tu precio, Shannon.

–No.

–No seas estúpida –explotó Wes–. No creas que puedes ponerte en contra mía y salirte con la tuya. Quiero ese documento. Y si no me lo vendes, lo conseguiré de cualquier manera.

–Eso fue lo que intentaste ayer por la noche –señaló Shannon–. Pero no te sirvió de nada.

Wes la agarró con fuerza del brazo.

–Vamos, Shannon. Vamos a volver a tu casa. No pienso marcharme sin ese documento.

–Ya no lo tengo –respondió Shannon con una calma que estaba lejos de sentir–. Garth se lo ha llevado esta mañana.

–Y un cuerno. ¿Cómo iba a saber que lo tenías tú? Seguro que no se lo has dicho. Apuesto a que cuando ayer llamaste a la policía, no te molestarte en explicar qué era lo que yo quería. Y ahora, ¡muévete!

La empujó con fuerza hacia delante, haciéndola tambalearse. Shannon comenzó a resistirse, pero en aquella ocasión, su oponente estaba preparado para enfrentarse a ella. Le retorció el brazo por detrás de la espalda y la encaminó hacia el acantilado.

Shannon comenzó a subir a regañadientes, con la única esperanza de que su guardaespaldas hubiera regresado del almuerzo.

***

Garth llevaba una hora en la carretera cuando decidió llamar a la oficina. La necesidad de controlar la situación le estaba devorando las entrañas.

–Señor Sheridan –contestó Bonnie–. Estaba preguntándome dónde podía encontrarse. No ha dejado ningún mensaje diciendo que llegaría tarde y estaba empezando a preocuparme.

Garth pensó que la preocupación que reflejaba la voz de su secretaria era más de la que cabría esperar de Bonnie Garnett. Pero inmediatamente apartó de su mente aquella idea.

–Te estoy llamando desde el coche. Pásame a Wes.

Se hizo una ligera pausa.

–Me temo que el señor McIntyre no ha llegado todavía. Me ha dicho que tenía que almorzar con el señor Jensen, de TechHi. Creo que piensa estar reunido con él toda la mañana.

–Maldita sea.

–¿A qué hora puedo esperarle, señor Sheridan?

–Llegaré dentro de un par de horas.

Aquello pareció sobresaltarla.

–¿Un par de horas? ¿Es que no está en la ciudad?

–No, vuelvo de la costa.

Se produjo otro silencio.

–Ya entiendo –tomó aire y contestó–: Entonces lo veré en un par de horas. Adiós, señor Sheridan –y colgó el teléfono.

Garth condujo durante un par de kilómetros, dando vueltas a todo lo ocurrido, incluyendo la inesperada preocupación de Bonnie por su retraso. Algo andaba mal. Lo presentía. Y también comenzaba a sentir el olor de la traición.

Dejándose llevar por una corazonada, descolgó el teléfono otra vez para ponerse en contacto con el despacho de Matt Jensen en TechHi.

–Lo siento, el señor Jensen está en una reunión y ahora no puedo molestarlo –le anunció la secretaria de Jensen–. ¿Quiere que le deje algún mensaje?

–Jensen está reunido con McIntyrie, que trabaja para mí. Soy Sheridan –dijo Garth con impaciencia–. Necesito hablar con McIntyre. ¿Sabe a qué hora piensan almorzar?

—El señor Jensen está reunido con su contable —contestó la secretaria sorprendida—. No he visto al señor McIntyre por aquí.

Garth pisó con fuerza el acelerador.

—Gracias por la información. Supongo que debe ser un error.

Colgó el teléfono y desvió el Porsche para detenerse en la cuneta. Permaneció sentado tras el volante, intentando poner en orden sus pensamientos.

McIntyre. Un hombre al que creía conocer perfectamente porque su cerebro funcionaba igual que el suyo. Pero durante los últimos meses, el cerebro de Garth había estado funcionando de forma diferente a la habitual.

Garth hizo una llamada más. Y en cuanto oyó al responsable de Balley Security, no se molestó en perder el tiempo con preliminares:

—Quiero que vigiléis a un hombre llamado Wes McIntyre. Tengo la corazonada de que tiene algo que ver con todo este desastre —rápidamente, Garth se lanzó a describir a su ayudante, pero su interlocutor lo interrumpió.

—Pero, señor Sheridan, si hace una hora ha pedido que retiráramos a Walters.

—Yo no he pedido nada —susurró Garth, con un nudo en el estómago—. No he hecho ninguna llamada, George.

—Espere un segundo. Sí, aquí tengo la nota de mi secretaria. La llamada se ha hecho a las diez y media de la mañana. Y en ella dice específicamente que está todo bajo control y que no quiere seguir pagando los servicios de Walters.

—¿Has atendido personalmente esa llamada?

—No, estaba en una reunión.

—Era una llamada falsa, George. Haz que vuelva inmediatamente a esa casa. Ahora. Yo también voy para allá.

Capítulo 11

Cuando Wes la empujó al interior de la casa a través de la puerta de la cocina, Shannon renunció a toda esperanza de que el guardaespaldas la viera. Incluso en el caso de que hubiera regresado del almuerzo, no se le ocurriría acercarse a la parte posterior de la casa. Y, desde donde estaba, era imposible que viera lo que estaba ocurriendo en la cocina. Shannon se dijo a sí misma que tendría que ocurrírsele otra cosa.

El brazo le dolía por la presión de Wes. La noche anterior, había podido jugar con el factor sorpresa, pero aquel día, Wes estaba pendiente de cualquier posible reacción por su parte, de modo que no tenía muchas posibilidades. McIntyre era mucho más alto y fuerte que ella.

–Esto es una pérdida de tiempo –intentó decirle con calma.

–¿Ah, sí? –replicó Wes con desdén–. Pues a mí no me lo parece. Porque estoy seguro de que si nos esforzamos, podré salir de aquí con una copia de esa oferta para Carstairs. ¡Encuéntrala ahora mismo!

Shannon intentó librarse una vez más, pero Wes reforzó la presión. Desesperada, miró a su alrededor, buscando algún objeto que pudiera utilizar en su defensa. Los ojos se le iluminaron al ver la tetera sobre la cocina; estaba preguntándose si tendría forma de alcanzarla cuando todo pareció quedar paralizado. Incluido el propio Wes.

–Sheridan –parecía completamente aturdido. No soltó a Shannon, pero sus ojos estaban fijos en la puerta–. ¿Qué demonios estás haciendo aquí? Se suponía que tenías que estar yendo hacia San José. Yo mismo te he visto salir.

Shannon alzó la cabeza con un movimiento rápido y miró a Garth con inmenso alivio.

—¡Garth! Oh, Garth, gracias a Dios estás aquí.

Garth permanecía en el marco de la puerta con la mirada más fría que Shannon le había visto jamás. En una mano sostenía la copia de la oferta que se había llevado una hora antes.

—Suéltala —dijo con una calma aterradora.

—Escúchame, Sheridan, no seas estúpido. Esta mujer ha estado engañándote desde hace semanas. Ella es la responsable del robo. Ha estado trabajando con Bonnie. Acabo de averiguar lo que estaba ocurriendo...

—Suéltala.

Shannon sintió que cedía bruscamente la presión sobre su brazo. No vaciló. Cruzó rápidamente la cocina y enterró el rostro en el pecho de Garth.

—No le hagas caso, Garth. Es él el que está detrás de todo esto. Él y Bonnie hicieron la copia del contrato el día que fueron a comer a San José. La noche de la fiesta, Wes se equivocó y metió el documento en mi bolso en vez de en el de Bonnie. Se suponía que Kenyon tenía que retirarlo más tarde de allí, pero nos fuimos antes de lo previsto. Esa es la razón por la que...

—¿Vas a dejar que otra mujer te engañe, Garth? —le preguntó Wes con desprecio—. Yo pensaba que después de que Christine te dejara, habrías aprendido la lección.

Shannon se aferró a Garth con fuerza. Un nuevo temor reemplazó al miedo que había experimentado con Wes.

—Garth, no, por favor. No lo escuches...

Garth le rodeó la cintura con delicadeza. Sin bajar la mirada, la apartó. Shannon se quedó paralizada en el marco de la puerta mientras Garth se adentraba en la cocina dispuesto a enfrentarse a Wes McIntyre.

—¿Qué te ha ofrecido Kenyon, Wes? ¿Más dinero? ¿Un trabajo mejor? ¿Acciones de su empresa? —Garth hablaba como si apenas le interesara.

—Pregúntaselo a ella.

Garth ignoró aquella respuesta.

—Debías saber que antes o después averiguaría quién le había vendido a Kenyon la copia de la oferta. Y me conoces suficientemente bien como para saber que habría ido tras de ti. Así que Kenyon ha tenido que encontrar la forma de convencerte de que podría protegerte.

—No intentes culparme para no admitir que otra mujer ha vuelto a traspasar otra vez tus defensas —Wes parecía de pronto repentinamente tranquilo y controlado—. Esa chica está bien, pero no es nada espectacular. Bonnie habría sido una mejor apuesta. Y creo que podrías haberla tenido si hubieras querido. Pero tu relación con Bonnie es estrictamente de negocios.

—¿Por eso terminó contigo?

Wes se encogió de hombros con gesto negligente.

—Deberías estarme agradecido. Si no me hubiera acostado con tu secretaria no habría averiguado lo que estaba ocurriendo. Pero Bonnie habla demasiado. Renunció a conseguir que le prestaras atención, pero no a conseguir otras muchas cosas. Así que elaboró un plan. Pero necesitaba un ayudante. Alguien que pudiera estar cerca de ti. Y decidió contar con la ayuda de su amiga Shannon Raine. Le proporcionó la información que Shannon necesitaba sobre tus vacaciones en la costa, se aseguró de que estuviera al tanto de la fiesta y de otros detalles por el estilo y después se puso en contacto con Ed Kenyon.

—Está mintiendo, Garth.

—Lo sé.

—¿En quién vas a confiar, Garth? ¿En el tipo que ha estado trabajando contigo durante tres años o en esta prostituta? ¿Desde hace cuánto la conoces? Dos o tres semanas como mucho. ¿Sabes una cosa? Jamás pude comprender cómo un hombre tan inteligente como tú había dejado que su esposa lo engañara, pero acabo de averiguarlo. Tienes debilidad por cierta clase de mujeres, Sheridan.

—El único error que he cometido durante todo este tiempo ha sido confiar en ti, Wes. Debería haber comprendido que estabas empezando a inquietarte. El cielo sabe que he conseguido advertirlo en otros. Pero, o no he estado tan concentrado en mi negocio como debería durante los últimos meses, o estoy demasiado cansado de tener que desconfiar de todo el mundo. ¿Sabes que puede llegar a ser muy estresante? Me refiero a lo de no confiar en nadie. Hace un año, te habría vigilado de cerca. Hace un año, jamás habría dejado que Bonnie tuviera oportunidad de hacer una copia de ese contrato. Habría intuido mucho antes lo que iba a ocurrir. Pero he cambiado. Y ya no me merece la pena el esfuerzo de estar vigilando siempre a todo el mundo. Me roba demasiadas energías. Y me limita de una forma que no era capaz de comprender hasta que conocí a Shannon.

–¿Estás diciéndome que estás demasiado cansado para tomar precauciones con una sinvergüenza como esa? –gritó Wes con incredulidad.

–No me comprendes, pero supongo que eso no importa. ¿Por qué no dejamos ya esta discusión? Estoy seguro de que a ti no te interesan los nuevos planes que tengo para mi vida y te aseguro que yo no tengo ganas de seguir oyendo tus estúpidas acusaciones y excusas.

–¡Canalla! –Wes explotó.

Se abalanzó hacia Garth, con una furia y una desesperación repentinas. Garth se apartó rápidamente, privando a Wes de su objetivo. Wes chocó contra la pared de la cocina.

–Maldito seas, Sheridan –se volvió hacia él con el brazo levantado.

Pero Garth fue más rápido y descargó el puño en la barbilla de Wes con todas sus fuerzas. Wes caminó tambaleante hacia la pared y se deslizó lentamente al suelo.

Garth continuó observándolo durante algunos segundos.

–Hay cosas que tienes que aprender si pretendes sobrevivir en esta jungla, Wes. Una de ellas es que a veces uno se juega el físico en ella. Si piensas pasarte el resto de tu vida traicionando a las personas que han confiado en ti, será mejor que te prepares para ser fuerte en algunas ocasiones. Eso, por cierto, ha sido por hacerle daño a Shannon, no por intentar engañarme a mí.

—En ningún momento la he tocado –susurró Wes, tocándose la boca con el dorso de la mano.

Sin decir una sola palabra, Garth se acercó a él y le rasgó la parte delantera de la camisa para hacer visible el vendaje que cubría la herida del hombro.

—La última vez tuvo que utilizar una cuchilla contra ti. Esta vez, no sé qué habría sido capaz de utilizar. Deberías alegrarte de que haya aparecido yo.

—Esa fulana...

—Esa dama ha salvado a Sherilectronics de ser esquilmada por culpa de un hombre en el que su presidente cometió el error de confiar. Pensaba que te conocía, Wes. Creía que sabía cómo funcionaba tu mente. Siempre has sido un auténtico canalla, pero asumía que te pagaba lo suficiente como para que fueras mi canalla. ¿Qué te ofreció Kenyon?

—Vete al infierno.

—¿Cuánto te ofreció? ¿Cuánto vale la lealtad de un hombre?

Los ojos de Wes estaban cargados de resentimiento.

—Un futuro. Durante este último año, he tenido la impresión de que en Sherilectronics no lo tenía. Por lo menos no tenía un futuro brillante. Cuando empecé a trabajar contigo, el cielo era el límite. Eras el tipo más agresivo del valle, pero durante este último año, todo ha cambiado, ¿verdad, Garth? Has perdido el estímulo para los negocios. Oh, por supuesto, la empresa continúa en buena forma, pero ya no pareces dominar el mercado. Te estás ablandando. Así que decidí que lo mejor era marcharme cuando todavía pudiera conseguir algo bueno a cambio. No pensaba quedarme para ver cómo se hundía el barco.

—¿Y el barco de Kenyon te parece más resistente?

—Kenyon pronto se convertirá en el número uno de la Costa Oeste. Un lugar que le correspondería a Sherilectronics si tú no hubieras empezado a perder el gusto por dar la batalla en el mundo de los negocios.

Garth lo estudió con atención.

—Una de las razones por las que te contraté, era que me parecías una persona perspicaz, y estaba en lo cierto. Desgraciadamente, no eres tan brillante en otros aspectos. No deberías haber utilizado nunca a Shannon. Deberías haber sido suficientemente inteligente como para darte cuenta de que estaba fuera de tu alcance. Si la hubieras mantenido al margen de todo esto, yo podría haberme ocupado de ti de la manera habitual. Te habría despedido y quizá te hubiera costado un poco encontrar otro trabajo, pero habrías terminado encontrando algo. Pero has involucrado a Shannon en este asunto, así que no esperes que vaya a resultarte tan fácil.

–Ha sido culpa suya –gruñó Wes, acariciándose la barbilla–. El cielo sabe que no quería involucrar a nadie más. Tener que utilizar a Bonnie ya era arriesgarse demasiado. Pero la noche de la fiesta, cuando me di cuenta de que Shannon se había llevado la oferta en esa maldita bolsa, comprendí que no me quedaba otra opción. Vine a buscarla con la esperanza de que todavía tuviera la copia. Habría sido una buena oportunidad si ella hubiera sido lo suficientemente estúpida como para hacer una segunda copia antes de vendérsela a su cliente. Pero Shannon no es una profesional. Es solo una oportunista.

–Tu principal error fue pensar que todo el mundo es tan ambicioso como tú, McIntyre.

–Ella es tan culpable como yo, Sheridan. Si no te quieres dar cuenta es que estás ciego. Esa mujer está utilizándote.

Shannon se estremeció. Estaba claro que Wes pretendía arrastrarla con él. No dijo nada, esperando a que fuera Garth el que tomara una decisión. Este ni siquiera la miró.

–Llama a la policía, Shannon.

Wes alzó la cabeza rápidamente.

–¿De qué me vas a acusar?

–¿Qué te parece de allanamiento de morada? La herida que tienes en el hombro será una prueba interesante. Y además, soy testigo de cómo has amenazado a Shannon, no lo olvides. Y si eso fuera poco, podría denunciar también tu intento de espionaje industrial.

–No puedes demostrar ni uno solo de esos delitos.

–Puedo asegurarme de que no vuelvas a tener un trabajo decente en toda tu vida. Y deberías tener ya la seguridad de que Kenyon va a hacerse el inocente. Ahora no querrá saber nada de ti, lo sabes tan bien como yo. Y si vuelves a acercarte otra vez a Shannon, no me tomaré la molestia de llamar a la policía. Me ocuparé yo mismo de ti. Y sabes que hablo en serio, ¿verdad, Wes? –Garth no esperó respuesta. Le dirigió una mirada fugaz a Shannon y repitió–: Adelante, haz esa llamada.

Pasaron muchas horas hasta que Shannon pudo quedarse a solas con Garth. Él tuvo que pasar mucho tiempo con la policía. Wes estaba detenido, aunque nadie podía imaginar durante cuánto tiempo continuaría en esa situación.

Garth estaba muy apagado desde que habían vuelto de la comisaría. No le había dicho una sola palabra cuando habían llegado a la puerta de casa y, nada más entrar, había llamado a Sherilectronics. Al no obtener respuesta, había colgado el teléfono y había vuelto a marcar.

–¿Señorita Graham? Hágame el favor de enviar a alguien a cubrir el puesto de Bonnie. Al parecer, le ha surgido una emergencia y se ha visto obligada a marcharse. Yo estoy fuera de la ciudad. Ya conseguiremos a alguien permanente cuando vuelva... No, no creo que Bonnie vuelva. Gracias, señorita Graham.

Colgó el teléfono y se acercó con aire pensativo hasta la puerta de la cocina. Allí permaneció con la mirada clavada en Shannon mientras ésta se concentraba en extender mantequilla de cacahuete sobre unas galletas.

Shannon sintió su mirada sobre ella, pero no alzó los ojos hacia Garth. Todavía no había cedido la tensión que había estado acosándola durante todo el día. Y no parecía capaz de relajarse ni siquiera cuando todo parecía haber terminado.

–¿Bonnie ha desaparecido? –aventuró.

–Probablemente se asustó cuando llamé preguntando por Wes. Supongo que ella sabía dónde estaba. E imagino también que se enteró de que había llamado a Jensen para ponerme en contacto con Wes. Cuando averiguó que había descubierto que no estaba reunido con él, probablemente le entró el pánico. Debió decidir que la situación estaba deteriorándose a una velocidad vertiginosa e hizo lo que cualquier persona inteligente habría hecho en su lugar.

—¿Salir corriendo?

—Ajá.

—Desde luego, no puedo culparla —dijo Shannon quedamente—. ¿Vas a denunciarla?

—¿Crees que debería molestarme en denunciarla?

—No —murmuró Shannon—. Bonnie ha participado en algo que no debería haber hecho, pero tengo la sensación de que habrá aprendido la lección.

Garth curvó los labios en una débil y cínica sonrisa.

—Y un cuerno. Estoy seguro de que si consigue salir indemne de esto, volverá a intentarlo otra vez. Tienes una imagen muy edulcorada de la naturaleza humana, cariño.

—Bonnie me gustaba, Garth.

—A mí también. Era una secretaria condenadamente buena. En cualquier caso, creo que seguiré tu consejo y me olvidaré de ella. Dejemos que su próximo jefe sea el que tenga que vérselas con ella. Además, Bonnie será un anuncio andante para tus bolsas. Siempre ha sido una mujer con estilo.

Shannon lo miró de reojo, sin saber si estaba bromeando o no.

—Comprendo cómo ha debido sentirse durante todos estos años en los que ni siquiera te has fijado en ella como mujer —declaró con vehemencia—. En las mismas circunstancias, yo habría estado desesperada.

La sonrisa cínica de Garth se transformó de pronto en una sonrisa radiante.

—Pero, al contrario que Bonnie, tú optaste por una forma directa y sincera de acercarte a mí. A veces pienso que tu manera de abordarme es una de las razones por las que me preocupo tanto por ti. El resto del mundo no funciona como tú. ¿Tenías miedo de que al final terminara creyéndome las mentiras de Wes? —preguntó quedamente.

—No estaba segura —admitió Shannon—. Él llevaba mucho tiempo contigo, parecías confiar en él. Y a mí solo me conoces desde hace unas cuantas semanas.

—Jamás he creído que estuvieras involucrada en el robo.

—¿Porque eres un hombre lógico y racional y considerabas poco probable que yo fuera una ladrona? ¿O porque todavía continúas pensando que soy demasiado ingenua para organizar un plan tan inteligente? ¿Por qué, Garth? ¿Por qué no te creíste lo que Wes insinuaba?

Garth la miró con expresión pensativa antes de decir:

—No le he creído porque te amo, Shannon.

Aquella respuesta fue toda una sorpresa para ella. No era en absoluto lo que esperaba. Shannon dejó caer el cuchillo con el que estaba extendiendo la mantequilla de cacahuete y lo miró boquiabierta durante algunos segundos.

—Oh, Garth —musitó. Y el hechizo se rompió en cuanto se arrojó a sus brazos—. Te quiero tanto... y tenía tanto miedo de que tú no me quisieras.

Garth la abrazó con una intensidad que hablaba de sus propios sentimientos.

—Me ha costado mucho darme cuenta de lo que estaba ocurriendo —susurró contra su pelo—. Al principio, estaba seguro de que solo estabas buscando una aventura. Te deseaba, pero quería mantener la relación a mi manera. Después, empecé a darme cuenta de que eras una mujer sincera y de que estaba enamorándome de ti. Cuando decidí que solo quería una aventura, ya sospechaba que estaba enamorado, pero me parecía más seguro no admitirlo. Aun así, quería mantenerte a salvo. Quería ponerte a resguardo de mi propio mundo porque sé que no es un mundo en absoluto agradable.

—Querías que estuviera esperándote aquí los fines de semana. Tenías miedo de que me contaminara si me incorporaba completamente a tu vida, ¿verdad, Garth?

—No exactamente. Confiaba en ti. Pero tú parecías tan dulce e inocente... Tenía miedo de que personas como Ed Kenyon y los otros terminaran devorándote viva en esa fiesta. Sabía, por experiencia propia, que eres muy imprudente cuando se trata de confiar en desconocidos.

–Tú eres el único desconocido con el que he sido imprudente –protestó.

–Quizá. Pero a veces me parecías poco realista. Y un poco ingenua. Quería protegerte. Pero había un lado muy egoísta en esa protección. Solo ahora estoy empezando a comprenderlo. La verdad era que no quería que vieras cómo funcionaba mi mundo. En el fondo, temía que lo odiaras y, antes o después, terminaras odiándome también a mí. Mi mundo es muy distinto del tuyo, mucho más duro. Estaba protegiéndome a mí mismo, más que protegiéndote a ti.

–Creo –dijo Shannon lentamente–, que la razón por la que tenías miedo de que odiara tu mundo es que tú estabas empezando a odiarlo.

Garth comenzó a acariciarle los hombros en círculo y bajó la mirada hacia ella.

–Es posible que tengas razón –dijo por fin–. En realidad, McIntyre es muy astuto en muchos aspectos. Lo que antes ha dicho sobre que yo había perdido el gusto por la pelea es condenadamente cierto. Una de las razones por las que deseaba con tanta fuerza el contrato de Carstairs era para demostrarme que todavía podía hacer mi trabajo. Pero durante los últimos días, me he dado cuenta de que si consigo ese contrato, puedo conseguir algo mucho más importante: haré de Sherilectronics una empresa mucho más atractiva para cualquier posible comprador. Y tengo que empezar a buscar un comprador para la empresa, Shannon.

–¿Por qué?

–Durante los últimos ocho meses, he estado dándome cuenta de que necesitaba un cambio. Y ahora sé qué clase de cambio estaba buscando. Quiero venderla.

–¡Venderla! Pero Garth, tú has levantado esa empresa. Es una parte muy importante de tu vida.

–De mi vida anterior. Shannon, para mí, todo ha quedado muy claro esta mañana, cuando he averiguado que Wes había llamado a Balley haciéndose pasar por mí para retirar a tu guardaespaldas. Me he sentido tan condenadamente impotente cuando me he dado cuenta de lo lejos que estaba y de que era imposible que te protegiera... Solo me había sentido de esa forma cuando me enteré de que había entrado un intruso en tu casa. En ambos casos, estabas corriendo peligro por culpa mía. Los amantes de fin de semana no sirven para nada. Y no creo que sean más útiles los maridos de fin de semana. Annie tenía razón. Por eso quiero un matrimonio de verdad. Y quiero también salir de un mundo que ya no soporto.

—¿Y a qué te dedicarás, Garth? —le preguntó Shannon con una sonrisa—. ¿A escribir poesía, quizá?

—Aunque pongas en ello toda tu imaginación, nada va a convertirme en un poeta o en un escritor. Pero sé algo sobre negocios, especialmente de los relacionados con los componentes electrónicos. Pretendo abandonar Silicon Valley, pero he pensado en comenzar a montar una pequeña asesoría. Aunque, por supuesto, no pienso vivir en San José.

Shannon lo abrazó con fuerza.

—¿Y dónde quieres establecerte?

—Eso es algo que tendremos que hablar —Garth se puso repentinamente serio—. Esta parte de la costa está demasiado aislada incluso para una empresa tan pequeña como en la que estoy pensando. ¿Te importaría mucho que nos trasladáramos a Santa Bárbara o a Ventura? Sé que aquí tienes tu hogar, y sé que no tengo derecho a pedir que cambies tu vida por mí.

—Pero tú estás cambiando tu vida por mí, ¿no?

—La estoy cambiando por los dos.

—Pues bien, yo también estoy dispuesta a cambiar por los dos. No, Garth, no me importa establecerme en otro lugar. Y Santa Bárbara o Ventura me parecen dos ciudades maravillosas.

—Shannon, te amo —le enmarcó el rostro entre las manos—. Jamás había querido tanto a nadie. Quizá por eso he sido tan receloso contigo. Sabía que tenía algo muy especial y me daba miedo perderlo.

—Amándome no me perderás —le aseguró Shannon, mientras le rodeaba el cuello con los brazos–. Y aprecio tu deseo de protegerme. Al fin y al cabo, yo siento lo mismo por ti. Pero no me gustaría que me vieras como una mujer tan poco realista y tan ingenua que necesita que la protejan. Soy adulta y, a pesar de que últimamente todo parece indicar lo contrario, soy perfectamente capaz de defenderme. No necesito vivir envuelta entre algodones.

Garth gimió y la estrechó con fuerza contra él.

–Sé paciente conmigo, cariño. Es mi instinto el que me marca la necesidad de protegerte. Pero intentaré ser razonable.

–¿Y cuando no seas razonable?

–Sospecho que, en esas ocasiones, tú me lo harás saber.

–Humm. Preveo algunas discusiones.

–En cualquier matrimonio se debe esperar alguna que otra pelea.

Shannon soltó una carcajada.

–De pronto te veo muy filosófico con todo lo relacionado con el matrimonio.

–Siempre he creído en el matrimonio en determinadas circunstancias. ¿Olvidas acaso el sermón que les eché a Dan y a Annie el día que me invitaste a cenar a tu casa?

–Jamás lo olvidaré. Estuve a punto de darte por perdido para siempre.

–Pero, en cambio, me diste otra oportunidad.

–No pude evitarlo. Desde el principio, sentí esa necesidad de conocerte. Cada vez que me decía a mí misma que debía renunciar, me descubría intentando acercarme otra vez. Y después me di cuenta de que estaba enamorada...

–Por cierto, ahora que hablamos de eso. Vas a casarte conmigo, ¿verdad?

–Sí, Garth.

–¿Sabes? En realidad no creo que seas una mujer tan indefensa –añadió Garth con voz suave–. Y si alguna vez pude hacerme ilusiones en ese sentido, anoche, al enfrentarte a un intruso para salvar ese maldito documento, demostraste que eres perfectamente capaz de defenderte.

—Conseguí impresionarte, ¿eh?

—Desde luego. Pero espero que no tengas que volver a impresionarme otra vez.

—Odiaba tener ese documento en casa, pero era consciente de que lo habías dejado para demostrarme algo. No podía permitir que Wes se quedara con él, Garth. Era un símbolo de tu confianza en mí. Y yo me sentía responsable de él.

—Te habrías ahorrado mucho sufrimiento si se lo hubieras entregado a Wes aquella noche.

—Imposible. Jamás se lo hubiera entregado voluntariamente.

Garth la abrazó con fuerza.

—Lo sé. Siempre confiaré en ti, Shannon. Suceda lo que suceda. Eres la única persona del mundo en la que confío. Y necesito que confíes en mí.

—Confío en ti, Garth.

—Solo, prométeme que no volverás a ponerte en una situación tan dramática para demostrarme tu valor y tu dedicación –dijo Garth, sonriente–. No creo que mi viejo cuerpo pudiera soportarlo.

—Preferiría impresionarte de otra forma –los ojos de Shannon resplandecían mientras alzaba la mirada hacia él–. Te quiero tanto, Garth –tensó los brazos alrededor de su cuerpo y se presionó contra el calor y la fuerza que le ofrecía.

—¿Qué pasa con esas galletas con mantequilla de cacahuete? –preguntó Garth, en un tono de sensual diversión.

—Pueden esperar.

—Me alegro –respondió mientras la levantaba en brazos–, porque yo no. Tienes un efecto increíble en mí, cariño. No sé qué ha podido hacerme pensar que podía pasar cinco días seguidos sin acostarme contigo.

Garth la condujo hasta el dormitorio y la dejó en el centro de la cama. Se sentó a su lado y deslizó la mano bajo su camisa.

—Ámame, Shannon. Pase lo que pase, no dejes de amarme. Te necesito tanto...

—Eso funciona en ambos sentidos –susurró Shannon a solo

unos centímetros de su boca–. Yo también te necesito. Y nunca dejaré de amarte. Es posible que estés destinado a vivir como un hombre de negocios, Garth Sheridan, pero te diré una cosa: tenía razón la primera vez que te vi. Tienes el alma y el corazón de un poeta.

–¿Eso es cierto? –preguntó Garth, mientras comenzaba a desabrocharle los botones de la camisa.

–Oh, sí –le aseguró ella–. Una artista siempre reconoce a otro.

–Quizá sea por eso por lo que no pude resistirme a ti. Somos almas gemelas.

–Exactamente.

Garth cerró la boca sobre sus labios y Shannon se rindió a la pasión y al amor. Justo antes de que la creciente excitación la atrapara por completo, imaginó las iniciales de sus nombres entrelazadas.

Después, no hubo otra realidad que el fuego de su mutuo amor. Shannon acariciaba a su amante con admiración, deleitándose en la poderosa fuerza de su masculinidad, un complemento perfecto para su propia fuerza femenina. Ella y Garth se deslizaban juntos como lo hacían los intrincados diseños de sus letras. En las oscuras sombras de la cama, un dragón de cuento perseguía a la reina de las hadas y se transformaba en un enorme pájaro que volaba tras una colorida mariposa.

Mientras se abrazaba a Garth después de hacer el amor, la imagen de aquel dibujo que Shannon había esbozado mentalmente regresó. Y antes de que volviera a desvanecerse otra vez, Shannon pensó en ella y supo que las iniciales no estarían solas. Permanecerían unidas, entrelazadas por completo, de la misma forma que ella estaría para siempre unida a Garth.

Epílogo

El anuncio de que Sherilectronics había ganado el contrato de Carstairs llegó el mismo día que Shannon y Garth se casaron. Annie insistió en preparar una fiesta para un pequeño grupo de invitados y Dan se llevó a Garth a un lado para darle algunos consejos sobre el matrimonio. Él, que solo llevaba casado dos semanas, se sentía obligado a transmitirle toda la sabiduría dada por la experiencia. Y acompañó su sermón con una buena copa de champán.

Shannon observaba divertida mientras los dos hombres hablaban en la cocina de Annie.

–Creo que ambos se van a tomar muy en serio sus deberes matrimoniales –murmuró Annie.

–Es sorprendente lo adaptables que pueden llegar a ser los machos de todas las especies –respondió Shannon con una sonrisa, mientras daba un sorbo a su copa.

–Desde luego. De alguna manera, yo siempre he pensado que Garth terminaría casándose contigo. Jamás habría encontrado la paz mental si no lo hubiera hecho. Te necesitaba.

–¿Paz mental? Vaya, me alegro de saber que voy a serle útil.

–Sí, y él también lo será para ti.

–Sí, lo sé. Garth va a cuidarme mucho –había diversión en la voz de Shannon–. ¿Sabes, Annie? No entiendo cómo habéis aprendido tantas cosas sobre el matrimonio en tan poco tiempo.

–Es algo que llega de forma natural –le aseguró Annie–. Espera y verás.

—¿Dan ya ha empezado a hablar de los cerrojos y del tipo de coche que conduces?

—Claro. Pero yo soy la primera en admitir que ahora suelo escandalizarme por todo el café que bebe cuando escribe.

—Sí, supongo que es algo que funciona en los dos sentidos.

—Por cierto, Garth parece mucho más interesado por su boda que en el hecho de que su empresa se haya quedado con esa oferta —comentó Annie, mirando hacia el novio.

—El contrato con Carstairs solo era un escalón para conseguir algo mucho más importante —con la mirada desbordante de amor, se acercó a su marido.

Garth esperó a que cruzara la habitación. En su mirada brillaba todo el amor que sentía por su esposa.

—Ahora ya soy un experto en el matrimonio —le advirtió con una sonrisa cargada de promesas.

—¿Es eso cierto? ¿Has estado recibiendo clases de un experto? —preguntó Shannon sonriendo a Dan.

—Claro que es cierto —le aseguró Dan—. Acabo de decirle a Garth que no debería esperar para empezar a formar una familia. Dentro de un par de años cumplirá cuarenta, y tú ya tienes casi treinta años. Creo que no deberíais pensarlo ni un minuto más. No hay nada como la familia para que un hombre siente cabeza.

Shannon estaba a punto de contestar cuando fue interrumpida por una estridente voz. Se volvió y se encontró frente a una aparición vestida en rojo y negro. Solo Verna Montana podía acudir vestida de rojo y negro a una boda. El pelo, demasiado rojo para ser natural, era una nube de rizos salvajes que enmarcaba un rostro de facciones delicadas.

—Lo que hace falta para que un hombre siente cabeza es llevarlo con mano firme —declaró—. Igual que Kate manejaba a Petruchio, Shannon, y tú lo harás estupendamente. Por cierto, ha sido un buen movimiento conseguir que se case contigo. Enormemente inteligente. Pero ese solo es un paso. Ahora no se te ocurra soltar las riendas.

Garth miró a Verna estupefacto.

—¿Conocemos a esta mujer, Shannon? —le preguntó a su esposa.

—Ésta —anunció Shannon—, es Verna Montana.

—¿La que perpetró esa versión de *La fierecilla domada*?

—Mi versión era una brillante interpretación de la habitualmente machista versión masculina.

—Tu versión era una abominación completamente estúpida.

Shannon gimió y miró a Dan en busca de apoyo, pero este se limitó a encogerse de hombros.

—Es evidente que no entiendes nada de teatro, o de la importancia de la interpretación cuando se trabaja con los clásicos —le informó Verna a Garth.

—Posiblemente tengas razón —se mostró de acuerdo él—. Pero sucede que tengo una enorme deuda de gratitud contigo.

—¿Ah, sí? —preguntó la dramaturga sorprendida.

Garth agarró posesivamente a Shannon.

—La noche que vi esa versión de La fierecilla, fue la primera noche que...

Shannon se precipitó a interrumpirlo, recordando horrorizada lo que había pasado después de la obra.

—Garth, no te atrevas a contarlo en público. ¡Jamás te lo perdonaría!

—Aquella noche —continuó diciendo él—, me di cuenta de que estaba enamorado de Shannon.

Shannon levantó los ojos aliviada hacia el cielo. Temía que Garth pudiera decir algo mucho más embarazoso. Y por la expresión de su mirada, podía asegurar que era en eso en lo que Garth estaba pensando.

—¿Lista para marcharte? —le preguntó Garth a Shannon.

—Definitivamente.

—Entonces, vámonos. Creo que ya es hora de que salgamos.

—¿Antes de que hayas dicho algo inconveniente? —le susurró Shannon al oído mientras se despedían del resto de los invitados.

—He cambiado —respondió Garth—. Ahora soy el perfecto invitado. Me has convertido en otro hombre.

–Pues es una pena. Había algunas cosas del antiguo Garth que me gustaban.

–Bueno, estás de suerte. Ciertas cosas nunca cambiarán –y la condujo hacia la puerta, con la risa y la pasión bailando en su mirada.

La expresión de Shannon era un eco de la suya. Construirían un futuro en común, un futuro que los uniría con un diseño tan inextricable como el de las dos iniciales que los estaban esperando en casa de Shannon.

www.ingramcontent.com/pod-product-compliance
Lightning Source LLC
LaVergne TN
LVHW091617070526
838199LV00044B/837